Richard F. Miniter

Mike

Richard F. Miniter

Mike

Die bewegende Geschichte eines Jungen

Aus dem Amerikanischen
von Michaela Link

Weltbild

Die amerikanische Originalausgabe erschien 1998 unter dem Titel
The Things I Want Most.
The Extraordinary Story of a Boy's Journey to a Family of His Own
bei Bantam Books, a division of Bantam Doubleday Dell Publishing Group, Inc.

Genehmigte Lizenzausgabe
für Weltbild Verlag GmbH, Augsburg 2000

Reihenkonzeption und Umschlaggestaltung: Michael Keller, München
Umschlagfoto: Photonica/amana Germany GmbH: Elke Hesser
Satz: Rudolf Kempf, Emmendingen
Gesamtherstellung: Clausen & Bosse, Leck

Gedruckt auf chlor- und säurefreiem Papier

Printed in Germany

ISBN 3-8289-6862-7

Diese Geschichte ist Laura Ronning gewidmet,
die der Familie am 27. Juli 1991 genommen wurde.

Inhalt

Vorwort 9

Kapitel 1
Eine Familie, eine Angel, eine Familie 11

Kapitel 2
Nehmt ihr Petey? 27

Kapitel 3
Besuch zu Hause 53

Kapitel 4
Die Flitterwochen 72

Kapitel 5
Ich bin Baptist 88

Kapitel 6
Parade im Herbst 104

Kapitel 7
Ich mache keine Hausarbeit 120

Kapitel 8
Helfen kann ich 136

Kapitel 9
Die Initiation 152

Kapitel 10
Die Prüfung 174

Kapitel 11
Schnee und Streit 194

Kapitel 12
Ich war nie auf einer echten Schule 211

Kapitel 13
Zerbrochenes Glas, Gebrochene Pfote, Medizinmann . . . 250

Kapitel 14
Die Wahrheit, die Ziele und ein Jahrestag 273

Epilog 310

Dank 314

Vorwort

Dies ist die wahre Geschichte von Mike, einem tiefgreifend emotional gestörten Jungen, der im Spätsommer 1993 über unsere jämmerlich vorbereitete Familie hereinbrach.

Es ist die Geschichte seines ersten Jahres, seines Fortschrittes, der Änderungen, die er in der Familie und bei sich selbst erzwang. Aber es ist darüber hinaus noch wesentlich mehr: Nämlich die Geschichte von Tieren, von Legenden, vom Rauch eines Lagerfeuers und von einem speziellen Programm namens *Harbour*.

Um das Buch zu schreiben, habe ich zahlreiche Briefe, Dokumente und ein ausführliches, täglich geführtes Tagebuch, das sich über acht dieser zwölf Monate erstreckte, benutzt. Auf Verlangen des Amtes für Sozialdienste des Dutchess County, New York, ist der Name des Jungen und sind die Namen einiger anderer Personen geändert worden. Um ein klareres Bild der verschiedenen Lektionen zu geben, die die Familie zu lernen hatte, und um zu erklären, warum wir uns so verhielten, wie wir es taten, habe ich gelegentlich die zeitliche Reihenfolge geändert und mich häufig dem Gedankenlesen hingegeben, wofür ich um Entschuldigung bitte. Keines der Gespräche, die ich in dem Buch wiedergebe, wurde jemals elektronisch aufgezeichnet und dann transkribiert. Viele Gespräche habe ich zwar Wort für Wort am Ende des Tages in mein Tagebuch notiert, aber andere mußte ich im folgenden Jahr anhand von Tagebucheintragungen und Nachfragen, hauptsächlich aber nach der Erinnerung der Familienmitglieder rekonstruieren.

Anderen frischgebackenen Eltern emotional gestörter, schwieriger oder mißbrauchter Kinder kann ich nur sagen: »Gott mit euch«, denn obwohl wir sehr erfahrene Eltern waren, überstanden wir das erste Jahr zum Teil, wie meine Frau Sue sagt, »weil wir, nachdem wir all unser Pulver verschossen hatten, mit Steinen warfen«. Dann, als unsere »Steine« zu schwer wurden, um sie noch aufheben zu können, half nur noch beten oder unsere Phantasie. Aber auch von anderen Familienmitgliedern kam Hilfe – nicht zuletzt von Mike selbst.

KAPITEL 1 **Eine Familie, eine Angel, eine Familie**

»Warum zeigen die uns so etwas überhaupt?«

Es war im Frühling 1993, und ich stellte diese Frage meiner Frau Susan. Wir waren allein in einem Büro im obersten Stock eines Gebäudes, der Hauptstelle der *Mental Health Association*. Dort hatten wir den größten Teil des Vormittags damit zugebracht, eine Akte zu studieren. Und wenn die Akte auch nur eine halbwegs zutreffende Beschreibung enthielt, war das Kind, von dem darin berichtet wurde, ein Ungeheuer. Tatsächlich trampelte während der Lektüre ein einziges Wort immer wieder mit schweren Stiefeln durch meine Gedanken: *Soziopath, Soziopath, Soziopath. Die Person – das Kind –, von der ich las, war ein Soziopath.*

Nie zuvor in meinem Leben hatte ich einen einzigen Gedanken daran verschwendet, irgend jemandem helfen zu wollen, schon gar nicht jemandem, der solche Anstrengung erfordert hätte. Aber wir steuerten auf diesen Punkt zu, seit Sue vor einigen Monaten plötzlich ein bizarres Interesse an Pflegekindern entwickelt hatte. Es war nicht das erste Mal in unserer Ehe, daß sie einer Idee nachhing. Schon oft war sie mir wie eine winzige Tür erschienen, durch die man zu einem gewaltigen Schmelzofen gelangte. Aber diese Naturgewalt hatte sich gewöhnlich auf irgendein Problem im Leben unserer fünf Söhne oder unserer Tochter gerichtet oder, als diese langsam erwachsen wurden, auf den Aufbau von *SCM Tax Prep*, ihrem Steuerberatungs- und Finanzplanungsbüro.

Das Ganze, so war mir zu Beginn der hinter uns liegenden Monate immer wieder durch den Sinn gegangen, war nicht typisch für sie, und für mich auch nicht. Ich hatte nach viereinhalb Jahren beim U. S. Marine Corps fünfundzwanzig Jahre Stellungen in der Produktion innegehabt, angefangen vom Experten für

Arbeitsbeschleunigung in einer Abteilung von *North American Phillips* bis hin zum Produktionsleiter einer mittelgroßen Gesellschaft in New Jersey. Fest entschlossen, einen Roman zu beenden, mit dem ich einige Jahre zuvor während eines Jobs in Südafrika begonnen hatte, lehnte ich eine Neueinstellung ab, nahm meine Abfindung und beschloß, herauszufinden, ob ich aus dem leerstehenden, von Geistern heimgesuchten Bretterhaufen eines Landgasthauses mitten im Staat New York nicht eine Art von Einkommen herauspressen könnte. Und so waren wir in Hudson Valley gelandet, das wir nun unser Zuhause nannten. Und die Sache kam gerade in Schwung.

Es war nicht so einfach, wie ich zuerst gedacht hatte. Aber das Innere des Hauses wurde endlich langsam fertig; wir vermieteten an einige sehr ruhige Gäste auf langfristiger Basis Zimmer mit Frühstück; ich hatte vorübergehend einen Job für einen winzigen und chaotischen einheimischen Fabrikanten übernommen; und das Buch war fertig. Ich trug keine feinen Anzüge mehr, hatte seit zwei Jahren nicht mehr wegen irgendwelcher Geschäfte im Flugzeug gesessen, und obwohl ich etwa zwanzig Pfund zugenommen hatte, war mein Blutdruck um dreißig Punkte gesunken. Ich fühlte mich gesund, war noch immer im Vollbesitz all meiner roten Haare – im Schnurrbart und an den Schläfen wurden sie ein wenig grau, aber sie waren immer noch alle da –, und jeden Morgen stand ich mit den Hunden auf und kletterte auf den wunderschönen Berg, an dem wir lebten. Bei trüben, regnerischen Sonnenaufgängen und violetten Sonnenuntergängen marschierte ich jeden Tag eine Stunde lang durch unsere überwucherte Heuwiese, vorbei am Biberteich, hinauf in die säuberlich gestutzten Obstgärten des Nachbarn und dann den See entlang weit hinauf zu einer Stelle, von der aus ich fröhlich grinsend auf den fernen, silbrigen Strom der Autos hinabblicken konnte, die auf dem überfüllten New York State Thruway Richtung Süden gondelten.

Ich war gerade damit fertig geworden, mir selbst zu helfen. Und das Leben war schön.

Unsere Söhne – die zwar mittlerweile alt genug waren, um mich, wann immer sie alle zusammen zu Hause waren, an fünf junge Hengste zu erinnern, die rastlos in der drangvollen Enge einer winzigen Koppel mit den Hufen scharren – benötigten immer noch einen großen Teil unserer Zeit und unserer Energie. Unser Ältester, Richard, hatte sich Hals über Kopf in eine verrückte Karriere als Schriftsteller und Filmproduzent gestürzt, aber die anderen waren noch nicht einmal mit dem College fertig. Henry war im letzten und Frank im zweiten Jahr in Norwich am Military College von Vermont. Brendan trat gerade sein Studium an der George Mason University in Virginia an, und Liam erkundete mit der für die männlichen Miniters typischen Gleichgültigkeit der High-School gegenüber neue Grenzen. Susanne, unser zweites Kind und zugleich unsere einzige Tochter, hatte ihren Abschluß an der State University of New York in Albany gemacht und war berufstätig, aber in diesem Sommer wollte sie heiraten, und der Hochzeitsempfang würde in unserem Haus stattfinden. Es war nicht so, als hätten wir nichts zu tun.

Aber wann immer ich eines dieser Themen zur Sprache brachte, bügelte Sue meine Einwände einfach mit Bemerkungen glatt wie: »Rich, wir sehen uns die Sache doch nur an, wir treffen noch gar keine Entscheidungen. Ich möchte lediglich, daß du das für eine Weile mitmachst. Später kannst du immer noch nein sagen.«

»Es ist das Leere-Nest-Syndrom, nicht wahr, Sue? All die Kleinen sind jetzt groß geworden, und du vermißt sie.«

»Nein, ich muß mir diese Sache einfach einmal genauer ansehen.«

Also machte ich mit, verwirrt, voller Zweifel und ohne recht zu begreifen, was sie eigentlich dazu trieb.

Was Sue mir nicht erzählt hatte – was sie mir überhaupt erst erzählen würde, lange nachdem unser ordentliches, nettes kleines Leben auf den Kopf gestellt worden war –: Es hatte sie ungefähr so erwischt, wie es Paulus auf der Straße nach Damaskus getroffen hatte. Sie hatte keine Stimme gehört und war auch nicht vom

Pferd gestürzt, aber sie hatte ein Bild gesehen – viele Bilder – und sich auf eine ungemein persönliche Art und Weise herausgefordert gefühlt.

Während der Steuersaison macht Sue für gewöhnlich gegen sechs oder halb sieben am Abend eine kurze Pause in dem alten Schankraum unseres Gasthauses, wo sie sich auf einen Hocker setzt, die Nachrichten einschaltet und schnell einen Happen ißt, den ich ihr zurechtgemacht habe. Es sind ein paar ruhige Minuten, in denen sie ganz allein ist, zwanzig Minuten oder eine halbe Stunde, die sie ganz für sich hat, in denen sie ihre Batterien wieder aufladen kann, bevor sie sich für die nächsten vier oder fünf Stunden noch einmal in die Arbeit stürzt.

Mit ihrem Büro im zweiten Stock hatte Sue den Sprung, von einem Teilzeitjob, für den sie nach Manhattan pendeln mußte, zu einer florierenden Vollzeitpraxis gewagt. Und genau wie ich genießt sie den dreißigsekündigen Weg zur Arbeit – aus unserer Wohnung, mit einer zweiten Tasse Kaffee in der Hand, zu dem renovierten Raum, in dem sie glücklich vor sich hin schuftet, während ihre Katze dösend auf dem Kopierer hinter ihr liegt. Aber die Arbeitszeiten sind nach wie vor brutal – oft sind es achtzehn Stunden am Tag, vor allem von Januar bis April, wenn ein Klient nach dem anderen kommt.

Ich achte für gewöhnlich penibel darauf, sie während ihrer einzigen Pause am Tag vollkommen allein zu lassen, aber mir entging völlig, daß etwas anderes, Dunkleres ihre Ruhe störte.

In jenem Frühjahr waren die Abendnachrichten Tag für Tag voll von Bildern verhungernder Kinder in Afrika. Kinder, die in den Armen ihrer Mütter starben, Kinder, die in flachen Gräbern beerdigt wurden, Kinder, die hilflos um etwas zu essen bettelten – irgend etwas. Und währenddessen saß Susan ganz allein in dem trüben Licht, Abend um Abend, zerschnitt ihr saftiges Lammkotelett und schlang Spargel und Kartoffelpüree hinunter. Schließlich warf sie eines Abends, zutiefst hilflos und zornig, Messer und Gabel beiseite und riß die Fernsehzeitung zu sich heran, um festzustellen, ob sie sich nicht irgend etwas anderes als die Nachrichten ansehen könnte. Aber als sie die Zeitschrift durchblätterte, öffnete sie sich auf einer Seite, auf der eine Anzeige stand – es war ein Aufruf einer Organisation, des *Harbour-Projektes*, in dem nach erfahrenen Eltern gesucht wurde, Eltern, die mißbrauchten und vernachlässigten Kindern ein geordnetes Heim und Geborgenheit bieten konnten.

Lange Sekunden saß Sue wie betäubt da, las die Anzeige wieder und wieder und riß schließlich die Seite heraus.

Doch später, als wir zu Bett gingen, erklärte sie mir nichts von alledem. Sie sagte bloß: »Ich habe eine Anzeige in der Zeitung gesehen, auf die wir antworten sollten.«

»Was für eine Anzeige?«

»Es gibt da ein spezielles Programm für Pflegekinder, das Unterstützung braucht. Es nennt sich *Harbour.*«

»Was ist das? Worum geht's?«

Harbour ist eine kleine, neue Abteilung der *Mental Health Association* in Ulster County. Eine Abteilung, die schwer vermittelbare, häufig emotional gestörte Kinder in ortsansässige Familien vermittelt, die ihnen neben intensiver Ausbildung und Unterstützung eine Umgebung bieten können, die ihnen in ihrer Entwicklung hilft. Dahinter steckt der Gedanke, diese Kinder mit einem normalen Familienalltag vertraut zu machen und sie dann in Zusammenarbeit mit den leiblichen Eltern vielleicht wieder ihren eigenen Familien zuzuführen.

Als Sue die in der Anzeige angegebene Telefonnummer anrief, wurde sie mit einer Sozialarbeiterin verbunden, die sich in groben Zügen unsere Familiengeschichte erzählen ließ und uns dann zu einem Gespräch einlud.

»Nein.«

»Rich«, sagte Sue und klopfte mit der Fußspitze auf den Boden, »es kostet dich eine Stunde.«

»Nein.«

»Rich, ich habe keine Lust, nach Hause zu kommen und versuchen zu müssen, alles zu wiederholen, was ich gehört habe. Ich möchte auch deine Meinung zu dieser Sache.«

»Nein.«

Sue knirschte mit den Zähnen; das Wort, das sie jetzt über die Lippen zu bringen versuchte, fiel ihr nie besonders leicht. »Bitte.«

»Mist.«

Am nächsten Tag fuhren wir nach Kingston, tranken mit einer netten Dame namens Debi Kaffee und wurden verschiedenen Leuten vorgestellt. Trotz meiner Vorbehalte stellte ich fest, daß ich die meisten mochte. Ich schätze Menschen mit einer klaren Vision oder einer Mission, und die hier schienen genau das zu haben. Außerdem war ihre Vision nicht aus irgendwelchen beliebigen Dingen zusammengeschustert. Was uns an jenem Tag vermittelt wurde, war einleuchtend, simpel und verständlich: Sie wollten den trostlosen Teufelskreis von Mißbrauch, Pflegschaft und Rückführung durchbrechen, jenen Prozeß, dem dann neuerlicher Mißbrauch und die nächsten Pflegschaften folgten, ein Vorgang, der in der gegenwärtigen Kinderfürsorge nur allzuoft die Regel zu sein schien. Diese Leute wollten erfahrene Eltern für ihr Projekt gewinnen, ein einziges Kind langfristig bei ihnen unterbringen und es mit einem umfassenden Hilfssystem begleiten.

Und so verfuhr *Harbour* nach dem Vorbild anderer »therapeutischer Pflegschaftsprogramme«, wie sie anderswo existierten: Sie versuchten genau diejenigen Kinder und diejenigen Familien hier in der Gegend ausfindig zu machen, die den größten Nutzen von einem intensiven Hilfssystem haben würden, einem System, dessen Angestellte sieben Tage die Woche, vierundzwanzig Stunden am Tag verfügbar waren, Familienspezialisten, die nur eine sehr kleine Zahl von Fällen zu bearbeiten hatten. Es standen wöchentliche und sehr intensive Besuche auf dem Programm, ständiger Kontakt zwischen Pflegeeltern und Behörde, und man legte größten Wert auf die tägliche, positive Bestätigung sowohl der Eltern wie auch der Kinder. Das Wichtigste von allem sollte jedoch vielleicht die Erfahrung sein, die eine langfristige Unterbringung der Kinder in stabilen Familien sowohl den Eltern als auch den Kindern selbst bringt. Das Vorbild »professioneller Eltern«, wie *Harbour* diese Leute bezeichnete, sollte seine Wirkung entfalten.

Wir als Vorbild.

Dies war kein Programm mit breiter Basis. Es kamen nur wenige, sorgfältig ausgewählte Familien in Frage, und dasselbe galt für die betroffenen Kinder. Man war entschlossen, überdies ein Modell für weitere Programme zu entwickeln, und das würde nur gelingen, wenn das Leben vieler der betreuten Kinder sich tatsächlich vollkommen veränderte.

Nachdem ich all das gehört hatte, konnte ich nicht umhin, mich geschmeichelt zu fühlen, als Debi uns bei diesem ersten inoffiziellen Besuch als ausgesprochen beeindruckende Eltern zu betrachten schien und uns den Vorschlag machte, über eine Teilnahme an dem Programm nachzudenken. Natürlich gab es auf meiner Seite noch immer ein ganzes Universum an Zweifeln. Dieser erste flüchtige Kontakt mit *Harbour* schien Sues Entschlossenheit zu bestärken, irgendeinem Kind irgendwo zu helfen. Außerdem verminderte dieser Besuch zu einem großen Teil meine instinktive Abneigung dagegen, mich in das Leben eines anderen Menschen einzumischen – und das meine in Aufruhr zu bringen. Trotzdem war ich noch immer von einer tiefen Skepsis erfüllt, mich auf etwas einzulassen, das sich so sehr von allem unterschied, was wir bisher je getan hatten. Professioneller Vater? Ich?

Aber dann entspann sich ein ganz privater Gedanke. Was als blattloses kleines Etwas begonnen hatte, gedieh in meiner Phantasie während der schweigsamen Fünfundvierzig-Minuten-Fahrt nach Hause. »Was, wenn ein solches Kind ein Mädchen wäre?« Ich hatte Jungen gründlich satt. In gewisser Hinsicht hielt ich mich für einen zähen Burschen. Ich war Unteroffizier bei den Marines gewesen, ich war Polizeichef gewesen und hatte mir meinen Lebensunterhalt jahrelang auf einem steinigen Acker verdient, aber die Aufzucht jedes einzelnen meiner fünf Söhne war wie Goldschürfen in einem Felsrutsch gewesen. Wenn alles vorbei war, hatte man vielleicht ein oder zwei Nuggets in der Tasche, aber auch eine ganz schöne Talfahrt hinter sich, mit allen blauen Flecken und Prellungen, die dazugehörten. Ich fand, daß ich nicht mehr den Mumm dazu hatte, so etwas noch einmal durchzustehen. Aber ein Mädchen? Mir fiel wieder ein, was für ein wunderbares Kind meine Tochter Susanne gewesen war. Einem Mädchen kannst du hübsche kleine Kleider kaufen, sie haben nette Freundinnen, ihr Zimmer riecht nett, sie selber riechen nett, und sie denken immer an deinen Geburtstag.

Ich hatte also eine Art geheimer Tagesordnung parat, als Sue mir vorschlug, daß wir »wenigstens den Kurs durchlaufen« und das vielseitige Formular ausfüllen könnten. Dann, nach einer vorläufigen Aufnahme in das Programm, wurden wir einem Ausbildungskursus zugeteilt. Diesen Kurs besuchten wir in den Abendstunden, und wir lernten eine »Familienspezialistin« kennen, mit der wir zusammenarbeiten würden, falls wir ein Kind aufnahmen. Außerdem unterhielten wir uns mit mehreren anderen Eltern aus dem Programm und ließen eine intensive Durchleuchtung unserer Vergangenheit über uns ergehen.

Und heute, mehrere Monate später, studierten wir die Akte eines Kindes. Eines Kindes, von dem *Harbour* glaubte, wir könnten der Meinung sein, daß es zu uns paßte.

Wir hatten nicht den Eindruck gehabt, daß man viel vor uns verbergen wollte. Die für dieses spezielle Programm ausgewählten Kinder hatten emotionale, psychologische und/oder gesundheitliche Probleme. In typischen Fällen waren sie Gewalt in der Familie ausgesetzt gewesen, hatten Drogenmißbrauch und Prostitution erlebt; sie hatten gehungert, waren nicht zur Schule geschickt, vielleicht über lange Zeiträume hinweg allein gelassen worden. Viele von ihnen waren bei früheren Unterbringungsversuchen in Standard-Pflege-Programmen wieder und wieder gescheitert.

Gleichzeitig versicherte man uns, daß ein Gremium von Fachleuten die Fallgeschichten der Kinder durchleuchtet hatte und zu dem Schluß gekommen war, daß diese von einem therapeutischen Fürsorgeprogramm profitieren könnten und würden. Das allgemeine Bild, das *Harbour* von diesen Kindern zeichnete, sprach von Zurückweisung und Verletzung – *verletzlich, geschädigt, verstört* waren die Wörter, die am häufigsten fielen. Daher schlugen Sue und ich, vor allem aber Sue, die Akte dieses unbekannten Kindes mit einem Übermaß an Mitleid auf.

Aber das änderte sich sehr schnell, als wir zu lesen begannen. Die Kinder, von denen wir während der Ausbildung gehört hatten, erschienen uns jetzt abstrakt und theoretisch und beinahe lächerlich passiv. Das, wovon hier langsam ein Bild entstand, war etwas ganz anderes.

Es war alles da, in einem sehr dicken Stapel engbeschriebener Berichtseiten: Beurteilungen aus acht Jahren, Weisungen des Familiengerichts, Zusammenfassungen des Sozialamtes. Der Junge war latent retardiert, von unbeherrschbarer Gewalttätigkeit und mußte ständig medizinisch behandelt werden. Ich zählte die Pflegefamilien und Institutionen, die versucht hatten, etwas mit ihm anzufangen, und das Ergebnis belief sich auf ein hübsches, rundes Dutzend. In jüngeren Jahren war er schwer vernachlässigt worden – er hatte nicht regelmäßig zu essen bekommen, war nicht gebadet, nicht gekleidet worden. Man nahm ihn seiner Mutter weg, als er fünfzehn Monate alt war, und gab ihn ihr mit drei Jahren zurück, woraufhin er so geschlagen wurde, daß er ins Koma fiel. Jetzt hatte der Junge, nach den psychiatrischen Berichten zu schließen, einen extrem niedrigen IQ sowie eine unkontrollierte Feinmotorik und war völlig unlenkbar. Er unternahm regelmäßige tätliche Angriffe auf die Betreuer, näßte das Bett und weigerte sich, morgens aufzustehen. Wenn man ihn dann endlich aus den Federn bekommen hatte, konnte er nicht besonders gut laufen und war selbstmordgefährdet.

Es war grauenhaft. Das war es doch nicht, wovon man in all

diesen Monaten gesprochen hatte, oder? Außerdem wußten die Leute hier, was wir von einem Kind erwarteten – oft genug gefragt hatten sie uns jedenfalls. Wir, und vor allem Sue, wollten ein Kind, das man mit sachter Leitung in ein normales Leben führen konnte. Außerdem war dieses Kind, wie ich traurig bemerkte, gewiß kein Mädchen.

»Sue, warum zeigen die uns so etwas überhaupt?«

Zu meiner gewaltigen Erleichterung schien Sue ebenfalls die Hände über dem Kopf zusammenzuschlagen. »Joanne sagte, er sei ein hübscher Junge, und ich weiß, daß diese Kinder Hilfe brauchen, aber es gibt doch Grenzen – mit so etwas werden wir nicht fertig. Nein. Nicht das hier – das will ich nicht.« Sie seufzte. »Ich würde das vielleicht anders sehen, wenn es auch nur den winzigsten Beweis dafür gäbe, daß dieses Kind Hilfe will. Aber da ist einfach nichts.«

Ich nahm meine Brille ab, rieb mir das Gesicht und stand auf. Die Akte lag, in unregelmäßigen Häufchen, überall im Raum herum. Wir hatten sie auseinandergenommen und die verschiedenen Berichte unter uns aufgeteilt.

»Okay«, sagte ich, »heften wir das Zeug wieder ein.«

Sue nickte und stand auf, um mir zu helfen.

»Rich, was ist denn das?«

Sue hielt einen einzelnen blauen Papierbogen hoch, der mir entgangen war. Offensichtlich war er aus der Akte herausgerutscht, als wir sie auseinandergenommen hatten, und auf den Boden gefallen. Es handelte sich um ein nachlässig fotokopiertes Formular, das die Überschrift trug: »Was ich mir am meisten wünsche.« Darunter waren drei Zeilen, numeriert mit erstens, zweitens und drittens. Kreuz und quer über die Linien war in kindlicher, weit ausholender Handschrift etwas geschrieben.

Mit einem außerordentlich unbehaglichen Gefühl erinnerte ich mich daran, daß es in der ganzen Akte nichts von dem Jungen selbst gegeben hatte – keine direkten Äußerungen, keine Mitschriften, keine Briefe –, und ich war dankbar dafür, daß all das fehlte, dankbar, daß ich nicht einmal diese Art Verbindung zu diesem Kind hatte, nicht einmal aus dritter Hand, sozusagen. Als mir also klar wurde, was Sue da in Händen hielt, sagte ich hastig: »Vergiß es. Leg es wieder zurück. Was da steht, magst du ganz bestimmt nicht lesen.«

Sue hätte das Blatt beinahe wieder zwischen die Berichte geschoben, schüttelte dann jedoch den Kopf.

Statt dessen ging sie zu der Schreibtischlampe hinüber, und nach ein oder zwei Augenblicken des Zögerns kam ich neben sie.

Sue verstand es zuerst, und an die Stelle der Neugier in ihrem Gesicht trat ein Ausdruck des Entsetzens in ihre bernsteinfarbenen Augen, dann atmete sie langsam und rauh ein. Mir fiel es etwas schwerer, die Sache zu entschlüsseln. Ich mußte wieder und wieder mit den Fingern über die zerklüfteten Bleistiftabdrücke fahren, bevor ich ihren Sinn begriff:

Was ich mir am meisten wünsche

1. Eine Familie
2. Eine Angel
3. Eine Familie

In eben jenem Augenblick öffnete Joanne Dalbo, die für uns zuständige Familienspezialistin, zwei Tassen Kaffee in einer Hand, die Tür.

»Na, und wie kommen Sie beide zurecht?«

Dann sah sie den angespannten Ausdruck auf unseren Gesichtern und fragte: »Stimmt was nicht? Ist alles in Ordnung?«

Sue wandte sich wortlos ab und trat, die Arme über der Brust verschränkt, ans Fenster.

Als Joanne fragend die Augenbrauen hochzog, warf ich einen Blick hinüber zu Sue. An der Haltung ihrer Schultern erkannte ich, daß sie im Begriff war, einen Entschluß zu treffen, und mir rutschte ein Kommentar heraus, der nur aus einem einzigen Wort bestand.

Merkwürdigerweise kam mir in diesem Augenblick etwas in den Sinn, das scheinbar nichts mit der Sache zu tun hatte. Wann immer man eine Black Box vom Schauplatz eines Flugzeugabsturzes bergen kann, hört man als letztes, was der Pilot sagt, bevor seine Maschine auf den Boden aufschlägt, sehr häufig genau dieses Wort.

Joanne stellte die Kaffeetassen auf den Schreibtisch und stemmte die Hände in die Hüften. Die attraktive, schlanke und intelligente Familienspezialistin mit den dunklen Haaren und Augen studierte in ihrer Freizeit, neben ihrer Arbeit für *Harbour*, englische Literatur und hatte ein besonderes Interesse an präziser und besonnener Ausdrucksweise. Jetzt schien sie verwirrt und auch ein wenig gekränkt zu sein.

»Scheiße«, wiederholte sie. »Was heißt *Scheiße?«*

Es dauerte Wochen, bis wir Mike kennenlernten. Joanne hatte die Aufgabe, einen Termin für die erste Begegnung festzusetzen, aber sie wurde von dem katholischen Kinderheim, in dem der Junge wohnte, immer wieder hingehalten.

Programme wie *Harbour* müssen sich mit allen Schwierigkeiten der Kinderfürsorge herumschlagen, einschließlich der Frage des Zugangs zu Kindern in einem komplizierten, vielgestaltigen System, das viele Organisationen mit variablen, häufig willkürlichen und sich ständig ändernden Regeln und Vorgängen einschließt. Das katholische Kinderheim war da keine Ausnahme. Und natürlich ist es schwierig, ein gutes Arbeitsverhältnis zu einer Agentur oder einer Institution herzustellen, mit der man es noch nie zuvor zu tun hatte.

In Mikes Fall hatte eben das Kinderheim, in dem er sich jetzt aufhielt, seine Empfehlung zur Aufnahme in das Projekt veranlaßt, aber zwei Dinge, eines sehr menschlich und das andere ziemlich erschreckend, komplizierten den Zugang zu dem Jungen. Zum einen hatte das Kinderheim zwar schon viele Kinder für das Programm empfohlen, *Harbour* hatte aber bisher keines davon angenommen, und deshalb stand das Kinderheim dem Programm mittlerweile einigermaßen zweifelnd gegenüber. Und zum anderen hatte Mike in der Zeit zwischen der Empfehlung des Heims und *Harbours* Kontaktaufnahme versucht, sich zu erhängen.

Seine Tat wurde als »ein nicht ernstgemeinter Selbstmordversuch« beschrieben, wahrscheinlich, weil er keinen Erfolg hatte, aber das Heim hatte beschlossen, *Harbour* auf Abstand zu halten, während der Junge sich »wieder stabilisierte«.

In der Zwischenzeit erfuhren wir noch einige weitere Tatsachen. Zum Beispiel, daß eine Rückführung in seine leibliche Familie, im Gegensatz zu den meisten Kindern des *Harbour*-Programms, keine Option war. Er war zur Adoption freigegeben worden, und das Familiengericht war entschlossen, keinen weiteren Kontakt zu den Eltern zuzulassen.

Wir fanden überdies heraus, daß er jemanden hatte, der ihn von Zeit zu Zeit besuchte. Es schien, daß ein älterer Bruder und eine Schwester von ihm drei Jahre zuvor von einer Familie in der Nähe adoptiert worden waren und daß diese Familie zunächst auch Mike aufgenommen hatte. Unglücklicherweise waren die Ergebnisse wohl ziemlich grauenhaft gewesen – unkontrollierbare Wutanfälle, Gewalttätigkeit, Schlaflosigkeit –, und schließlich hatte man ihn zu einer psychiatrischen Beurteilung in das Rockland State Psychiatric Hospital überwiesen. Nach seinem Aufenthalt dort brachte man ihn im katholischen Kinderheim in Rhinebeck unter, und der Adoptionsantrag der Familie wurde abschlägig beschieden. Aber die Leute besuchten ihn immer noch und holten ihn auch mal übers Wochenende und zu manchen Feiertagen nach Hause.

Dieser letzte Punkt schien Sues mittlerweile eisenharte Entschlossenheit, den Verfasser jenes zu Herzen gehenden Schreibens kennenlernen zu wollen, noch zu bekräftigen. Vor ihrem inneren Auge, oder in ihrem Mutterherzen, konnte sie sich die Verzweiflung dieses Kindes ausmalen, wenn es zusah, wie sein Bruder und seine Schwester mit ihrem Leben vorankamen, während es selbst regelmäßig eine absolute Zurückweisung erfuhr.

»Wie können sie ihn aus dem Heim abholen und ihn dann einfach wieder da abladen? Wie oft mag er da auf dem Parkplatz des Kinderheims gestanden und seinen Geschwistern nachgewunken haben?«

In den Tagen darauf erstellte Sue eine lange Liste weiterer trauriger Bilder. Wenn wir beim Essen saßen, sah ich diese Bilder Konturen annehmen, wenn wir im Wagen saßen oder auch wenn wir Freunde besuchten. Mitten in einem Gespräch über ein vollkommen anderes Thema erklärte sie plötzlich: »Mike schläft nicht, ich weiß es einfach.« – »Sie haben ihm noch nichts von uns erzählt, und er ist genauso aufgewühlt und hoffnungslos wie je.« – »Er ißt nichts. Außerdem, was für Essen haben die da wohl?« – »Wer spricht mit dem Arzt über seine Behandlung?«

»Sue«, protestierte ich in diesen Fällen, »wir haben dieses Kind noch nicht einmal kennengelernt, und außerdem ist das Kinderheim allererste Klasse, das sagt jeder. Die vernachlässigen ihn da nicht. Beruhige dich. Die Sache wird sich schon einrenken.«

Aber eines Nachts riß sie mich aus dem tiefsten Schlaf. »Um Himmels willen«, sagte sie, »ich glaube nicht, daß es jemanden gibt, der ihm vorliest.«

Benommen und verwirrt sagte ich: »Wer liest wem vor, Sue? Wovon redest du eigentlich?«

»Von Mike«, antwortete sie. »Ich weiß, daß niemand ihm etwas vorliest.«

Am nächsten Tag rief ich von der Arbeit aus Joanne an. »Hören Sie«, sagte ich, »ich glaube, wir haben hier ein Problem. Mit jedem Tag, der ohne Kennenlernen verstreicht, macht Sue sich mehr und mehr Sorgen wegen des Jungen. Wir müssen diesen Leuten Dampf machen. Können Sie uns nicht mal ganz kurz da reinschleusen, damit wir ein paar Minuten mit dem Jungen sprechen können und sie die Sache endlich aus dem Kopf bekommt?«

Joanne seufzte. »Ich weiß«, sagte sie. »Sue ruft mich regelmäßig an, und ich rufe im Heim an, aber ich werde jedesmal wieder auf später vertröstet.«

»Nun ja«, sagte ich, »die Leute haben die gesetzliche Vormundschaft. Sie können wahrscheinlich machen, was sie wollen, aber kümmern Sie sich weiter darum, ja? Nächste Woche um diese Zeit wird Sue da mitten in der Nacht auftauchen und eine Leiter von Fenster zu Fenster schleppen.«

Ein paar Minuten später klingelte das Telefon.

»Rich«, sagte Joanne, »bei einem Wort, das Sie vorhin genannt haben, hat etwas bei mir geklickt.«

»Wie bitte?«

»Vormundschaft. Das Heim ist im Grunde nicht der gesetzliche Vormund; der ist nämlich das Amt für Sozialdienste des Dutchess County. Genau betrachtet ist eine Sozialarbeiterin für ihn zuständig, eine Frau namens Gerri. Ich hatte schon früher mit ihr zu tun. Vielleicht sollte ich sie jetzt einmal anrufen.«

Dann machte sie eine kurze Pause, bevor sie hinzufügte: »Rich, ich mache mir Sorgen um Sue. Wir wissen, daß Sie und insbesondere Sue sich sehr für ein Kind einsetzen können; das ist mit der Grund dafür, warum wir Sie im Programm haben wollten, aber Sue macht langsam den Eindruck einer sehr emotionalen Person, bei der die Gefühle ziemlich schnell in die eine oder andere Richtung ausschlagen können, und darum muß ich wiederholen, was man Ihnen immer wieder gesagt hat: Es ist ein langfristiges Programm, auf das Sie sich einlassen, und es wäre das beste, wenn Sie Ihre emotionale Skala auf Null stellen würden. Einige dieser Kinder, und Mike ist da gewiß ein extremes Beispiel, waren schon an so vielen Stellen, daß sie vollkommen abgestumpft sind. Mike wird, äußerlich betrachtet, vielleicht mitspielen, aber es wird lange Zeit dauern – falls es überhaupt jemals dazu kommt –, bis er eine ähnliche Anteilnahme zeigen kann wie Sue. Es wird lange Zeit dauern, bis er eine Bindung zu Ihnen entwickeln kann. Sollten Sie sich dafür entscheiden, Mike aufzunehmen, müssen Sie der Tatsache ins Auge sehen, daß Sie für ziemlich lange Zeit nicht viel zurückbekommen werden.«

Sie hatte gut reden. Sie wußte, was passieren konnte. Aber ich schob alle Gedanken, die in diese Richtung gingen, weg. Denn nach siebenundzwanzigjähriger Ehe wußte ich, daß kaum eine Chance bestand, Sue zu ändern, und außerdem war ich überzeugt davon, daß Mike nicht bei uns landen würde. Die Akte war einfach zu entmutigend, und ich glaubte, daß Sue das alles ausblendete, während sie sich im Geist ein Bild von diesem Kind schuf, das in tausend Stücke gehen würde, sobald sie es wirklich kennenlernte. Wenn sie mit eigenen Augen sah, wie der Junge wirklich war, würde sie erkennen müssen, daß wir uns etwas Derartiges unmöglich ins Haus holen konnten. Unsere Gäste würden woanders hingehen, und wir waren abhängig von dem Einkommen aus der Zimmervermietung. Ihre Tätigkeit ließ eine solche Zeitinvestition ebensowenig zu wie unsere Verpflichtungen gegenüber unseren eigenen Kindern.

»Hey«, witzelte ich, »die Tugend ist sich selber Lohn genug.« Ich hatte ein schlechtes Gewissen und kam mir vor wie ein Betrüger, weil ich dieses Kind nicht haben wollte.

Joanne lachte freundlich, und ich konnte sie vor mir sehen, wie sie am anderen Ende der Leitung den Kopf schüttelte. »Na schön, Sie beide. Dann mal los.«

KAPITEL 2 **Nehmt ihr Petey?**

Wir trafen Mike im Kinderheim. Ich hatte es mir wie ein Reservezentrum der Armee ohne die davor geparkten Jeeps vorgestellt. Statt dessen sah ich eine umgebaute Hudson-Valley-Villa aus dem neunzehnten Jahrhundert, ein weitverzweigtes, vielstöckiges Tudorgebäude mit Schieferdächern und Butzenfenstern aus Buntglas auf einem sorgfältig angelegten und gepflegten Grundstück.

Und aus irgendeinem Grund störte mich das gewaltig.

Im Haus selbst war es still – zu still –, und die Innenausstattung entsprach der feudalen Fassade. Man führte uns in eine Bibliothek im Erdgeschoß, von der aus eine Reihe von Balkontüren auf einen gepflasterten Innenhof hinausführten. Mehrere Markisen schützten vor der hellen Sommersonne. Die Wände in der Bibliothek waren mit Eiche getäfelt und mit dunkelroten Vorhängen verhängt. *Hier wohnen angeblich achtzig Kinder,* staunte ich. *Warum hört man dann nichts?* Es hing nicht mal ein Bild von einem Kind an der Wand.

Schauerlich. Es erinnerte mich an etwas. An was?

Sue und ich setzten uns an den glänzenden, breiten, ovalen Tisch in der Mitte des Raums, zusammen mit Joanne und dem Gruppenleiter von Mikes Gruppe im Heim, einem unkomplizierten, freundlichen jungen Mann, der Kevin hieß.

Kevin sprach als erster. Er lächelte schüchtern und verlegen und wählte, da er uns nicht enttäuschen wollte, seine Worte mit großer Sorgfalt.

»Sehen Sie«, sagte er widerstrebend, »ich muß gestehen, es fällt mir schwer, dem Zweck dieses Treffens zuzustimmen. Ich wünsche mir ein Zuhause und eine Familie für all meine Kinder. Aber Mike ist schwierig. Er kann sehr charmant sein, wenn er will, aber er hat Phasen, mehrere Wochen manchmal, in denen er sehr schwierig ist und man kaum mit ihm fertig wird. Es kann schon ein oder zwei Stunden dauern, ihn morgens überhaupt aus dem Bett zu bekommen. Und noch länger dauert es manchmal, ihn abends wieder ins Bett hineinzubekommen. Er braucht Ordnung, sehr viel Ordnung.«

Mit diesem Ausdruck traf er ins Schwarze. *Ordnung* war ein Schlüsselwort der *Harbour*-Ausbildung. Einige dieser Kinder hatten nie eine regelmäßige Schlafenszeit gekannt, eine festgesetzte Zeit zum Essen oder zum Baden.

Diese Erwägungen brachten mich dazu, zu hinterfragen, welche Art von Ordnung unsere eigenen Kinder von uns bekommen hatten. War es genug gewesen? Hatte es überhaupt eine nennenswerte Ordnung gegeben? Vor Jahren hatten wir ein Haus an der Mountain Road in Rosendale, New York, gebaut. Fünfundzwanzig Meilen nördlich von dem Ort, wo wir jetzt lebten. Es ist ein sehr abgeschiedenes, bewaldetes Fleckchen, das, wie der Name andeutet, auf einem Berg liegt, der Shawangunk heißt. Die sechs Kinder hatten regelmäßige Essens- und Schlafenszeiten, ihre Kleider wurden gewaschen und jeden Morgen ihre Mittagsbrote zurechtgemacht, aber wir praktizierten zugleich etwas, das Sue als »wohlmeinende Vernachlässigung« bezeichnete und darauf hinauslief, die Kinder so weit wie möglich ihr Leben selbst in die Hand nehmen zu lassen. Susanne, das einzige Mädchen, spielte auf dem Rasen mit ihrem Go-Kart und ihrem Puppenwagen, oder sie hockte mit einer gewaltigen Sammlung von Barbiepuppen in ihrem Zimmer. Wenn sie das Grundstück verließ, dann, um ein Stück weiter die Straße hinunter zu ihrer Großmutter zu gehen. Richard, der Älteste, verzog sich nach einer ersten Phase, in der er ganz allein die Wälder erkundete, zum Lesen in sein Zimmer, und ansonsten ging oder radelte auch er die Straße hinunter zu seiner Großmutter und fuhr häufig noch ein Stück weiter, um Schulfreunde zu besuchen. Aber die drei mittleren Jungen, Henry, Frank und Brendan, tobten zusammen über den Shawangunk. Fast von der Zeit an, da sie laufen konnten, waren sie zusammen im Wald, und wir machten uns niemals allzugroße Sorgen, obwohl ein paar Zwischenfälle immer noch dazu angetan waren, schwere Schuldgefühle aufkommen zu lassen.

Einer dieser Zwischenfälle war die verlorengegangene Lokomotive.

Eines Tages kamen die drei Jungen nach Hause und sagten, sie hätten im Wald einen alten »Eisenbahnmotor« gefunden. Ich glaubte ihnen kein Wort. Ich hatte den Berg jahrelang durchstreift und konnte mich an nichts dergleichen erinnern.

Aber Henry, Frank und Brendan führten mich direkt dorthin. Auf einem Abschnitt verrosteter Eisenbahnschienen, dort, wo man sie gleich nach dem Zweiten Weltkrieg zurückgelassen hatte, stand eine ausgeschlachtete Diesellok kleineren Typs, eine Art Rangierlok. Wahrscheinlich hatte man sie zum Transport gefällter Bäume benutzt. Irgendwann einmal hatte es eine Schmalspurbahn über den Gipfel des Shawangunk gegeben. Aber die Natur hatte das Land schon vor langer Zeit wieder zurückerobert und zu einem Hartholzwald gemacht, und der Bahnkörper lag brach.

Ich war schockiert. Nicht weil ich die Lokomotive nicht selbst entdeckt hatte, sondern weil das alles meilenweit vom Haus entfernt war. Henry war damals etwa zehn, Frank acht und Brendan sechs Jahre alt. Ich erinnere mich, wie ich auf sie hinabblickte und sagte: »Ihr Kinder solltet nicht so weit von Zuhause weggehen.« Und der Blick, mit dem sie alle drei auf meine Worte antworteten, sollte mir noch jahrelang zu schaffen machen. Er war abschätzig und taxierend und schien zu sagen: »Du hast nicht den Schimmer einer Ahnung davon, was wir ausgeheckt haben und wo wir gewesen sind, und jetzt, wenn wir dir einmal was erzählen, was machst du da? Du läßt den Erwachsenen raushängen. Naaaa schön, ich glaube nicht, daß wir *dir* in nächster Zeit mal wieder was erzählen werden.«

»Kommt mir nicht mit diesem Blick«, drohte ich ihnen.

»Klar doch, Dad«, kam die einstimmige Antwort, und die drei grinsten sich an.

Und das war so ungefähr die Art von Ordnung, die ich meinen eigenen Kindern gegeben hatte.

Als ich nun mit Joanne, Sue und Kevin an diesem Konferenztisch saß und mir einen Vortrag zum Thema Ordnung anhörte, sagte ich zu mir: *Richard, selbst auf die unwahrscheinliche Möglichkeit hin, daß Sue mit diesem Wahnsinn weitermachen will, bist du der letzte Mensch, den so ein Kind braucht. Du kannst das nicht! Nicht ausgerechnet du!*

Ich drehte mich zu Sue um und versuchte, ihre Aufmerksamkeit auf mich zu lenken, ich wollte mit ihr nach draußen, um ihr all das zu sagen. Aber sie konzentrierte sich ganz auf Kevin und sah ihn mit so ziemlich genau demselben Gesichtsausdruck an wie mich diese drei Jungen Jahre zuvor im Wald.

Dann sah ich hilfesuchend zu Joanne hinüber, aber auch sie verweigerte jeden Blickkontakt. Sie hatte genug solcher Zusammenkünfte hinter sich gebracht, um das Mienenspiel und auch kleinste Gesten lesen zu können wie ein Buch, und sie wußte, daß ich immer skeptischer wurde.

Jeder von uns vieren, die wir dort saßen, hatte sein eigenes Anliegen. Sue wollte jemanden retten, Kevin wollte seinen Schützling vor einer Situation bewahren, von der er glaubte, daß sie notwendig in einem Mißerfolg enden würde, ich wollte überall sonst sein als eben hier, und Joanne, fest davon überzeugt, daß *Harbour* diesem Kind eine allerletzte Chance auf so etwas wie ein normales Leben anbot, hoffte gegen jede Hoffnung, daß die potentielle Mutter diesem armen Erzieher nicht den Kopf abreißen und daß der Vater nicht Amok laufen würde.

Ich stand auf, um draußen etwas frische Luft zu schnappen.

»Rich, wohin gehst du? Rich!«

»Zur Herrentoilette, verdammt noch mal.«

Aber ich ging weiter bis nach draußen und sah mich noch einmal um. Noch immer waren keine Kinder zu sehen, und es herrschte eine gedämpfte Campus-Atmosphäre. Nur gelegentlich ging einmal ein Erwachsener mit einem Stapel Bücher oder

Papieren in Händen zielstrebig über das Grundstück. Achtzig Kinder? Die Kosten mußten umwerfend sein. Ich erinnerte mich an die Zahlen, wie man sie mir dargelegt hatte: Vierzigtausend Kinder allein in der Kinderfürsorge des Staates New York, vierhunderttausend landesweit.

Das war der Punkt, an dem mir klar wurde, woran diese wunderschöne Umgebung mich erinnerte: An das Marinehospital mit Blick auf den Pazifik in San Diego. Eine andere Architektur, aber dasselbe Thema: still, gedämpft, beinahe luxuriös, angelegt mit Unmengen Licht und beruhigenden Grünflächen. Es war ein Ort, an den man die Verwundeten und Verstümmelten brachte, Menschen, die an Schmerzen und Wundbrand litten, die weinten und unter Schock standen. Das war der Ort, wo man sie saubermachte, zusammenflickte und dann wieder nach draußen schickte.

Bevor ich *Harbour* kennenlernte, hatte ich gewußt, daß es eine Kinderfürsorge gab, aber ich wußte eigentlich nicht, warum. Im wesentlichen glaubte ich – glaube es tatsächlich immer noch –, daß die Regierung und das Gerichtswesen in einer Familie nichts zu suchen haben. Vielleicht ein Geistlicher, vielleicht ein Freund, aber keine Gerichte oder gar Anwälte oder Richter. Bevor ich *Harbour* kennenlernte, hatte ich sogar die Leute, die in diesem System arbeiteten, als »Möchtegern-Samariter« abgetan – Drohnen, die mit ihrem Leben entweder nichts Produktives anfangen konnten oder wollten.

Aber als ich da nun an diesem warmen Frühsommertag auf diesem sanften, wunderschönen Gelände stand, nervös, voller Selbstzweifel und mit einer Heidenangst im Bauch, begann ich langsam zu begreifen, worum es bei alledem hier eigentlich ging. Alles ergab einen Sinn, wenn man diese Kinder mehr als Unfallopfer betrachtete und weniger als Kinder oder Klienten oder Fälle. Obwohl dieses Verständnis nicht bedeutete, daß ich mich kompetent fühlte, es mit einem dieser »Verletzten« aufzunehmen.

Ich war kein Arzt, kein Therapeut und auch kein Sozialarbeiter. Ich war eine Privatperson, wollte niemandem lästig fallen und wollte im Grunde auch nicht, daß mir, abgesehen von meiner Familie und meinen engen Freunden, jemand lästig fiel. Wenn überhaupt, hatte einzig Sues Entschlossenheit mich bis hierher mitgerissen. Das und der Wunsch, sie begreifen zu machen, daß sie – *wir* – hier nichts zu suchen hatten. Nun gut, die hingekritzelten Wörter dieses Jungen und die Geschichten über andere Kinder hatten mich gerührt. Aber *berührten* sie mich auch?

Bilder der Horrorgeschichten, die wir während des Kurses gehört hatten, spulten sich in meinen Gedanken ab wie ein immer schneller laufendes Videoband. Es fing an mit einem Erwachsenen, der ein dreijähriges Kind komareif schlug. Dann verschmolz diese Szenerie mit all den anderen Schreckensereignissen, von denen wir während der letzten Monate gehört hatten: die Vergewaltigungen, die Brandwunden, die Unterernährung, die Morde. Ich erinnerte mich an die Lässigkeit, mit der die Sozialarbeiter die Fakten heruntergeleiert hatten: »Lisa war vier, als der Freund ihrer Mutter begann, sie zu vergewaltigen. Immer wenn sie darüber klagte, ließ er seinen Schäferhund auf sie los.« – »Paul hatte recht. Sie haben das Baby, seine kleine Schwester, tatsächlich getötet – die Verbrennungen waren kein Unfall. Und als der Pathologe die Leiche untersuchte, stellte er fest, daß die Fußsohlen der Kleinen keine Brandblasen hatten – sie hatte versucht, sich aus dem kochend heißen Wasser hochzustemmen, während sie sie runterdrückten.« – »John spricht nicht. Wir wissen nicht, woher er stammt. Ein Müllmann hat ihn auf der Müllkippe weinen hören.«

Tausende zersplitterter kleiner Leben, die jetzt, gut versteckt, gut versorgt, leise hinter sich ausbreitenden Eiben und englischem Rasen Genesung finden sollten.

Mich schauderte.

Nein. Ohne mich. Ich werde Sue gleich hier und jetzt sagen, daß ich nach Hause fahre und die ganze Sache vergessen will.

»Rich!« Ich blickte zu den breiten, geschnitzten Türen des Haupteingangs hinüber. Sue stand in einer dieser Türen, die

Hand wütend auf den Griff gelegt. »Komm rein«, zischte sie. »Kevin holt ihn runter.«

Dünn. Mein erster Eindruck von Mike: Er war dünn. Er saß mit dem Rücken zur Tür am Konferenztisch. Jeans und Turnschuhe, Batik-T-Shirt, vielleicht einen Meter fünfzig groß, mit strähnigem blondem Haar, das dringend einen Schnitt gebraucht hätte. Durch den Stoff des T-Shirts konnte ich die Umrisse seiner Schulterblätter sehen. Ich konnte sogar die harten kleinen Knochen seines Rückgrats zählen.

Und starr. Das Kind saß sehr aufrecht, sehr angespannt, den Blick auf Sue geheftet. Er zuckte mit keiner Miene, als ich um den Tisch herumging und mich hinsetzte. Er hatte blaue Augen und das bleiche Gesicht eines Straßenkindes – und einen ausgeprägten nervösen Tic. Alle zehn Sekunden ruckte sein Kopf um neunzig Grad zur Seite und wieder zurück, als würde er von einer unsichtbaren Hand geschlagen. Er versuchte gleichzeitig, dagegen anzukämpfen und so zu tun, als wäre da gar nichts.

Ich hatte immer noch das Gefühl, unter Zwang zu stehen, und mir kam ein unfreundlicher und egoistischer Gedanke: *Der Junge will es auch. Jetzt bin ich wirklich in der Minderheit.*

Man hatte uns vorgewarnt: Diese Kinder sind blind entschlossen. Vielleicht weil das System ihnen in dem Versuch, sie zu beschützen und auf einen neuen Weg zu bringen, sehr wenig Spielraum für eigene Entscheidungen gibt, scheinen diese Kinder häufig sehr ausgeprägte Charakterzüge zu entwickeln. Sie können unglaublich stur und zielstrebig sein. Ihr einziges Machtmittel ist es, unlenkbar zu sein, und so entwickeln sie eine wilde Entschlossenheit.

Dann kam mir ein zweiter unfreundlicher Gedanke: *Ich frage mich, ob er genügend intelligent ist, um überhaupt zu begreifen, was es ist, das er da so unbedingt haben will.*

Aber nachdem ich mürrisch auf den Stuhl gesunken war, zuckten meine Ohren plötzlich vor Interesse. Die Aussprache des

Jungen war gut – sehr gut. Seine Syntax war manchmal etwas unbeholfen und seine Stimme viel zu laut, aber im allgemeinen sprach er die Wörter richtig aus und benutzte sie auch korrekt.

Was war mit diesem IQ von siebzig passiert?

Ich richtete mich ein wenig auf und begann zuzuhören.

Sue hatte unmerklich die Gesprächsführung übernommen. Sie begann damit, unsere Familie und unser Haus zu beschreiben. Dann stellte sie mit sanfter, leiser Stimme Fragen über Fragen.

»Wir haben zwei Hunde und zwei Katzen. Magst du Tiere?«

»Tiere mag ich immer. Ich mag Katzen und Hunde immer und ewig.« Er leckte sich die Lippen, konzentrierte sich, hielt den Blickkontakt.

»Wir haben fünf Söhne und eine Tochter. Aber die sind alle älter als du. Hast du mal darüber nachgedacht, wie du mit älteren Kindern zurechtkommst?«

»Ich komme immer gut mit älteren Kindern zurecht. Manchmal komme ich sogar mit jüngeren Kindern zurecht. Aber mit älteren komme ich immer zurecht.«

»Wir leben auf dem Land. Magst du das Landleben?«

»Landleben mag ich immer. Ich bin auf dem Land geboren worden. Ich liebe das Land.«

»Möchtest du mal zum Mittagessen zu uns kommen?«

»Mittagessen mag ich immer. Ich esse jeden Tag zu Mittag.«

»Was machst du denn sonst noch gerne?«

Schweigen. Die Augen flackerten und wandten sich zum ersten Mal von Sue ab, kehrten dann aber zu ihr zurück. Mikes Zunge schnellte hervor, und er leckte sich hastig die Lippen. Man konnte sehen, wie seine Gedanken sich verzweifelt überschlugen – welche Antwort wollte diese Frau von ihm hören?

Sue ermutigte ihn mit einem Lächeln. »Ich höre, du bist künstlerisch sehr begabt. Malst du gerne?«

Der Junge atmete hörbar aus. »Ich male immer gerne. Ich habe eine Schildkröte gemalt. Hier ... « Mike schob Sue ein kleines Puzzlespiel über den Tisch, das er bisher auf dem Schoß liegen gehabt hatte; er hatte nur auf den richtigen Augenblick gewartet. Das Puzzle war aus dickem Pappkarton geschnitten und dann mit Wasserfarben bemalt worden.

Sue sagte später, sie könne sich lebhaft vorstellen, wie der Junge oben in seinem Zimmer verzweifelt nach etwas, irgend etwas, Ausschau gehalten hatte, das Eindruck machen würde auf diese Leute, die ihn besuchen wollten.

Jetzt spreizte sie mit gesenktem Kopf die Finger einer Hand über dem Puzzle. »Das ist sehr hübsch, Mike.«

Ihre Blicke begegneten sich und ließen einander nicht wieder los.

»Was noch, Mike? Ich meine, ich hätte gehört, daß du gerne angelst?« Und so ging es weiter. Das vorsichtige Hin und Her zwischen Sue und Mike faszinierte nach und nach jeden am Tisch, das Knistern roher Energie zog allmählich alle in seinen Bann, zog uns mit hinein. Es war Sue nicht entgangen, wie angespannt und wie blind entschlossen Mike war. Mehrmals sagte sie ihm lächelnd, er solle sich ein wenig entspannen. »Es gibt keine falschen Antworten, Mike. Wir wollen dich einfach nur kennenlernen.« Einmal streckte sie die Hand aus und legte sie auf seine, und man konnte den Gedankenablauf in seinem Kopf förmlich sehen – sie hat meine Hand genommen, also sollte ich wohl ihre drücken – was er dann auch mit einer ruckartigen, unbeholfenen Bewegung tat.

»Hey, du hast aber einen ganz schönen Händedruck.«

Erschrockene, abwägende Augen. »Zu stark?«

Mir fiel eine der schneidenden, kleinen Beschreibungen ein, die ich über Mike gelesen hatte – »Er kann sich einer Sache immer nur für kurze Zeit widmen« –, und ich fragte mich, ob er auch in diesem Fall abschalten würde, noch bevor Sue fertig war. Aber er schaffte es. Während die große Wanduhr auf der anderen Seite des Raums wie ein Metronom die langen Sekunden markierte, die sich zu einem endlosen Sommernachmittag zusammensetzten, hielt er zäh den Kopf aufrecht, beantwortete jede einzelne Frage und wappnete sich zugleich für die nächste.

Endlich lehnte Sue sich zurück. »Gibt es irgend etwas, das du gern von uns wissen würdest, Mike?«

Zuerst schüttelte er verneinend den Kopf, aber dann änderte er seine Meinung. Da war etwas – etwas, wovor er Angst hatte. Er holte tief Atem, blinzelte und geriet zum ersten Mal ins Stottern. »Nehmt ihr Petey?« fragte er, und seine Worte überschlugen sich beinahe.

Sue sah verwirrt aus, und Kevin griff ein. »Peter ist ein anderes Kind in seiner Gruppe.«

Sue sah Mike an und schüttelte den Kopf. »Nein, mein Junge, das tun wir nicht.«

»Petey hat gesagt, ihr würdet ihn euch auch ansehen. Er hat gesagt, daß er euch schon kennt.«

»Nein, mein Junge. Ich bin davon überzeugt, daß Petey ein sehr netter Kerl ist. Aber wir haben deine Unterlagen gelesen. Wir sind hier, um dich kennenzulernen, nur dich, und um herauszufinden, ob du uns gern einmal besuchen würdest.«

Mike schob steif seinen Stuhl zurück, stand auf und ging durch die Tür aus dem Raum. Einen Augenblick später wurde die Tür noch einmal aufgerissen, und Mike sagte: »Auf Wiedersehen.« Dann fiel die Tür abermals ins Schloß.

Sue sank auf ihrem Stuhl zusammen. »Puh. Ich fühle mich wie nach einem Zwanzigmeilenlauf. Also, worum ging es zum Schluß eigentlich?«

Kevin zuckte die Achseln. »Es bringt eine Menge Ansehen in der Gruppe, draußen eine Familie zu haben«, sagte er. Seine Stimme klang gepreßt. »Jemanden, der einen besucht. Mike ist in dieser Hinsicht sehr verletzlich; er bekommt fast nie Besuch. Einige Kinder ziehen ihn damit auf und spielen ihm Streiche damit.«

»Was ist mit den Johnsons?« fragte Sue. Sie bezog sich auf das Ehepaar, das Mikes älteren Bruder und seine Schwester adoptiert hatte. »Ich dachte, die würden ihn besuchen.«

Kevin zuckte abermals die Achseln, und diesmal hob er die Hände. Eine kummervolle Geste: »Nicht sehr oft – vielleicht alle drei oder vier Monate –, und die anderen Kinder wissen, daß es nicht seine richtige Familie ist.«

Sue blähte die Wangen und dachte lange über diese Antwort nach. Unbewußt trommelte sie mit den Fingern ihrer rechten Hand auf den Tisch.

Eine volle Minute später fragte Joanne leise: »Heißt das, Sie wollen den nächsten Schritt tun?«

Sue antwortete, ohne aufzusehen oder nachzudenken. »Ich habe ihn zum Mittagessen eingeladen.«

Dann richtete Joanne ihre dunklen Augen fragend auf mich. »Rich?«

Ich blickte meinerseits zu Sue hinüber, die jetzt sichtbar angespannt war und sich über den Tisch beugte. Ich war bisher weitgehend in ihrem Kielwasser geschwommen. Und viele meiner Zweifel waren angesichts dessen, was ich von dem Jungen gesehen hatte, in sich zusammengefallen. Tatsächlich konnte ich mich zu Ende des Gesprächs kaum mehr auf meinem Sitz halten, so wütend war ich über die brutale Choreographie dieser Begegnung gewesen – vier Erwachsene, die in einem abgeschlossenen Raum ein verängstigtes, nervöses Kind examinierten. Wir hatten diesen Jungen gerade viel zu lange unter viel zu großen Druck gesetzt, und die Tatsache, daß ich daran beteiligt gewesen war, stieß mich ab. Es mochte notwendig gewesen sein, aber es war nicht fair. Es war in keiner Weise fair gewesen, zumal Mike nicht die geringste Ähnlichkeit mit dem mürrischen Psychopathen zu haben schien, der er dieser schrecklichen Akte nach hätte sein müssen. Statt dessen war er mager, beinahe ausgemergelt, ängstlich und von dem Wunsch beseelt, uns zu gefallen; er war furchtbar einsam, und irgendwo da drinnen konnte man das Kind erkennen, das sich eine Angel wünschte. Außerdem war er ein Kämpfer; ich spürte noch immer die Kraft seiner Persönlichkeit im Raum.

Aber was war mit dieser Akte? Mit all diesen Berichten? Auf der anderen Seite, was war mit Sue? Die Angelegenheit war ganz anders verlaufen, als ich es mir vorgestellt hatte, sowohl, was sie, als auch, was den Jungen betraf. Vor allem aber, was sie betraf. Sues Bild von Mike als einem traurigen, blassen Waisenjungen war nicht in sich zusammengestürzt, und sie fand ihn offensichtlich auch nicht abstoßend. Die Begegnung schien im Gegenteil ihre Gefühle bestärkt zu haben.

Ich mußte aufgeben. »Okay, Mittagessen«, sagte ich barsch.

Sue lehnte sich entspannt zurück, zufrieden, aber auch leicht belustigt. »Sei nicht so freundlich und aufgeschlossen; das sieht dir gar nicht ähnlich.«

Es war ein heißer, feuchter Julinachmittag, und ich kam früher von der Arbeit zurück, um mich um das Mittagessen für Mike zu kümmern; ich fuhr rückwärts in eine Parklücke, blieb lange hinter dem Steuerrad sitzen und sah aus dem Fenster. Das Haus müßte eigentlich einen wunderbaren Eindruck auf den Jungen machen. Ich hatte am Tag zuvor den weiten, leicht abfallenden Rasen hinterm Haus und am Parkplatz gemäht, und die vielen hundert Blumen, die Sue für Susannes Hochzeit im August ausgesät hatte, säumten die Gehwege und umrahmten das winzige, alte, steinerne Pförtnerhaus hinter dem Hauptgebäude, bevor sie in rosafarbenen und purpurroten Reihen auf der anderen Seite verschwanden.

Ich stieg aus dem Wagen, sprang durch das Labyrinth unserer Rasenbesprenger und schlüpfte an der Küchentür vorbei durch den Eingang zum Schankraum ins Haus. Dieser alte Schankraum, der während der Prohibition als Flüsterkneipe gedient hatte, nimmt den größten Teil des Erdgeschosses des dreistöckigen Landhauses ein, das wir gerade restaurierten. Der Raum führt direkt auf den Rasen hinterm Haus hinaus, an den sich eine ungenutzte Heuwiese anschließt! Im Schankraum selbst war es kühl und schattig, denn die Hochsommersonne draußen schien nicht in die Fenster. Das dunkle Kiefernholz der Wände schimmerte schwach in dem einzigen Licht, das Sue über dem langen Kieferntisch in der Mitte des Raumes hatte anbringen lassen. Das eine Ende des Tisches war für vier Personen gedeckt, mit Brötchen, kaltem Aufschnitt, Makkaronisalat, Tomatenscheiben und Kartoffelchips, und am anderen Ende des Tisches wartete eine große Schokoladenschichttorte.

»Hey«, sagte Sue, die gerade mit einer weiteren Platte in der Hand aus der Küche kam. Sie wirkte geistesabwesend und gereizt. »Rich, könntest du wohl vier Bargläser, eine Flasche Cola und etwas Eis holen?«

»Geht klar.«

Gerade als ich fertig war, klopfte Joanne mit Mike im Schlepptau an die Küchentür. Während ich mich mit Joanne unterhielt, führte Sue Mike durchs Haus, machte ihn mit den beiden Hunden, Teddy Bear und Pupsy, bekannt, zeigte ihm den Garten draußen und wies ihm dann, als sie mit ihm wieder in den Schankraum kam, ziemlich umständlich einen Platz zu, machte ihm ein Sandwich zurecht und schenkte ihm eine Cola ein.

Mike war besser angezogen als bei unserer ersten Begegnung: dunkle Hosen und ein sauberer Pullover. Die Haare waren zwar immer noch nicht geschnitten, aber man konnte sehen, daß sie am Morgen gründlich gewaschen worden waren. Natürlich sah er so aus, als könnte er ein paar hundert Sandwiches verdrücken, aber am Anfang aß er kaum etwas und sagte auch so gut wie nichts. All seine Aufmerksamkeit richtete sich auf die Hunde, die zusammen mit der Katze ausgestreckt auf dem sonnenüberfluteten Rasen draußen vor den Fenstern des Schankraums lagen und schliefen.

»Machst du dir Sorgen wegen der Hunde, Mike?«

Er blickte Sue an. »Geht es ihnen gut? Was fressen sie? Haben sie Brüder und Schwestern? Schlafen sie die ganze Zeit? Haben sie Familiennamen? Sind sie immer draußen? Kommen sie, wenn ihr sie ruft?«

»Brrr!« sagte Sue und lachte. »Iß erst mal etwas, dann werde ich versuchen, dir all deine Fragen zu beantworten.«

Kein Wunder, daß der Bursche so dünn ist, dachte ich. Sue fand heraus, daß seine Lieblingsnachspeise Eiscreme mit Pfefferminzschokoladesplittern und Sahne war, daß er gern schwamm, puzzelte und Modelle bastelte, daß ihm das Haus und die ganze Gegend gefielen.

Doch Joanne erzählte uns später, daß er auf der langen Fahrt zurück ins Heim nur über Hunde gesprochen habe.

Als wir uns trennten, machte ich Anstalten, wieder an meine Arbeit zu gehen, aber Sue hielt mich zurück, die Hände fest auf ihre Hüften gestemmt; in ihrem Gesicht standen viele Fragen. Ich ließ mich mit einem Plumps wieder auf meinen Stuhl sacken; die Entscheidungen, nach denen sie verlangte, hingen an mir wie Blei. Der nächste Schritt in dem Programm war eine einwöchige Vorabvisite, und das wiederum bedeutete, daß wir beide jetzt endgültig reif waren für »Das Gespräch«.

»Das Gespräch« ist eine Technik, die Sue und ich entwickelt haben, um unterschiedliche Meinungen über wichtige Fragen zu klären. Sie ist das Destillat vieler Jahre wechselnder familiärer Verhältnisse mit sechs klugen Kindern, die allesamt ihren Einfluß ausübten. Es ist unsere Methode, dauerhafte Entscheidungen herbeizuführen und dann alle weiteren Diskussionen über dieses Thema zu beenden.

»Das Gespräch« kommt zustande, wenn entweder Sue oder ich zu dem Schluß kommen, daß wir eine wichtige Entscheidung über irgend etwas fällen wollen oder müssen. Wir setzen dafür dann konkret ein Datum und einen Zeitpunkt fest. Wir diskutieren über die Sache vielleicht schon im voraus und erkunden dabei die Position des anderen, aber wir sind uns immer einig, zu keinerlei fester Entscheidung zu kommen, bis der für »Das Gespräch« angesetzte Termin gekommen ist. Wenn wir uns dann zusammensetzen, fechten wir einen Streit aus, in dem mit allen Waffen gekämpft wird und keine Gefangenen gemacht werden. Jeder von uns nimmt die Argumente des anderen genau unter die Lupe und zerreißt sie, bis nur noch sehr wenig übrigbleibt.

Natürlich sind wir uns oft auch schnell einig, und »Das Gespräch« dauert nur Sekunden, aber oft auch nicht, und dann muß sich einer von uns in den nächsten Stunden durchsetzen. Die Grundregel besagt, daß eine Entscheidung getroffen werden muß und, was noch wichtiger ist, daß danach die Diskussion nie wiederaufgenommen werden darf. Und daher halten wir nur selten einmal etwas voreinander zurück, wenn uns etwas wirklich umtreibt. Im Laufe der Jahre hat sich diese Methode als eine höchst erfreuliche und unerschöpfliche Quelle der Enttäuschung für diejenigen der Kinder erwiesen, die uns gerne gegeneinander ausgespielt hätten. In wichtigen Fragen haben die Kinder von uns immer eine von zwei möglichen Antworten bekommen; entweder: »Wir haben darüber noch nicht diskutiert«, oder: »Tut mir leid, nein, darüber haben wir bereits diskutiert.«

Jetzt sprach Sue es aus: »Ich möchte ›Das Gespräch‹.«

»Wann?«

»Sobald wie möglich – auf der Stelle, wenn du jetzt hierbleiben kannst.«

Ich würde es verschieben können. Denn es entsprach nicht ganz der Spielregel – wir meldeten immer ein paar Tage oder eine Woche voraus ein »Gespräch« an, niemals unmittelbar im Anschluß an das auslösende Ereignis. Aber in diesem Fall hatten wir seit Monaten die Vorbereitungen betrieben, und ich wußte, wie es letztlich laufen würde. Denn in allen bisherigen »Gesprächen« hatte keiner von uns dem anderen jemals etwas abgeschlagen, das dieser von ganzem Herzen wollte. Wir hatten vielleicht den anderen gezwungen, seine Absicht vehement zu verteidigen, aber dann dem dringenderen Anliegen immer zugestimmt und es unterstützt. Immer.

Sue war offensichtlich absolut entschlossen, Mike zu nehmen, und obwohl ich immer noch ernsthafte, nüchterne Fragen bezüglich ihrer Motivation hatte, bezüglich der Störung unseres Lebens, der Auswirkungen, die ein solcher Schritt auf unsere eigenen Kinder und auf meine eigene Kraft haben würde, war ich es doch ebenfalls müde, die Sache für Zündstoff zwischen uns sorgen zu lassen. Inzwischen machte sich auch in mir eine seltsame Mischung von Gefühlen breit. Trotz der gewaltigen Abneigung, noch einen Jungen zu haben, vermißte doch ein anderer Teil von mir die mit der Anwesenheit von Jungen verbundene Aufregung, und während ich einerseits enttäuscht war – fast schon bitter enttäuscht, wenn ich daran dachte, daß es am Ende dieses ganzen Prozesses niemals ein kleines Mädchen für uns geben würde –, wurde ich andererseits auch angesteckt von Sues Begeisterung, mochte ich die Leute des *Harbour*-Programms ganz gut leiden, tat mir dieses Kind furchtbar leid, und ich wußte, daß wir genug Platz hatten (wir hatten genaugenommen siebzehn Zimmer). Den Jungen zu nehmen, bedeutete nicht einmal eine Verminderung des bei uns immer kritischen Bargeldbestands – *Harbour* würde uns einen Satz zahlen, der um einiges höher war als das normale Pflegegeld. Und um es noch einmal zu sagen, war ich beeindruckt von dem Kind selbst – beeindruckt durch unseren ersten Besuch und bestärkt darin durch unser gemeinsames Mittagessen.

Also stand ich auf und umarmte sie fest.

Sie schob mich auf Armeslänge von sich weg. »Also, ist das nun ›Das Gespräch‹?«

»Jawohl«, sagte ich und gluckste, »ich denke ja. Ich muß wieder an die Arbeit.«

»Du willst nicht darüber reden.«

»Sue, ich bin schon ganz leergeredet.«

Als das Kinderheim erst einmal gemerkt hatte, daß es Sue wirklich ernst war mit Mike, produzierte man dort Bedenken über Bedenken.

Das altenglische Wort für *harbor* oder *harbour* lautet *haven*. Im Deutschen gibt es noch das Wort, obwohl es normalerweise anders ausgesprochen und anders geschrieben wird, nämlich: »Hafen«, aber es kommt auch in der alten Schreibung noch vor, vor allem in geographischen Namen, zum Beispiel Bremerhaven.

Ein Hafen ist, wie jeder weiß, ein vor Wetter und See geschützter Liegeplatz, wo man ein Schiff sicher entladen oder wieder instand setzen kann, und das *Harbour*-Programm wollte den Kindern einen Hafen verschaffen, wo sie vor dem Sturm sicher festmachen, sich versorgen und ihr Leben wieder instand setzen konnten. Ein sicherer Hafen. Aber es handelt sich nach wie vor um eine Spielart der Pflegschaft – eine neue Spielart, die als eine therapeutische sich deutlich von der gewöhnlichen unterscheidet, aber nach wie vor ist es eben die Übernahme einer Pflegschaft.

Leider kann eine Pflegschaft nie und für nichts eine hundertprozentige Garantie bieten, und sie steht in dem Ruf, nicht viel dazu beizutragen, Kinder wieder in ein normales Leben zurückzuführen, vor allem nicht schwierige Kinder. Zwar wären für Pflegekinder viele liebevolle Familien vorhanden, die ihr Bestes für ihre Schützlinge geben wollen. Aber eine ganze Vielfalt von Problemen ergibt sich daraus, daß es oft nur als eine zeitweilige Unterkunft für den Notfall betrachtet wird.

Selbst bei bester Motivation können die in der Kinderfürsorge Tätigen, die bis zu sechzig oder siebzig Fälle gleichzeitig zu betreuen haben, in die Lage kommen, daß sie mit der Flut der Kinder, die in das Fürsorgesystem gespült werden, nicht mehr mithalten und die Pflegeeltern nicht mehr genau genug unter die Lupe nehmen können. Die Familien, mit denen sie zu tun haben, befinden sich oft in »kritischen Situationen«, wie die amtliche Terminologie lautet. Kinder müssen zu jeder Tages- oder Nachtstunde aus ihrer bisherigen Umgebung herausgenommen werden und der Fürsorge übergeben werden können. Wenn sie erst einmal vom Fürsorgesystem vereinnahmt sind, haben diese Kinder auch schon keine höchste Priorität mehr. Denn die hohe Anzahl der Fälle eines Sachbearbeiters sorgt schnell für den nächsten Krisenfall, der wieder die nächste Unterbringungsmaßnahme erforderlich macht.

Wer schaut da noch zurück und wägt einmal sorgfältig Vor- und Nachteile des Verbleibs eines Kindes im Heim ab? Die

Sozialarbeiter beklagen sich bitterlich über diesen Zustand. Dies und die lausige Bezahlung sorgen vor allem dafür, daß es überall so viele ehemalige Sozialarbeiter gibt.

Fast alle Familienspezialisten bei *Harbour* sind ehemalige Sozialarbeiter. Während unseres »Kurses« hatten sie uns immer wieder von der Arbeitsüberlastung erzählt und von der darauffolgenden Frustration – und von ihrer ständigen Angst um die Kinder, die sie hin und her schieben mußten.

Auch viele Pflegeeltern beklagen sich darüber. Ihnen werden mitten in der Nacht Kinder gebracht ohne ausreichende Unterlagen, was deren ärztliche Betreuung oder deren Schulbesuch betrifft. Sie bekommen ältere Kinder, die zu sexuellen Übergriffen neigen, und jüngere Kinder, die sexuell verwundbar sind. Und sie bekommen Kinder mit besonderen medizinischen Ansprüchen, die eine Diät oder eine besondere Behandlung brauchen, von der sich niemand ein Bild machen kann, bis endlich Tage oder Wochen später die notwendigen Informationen eintreffen.

In mancher Hinsicht erweist sich das System oft als unzureichend den sehr jungen Leben gegenüber, die es eigentlich beschützen soll. Die Kinder dort zu lassen, wo sie sind, ist so ungefähr das einzige, was noch schlechter ist. Aber es gibt eine dritte Alternative, die Institution – das Kinderdorf, das Gruppenheim, die Residenz, das Kinderheim oder, wie wir früher sagten, das Waisenhaus.

Die Gesellschaft im großen und ganzen, die Gerichte und die mit der Kindeswohlfahrt befaßten Einrichtungen glauben beinahe wie an einen Satz des Glaubensbekenntnisses daran, daß Waisenhäuser die letzte Möglichkeit sein sollten. Daß Kinder zuerst und zuallererst in eine Familie gehören – wenn schon nicht in ihre eigene, dann in eine andere. Ich neige ebenfalls zu der Ansicht, daß Kinder meistens am besten in ihren Familien aufgehoben sind, selbst wenn es sich um heimatlose Familien handelt, die ohne festen Wohnsitz im Land umherstreifen. Denn normalerweise lernen Kinder nur in Familien das Streiten und die sozialen

Fähigkeiten, die sie später im Leben benötigen werden – weil nämlich paradoxerweise die Eltern und vor allen Dingen die Mütter den Kindern das Verhaltensmuster abverlangen, sich auch langfristigen Anstregungen auszusetzen. Selbst bei einer so prosaischen Sache wie den Tischmanieren – eine durchaus nützliche Fertigkeit, wenn man vorhat, in aller Öffentlichkeit zu essen – werden Mütter darauf bestehen, daß ihr Kind es so lange mit Messer und Gabel versucht, bis es die Technik richtig beherrscht. Wir lachen zwar in Fernsehserien über solche Situationen: Aber eine Mutter bringt es fertig, noch ihr – unverheiratetes – 35jähriges Kind darauf hinzuweisen, daß es seine Gabel wie eine Schaufel hält, daß es sich merkwürdig kleidet, daß die Person, mit der es sich trifft, nicht die richtige ist, wenn sie das Gefühl hat, es mache etwas falsch. Mütter geben es einfach nicht auf, ihr Kind zu ermuntern, die Dinge genau so zu machen, wie sie sie für richtig halten. Institutionen dagegen tendieren dazu, zu diagnostizieren und sich dann an die Ergebnisse zu gewöhnen, so daß sie im Endeffekt dem Kind seine Anstrengung ersparen. Wenn der kleine Johnny Messer und Gabel in dem Alter, in dem andere Kinder diese Kunst beherrschen, nicht zu handhaben weiß, dann starten sie deswegen nicht eine im Zweifelsfall lebenslängliche Kampagne, um dieses Ziel zu erreichen. Vermutlich wird man bei dem Kind ein Defizit an altersgerechten feinmotorischen Fähigkeiten diagnostizieren und der Küche diätetische Anweisungen geben, in denen um eine Reduzierung seiner Nahrung gebeten wird. Und natürlich wird Johnny es niemals lernen.

Die Leute, die in einer Institution arbeiten, betrachten die ganze Sache jedoch aus einem völlig anderen Blickwinkel. Für sie geht es um die Frage der Sicherheit. Sie haben mit so vielen verstörten Kindern aus Familien und aus der Fürsorge zu tun. Deshalb ist es für sie schon sehr kühn, ein Kind zurück in seine Familie oder zurück in das Fürsorgesystem zu schicken.

Und genauso sah es das Kinderheim im Fall Mike.

Und in unserem Fall.

Pflegeelternschaft, voradoptive Unterbringung, psychiatrische Unterbringung und wieder Pflegeelternschaft. Das war Mikes Kreislauf gewesen, bevor er in dieses Heim kam. Und jetzt, da man ihn dort so weit hatte, daß er lief und redete, in die Schule ging und in wachem Zustand nicht mehr in die Hosen machte, jetzt, nach drei Jahren, in denen niemand Mike verletzt hatte, wollte man ihn eigentlich nicht gehen lassen. Vor allem wollte man ihn nicht irgendwelchen Pflegeeltern anvertrauen.

Die Entscheidung lag allerdings beim Amt für Sozialdienste des Dutchess County, und der Sozialdienst hatte Mike für das Programm empfohlen. Aber dort konnten sie jederzeit ihre Meinung ändern, vor allem wenn die Mannschaft der vom Heim kontrollierten, professionellen Therapeuten und Berater auch nur den leisesten Hauch einer Gefahr für Mike witterten.

Den Anfang machten sie mit seinem physischen Zustand.

Mike war etwa einen Meter sechzig groß und wog weniger als siebzig Pfund. Ob nun ausgezehrt oder einfach tödlich dünn, es mochte sein, wie es wollte, er sah jedenfalls wie ein KZ-Häftling aus, und das Heim meinte, er solle für zwei Wochen ins Krankenhaus, um ihn dort von Ernährungsberatern und Ärzten untersuchen zu lassen.

Als Sue begriff, was da vorging, ging die erwähnte winzige Klappe auf, aus der Flammen spien.

Sie hatte schon das Warten vor dem ersten Besuch frustriert, als Mike nach seinem Selbstmordversuch sein Gleichgewicht wiederfinden sollte. Jetzt, als sie ihn kennengelernt hatte und sie ihn zum Mittagessen bei uns gehabt hatte, wollte sie sich nicht sagen lassen, daß zuvor auch noch sein Gewichtsproblem gelöst werden müsse.

»Zum ersten«, erklärte sie mir, »kann ich ein Kind ernähren. Zweitens, wenn sie wirklich sein Gewichtsproblem lösen – und ich zweifle daran, daß es ihnen gelingt, selbst wenn sie es drei Jahre lang versuchen –, werden sie mir als nächstes erzählen, daß sein Mineralhaushalt nicht ausgeglichen sei. Und dann, daß man einen kompletten Satz von Allergietests machen müsse, danach, daß er Probleme mit dem Gehör habe oder eine neue Brille brauche oder vielleicht orthopädische Schuhe.«

»Nein«, sagte sie und stieß ihren rechten Zeigefinger in die Innenseite ihrer linken Hand, »ich werde die Sache abkürzen müssen. Wie hieß noch mal dieser Sozialarbeiter im Amt für Sozialdienste von Dutchess, der die Vormundschaft ausübt?«

»Äh, Gerri, denke ich.«

Und so begannen die Telefonate.

Die erste Etage, die zugleich die Hauptebene unseres Gasthofs ist, beherbergt einen großen Anrichteraum, unsere Privatwohnung und etwas, das früher ein schwerfällig möblierter, schwach beleuchteter Speisesaal mit dunkel getäfelter Holzdecke, schweren, grauen, abblätternden Tapeten und einem düsteren Steinkamin gewesen war. Ich hatte diesen Raum in ein helles Büro für Sues Steuerberatungs- und Finanzplanungstätigkeit verwandelt. Mit neuer Täfelung und Raumteilern, effizienter Verkabelung, himbeereisfarbenen Wänden mit einer Bordüre, geblümter Tapete und viel Weiß. Die Pendeltür zu Sues Büro geht auf den kurzen Flur des Hauses hinaus und liegt direkt gegenüber der Treppe hinunter zum Schankraum und zur Küche. Wenn ich hinausgehe, hereinkomme oder ins Erdgeschoß hinuntergehe, komme ich an dieser Tür vorbei, und so war es unvermeidlich, daß ich in den Tagen, die ihrem ersten Anruf bei Gerri folgten, Fetzen von Gesprächen mithörte, in denen Sue eine Übereinkunft zwischen dem Sozialdienst und dem Kinderheim zu erzwingen versuchte.

»All meine Söhne haben diesen Zyklus durchlaufen. Sie wurden dünn, nahmen dann wieder an Gewicht zu, gingen noch etwas mehr in die Länge und wurden wieder dünn. Ich kann ebensogut etwas in ihn hineinschaufeln, wie Sie es dort können.«

»Ob Sie es nun glauben oder nicht, wir haben hier in Ulster County ebenfalls Ernährungswissenschaftler und Ärzte. Was glauben Sie denn, wo wir hier leben auf dieser Seite des Flusses – in Bangladesch?«

»Würden Sie sich dann *bitte* einmal in Ihren Wagen setzen und herüberkommen, um sich meine Jungen anzusehen? Jeder von ihnen war bei der Geburt zwischen sechs und sieben Pfund schwer, und heute sind sie allesamt Gewichtheber. Jetzt erklären Sie mir doch mal, wie es dazu kommen konnte!«

Und dann eines Tages: »Wenn er sowieso zu einem Nichts dahinschwindet, Gott verflucht, warum kann er dann nicht wenigstens glücklich sterben, während er mit einem Hund spielt?«

Bei der Gelegenheit steckte ich meinen Kopf kurz in ihr Büro. »Ist das nicht einen Tick zu dramatisch?«

»Hey« – mit der Hand über der Sprechmuschel –, »ich bin es satt. Was erwartest du – Peggy Noonan?«

Zu diesem Zeitpunkt sah es aus, als würde sie unterliegen. Selbst *Harbour* meinte nun, es würde noch Monate dauern, bevor die Vorabvisite stattfinden könne, und bei Sue verfestigte sich die Überzeugung, daß das Heim der Feind sei. Aber als dann das verbissene Auf und Ab der Diskussion sich in der nächsten Woche fortsetzte, wurde Sues Ton plötzlich sehr viel gelassener.

Kathy, die zum leitenden Personal des Heims gehörte, und Sue hatten sich angefreundet, und Sue fing nun an, ihre Gespräche mit mir mit dem Satz: »Kathy sagte« einzuleiten: »Kathy hat mir erzählt, Mike habe sich vor drei Jahren noch in die Hosen gekackt.« – »Kathy hat mir erzählt, daß Mikes Gehfehler um so schlimmer werde, je mehr er sich anstrengt; daß er am Ende eines Spaziergangs kaum noch einen Fuß vor den anderen setzen könne.« – »Kathy hat mir erzählt . . .«

Schließlich fuhr Sue eines Tages hin und traf sich mit Kathy von Angesicht zu Angesicht, und als sie zurückkam, waren sie offenbar zu vollendeten Verschwörerinnen geworden. »Kathy sagt, wenn wir es wirklich wollten«, eröffnete mir Sue, »sei es jetzt nur noch nötig, an ihrem pädagogischen Experten vorbeizukommen, und das werden wir wie folgt machen . . .«

Eine Woche später rief Joanne an und verkündete strahlend: »Okay, wir sind alle bereit für den einwöchigen Besuch, und wenn dabei alles gutgeht, werden wir ein Datum für die Unterbringung bei Ihnen festlegen.«

Ich war gerade mit Sue zusammen in ihrem Büro – sie wirbelte auf der Ferse herum, die rechte Faust vor dem Gesicht geballt.

»Ja!«

Von da an lief alles wunderbar.

Bis wir eine Familienkonferenz mit allen abhielten, die von uns noch hier waren. Richard war weit weg an der Westküste, Henry war in Norwich, und Frank verbrachte den Sommer bei seiner Großmutter in den Adirondacks. Also gehörten zur Familiengruppe Sue, ich selbst, Liam, Brendan und Susanne, und wir waren alle beschäftigt mit den Vorbereitungen für Susannes Hochzeit. Bis dahin waren es nur noch vier Wochen.

Unser Haus steht auf einem Grundstück von sechs Hektar Land in Clintondale, New York. Wir waren von der Mountain Road vor vier Jahren hierhergezogen. Vor langer Zeit war das Haus einmal ein bewirtschafteter Gasthof gewesen, später jedoch aufgegeben worden. Da wir unsere Anstrengungen zur Restaurierung auf das Hausinnere konzentriert und uns draußen darauf beschränkt hatten, das Grundstück von Sumach und Brombeersträuchern zu befreien, war die Fassade noch nicht neu gestrichen worden. Es war also immer noch ein düsterer Bau, der zwar ehemalige Schönheit erkennen ließ, aber jetzt vor allem die hunderte Quadratmeter von Zedernschindeln zeigte, die dringend neu gebeizt werden mußten, um wieder ihr angenehmes Grau zu zeigen – von allem anderen Zierat, der noch gereinigt und gestrichen werden mußte, ganz zu schweigen.

Brendan, Sue, unser zukünftiger Schwiegersohn David Warren, Susannes Freund schon seit High-School-Tagen, und ich hatten uns jeden Abend nach unserer eigentlichen Arbeit der Renovierung gewidmet. Inzwischen waren wir halb fertig und sahen den Kalender nur noch mit scheelen Augen an. Die Hochzeit sollte am vierzehnten August im Garten auf dem Rasen gefeiert werden. Für die etwa hundertfünfzig erwarteten Gäste war ein großes Zelt vorgesehen, die Speisen und Getränke waren bestellt, und im Schankraum sollte eine offene Bar eingerichtet werden. Viele von weit her anreisende Verwandte hatten das Haus niemals gesehen und würden bei uns übernachten.

Es war nicht unbedingt die allerbeste Zeit, um ein zusätzliches Kind aufzunehmen. Vor allem keins, das als emotional gestört galt.

Aber Sue war glücklich und entschlossen. Außerdem war sie sicher, daß unsere Kinder dies als positiv für ihre Mutter und ihren Vater ansehen würden. Sie freute sich richtig darauf, es ihnen zu verkünden.

Nach Einbruch der Dunkelheit versammelte sich die Familie im Schankraum. Wir waren alle erschöpft, sonnenverbrannt und mit blauen Flecken übersät. Wir aßen kalt zu Abend, dann stand ich stöhnend und ziemlich steif auf, um uns Drinks zu machen, während Sue die Neuigkeit verkündete.

»Ich muß euch etwas sagen. Es sieht so aus, als ob wir Mike nehmen werden. Dad und ich hatten ihn über Mittag hier, und er hat sich wie ein perfekter kleiner Gentleman benommen. Dann mußten wir einige Probleme mit dem Heim klären. Als nächstes werden wir ihn eine Woche lang bei uns haben, und nach der Hochzeit wird er herkommen, um hier bei uns zu wohnen.«

Schweigen. Nur das gedämpfte Klickern der Eiswürfel, wenn jemand an seiner Cola nippte.

Der neunzehnjährige Brendan meldete sich als erster. Die ausdrucksvollen großen Augen schauten ärgerlich. »War es das? Kein: ›Können wir mal darüber reden?‹, sondern bloß: ›Wir nehmen ihn‹? In unser Zuhause! Herrgott, wir kennen diesen Menschen nicht einmal.«

Damit hatte ich nicht gerechnet. Brendan ist der unproblematischste Mensch, den man sich denken kann; er ist für andere da, macht sich Gedanken, kurz einer, dessen stille Bescheidenheit und hilfreicher Humor immer die besten Menschen anzuziehen scheint.

Verlegen wandte Sue sich an Susanne, um dort Unterstützung zu erhalten.

Sie erhielt sie nicht.

Susanne ist fünfundzwanzig Jahre alt, winzig, nur einsdreiundsechzig groß und hundert Pfund schwer. Normalerweise spricht sie sehr leise, ist ruhig und vernünftig. Aber ihr Wille ist ebenso stark wie der von Sue, und sie kann ihrer Mutter in jeder Hinsicht das Wasser reichen, wenn sie es nur will.

Und jetzt holte sie mit einem Baseballschläger aus.

»Mom, ihr beiden wißt nicht, auf was ihr euch da einlaßt. Ich habe nach der Schule lange, lange Zeit am Pädiatrischen Zentrum gearbeitet. Diese Kinder sind ein einziger Horror. Sie zerschlagen dir deine Sachen, legen Feuer, sie sind laut und gewalttätig, sie stehlen. Sie sind schmutzig.«

Sue war erstaunt und stammelte nur: »Er ist doch ein Kind, Susanne. Er hat weder Vater noch Mutter.«

»Nein, er ist nicht einfach ein Kind. Er ist etwas anderes. Glaub mir, ich weiß es.« Sie unterstrich ihre Worte mit dem Zeigefinger – »Ja, ja, ja« –, während Sue den Kopf schüttelte.

O je, dachte ich und stand auf, um mir einen richtigen Drink zu mixen – einen wirklich starken Drink.

Sue versuchte ihr mit Argumenten beizukommen. »Susanne, Schätzchen, David war eine Waise, und in weniger als einem Monat wirst du ihn heiraten. Du liebst den Burschen. Ihr beide seid zusammen seit eurer High-School-Zeit.«

»Jetzt aber Stopp«, sagte Susanne, »einfach Stopp. Untersteh dich, David mit irgendeinem von denen zu vergleichen.«

Daraufhin schreckten wir beide zurück und blickten hilfesuchend zum sechzehnjährigen Liam. Er war unser Asket, schlank, fast schon hager, ein Meter achtzig groß, mit blauen Augen und braunem Haar, arbeitete ständig, achtete auf seine Ernährung und hatte ein tiefes Interesse an Religion. Er war der große Unbekannte. Außerdem wußten wir aus unserer langjährigen Erfahrung, daß es achthundertdreiundvierzig verschiedene Dinge gibt, die Eltern tun können, um einen Sechzehnjährigen in Verlegenheit zu bringen. Wir hatten von Susanne nicht diese heftige Reaktion erwartet, auch nicht von Brendan, aber wir waren uns absolut sicher, daß sie von Liam kommen würde.

Liam zuckte nur die Schultern. »Ich werde mit ihm spielen und versuchen, zurechtzukommen. Ihm zeigen, was er tun muß. Auf ihn achtgeben.«

Sue blieb der Mund offen stehen. Dann machte sie in übertriebener Höflichkeit eine Verbeugung. »Danke schön, Liam.«

Ich mußte schlucken, als mir eine kleine Geschichte mit Liam wieder einfiel. Als wir in dieses Haus zogen, standen wir zusammen am Hang des Hügels über der alten Heuwiese in der Dämmerung eines klaren, kalten Herbstabends. Der Ahorn auf der anderen Seite war von einem hellen Orange und Rot zu einem staubigen Ocker verblaßt, und das jetzt dunkel wirkende Riet auf der Wiese war von Dunst umfangen. Die Sonne war im Westen hinter dem Shawangunk fast versunken und sandte nur noch wenige Lichtstrahlen zu hochgelegenen Stellen. Einer davon traf pfeilgerade den Gipfel des zehn Meilen entfernt liegenden Berges, wurde von dort zurückgeworfen und fiel auf einen Flecken in der Wiese ungefähr dreihundert Meter von uns entfernt.

Schnell sagte ich zu Liam: »Kannst du hinrennen und es fangen, bevor es verschwindet?«

Der Junge rannte in der Dunkelheit den Hügel hinab einen Wildwechsel entlang durch das sumpfige Buschwerk weit hinaus auf die Wiese. In dem Augenblick, bevor das Licht erlosch, sah ich ihn dort, eine weit entfernte, winzige Gestalt, die mit hoch erhobenen Armen herumsprang und in der schnell hereinbrechenden Dunkelheit golden blinkte.

Als er zurückkam, standen bereits Sterne am Himmel.

»Liam«, sagte ich, »für mich wirst du immer das letzte Licht auf der Weide sein.«

KAPITEL 3 **Besuch zu Hause**

Es waren nur noch vierzehn Tage bis zur Hochzeit, als Joanne mit Mike für den einwöchigen Vorbereitungsbesuch vorfuhr, und ich nahm kaum Notiz davon, winkte den beiden nur vom Rasen hinterm Haus zu. Brendan und ich waren furchtbar beschäftigt. Der Lieferant für die Speisen und Getränke brauchte einige provisorische elektrische Leitungen, so daß ich vom frühen Morgen an damit zu tun hatte, Kabel zu legen und die Männer vom Zeltverleih von dem Versuch abzuhalten, ihre Zeltstangen genau durch die Kabel zu treiben. Irgendwann bei der Arbeit nahm ich einen stechenden Geruch von dem weiter unterhalb gelegenen Gelände her wahr, von dort, wo ein Bauunternehmer ein einfaches Pflaster legte, damit wir mehr Parkfläche hätten. Der Sickerbereich der Klärgrube war voll.

Als ich den Bauunternehmer darauf ansprach, schüttelte er den Kopf. »Wenn ich jetzt schweres Gerät herbringe, um die Grube zu öffnen, dann werde ich Ihre neue Straße zerstören, und vom Gras wird auch nicht mehr viel übrigbleiben.«

»Ich kann's nicht selber machen. Ich habe hier in zwei Wochen eine Hochzeit auszurichten. Wie könnte ich es sonst erledigt bekommen?«

»Hm«, sagte der Mann und ließ seinen Blick über das Grundstück gleiten. »Sie könnten den Sickerbereich sich selbst überlassen und einen neuen Überlauf anlegen, der entlang des alten Weges in den Wald führen müßte.«

»Na gut«, sagte ich zweifelnd.

»Nein, nicht gut«, sagte der Bursche. »Sie müssen nämlich irgendeinen Idioten finden, der Ihnen von Hand einen siebzig Meter langen Graben aushebt. Denn dort kann ich mit meinen Maschinen nämlich auch nicht hin.«

»Brendan!«

So kam es, daß Brendan und ich in der Augusthitze von etwa achtunddreißig Grad Celsius den Graben aushoben, als Mike mit Sue erschien. Ich gab ein gutes Bild ab in meinen großen Gummistiefeln und meinem ausgewaschenen Blaumann, der besudelt war mit viel dunklem, schmutzigem Zeug, das andere Menschen gut außer Riechweite hielt. Sue und Mike gingen ins Haus. Brendan und ich wandten uns wieder unseren Schaufeln zu. Ich würde Mike zum Abendessen sehen.

Ungefähr eine Stunde später merkte ich, daß es regnete. Überrascht blickte ich von dem Graben zum Himmel auf. Es war keine einzige Wolke zu sehen. Dann drehte ich mich um. Mike stand auf einem Dreckhaufen und bespritzte mich mit dem Gartenschlauch.

»Mike«, sagte ich, »laß das bitte.«

Und dann bekam ich den ersten Geschmack davon, was wörtliches Verständnis bedeutete.

»Sue hat gesagt, ich kann mit dem Schlauch spritzen, wenn ich will.«

»Ja, aber nicht uns bespritzen, Kind. Bespreng den Rasen oder die Blumen.«

»Ich habe die Blumen schon bespritzt.«

Ich stand da in dem matschigen Graben, wurde völlig durchnäßt und sah das Kind an, das mir bis zu den Schultern reichte, aber mit mir redete wie ein Zweijähriger. Ich ließ meine Stimme eiskalt klingen.

»Mike, spritz mit dem Schlauch irgendwo anders.«

Ein ausdrucksloser Blick. »Warum arbeitest du, wenn ich hier bin?«

»Mike, spritz mit dem Schlauch irgendwo anders.«

Widerstrebend wandte er den Schlauch von mir ab und trottete den Hügel hinauf, den Gartenschlauch im Schlepptau. Aus dem Graben heraus, aber in sicherer Entfernung, kicherte Brendan.

Den ganzen Nachmittag lang schaufelte ich und beobachtete Mike aus den Augenwinkeln. Er blieb dem Schlauch treu. Er besprengte den Rasen, das Haus und jagte Schmetterlinge damit. Er ließ den Strahl aufrecht in die Luft steigen und stellte sich darunter; er bespritzte die Hunde, die Bäume, den Weg. Er spritzte sechs geschlagene Stunden lang.

Brendan beobachtete ihn ebenfalls. »Er ist zurückgeblieben, Dad.«

Ich wußte nicht, was ich darauf erwidern sollte. Ich wollte sagen: »Nein, das ist er nicht«, aber je länger Mike an diesem langen, heißen Sommernachmittag mit dem Gartenschlauch spielte wie ein Zweijähriger, desto bizarrer erschien mir sein Verhalten.

Nachdem es dunkel geworden war und Brendan und ich Mike den Schlauch weggenommen hatten, um uns draußen gegenseitig damit abzuspritzen und uns danach drinnen eine lange, heiße Dusche zu gönnen, setzten wir uns zu gegrillten Hamburgern und Salat zu Tisch. Die Platten wurden Mike als unserem Gast zuerst gereicht. Er häufte sich alles auf seinen Teller, bis der die Menge nicht mehr fassen konnte und die Speisen auf den Tisch purzelten. Gleichzeitig sprach er im Tempo und auch in der Lautstärke eines Maschinengewehrs.

»Ich habe schon eine Familie. Ich habe einen Hund und eine Großmutter. Mein Zimmer ist oben unterm Dach. Ich schlafe im gleichen Zimmer wie mein Bruder Tom. Wir haben Hühner und eine Ziege.«

»Was ist das für ein Zuhause, Mike?« fragte Brendan und besah sich das Durcheinander von Speisen, das Mike umgab.

»Das von Mama Johnson und ihrer Mutter und ihrem Dad. Dort wohne ich wirklich. Aber ich bin aufgewachsen auf einer Farm in Pennsylvania; dort bin ich auch geboren. Ich kann mich daran erinnern.«

Sue und ich beobachteten, wie der andere jeweils reagierte. Wir wußten, daß Mike auf einem Wohnwagenplatz außerhalb von Poughkeepsie geboren worden war.

Gegen Ende der Mahlzeit war noch ein Hamburger auf der Platte übrig, und Mike hatte praktisch immer noch nichts gegessen. Sue fragte mich: »Möchtest du den letzen Hamburger?«

»Das ist meiner«, kreischte Mike. Peinlich berührt reichte Sue ihm die Platte hin. Er nahm ihn, legte ihn auf seinen anderen Hamburger und drückte eine halbe Flasche Ketchup darüber aus.

Brendan sah mich mit hochgezogenen Augenbrauen an: »Siehst du?«

Später stellte ich ihn dann auf die Probe. Wir saßen am Tisch und tranken Kaffee, und irgendwie kam das Gespräch auf Restaurants und Trinkgelder. Sue sprach von fünfzehn Prozent, und Mike behauptete fest, daß er mit Prozenten rechnen könne. Es war allerdings völlig klar, daß er das nicht konnte – tatsächlich hatte er auch nicht die leiseste Idee, worum es sich dabei handelte. Daher nahm ich Mike mit ins Büro und schloß die Tür hinter uns, während Sue zusammenräumte und abwusch.

»Schau mal, Mike«, sagte ich, »kannst du die Zahl Einhundert schreiben?«

Er tat es, kritzelte sie mit großen Ziffern auf ein Stück Papier.

»Gut, gut. Jetzt sag mir, wieviel drei Prozent von Einhundert sind.«

»Fünfzehn!«

»Nein, jetzt hör mir mal gut zu . . .« Ich erklärte ihm, daß man, nachdem man sich die Zahl Hundert aufgeschrieben hat, das Komma um zwei Ziffern nach links verschieben kann, um ein Prozent dieser Zahl zu erhalten. Das machten wir ein paarmal zusammen, um ein Prozent von einhundert, von zweihundert, von dreihundert und so weiter auszurechnen. Dann zeigte ich ihm, daß es mit jeder Zahl funktionierte. Und dann, daß man, wenn man erst einmal weiß, wieviel ein Prozent von einer Zahl ist, durch Multiplikation dieser Zahl mit dem gesuchten Prozentsatz den betreffenden Betrag ermitteln kann – ein Prozent mal fünfzehn sind fünfzehn Prozent und so weiter. Auch das machten wir wieder und wieder, und dann steckte ich alle Papiere weg.

»Jetzt also im Kopf, Mike: Wieviel sind zehn Prozent von vierhundertsiebenunddreißig?«

»Dreiundvierzig Komma sieben.«

»Wieviel sind zehn Prozent von achthundert?«

»Achtzig.«

»Wieviel sind fünf Prozent von zweihundert?«

»Zehn.«

Dann ging ich zurück in den Schankraum, wo Brendan saß und in einem ungestörten Lichtkreis Shelby Footes Trilogie des Bürgerkrieges las.

In diesem Sommer, seinem letzten, bevor er an ein College ging, schien Brendan die meisten Abende hier zu verbringen. Seit kurzem hatte er ein intensives Interesse an amerikanischer Geschichte entwickelt, vor allen Dingen an der Zeit des Bürgerkriegs. Er schien sich bei dieser Lektüre entspannen zu können, und so fand ich ihn an jenen dahinschwindenden Sommerabenden immer öfter unten im Erdgeschoß.

Aber er hatte auch immer Lust, von der Lektüre aufzuschauen und sich lächelnd auf ein Gespräch mit mir einzulassen.

Später, auch nachdem er schon lange zum Studium nach Virginia gegangen war, landete ich oft abends ohne besondere Absicht im Schankraum und war dummerweise immer wieder enttäuscht, seinen Platz an dem langen Holztisch leer und dunkel vorzufinden.

Ich sollte ihn noch sehr vermissen.

Aber jetzt war er ja noch da.

»Er ist nicht zurückgeblieben«, sagte ich und deutete nach oben.

»Was war dann das mit dem Schlauch?«

»Er hat über den Schlauch geredet.« Ich zuckte die Achseln. »Es war das erste Mal in seinem Leben, daß er einen Wasserschlauch anstellen durfte. Er hatte schon früher welche gesehen, aber man hatte ihm nie erlaubt, einen auch nur anzurühren.«

Brendan dachte darüber nach, und seine Züge wurden weicher. »Na ja, er ist aber trotzdem schrecklich durcheinander, Dad.«

»Das ist wahr«, sagte ich über den Rand meiner Brille hinweg. »Und wo stehst du gerade?«

Brendan blätterte in dem offenen Buch. »Bei der Schlacht von Manassas.«

»Der ersten oder der zweiten?«

»Der zweiten.«

»Ah«, grinste ich. »Stonewall Jackson und der Karneval und die eiserne Brigade und Ewell, der sein Bein verliert. Lee triumphiert, als Longstreet in den Kampf eingreift, Pope hat etwas zu betrauern, der Süden ist ganz aus dem Häuschen.«

Brendans Augen glänzten. »Der Schauplatz ist nur ein paar Meilen von meiner Schule entfernt.«

Die übrige Zeit dieser ersten Woche hatte ich keinen engeren Kontakt mehr mit Mike. Wir strichen draußen, gruben und strichen noch einmal. Ich war außerdem wegen meiner Arbeit ziemlich viel unterwegs, aber Sue blieb die ganze Woche lang von morgens bis abends immer in Mikes Nähe. Der Spätsommer war in ihrem Geschäft eine ruhige Zeit. Die beiden spielten zusammen Brettspiele, Mike half ihr in der Küche, und abends las sie ihm etwas vor. Ich hatte keine Zeit, um ihm beim Essen Gesellschaft zu leisten oder noch einmal ein Experiment mit ihm anzustellen. Außerdem war seine ganze Aufmerksamkeit sowieso völlig auf Sue gerichtet, und als die Woche zu Ende war, bekam ich das nur dadurch mit, daß plötzlich eine übermäßig laute Stimme im Hintergrund fehlte.

Dann schlugen die Wellen der Hochzeit über uns zusammen. Henry kam aus Vermont, Richard nahm von der Westküste aus zusammen mit seiner Freundin das Flugzeug, Frank kam aus den Adirondacks, meine Schwester und mein Schwager erschienen ebenfalls, mein Bruder und dessen Frau, meine Nichten, meine Mutter.

Und Sue erwähnte Mike kein einziges Mal.

Es war eine Bilderbuchhochzeit, das Wetter prachtvoll, Susanne eine Schönheit. Wir schafften es, daß sich alle sechs Kinder vor der Kirche in einer Reihe für die Fotos aufstellten: Richard, ansehnlich und perfekt, dann Susanne, Henry und Frank in ihren blauen Norwich-Uniformen und Brendan und Liam, die entspannt, aber gleichzeitig höflich distanziert wirkten. Ein paar Minuten später ging ich, Susanne mit ihrem betörenden Lächeln an der Hand, durch die Kirche.

Sue war entschlossen, auf der Hochzeit ihrer Tochter zu singen. Sie stand ganz vorne in einem atemberaubenden, weißgoldenen Kleid und sang »Amazing Grace«, während Susanne am Ende des Mittelgangs vor dem Altar stand und meinen Arm hielt.

Dann weinte sie.

Später beim Empfang standen ihre Brüder aufgereiht da, sie waren zu Männern geworden, ernst, ein schöner Anblick. Einer nach dem anderen nahmen sie das Mikrofon und sprachen über ihre Schwester, sagten jedem, der da war, wie sehr sie sie liebten. Dann weinte ich auch.

Wir saßen bis nach Mitternacht draußen inmitten der geisterhaften, mondbeschienenen Überreste des Hochzeitsempfangs, als Sue zum ersten Mal seit mehr als einer Woche Mike erwähnte. »Glaubst du, wir können das Kind irgendwie zu einem Teil von dem allen hier machen?«

Ich rauchte eine Zigarre und hielt ein Glas Wein in der Hand. Meine Krawatte saß nicht mehr richtig, und ich hatte die Füße auf einen Stuhl gelegt.

»Ich weiß es nicht. Ein ganz ungutes Gefühl sagt mir, daß wir auch nicht die leiseste Vorstellung von dem haben, worauf wir uns da einlassen. Was glaubst du, wird geschehen, wenn er sich einem regelmäßigen Tagesablauf anpassen muß, aufstehen und zur Schule gehen, Pflichten übernehmen? Wenn er nicht mehr das Zentrum ungeteilter Aufmerksamkeit ist?«

Im Mondlicht sah ich ihre Augen. »Rich, du willst es eigentlich gar nicht tun, oder?«

Ob ich es nun wollte oder nicht, im Hintergrund hatte sich das Räderwerk weitergedreht, Joanne hatte den schriftlichen Bericht über den einwöchigen Aufenthalt bei uns fertiggestellt und an den Sozialdienst von Dutchess County weitergeleitet, wo jede vorgesehene dauerhafte Unterbringung beraten, schließlich befürwortet und zum Familiengericht weitergeleitet wurde, sowie an den gesetzlichen Beauftragten, einen Anwalt, der zumindest im Staat New York jedem Pflegekind zur Seite stehen muß, um dessen Interessen zu wahren. Und dann, nachdem jeder in dieser langen Schleife seine Zustimmung gegeben hatte, erhielt *Harbour* grünes Licht, und Joanne rief uns an, um uns ein letztes Mal zur Vorsicht zu mahnen. »Denken Sie daran, daß Mike sich diese Unterbringung bei Ihnen sehr, sehr wünscht. Aber dieser Wunsch entspringt hauptsächlich seiner Situation im Heim. Im Fernsehen sieht er Familien, und die anderen Kinder, mit denen er im Heim zusammen ist, glorifizieren ihre eigenen Familien. Nur er hat niemals eine eigene Familie gehabt. Da kommt eins zum anderen, und ein Kind wie er hat nicht die leiseste Ahnung, wie es da auf Dauer bestehen soll.«

Zwei Tage später fuhr Sue hin und holte ihn.

Einer der Ausdrücke, mit denen uns die Beendigung der Unterbringung eines vom Fürsorgesystem verwalteten Kindes beschrieben worden war, lautete *Herausziehen*.

Herausziehen klingt außerordentlich dramatisch, nach Wurzelextraktion, nach dem Entfernen einer unerwünschten Pflanze aus einem Beet. Unglücklicherweise ist es für das betroffene Kind durchaus ähnlich.

Ob ein Kind eine Nacht in einer Pflegestelle verbracht hat oder ein Jahr oder zehn Jahre oder sein ganzes Leben, oder ob so eine Pflegestelle für das Kind ein »Zuhause« ist – solch ein Herausnehmen ist niemals ein »Abschied«. Das ist etwas grundsätzlich anderes als in einer Familie – denn das Kind kommt niemals an seine alte Stelle zurück. Wenn es einen Abschied, Großmütter mit Tränen in den Augen oder angsterfüllte Eltern gibt, dann gibt es zumindest eine gemeinsame Verzweiflung, vielleicht das Versprechen zu schreiben, es gibt eilige Umarmungen, letzte Anweisungen oder Tränen. Doch oft gibt es nicht einmal das, sondern nur das »Fürsorgesystem«, das das richtige Stück Papier auf den richtigen Schreibtisch legt, dann folgt ein schneller Rutsch, und das Kind ist an einem anderen Ort.

Manchmal ist es mitten in der Nacht, wenn die Kinder geholt werden oder geholt werden müssen. Und manchmal verlangen die Umstände, daß sie während des Schulunterrichts oder einer Mahlzeit fortgerissen werden.

Ich habe mir vorzustellen versucht, wie eine solche Erfahrung sich anfühlt. Wer kann mit dem Wissen aufwachsen, daß die Welt sich von einer Sekunde auf die andere in ihr Gegenteil verkehren kann und das oft genug auch passiert? Wer kann mit dem Wissen leben, daß jeder kleine kostbare Besitz – ein Teddybär, ein Spiel, ein paar Schreibblocks – vielleicht niemals wieder zu bekommen ist, es sei denn, man bewahrt die Dinge ständig in unmittelbarer Reichweite auf?

Mike war zwölfmal »herausgenommen« worden, bevor Sue am 27. August knapp vor der Eingangstür des Kinderheims parkte.

Sie wünschte verzweifelt, daß diese Umsetzung sich deutlich von den anderen unterscheiden solle. Und so hatte sie mir noch ein Letztes sagen müssen, bevor sie mich zu Hause zurückließ.

»Ich habe folgende Vorstellung davon, was sich heute hier abspielen wird, und ich möchte mit dir darüber reden«, sagte sie ruhig. »Erinnerst du dich noch an die Geschichte von der Katze, die im Hause eines Mannes in Vermont lebte, das dreizehn Außentüren hatte?«

»Jawohl«, sagte ich, »vage. Robert Heinlein, glaube ich.«

»Ja«, sagte Sue. »Während des Winters ging die Katze zu irgendeiner Tür und miaute, damit man sie hinausließ. Der Mann öffnete die Tür dann, doch die Katze ging zur nächsten Tür weiter, wenn sie die Kälte und den Schnee draußen spürte.«

»Ja, ich erinnere mich jetzt. Die Katze suchte immer nach der Tür zum Sommer.«

»Weißt du, wie es weiterging?«

»Ja«, sagte ich und gab meinem Gedächtnis die Sporen, »die blinde und dumme Hartnäckigkeit machte sich bezahlt. Die Katze probierte es so lange, bis sich schließlich einmal eine Tür öffnete und draußen tatsächlich Sommer war.«

»Richtig«, sagte Sue. »Ich glaube, bei diesen Kindern ist es genauso. Manche Kinder sind in der richtigen Jahreszeit geboren. Andere nicht, so daß sie stur von Tür zu Tür gehen müssen, bis sie die Tür in den Sommer gefunden haben, einen Ort, wo sie wirklich sein wollen.«

»So?«

»Ja, so«, sagte sie, »und wenn sich diese besondere Tür für ihn öffnet, dann will ich, daß es draußen wirklich sonnig ist.«

»O je«, sagte ich, »bin ich so schrecklich?«

»Manchmal.«

Im Säulengang war ein trauriger, kleiner Haufen von Schachteln und Taschen aufgestapelt. Drinnen am Empfang saß Mike geduldig auf einem Stuhl und wurde von den Betreuern, die dort herumwieselten, bereits ignoriert. Nachdem Sue Mikes Hand genommen und am Empfang gesagt hatte, wer sie war, kam Kathy kurz herunter, um ein paar freundliche Worte zu sagen; Mike kritzelte seinen Namen in eine Liste auf der Empfangstheke, und dann schloß sich die Eingangstür des Kinderheims hinter ihm.

Erledigt!

Sue erzählte später, daß sie längere Zeit dagestanden und Mikes armselige Sammlung nur angestarrt habe, bevor sie es endlich über sich brachte, etwas davon aufzuheben. Ihr fiel wieder ein, was Joanne erzählt hatte, daß diese Kinder selten mehr hatten als das, was schnell auf dem Rücksitz eines Kleinwagens verstaut werden konnte. Sie hatte es nicht wirklich geglaubt.

Wir dachten immer, daß unsere fünf Söhne und unsere Tochter nicht viel persönliches Zeug hatten. Aber Mike hatte nur die Turnschuhe, die er trug, ein Fotoalbum mit ein paar Dutzend Bildern darin, seine in der Schule gemalten Bilder, ein Stofftier und einige Kleider.

»Mike, nimm das hier, und laß uns dann schnell von hier verschwinden.«

Fünfundvierzig Minuten später blickte ich von einem Buch auf. Es gab Lärm im Haus, eine laute Stimme tobte von Raum zu Raum durch das ganze Haus. »Daran erinnere ich mich«, schrie Mike. »Daran erinnere ich mich auch.«

Als er ins Wohnzimmer gestürmt kam, stand ich auf, um ihm lächelnd guten Tag zu sagen. Ich hatte mir Sues kleine Geschichte gut gemerkt und sogar eine Rede zur Begrüßung vorbereitet.

Aber bevor ich noch ein einziges Wort herausbringen konnte, wirbelte Mike um mich herum wie ein Ball, der an einer Schnur hängt, um dann im nächsten Raum zu verschwinden.

Also klappte ich meinen Mund wieder zu.

Sue steckte kurz den Kopf durch die Tür, sie wirkte gehetzt.

»Hast du Mike guten Tag gesagt?«

»So ähnlich.«

»Gut. Hilfst du mir eben, seine Sachen reinzubringen?«

Liam hatte sein Zimmer damals in der alten Bibliothek, einem sehr großen, hellen und luftigen Raum mit hohen Fenstern, aus denen heraus man einen Blick über die Heuwiese hinter dem Hause hatte. Sie lag neben unserem Schlafzimmer innerhalb unseres Wohnbereichs im ersten Stock, und da wir Mike auf derselben Etage haben wollten, fragten Sue und ich Liam, ob er sein Zimmer mit Mike teilen würde. »Für ein Weilchen«, erwiderte er.

Sue hatte für Mike einen Kleiderschrank und ein Bett besorgt, eine Pinwand aufgehängt und eine Garnitur Bettwäsche mit Motiven von »Jurassic Park« gekauft. Außerdem hing ein großes »Jurassic Park« Poster über seinem Bett an der Wand, und das Plastikmodell eines Tyrannosaurus Rex saß auf seinem Nachttischchen.

»Ich kann gar nicht glauben, daß ich Jurassic-Park-Bettzeug habe«, sagte er, als ich gerade mit seinen Taschen hereinkam. Dann stellte er das Sprechen wie auf Kommando ein und wandte mir den Rücken zu. Sues Gesichtsausdruck bedeutete: »Ganz ruhig. Er muß sich erst an dich gewöhnen.« Aber ich hatte schon genug und trottete die Treppe hinunter zum Schankraum, wo ich mir einen Kaffee einschenkte.

Wir saßen an diesem Abend nur zu viert an unserem großen Tisch im Schankraum – Liam, Sue, Mike und ich.

In guter Erinnerung daran, was mit den Speisen bei seinem ersten Besuch bei uns geschehen war, portionierte Sue ihm seine Mahlzeit sorgfältig auf einen Teller, den sie ihm dann reichte. Danach, als wir alle erst einmal saßen, sprach sie das Tischgebet.

Aber bevor sie noch das zweite Wort herausgebracht hatte, wandte sich Mike abrupt zu ihr um und begann mit seiner rasselnden, überlauten Stimme zu reden. Zu reden und zu reden.

Wir restlichen drei saßen einige Minuten verlegen da, bis wir endlich begriffen, daß es von alleine nicht aufhören würde. Mikes Gesichtstic machte Überstunden, und die ganze Zeit über schaute er Sue an und nur Sue. Wenn er es einmal fertigbrachte, etwas von den Speisen zu seinem Mund zu befördern, kaute er mit übertriebenen, schmatzenden Bewegungen. Einige Male rieb er sich mit der Hand über die Stirn, ohne zuvor die Finger an der Serviette abgewischt zu haben, so daß sein Gesicht und Haar bereits Streifen von Barbecue-Sauce aufwies, als wir die Mahlzeit erst halb hinter uns hatten.

»Ich habe eine echte Familie. Ich weiß alles über Familien«, sagte er. »Mom Alice Johnson und Dave Johnson, mein Dad, und mein Bruder und meine Schwester, Tommy und Jane, und meine neue Babyschwester Connie und Grandma. Connie ist ein Crackbaby, und wir haben sie gerade erst adoptiert. Wir haben einen Hund namens Squiggles und zehn Ziegen und zehn Hühner, und mein Zimmer ist oben unter dem Dach, aber ich muß es mit Tom teilen. Später werde ich immer dort wohnen, und ich bin glücklich dort und werde vielleicht ein Pferd bekommen. Grandma kauft mir ein Geschenk zum Geburtstag und zu Weihnachten. Dave Johnson, mein Dad, arbeitet jeden Tag auf dem Postamt, und manchmal nimmt er mich mit, außer in der Zeit, als ich ein Problem hatte und ins Rockland State Psychiatric Hospital gehen mußte, und dann haben sie mich nach Poughkeepsie gebracht, und dann haben sie mich in das Kinderheim gesteckt, und so kam ich nicht mehr dazu, mit Dad zu fahren, aber ich habe eine echte Familie. Ich bin auf einer Farm in Pennsylvania groß geworden, und ich weiß alles über Pennsylvania, und Grandma kauft mir ein Geschenk.«

Und so ging es immer weiter. Nach zehn Minuten taten mir die Ohren weh. Das Ganze klang erbarmungslos nach Dauerzustand.

»Ich kann das schaffen«, sagte Sue später, als wir alleine in der Küche eine Tasse Tee tranken. Sie hatte den gereizten Ausdruck auf meinem Gesicht bemerkt.

»Was ist es eigentlich, was wir da tun wollen?«

Sue antwortete nicht sofort. Sie starrte nach unten, als sei sie eine Wahrsagerin, die die Antwort auf dem Boden der Tasse sucht. »Diesem Kind eine Chance auf ein normales Leben zu geben«, sagte sie schließlich. »Nein, das ist falsch. Was wir tun wollen, ist, ihm einen Weg freizugeben und ihn seine eigene Chance zu einem normalen Leben finden zu lassen.«

»Na ja, irgendwie müssen wir ihn aber bremsen. Sonst werden wir nie ein normales Gespräch zustande bringen. Zumindest müssen wir die Lautstärke drosseln, sonst werde ich demnächst Ohrschützer beim Essen tragen. Nach fünf Minuten wünschte ich mir nur noch eine schöne ruhige Kettensäge oder vielleicht ein Laubgebläse.«

Aber Sue lachte nicht. Sie starrte bloß wieder in ihren Tee.

»Ich kann es schaffen, Rich.«

»Gut, gut.«

Da ich noch etwas Intelligentes sagen wollte, fragte ich: »Was ist mit den Johnsons? Da scheint eine bemerkenswerte Bindung zu bestehen, auch zur Großmutter.«

Sue blickte gequält auf. »Das ist eins der echten Geheimnisse bei Mike. Ich habe mit Mrs. Johnson gesprochen, und sie hat sehr betont, daß sie mit ihm in Kontakt bleiben wolle. Aber es gibt irgend etwas in dieser Beziehung, von dem wir nicht wissen, irgend etwas, über das niemand reden will. Kathy sagt, daß die Johnsons ihn nur besuchen, wenn sie sie vorher ein wenig drängt. Und selbst dann dauert es Monate und Monate, bis es endlich soweit ist. Und Joanne erzählte mir dann, daß die Johnsons niemals die Möglichkeit gehabt hätten, ihn zu adoptieren, daß das Familiengericht dazu nein gesagt habe und die Sache nicht noch einmal verhandeln wollte. Irgend etwas muß da in der Vergangenheit passiert sein.«

»Jawohl«, legte ich mich ins Zeug, »sie wollten mal wieder in Frieden zu Abend essen.«

Wir fanden nie heraus, warum das Familiengericht so entschieden hatte. In New York gilt es als Verbrechen (so bestimmt es das Gesetz über Geisteskrankheiten), die Behandlung oder die näheren Umstände eines Pflegekindes Personen zur Kenntnis zu bringen, die nicht direkt damit zu tun haben. In der Praxis führte das bei den in der Kinder- und Jugendfürsorge Tätigen, soweit wir es feststellen konnten, dazu, daß man kaum etwas offenlegt, es sei denn, man mußte etwas unbedingt wissen. Vom Gesetz her war uns nur eine erste kurze Durchsicht von Mikes Akte gestattet gewesen, obwohl wir später auch die Zusammenfassung des Wichtigsten, was seine bisherigen Unterbringungen betraf, seine Geburtsurkunde und so weiter bekamen.

Ich blickte auf und sah Mike in der Tür stehen. Er hatte unsere beiden Hunde dabei, Pupsy und Teddy Bear, von denen einer seine Schnauze in Mikes Hand steckte, während der andere ihn erwartungsvoll ansah. Ein schönes Bild, aber es war grundfalsch –

so falsch, daß ich im Hintergrund beinahe die Erkennungsmelodie von »Twilight Zone« heraushören konnte.

Unsere Hunde mögen keine Fremden. Ohne Ausnahmen. Sie fühlen sich einfach nicht besonders wohl, wenn unbekannte Menschen da sind, obwohl sie beide im Grunde genommen gutmütig sind und sich sehr gut auf das Kommen und Gehen der Gäste einstellen. Teddy Bear ist ein großer schwarzer Labradormischling, der viel Zeit damit verbringt, auf dem Rasen hinter dem Haus in der Sonne zu liegen und zu schlafen; von dort aus kann er immer mit einem halben Auge die Heuwiese beobachten in der Hoffnung auf ein Waldmurmeltier. Wenn Menschen erscheinen, die er nicht kennt, läuft er für gewöhnlich ein Stück weit weg und bellt sie aus sicherer Entfernung an. Pupsy ist kleiner und ebenfalls ein Mischling – möglicherweise zwischen einem Dobermann und irgend etwas anderem Schwarzem –, und sie bellt fast nie. Sie ist extrem scheu und schleicht sich normalerweise davon und versteckt sich zunächst einmal ein Weilchen, wenn wir neue Gäste haben. Sie ist vor Jahren auf dem Grundstück herumgelaufen, das wir damals an der Mountain Road in Rosendale besaßen, und die Jungen haben sie einfach adoptiert. Es sah damals so aus, als sei sie schwer mißhandelt worden, und sie blieb immer ängstlich.

Sie sind nur in einer Sache gut erzogen: darin, niemals in den Schankraum zu kommen, und sie versuchen auch nie, irgend jemandem die Treppe hinunter zu folgen.

Ich fragte mich nun: »Wie hat er die beiden dazu gekriegt, daß sie ihm hierher gefolgt sind?«

Ich sagte so freundlich, wie ich konnte: »Mike, wir lassen die Hunde nicht in den Schankraum.«

Mike ignorierte, was ich gesagt hatte, und wandte sich an Sue. »Was soll ich jetzt machen, Sue?«

Sue lächelte ihn an. »Was du machen sollst, ist, die Hunde wieder mit nach oben zu nehmen, wie es dir gesagt wurde, Mike. Dann werden wir etwas finden, was wir zusammen tun können.«

»Was?«

Ich wiederholte mich: »Mike, bring die Hunde nach oben.«

Zum ersten Mal sah er mich direkt an und sagte: »Du bist nicht mein Boß, Rich.« Der Blick seiner großen, blauen Augen war völlig arglos.

Ich begann zu brummen, und Sue reagierte darauf mit einer kleinen wegwerfenden Handbewegung, die bedeutete: »Nimm's nicht so schwer, nimm's nicht so schwer.«

»Komm, Mike, ich gehe mit dir hinauf«, sagte Sue.

Mir fiel wieder ein, daß man im Heim gesagt hatte, Mike würde sich nicht in die Gruppe der Gleichaltrigen einfügen; daß er sich eigentlich in keine Umgebung gut einfügte. Er kam am besten mit jeweils einer Person zu einer Zeit aus – die Berichte des Kinderheims waren, was diesen Punkt betraf, sehr bestimmt.

Aber das erklärte noch nicht das Verhalten der Hunde, über das ich immer noch nachdachte, als Liam später herunterkam und sich neben mich setzte: »Dad, dieses Kind ist verrückt.«

»Nein«, sagte ich trocken.

Liam schüttelte mich an der Schulter. »Er war oben und hat seine Kopfkissen auf dem Bett geordnet. Zuerst hat er ein Kissen auf das andere gelegt, und dann hat er sie umgetauscht. Dann hat er sie wieder umgetauscht und noch einmal. Das hat er dann zehn Minuten lang gemacht, bevor er anfing zu stöhnen und sich die Haare zu raufen.«

Ich zuckte die Schultern. »Jeder gerät ein bißchen unter Druck, wenn er seine Kopfkissen ordnet.«

Liam warf mir einen langen Blick zu und stand dann auf. »Ich weiß, daß er emotional gestört ist, aber manchmal denke ich, du und Mom, ihr seid ebenfalls verrückt.«

»Liam«, sagte ich, blickte ihn an, versuchte ernsthaft zu sprechen und gleichzeitig einen unausgegorenen Gedanken weiterzuentwickeln, »ich weiß in Wirklichkeit gar nicht, was emotional gestört bedeutet. Denn letzten Endes ist ja jede Emotion eine Art von Störung, ein Aufgewühltsein, und normalerweise ist das auch gut so. Wenn nichts deine Gefühle in Bewegung brächte, wärest du ein Zombie. Es ist also eine dümmliche Bezeichnung, die anscheinend recht willkürlich gebraucht wird. Ich denke, daß man damit jemand beschreiben will, der durch Erfahrungen in der Vergangenheit so verletzt ist, daß ihn die damit verbundenen Gefühle nicht mehr loslassen. Wie zum Beispiel bei einem Menschen, der einen Schiffsuntergang überlebt hat, aber jedesmal anfängt zu zittern, wenn er ein Nebelhorn hört. Mikes große Katastrophen waren Familien, und vielleicht reicht es für ihn schon, in einer Familie zu sein, um ihn völlig durcheinanderzubringen. Außerdem weiß er, daß alle gesagt haben, er könne sich in eine Familie nicht einfügen, und deshalb spürt er vielleicht einen gewaltigen Druck auf sich, zu funktionieren.«

Liam breitete die Arme aus. »Aber diese Familie hier ist völlig in Ordnung.«

»Woher soll er das wissen?«

Liam zuckte die Schultern und ging wieder nach oben.

Mike schreit im Schlaf.

Warum war uns das nicht während seines einwöchigen Besuchs aufgefallen?

Wir hörten erstickte Schreie und begaben uns zu mitternächtlicher Stunde in sein Zimmer. Mike hatte die Bettdecke überm Kopf und schrie nach Leibeskräften. Die Knie hatte er angezogen bis unter den Bauch, und seine Arme waren unter der Brust gefaltet. Ich glaubte erst, es sei eine Art Spiel, und zog ihm die Decke weg, aber er schlief wirklich.

Wir versuchten, ihn zu strecken, damit er etwas bequemer lag, aber es war völlig unmöglich, ihn zu bewegen. Sein Bettlaken war durchnäßt, aber nicht von Urin, sondern von Schweiß.

Schließlich setzte sich Sue neben ihn und massierte zwanzig Minuten lang seinen Rücken. Nach und nach schwächten sich die Schreie zu einem Wimmern ab.

Aber etwa um vier Uhr in der Frühe hörten wir, daß er wieder damit anfing.

Sue ist zu Recht stolz auf ihre Weckmethode. Das Kinderheim hatte betont, wie unmöglich es sei, Mike am Morgen zum Aufstehen zu bewegen, und sie hatten recht damit. Nach einer Woche fand sie jedoch heraus, daß er keine Probleme mehr machte, wenn sie mit den beiden Hunden in seinem Zimmer erschien. Sie brauchte die Hunde bloß auf sein Bett springen zu lassen.

»Komm, Mike«, sagte sie dann, »laß die Hunde nach draußen, sie müssen raus.« Und dann stand Mike auf und rannte zur Haustür.

Aber danach gibt es immer Streit wegen der Dusche, und dann geht der Krach von neuem los.

»Ich brauch' nicht duschen.«

»Mike, du hast letzte Nacht dein Bett durchnäßt, also mußt du duschen.«

»Ich brauch' nicht . . .«

»Mike!«

»Ich brauch' nicht . . .«

Mike hat Angst vor der Dunkelheit. Er ist nicht einfach vorsichtig oder ängstlich. Er hat panische Angst.

Und nicht nur vor der Dunkelheit, er hat auch Angst vor Schatten und stillen Räumen. Wenn tagsüber im Flur im Erdgeschoß kein Licht brennt, dann bringt er es nicht mehr fertig, auch nur einen Fuß in den dämmerigen Eingang zu setzen, um vielleicht die Tür des Badezimmers zu erreichen.

Als wir ihn mit seinen Farben und einem Modell an der Arbeitsfläche im Keller plazierten, lief er mit uns gleich wieder hinaus.

Sue sagte: »Mike, ich dachte, du wolltest deinen Dinosaurier abmalen.«

»Hilf du mir dabei, Sue.«

»Nein, ich muß das Abendessen machen. Du kannst gut malen. Ich weiß, daß du es selbst kannst.«

»Nein, hilf du mir.«

Ich verstand das nicht. Später begriff ich, daß wir zwar Neonlichter im Keller haben, daß es jedoch abseits auch dunkle Ecken gibt.

In den ersten Tagen kam Joanne zweimal herüber. Einer der bemerkenswerten Unterschiede zwischen *Harbour* und den anderen Formen der Pflegeelternschaft ist das dichte Netzwerk zur Betreuung der Familien. Die Familienexpertin kommt jede Woche einmal zu Besuch und nimmt sich das Kind allein eine oder zwei Stunden lang vor. Sie erfüllt eine doppelte Funktion. Diese Familienexperten sind erfahren genug, um auch die Nuancen herauszuhören, mit denen ein Kind seine Erfahrungen ausdrückt; gleichzeitig ersetzen sie für das Kind aber auch eine Art ältere Schwester oder älteren Bruder oder vielleicht eine Tante, von der sie sich neutralen Rat holen können. Später setzt sich dann die Familienexpertin mit den Eltern zu einem Schwätzchen zusammen.

»Warum dieses ständige Sperrfeuer von Reden? Mike ist niemals still.«

Joannes dunkle Augen versuchten, unsere Haltung, unsere Einstellung abzuschätzen. Schließlich sagte sie: »Die meisten unserer Kinder, vor allem jene, die schon seit langer Zeit vom Fürsorgesystem betreut werden, haben eine fix und fertige Geschichte über sich selbst im Kopf. Sie kann von vorne bis hinten frei erfunden sein. Es ist ein Selbstschutz und Abwehrmechanismus ihren Altersgenossen und den Erwachsenen gegenüber. Eine Art Sperrfeuer von Worten, mit denen sie sich abschirmen und das sie brauchen.«

»Wird es denn jemals aufhören – wir können ja gar nicht mit ihm reden?« Joanne hatte sich Notizen gemacht. Jetzt pochte sie mit ihrem Bleistift auf den Tisch. »Vielleicht. Aber bei diesen Kindern dauert es manchmal lange.«

»Wie lange?«

»Lange.«

KAPITEL 4 **Die Flitterwochen**

Zwei Wochen lang ging ich zur Arbeit früh aus dem Haus und blieb dann zehn oder zwölf Stunden lang in der Fabrik. Ich kam also spät wieder heim, es folgte ein lautstarkes Abendessen mit Mike und Sue, und schließlich hörte ich, wie Sue kämpfte, um ihn zu Bett zu bringen.

Wenn ich versuchte einzugreifen, erhielt ich als Antwort das eintönige: »Du bist nicht mein Boß«, oder mir wurde der Rücken zugekehrt.

Damals bemühte sich Sue, ihr Lächeln zu bewahren. Mike beanspruchte jeden Augenblick, in dem er wach war, ihre Aufmerksamkeit. Er vergnügte sich niemals alleine. Er wollte, daß Sue ein Spiel mit ihm spielte, einen Kuchen mit ihm backte, ihm beim Mittagessen, beim Frühstück half, während er ständig und ewig mit seiner lauten, lauten Stimme irgend etwas schrie, irgendeine Variation des Themas, das er dann auch beim Abendessen anschlug. Außerdem mußte jemand mit ihm ins Badezimmer gehen, sonst duschte er nicht. Er verließ das Grundstück nicht, um einmal herumzulaufen oder den Berg zu erkunden oder fünf Minuten lang mal allein mit einem Ball zu spielen. Wenn Sue mit einem Klienten telefonierte, stand er direkt neben ihr und redete.

Und es war immer eine Dreieinigkeit. Irgendwie waren Mike und die Hunde unzertrennlich geworden, zwei dunkle Schatten, die ständig um seine Beine herumstrichen und uns in den Weg kamen, auch das.

Sue war immer noch fest entschlossen, aber jeder Rest von Frieden in unserem Haus schwand langsam dahin. Ich begann tatsächlich, mich über ihn zu ärgern. »Kann er denn nicht irgendwann einmal still sein?« Einen derartig ununterbrochenen Redefluß, mit dem er uns unfreiwillig an seinem Bewußtseinsstrom teilnehmen ließ, hätte ich mir niemals vorstellen können. Ich konnte ihm viel nachsehen, weil er so verängstigt war und so viel aufzuarbeiten hatte, aber wann würde er damit zu Rande kommen? Meiner Erfahrung nach galt die Regel, daß Jungen nicht sprechen – man muß meistens versuchen, die Informationen mit einem Brecheisen aus ihnen herauszuholen –, und sie hängen sich auch nicht wie die Kletten an einen. Wenn überhaupt, dann mußte man sich eher Sorgen machen, wo sie schon wieder abgeblieben waren und was sie vielleicht gerade taten.

Ich bin in Brooklyn aufgewachsen. Als ich zehn, elf oder zwölf Jahre und auch noch älter war, hielt ich es für absolut unfair, daß Jungen, die außerhalb der Stadt leben, in der Lage sind, jeder Aufsicht zu entkommen, weil sie Wälder und Felder direkt hinterm Haus haben. Und in den Ferien auf dem Land oder im Hotel meiner Tante Alice in Cold Spring, New York, war ich am zufriedensten. Dort konnte ich ebenfalls unter Bäumen verschwinden, auf Felsen klettern oder in einem See fischen oder schwimmen. Und hier hatten wir Mike praktisch aus einem Gefängnis geholt und auf der Höhe eines Berges freigelassen, rings umgeben von vielen Meilen Neuland, die es zu erkunden galt, von Seen und Flüssen, in denen er fischen konnte, mit zwei Hunden, die ihm überallhin nachlaufen würden, Wäldern, Äpfel-, Birnen-, Kirschgärten, so viel er wollte, Biberteichen und Hirschen auf der Wiese. Sue und ich hätten eigentlich zwei- oder dreimal am Tag feststellen müssen, daß er wieder einmal verschwunden war, statt ihn den ganzen Tag jede einzelne Minute hindurch unterhalten zu müssen.

So wurde ich der Sache sehr schnell müde.

Sue selbst machte einen schrecklich müden und frustrierten Eindruck an dem Abend, als sie mich in ihr Büro bat. Doch sie war auch mißtrauisch.

Ich schaute mich um. Ich hatte mir angewöhnt, einen Bogen um ihr Büro zu machen; es war der Ort, an dem Mike für gewöhnlich mit Sue redete, redete, redete. Jetzt sah ich, daß bereits nach wenigen Wochen das Büro in Unordnung war, daß sich überall Akten und Telefonnotizen häuften. Sie geriet in Rückstand.

»Rich, Tom zieht aus.«

»Warum?« Tom Hanaan war bereits länger als ein Jahr unser Gast. Ein ruhiger Bursche, sehr zurückhaltend, den die anderen Gäste und auch wir mochten. Er war mittleren Alters, arbeitete beim staatlichen Amt für Straßen, war nach einer üblen Scheidung zu uns gekommen, immer ordentlich und sauber und pünktlich in seiner Mietzahlung. Abends las er ruhig in seinem Zimmer oder unternahm lange Spaziergänge durch die Obstgärten. Ein- oder zweimal im Monat nahmen wir beide im Schankraum zusammen einen Drink, aber sonst sahen wir nicht viel von ihm. Er kam durch den Gästeeingang, ging auf sein Zimmer, um sich zu duschen und umzuziehen, und ging dann zum Abendessen wieder aus. An den Wochenenden besuchte er eine Schwester in Albany.

Ich sah Sue an. »Mike?«

»Ja«, sagte sie, senkte den Blick und pochte mit der Hand auf den Schreibtisch, »der Lärm.«

»Na gut«, seufzte ich, »ich werde wieder ein paar Annoncen aufgeben, und ich habe noch ein paar Leute auf der Warteliste.«

Sue schüttelte spontan den Kopf. »Phyllis hat sich ebenfalls beklagt.«

Ich zuckte zusammen. So ruhig und umsichtig Tom auch war – von Phyllis merkte man noch weniger. Sie wohnte jetzt seit beinahe zwei Jahren in einem der Eckzimmer. Als sie damals einzog, strichen wir noch die Wände an und legten Leitungen. Sie schrieb am Ort ihre Magisterarbeit und hatte außerdem einen Teilzeitjob.

Sechs unserer Gästezimmer liegen auf der oberen Etage, rund um ein großes gemeinsames Foyer, und obwohl die dicken, alten, verputzten Wände dort oben nicht viele Geräusche von einem Raum in den anderen gelangen lassen, wußte ich, daß das Haus zwischen den Etagen durchaus hellhörig ist. Und Mike wohnte jetzt genau unter Phyllis.

Was wir unseren Gästen boten, waren hübsch eingerichtete Räume, Kochgelegenheiten, eine Waschküche auf dem Grundstück, den Schankraum als Aufenthaltsgelegenheit, Parkplätze abseits der Straße, Kaffee und Tee zum Frühstück, aber vor allem Sauberkeit, Sicherheit und Ruhe. Viel Ruhe. Und für gewöhnlich blieben unsere Gäste genau deshalb längere Zeit bei uns.

»Hat sie auch gesagt, daß sie ausziehen will?«

»Sie hat es angedeutet.«

Diesmal krümmte ich mich innerlich. Ich wollte nicht plötzlich zwei Gäste verlieren. Es dauerte immer lange, bis man passenden Ersatz gefunden hatte.

Und dann verschwand plötzlich schlagartig alle Geduld, die mir bis dahin noch verblieben war, und ich wurde sehr wütend auf die ganze Situation und auf Sue dafür, daß sie uns das eingebrockt hatte, daß sie uns mit *Harbour* zusammengebracht hatte, mit diesem Kind. Sie mochte vielleicht willens sein, das Programm fortzuführen, aber ich war es bestimmt nicht. Ich hielt vielmehr einen schönen Vorrat bitterer und sarkastischer Bemerkungen bereit und hätte am liebsten um mich getreten. Schließlich, nachdem ich etwa eine Minute lang auf meinen Füßen gewippt war und versucht hatte, wieder ruhig zu werden, drehte ich mich um und stürmte hinaus.

Der Hügel, auf dem unser Haus stand, war vor Jahren terrassiert worden – mittels Hunderter und Aberhunderter Meter trocken verlegter Steinwälle, die alle ungefähr einen Meter fünfzig bis einen Meter achtzig hoch waren, jetzt aber teilweise verfielen und von wilden Rosen und Sumach überwuchert waren. Eins meiner endlosen Projekte sah vor, diese Ruinen Meter für Meter auszugraben, die Bruchsteine von etwa einem Meter Erdreich zu befreien, von knorrigen Wurzeln, und die alten Wälle wiederaufzubauen. Ich hatte also immer eine Stelle, an der ich in schlechten Momenten etwas zu tun fand, und so holte ich die

Baumschere mit den langen Griffen, Schaufel, Hacke und eine Eichenplanke aus der Scheune, warf sie an den Wall und begann wie wild zu graben.

Es war bereits dunkel, als ich aufgab, gegen die Steine sank, von Kopf bis Fuß bedeckt von schwerer, schwarzer Erde und inzwischen eher resigniert als wütend. Mike war laut, flegelhaft und nahm unglaublich viel Zeit in Anspruch, er war hoffnungslos unreif, und er kostete uns Geld. Doch ich begriff, daß es keinen Sinn machte, wenn ich auch nur ein Wort sagte, bis nicht und ohne daß Sue selbst die Sache noch einmal überdacht hatte.

Außerdem konnte das nicht mehr allzu lange dauern. Ihr Geschäft litt, und das lag ihr ebenfalls sehr am Herzen.

Aber dann begann für Mike die Schule, und für kurze Zeit tauschten Sue und ich die Rollen.

Daß wir noch keine festen Regelungen für das kommende Schuljahr getroffen hatten, war, wie Kathy vorausgesagt hatte, der letzte Einwand des Kinderheims. Sue erklärte aber, daß sie selbständig sei und daß es nichts schadete, wenn Mike ein paar Tage lang mit ihr zu Hause bleibe. Und unterdessen überließ sie es den Experten bei *Harbour*, alle Probleme zu lösen, die es möglicherweise mit unserem Schulbezirk geben konnte.

Wir hatten zuvor niemals ein Kind mit Sonderförderungsbedarf gehabt, und wir hatten unsere anderen Kinder, soweit es eben ging, von den öffentlichen Schulen ferngehalten, so daß das ganze System der »Sonderpädagogik« jenseits unseres Erfahrungshorizontes lag. Wir gingen von der naiven Vorstellung aus, daß der für uns zuständige Schulbezirk, der ja wohl über Klassenräume und Lehrer verfügte und wissen sollte, was er mit beiden anzufangen hatte, dafür zuständig war, uns schlicht und einfach mitzuteilen, welchen Bus Mike benutzen mußte, wie sein Lehrer hieß, und im übrigen tun würde, was zu tun war. In ein paar Wochen würden wir dann seinen Lehrer aufsuchen, erfahren, wie

Mike sich machte und was er oder sie von uns verlangte, und uns dann um seine Hausarbeiten kümmern.

»Nein«, lachte Sues Schwester Eileen, eine erfahrene Lehrerin an einer öffentlichen Schule, als Sue etwas in der Art nach den ersten Tagen des Schuljahrs zu ihr sagte. »So einfach ist das nicht. Er ist ein Kind mit Sonderförderungsbedarf. Da muß zunächst einmal ein IEP aufgestellt werden.«

»Was ist ein IEP?« Eileen holte tief Luft und erklärte uns, daß es neue Bundesgesetze gäbe, Gesetze, nach denen alle Kinder, für die »Sonderförderungsbedarf« festgestellt worden sei, von einem ständigen Ausschuß des örtlichen Schulbezirks, dem Ausschuß für Sonderpädagogik, überprüft und bewertet werden müßten. Dann verlange das Gesetz in jedem dieser Fälle, daß ein individueller Erziehungsplan (IEP) aufgestellt, befürwortet und komplizierten Richtlinien gemäß zur Genehmigung eingereicht werden müsse.

»Huh«, sagte Sue verwirrt. »Warum testen sie ihn nicht einfach und stecken ihn dann in die richtige Klasse?«

»Weil in dem IEP zuerst einmal schriftlich festgestellt werden muß, welche Mittel für das Kind genehmigt werden sollen. Das Schulsystem möchte vermeiden, von Eltern verklagt zu werden, denen der Plan nicht gefällt. Es gibt dauernd Klagen wegen der IEPs von Eltern, die irgendeine Form von Extraspezialbehandlung für ihre Kinder mit speziellen Ansprüchen haben.«

»Wie lange dauert das mit so einem IEP?«

»Gewöhnlich nicht lange. Es ist aber so, daß Mike wahrscheinlich zunächst mal in die Warteschlange kommt. Die Zahl der Kinder mit Sonderförderungsbedarf wächst ständig. Die Definitionen der Behinderungen sind sehr flexibel, es gibt in Wirklichkeit keine harten Kriterien. Es geht nicht mehr allein um Legasthenie oder Kinder in Rollstühlen. Auch Eltern von übergewichtigen Kindern verlangen inzwischen, daß ihre Kinder als behindert eingestuft werden und einen IEP erhalten. Eltern von gelangweilten Kindern oder solchen, die einfach langsam lernen, behaupten fest, daß ihre Kinder unter einem Aufmerksamkeitsdefizitsyndrom leiden und entsprechend klassifiziert werden und so weiter und so weiter.«

»Oh.«

Und in der Tat, nachdem der Labor Day (Tag der Arbeit – erster Montag im September) vergangen war, wurde *Harbour* aktiv; Joanne mußte eine Reihe von Terminen hinter sich bringen, die dazu nötig waren, Mike einen Platz zu verschaffen. Jeder lebt in einem bestimmten Schulbezirk, natürlich, aber im Staat New York gibt es außerdem eine Körperschaft namens *Amt für Kooperative Erziehungsdienste, Board of Cooperative Educational Services*, oder abgekürzt BOCES. Ein BOCES umfaßt viele Schulbezirke und war ursprünglich eine Institution zur zentralen Zusatzausbildung von Lehrern, deren Aufgabenbereich sich dann auf andere Gebiete ausweitete, vor allem auf die Sonderschulerziehung. In einem Städtchen in der Nachbarschaft war BOCES im Flügel einer Grundschule untergebracht; dort arbeitete ein Therapeut, ein Sekretariat, und es waren mehrere Klassen für Kinder mit Sonderförderungsbedarf eingerichtet.

Mikes IEP sah vor, daß er in einer dieser Klassen, einer 1:4:2-Klasse, Aufnahme fände.

Wie Joanne erklärte, bezieht sich 1:4:2 auf das Verhältnis von Lehrern zu Schülern zu Assistenzlehrern: ein Lehrer, vier Schüler, zwei Assistenten. Das kam sowohl Sue als auch mir sehr merkwürdig vor. Obwohl wir uns damals noch nicht gekannt hatten, erinnern wir uns doch beide an die Schule der Kirchengemeinde von St. Patrick in Brooklyn, wo das Lehrer-Schüler-Verhältnis 1:93 betrug. Eine Dominikanerin auf dreiundneunzig Schüler, und alle lernten dabei lesen und schreiben.

Warum benötigten sie hier drei Erwachsene für vier Kinder?

Zuerst dachten wir, für einen intensiven Unterricht – wir dachten, daß dieser große Mitteleinsatz Mike auf den seinem Jahrgang angemessenen Kenntnisstand bringen würde oder zumindest auf den besten Stand, den er erreichen konnte.

Aber das erste, was es ihm wirklich einbrachte, war, daß er an einen Stuhl gefesselt wurde. Als Mike am Nachmittag des zweiten Schultages völlig aufgeregt nach Hause kam, mußte Sue ihm die ganze Geschichte praktisch in einzelnen Bruchstücken abringen. Am nächsten Morgen stürmte sie dann in sein Klassenzimmer, entschlossen, jemanden zur Rechenschaft zu ziehen.

Sie stieß auf einen nachdenklichen, gepflegten, professionellen, ruhigen und vernünftigen Lehrer, der ihr geduldig erklärte, Mikes Verhalten sei so extrem, daß er um seines eigenen Schutzes willen »diszipliniert« werden müsse.

»Mrs. Miniter«, sagte der Lehrer, »ich arbeite jetzt seit vielen Jahren mit emotional gestörten Kindern, und Mike ist vielleicht das gestörteste Kind, das ich je erlebt habe. Er hat den Assistenten angegriffen, seine Sachen herumgeworfen und wild um sich geschlagen. Mir ist beigebracht worden, daß wir sofort angemessene Verhaltensregeln durchsetzen müssen. Wir müssen ihn davon abhalten, sich selbst oder andere zu verletzen. Wir hatten keine andere Wahl, als ihn »zurückzuhalten«, wie wir es ausdrücken.

Das entschärfte Sues Wut. Unsere Hausordnung erwuchs ebenfalls aus bestimmten Grundregeln, auf die sofort eine Reaktion erfolgte, wenn sie verletzt wurden. Deswegen schien ihr das, was er sagte, sinnvoll. Wie konnte in einer Klasse gearbeitet und gelernt werden, wenn nicht die dafür notwendigen äußeren Voraussetzungen herrschten?

»Aber er ist jetzt seit mehr als zwei Wochen bei uns, und er hat niemals jemanden angegriffen.« Der Lehrer blickte auf seinen Schreibtisch hinab und trommelte mit den Fingern auf den Tisch. »Redet er zu Hause auch ununterbrochen so wie hier in der Schule?«

»Ja.«

»Mrs. Miniter, je länger er das zu Hause macht, desto verstörter ist er in Wirklichkeit. Er bemüht sich sehr, sich bei Ihnen zu Hause zusammenzunehmen, und je länger diese Anstrengung andauert, ein um so höherer Druck baut sich in ihm auf. Sie müssen davon ausgehen, daß seine erste Zeit bei Ihnen eine Art Flitterwochen sind. Glauben Sie mir, die werden schon allzubald vorüber sein. Und inzwischen nimmt er sich natürlich in der Schule nicht zusammen, und daher haben wir zu tun, was wir tun müssen.«

»Flitterwochen? Was ich mit ihm durchgemacht habe, sind Flitterwochen?«

»Mrs. Miniter, um vollkommen ehrlich zu sein, Sie wissen ja gar nicht, womit Sie es zu tun haben. Sie haben sechs normale, gesunde Kinder gehabt. Mike ist weder normal noch gesund. Er kann sich in keiner Umgebung angemessen verhalten, wenn er nicht das einzige Zentrum aller Aufmerksamkeit ist. Ich bin im Grunde wirklich überrascht, daß man ihn in einer Familie wie Ihrer untergebracht hat. Sie und Ihr Gatte sind völlig unvorbereitet. Er kann sich selbst verletzen, und er kann Sie verletzen. Wenn irgend etwas dergleichen geschieht, wird *Harbour* viele Fragen beantworten müssen.«

»Was können wir tun?«

»Hat man Ihnen irgendwelche Instruktionen gegeben, wie man Kinder korrekt zurückhält, wenn sie sich so verhalten?«

»Nein«, antwortete Sue zweifelnd.

»Gut. Ich gebe nach den Schulstunden einige Kurse, was das betrifft. Normalerweise sind sie nur für professionelles, pädagogisches Personal bestimmt, aber ich werde sehen, was ich tun kann, damit Sie daran teilnehmen können.«

Zu Hause diskutierten Sue und ich später über das Gespräch mit dem Lehrer.

»Sue, ganz gleich, was du sagst, das ist doch makaber. Du reagierst übertrieben. Wenn es ein Beweis dafür ist, wie krank man ist, je länger man zu Hause nur redet, aber niemanden angreift, dann muß der gestörteste Mensch auf der ganzen Welt Mutter Teresa sein. Ich glaube nicht, daß er in keinem sozialen Umfeld funktionieren kann. Ich denke, er will einfach nicht. Ich weiß aber, daß wir uns eine Anklage wegen Kindesmißhandlung einhandeln, wenn wir diesen Jungen festbinden. Warum können drei Erwachsene nicht mit vier Kindern fertig werden, ohne sie festzubinden?«

»Rich, du sorgst dafür, daß alles falsch klingt, und ich reagiere nicht überzogen. Dieser Mann kennt diese Kinder, und wir sollten zumindest wissen, wie wir körperlich mit ihm fertig werden, wenn etwas passiert. Was ich bisher getan habe, funktioniert jedenfalls nicht – er beruhigt sich nicht. Vielleicht ist er krank.«

Ich konnte es nicht glauben. »Du bist tatsächlich besorgt? Hast du Angst?«

Sue blickte mich an und lächelte. »Nein, ich habe keine Angst, aber ich habe dir nicht alles gesagt. Zum Beispiel, nachdem sie ihn angebunden hatten, hat er nur noch geschrien: ›Laßt mich verdammt noch mal gehen‹, mit allem, was seine Lungen hergaben, und das über eine Stunde lang.«

»Das ist mir gleich. Ich bin trotzdem damit nicht einverstanden.«

Im Gegenteil, das war der erste echte Beweis für Mikes Normalität, von dem ich hörte. Wenn mich jemand an einen Stuhl festbände, würde ich auch heulen und toben.

»Gut, mir aber nicht«, bekräftigte Sue. »Übrigens werde ich ihn morgen zu Hause behalten. Ich habe beschlossen, ihn mitzunehmen, wenn ich meine Mutter besuche. Ich will wissen, was sie meint. Außerdem kann ich ihn nicht hier bei dir lassen – es würde einfach nicht funktionieren.« Sue wollte ein langes Wochenende bei ihrer Mutter in Old Forge, New York, in den Adirondacks verbringen.

Voller Sarkasmus sagte ich: »Ja, ich verstehe, ungeachtet dessen, was du heute gelernt hast, wirst du allein mit ihm eine vier Stunden lange Autofahrt unternehmen, ohne vorher dein Training zur Kinder-Zurückhaltung absolviert zu haben.«

Sue durchbohrte mich mit ihren Blicken. »Gut, du hast recht, ich stimme nicht mit allem überein, was der Lehrer über die Gefahr gesagt hat, die er für uns darstelle. Wenn ich nicht gerade so fertig bin, weil ich ihm die ganze Zeit zugehört habe, habe ich immer noch das Gefühl, daß Mike im Grunde ein sehr freundlicher, großherziger Mensch ist. Dennoch – der Mann ist ein Profi und verfügt über eine große Erfahrung. Es muß etwas an dem sein, was er sagt.«

»Da sei dir nicht so sicher.«

»Halt den Mund.«

Am gleichen Abend hörte ich, wie Mike Sue fragte, ob er mit den Johnsons telefonieren dürfe und mit »Mom« und »Dad« und »Grandma« sprechen dürfe.

Sue sagte ja, und er wählte vom Telefon im Wohnzimmer aus. Ich war im Nachbarraum und hörte zu.

»Hallo«, sagte er ins Telefon, »Grandma, hier ist Mike.«

Dann folgte eine Pause, während der er lauschte, und dann wiederholte er: »Mike«.

Dann noch einmal: »Mike, hier ist Mike. Erinnerst du dich noch?«

»Mike.«

»Mike«, sagte er schließlich leise, aber ich wußte, daß die Verbindung gekappt war.

Er ging über den Flur in das Büro, wo Sue sich aufhielt. Ich hörte, wie er Sue mit seiner Lautsprecherstimme allerhand von einer langen Unterredung mit »Grandma« Johnson erzählte, daß sie ihm ein Weihnachtsgeschenk kaufen wird.

Ich hatte ein Gefühl, als würde ich mit dem Kopf gegen die Wand rennen.

Ich erwischte ihn im Flur, bevor er zu Bett ging. Er hatte die Hunde dabei und versuchte, wie immer sich mit abgewandtem Blick an mir vorbeizudrücken.

Wovon auch immer bestimmt, sagte ich: »Halt mal«, und griff ihn beim dünnen Arm.

»Sieh mich an, Mike.«

Seine geweiteten, blauen, ausdruckslosen Augen hoben sich langsam. »Mike, wenn dich irgend jemand noch einmal an einen

Stuhl bindet, dann möchte ich nicht, daß du es Sue erzählst. Sag es mir. Geh ans nächste Telefon und ruf mich dort an, wo ich arbeite.«

Keine Antwort.

»Mike, verstehst du? Verstehst du es?« Ich schüttelte ihn.

»Laß mich los, das tut weh. Warum soll ich dich überhaupt anrufen?«

»Weil ich dann den, der es getan hat, ebenfalls an einen gottverdammten Stuhl binden werde, und glaub mir, ich mache die besseren Knoten.«

Die Augen wandten sich wieder ab.

Nachdem er seiner Wege gegangen war, fragte ich mich, ob ich das Richtige gesagt hatte. Oder vermasselte ich alles, weil ich bei dieser Sache rot sah?

An diesem Abend sagte er mir zum ersten Mal gute Nacht.

Sue und der Lärm verließen mich am Freitagmorgen, während ich arbeitete, in Richtung Old Forge. Am Sonntagnachmittag waren sie wieder zurück, Sue offensichtlich entspannt und glücklich, und Mike merkwürdigerweise still.

»Was ist passiert? Hast du ihm den Kehlkopf herausoperieren lassen?«

»Wir haben es uns gutgehen lassen. Meine Mutter hatte ihn gerne da. Wir haben eine Kanufahrt gemacht, wir sind zum Zauberwald gegangen, aber der war geschlossen, also sind wir einkaufen gefahren, haben außerdem meine Schwester getroffen, auswärts gegessen, hatten also ein Wochenende mit vollem Programm.«

»Und Mike?«

»Anders als sonst.«

»Inwiefern?«

»Still, geradeso wie er jetzt ist. Na ja, halb still, und er hat zur Abwechslung mal zugehört.«

»Also gut, raus mit der Sprache.«

Sue grinste. »Ich habe letzten Endes entschieden, wer in dieser Beziehung der Erwachsene ist. Ich habe ihm gesagt, er soll ruhig sein. Wir waren etwa eine Stunde unterwegs, als ich begriff, daß ich es nicht schaffen würde, wenn er mir die ganze Zeit ins Ohr trompetet. Also habe ich die Fassung verloren und ihn angeschrien.«

»Die Fassung verloren?«

»Besser gesagt, mich in eine kreischende und fluchende Furie verwandelt. Ich meine, ich bin echt durchgedreht.«

»Und er war ruhig?«

Sie grinste wieder, aber diesmal traurig. »Mehr oder weniger. Ich habe ihm einen gewaltigen Schrecken eingejagt. Jedenfalls hat er sich beruhigt und sprach von da an mit mir wie ein vernünftiger kleiner Mensch. Ich konnte mich tatsächlich mit ihm unterhalten.«

»Und?«

»Gewaltige Lücken. Er hat soviel geredet und so absolut nichts über sich selbst gesagt in den letzten Wochen, daß ich gar nicht begriffen habe, was er alles nicht versteht. Auf eine etwas merkwürdige Art ist er unglaublich naiv. Ich glaube, das ist ein großer Teil seines Problems.«

»Wie meinst du das?«

»Also«, sagte Sue, »nachdem ich ihn angeschrien hatte, habe ich ihm gesagt, er könne auch im Auto schlafen; ich meinte natürlich, daß es eine lange Fahrt sei und daß er unterwegs ein Nickerchen machen könne. Aber ungefähr eine halbe Stunde später fragte er mich, wo ich denn an diesem Wochenende schlafen würde, und ich sagte, im Haus meiner Mutter natürlich.«

»Ja gut ...« Ich zuckte die Achseln.

»Rich, er fragte dann, wie weit der Wagen denn vom Haus entfernt stehen würde.«

»Na und?«

Sue beugte sich vor. »Verstehst du nicht, was ich meine? Er dachte, ich hätte ihm gesagt, ich sei das Wochenende über im Haus, aber er müsse draußen im Auto schlafen.«

»Das ist verrückt.«

»Aber Rich«, sagte Sue, »das ist es ja gerade. Trotz dieses hochtrabenden verbalen Nebels, den er verbreitet, läuft es darauf hinaus, daß er damit rechnet, genau das zu tun, was ein Erwachsener ihm sagt. Und zwar wörtlich. In der Ecke eines Wohnwagens leben wie ein Tier, sich der erniedrigendsten Behandlung unterwerfen, selbst draußen im Wagen an einem dunklen, unbekannten Ort schlafen – und du weißt ja, wie er sich im Dunkeln fühlt.«

»Ja.«

»Ja . . . Es geht noch weiter. Das Kind glaubt noch an den Nikolaus.«

Ich lachte. »Sue, er wird bald zwölf.«

»Rich, der Zauberwald war geschlossen, aber wir sahen durch das Tor eine große Figur des Weihnachtsmannes. An diesem Wochenende hat Mike immer wieder über den Weihnachtsmann gesprochen. Er glaubt an ihn – nicht so halb und halb mit einem bißchen Hoffnung, sondern wie an einen echten Glaubensartikel.«

»An den Weihnachtsmann?«

»Und wahrscheinlich den Osterhasen.«

Das war erschütternd. »Woran glaubt er noch?«

»Gott weiß woran. Er steckt schon so lange in dem Fürsorgesystem. Was lernt man noch alles in einer Familie, das man in diesen Institutionen nicht lernen kann? Dinge, bei denen wir einfach davon ausgehen, daß unsere Kinder sie verstehen. Daß man einmal in der Woche einkaufen gehen muß, daß die Eltern noch einen anderen Job haben, als sich um ihren Nachwuchs zu kümmern. Dinge, über die man nicht einmal nachdenkt, zum Beispiel, daß einem ein älterer Bruder schon erklären wird, daß es den Weihnachtsmann in Wirklichkeit gar nicht gibt.«

»Gut, wenn du da etwas dingfest machen kannst, wie willst du die Lücken ausfüllen?«

Sue zuckte die Achseln. »Vielleicht kann man das bei einigen gar nicht. Vielleicht muß er es selbst tun, größtenteils. Aber er ist klug. Ich glaube, der Grund, warum er ständig redet, ist, daß er weiß, wie wenig er weiß, und daß er verzweifelt versucht, diese Tatsache zu verbergen. Weißt du noch? Joanne sagte etwas in der Art – es ist ein Selbstschutzmechanismus.«

»Das Problem ist, daß man an das Gehirn nicht herankommt, während sein Mund arbeitet. Solange er redet, lernt er nicht. Was willst du also tun, wenn er wieder damit anfängt?«

»Du weißt, daß wir keinem unserer eigenen Kinder dieses Maschinengewehrgeplapper hätten durchgehen lassen. Mir hat es einfach zu leid getan um den kleinen Scheißer. Das ist vorbei. Wenn er wieder anfängt, dann werde ich ihn bremsen. Sieh es einmal so: Wir sind größer und stärker. Wenn wir ihn hätten zwingen können, draußen im Dunkeln in einem Auto zu schlafen, dann können wir ihn auch ab und zu zwingen, die Realität wahrzunehmen.«

»Ist das alles?«

»Nein. Ich muß ihm noch etwas anderes zu tun geben, als mir wie ein Zweijähriger nachzulaufen. Zusehen, daß er mit ein paar normalen Menschen zusammenkommt.«

»Und wie?«

»Da hab' ich schon eine Idee.«

Unten von der Straße aus hörten wir die Schreie und das dumpfe Krachen schwerer Schläge. Hinter den Fenstern des ersten Stocks sahen wir die Silhouetten von etwa dreißig Leuten, die kämpften.

Ich wandte mich zu ihr um. »Sue, dies ist kein normaler Umgang.«

Es handelte sich um Liams Karatekurs. Einer von uns fuhr hier zweimal die Woche hin, setzte Liam ab und holte ihn später wieder.

Ich gab meinen Widerstand noch nicht auf: »Findest du, daß das ein guter Plan ist? Mike ist körperlich wirklich schwach, und es ist sehr schwer für ihn, mit Menschen auszukommen und Anweisungen zu folgen. Manche von den Burschen hier sind dreißig Jahre alt und wiegen hundert Kilo.«

»Na, ist es nun ein soziales Umfeld oder nicht? Eine gute Übung jedenfalls.«

»Hast du den *Harbour*-Leuten davon erzählt? Sie werden es herausfinden. Ich denke, unter einem sozialen Umfeld stellen sie sich eher so etwas wie Essen im Kreis der Familie oder einen gemeinsamen Kinobesuch vor.«

»Da«, unterbrach mich Sue, »da kommt Liam. Geh du mit ihm zum Auto. Ich werde mit dem Trainer sprechen.«

»Nein, ich möchte, daß du mir vorher eine Frage beantwortest.«

Sue stützte eine Hand auf ihre Hüften. »Welche?«

»Wie wirst du dem Lehrer, der von dir möchte, daß du ihn ›zurückhältst‹, erklären, daß du ihn statt dessen in einen Karatekurs gesteckt hast?«

KAPITEL 5 **Ich bin Baptist**

Ein klarer Herbsttag, der die Orange- und Rottöne verschwimmen läßt, an dem der Schall jede Entfernung überwindet, hat etwas Magisches, Durchsichtiges. Die Hammerschläge vom Dach eines Nachbarn auf der anderen Seite des Tals, das Zuschlagen einer Gartentür oder der nasale Ruf eines weit entfernten Kindes scheinen jede Distanz zu überwinden. Ich hatte keine Mühe, die beiden Jungen am anderen Ende der Wiese streiten zu hören. Ich konnte sogar das Rascheln ihrer schwarzen Uniformen hören. Ich konnte ihre Atemzüge zählen.

Und ich wußte, daß Liam wütend war.

Seit einigen Tagen hatte sich Mike offenbar durch Sues neue Bestimmtheit und seine Furcht vor seinem neuen Karatekurs einschüchtern lassen. Er war immer noch fordernd und anhänglich wie eine Klette. Er wollte immer noch seine Zeit mit kleinen Aktivitäten ausgefüllt haben, die die Erwachsenen für ihn organisierten, aber er war zufriedener als früher, sogar fügsam, und er war außerdem sehr, sehr ruhig.

Tatsächlich hatte diese kurze Pause mir und Sue gerade genug Zeit gelassen, um tief durchzuatmen, ein paar Seufzer der Erleichterung loszuwerden und uns gegenseitig auf die Schulter zu klopfen. »Na, wissen wir, wie man mit Kindern umgeht oder nicht? Nach fünf Jungen wird uns doch ein kleiner Herumtreiber wie der nicht auf der Nase herumtanzen. Jetzt können wir anfangen, irgend etwas mit diesem Kind zu tun.«

Und in der Tat erschien Mike nachgiebig und wehrlos ohne seinen ständig feuernden Mund. Und unbeabsichtigt traf er uns tief mit einer schlichten, aufschlußreichen Unterhaltung, obwohl ich damals, wenn ich mich richtig erinnere, wünschte, ich hätte dies nie erfahren.

Er wartete früh am Morgen auf den Schulbus, die Haare gebürstet, sauber, mit frisch gebügelten Kleidern. Jämmerlicherweise bestand er aber immer noch darauf, das inzwischen reichlich zerfetzte Namensschild vom ersten Schultag, der bereits Wochen zurücklag, zu tragen.

Jetzt machte er an dem Schildchen herum, las es wieder und blickte zu mir auf.

»Weißt du, woher ich weiß, wie ich heiße?«

Ich kicherte. »Ja, es steht auf deinem Schildchen.«

»Nein«, sagte er mit seiner lauten Stimme, »ich weiß, wie ich heiße, weil meine Schwester es mir gesagt hat.«

»Es dir gesagt hat?«

»Ja. Ich kann mich noch erinnern, wie sie mich schüttelte und schüttelte und sagte: ›Wach auf, Mike; wach auf, Mike.‹«

Etwas schwer von Begriff fragte ich: »Nun, bist du aufgewacht?«

»Später. Im Krankenhaus, glaube ich. Ich kann mich nicht mehr so gut daran erinnern.«

Dann hupte draußen der Schulbus, und er stürzte zur Tür.

Während ich sah, wie der Bus wieder unsere Ausfahrt verließ, wurde ich sehr wütend. Zwölfmal in elf Jahren ein neues Zuhause, neue Erwachsene, eine neue Schule, neue Freunde, ein neues Leben, und all das hatte damit begonnen, daß er aus der Bewußtlosigkeit wachgerüttelt worden war.

»Kein Wunder«, sagte Sue, als ich es ihr erzählte, »daß er das Namensschild braucht.«

Aber heute lagen die Dinge anders. Er war deutlich weniger empfindlich. Ich konnte es am Klang seiner Stimme hören.

Ich war gerade von der Arbeit heimgekommen und ging über den Steinweg, der vom Parkplatz herführte, als ich die beiden zusammen sah. Sie waren weit unten am Hügel am Rand des immer noch leuchtend grünen Rasens hinter dem Haus und übten Karate.

Mikes dünne Gestalt war mit einem roten Schutzhelm, einem Körperschutz und Handschuhen gepolstert. Liam schlug ihn, trieb ihn, und Mike raunzte ihn mit seiner überlauten Stimme an: »Du kannst ja gar nicht hart schlagen. Du schlägst wie ein Mädchen!«

»Mike«, erwiderte Liam kurz angebunden, »ich habe dir doch immer wieder gesagt, daß du nicht genug weißt und daß du nicht stark genug bist, um einen guten Schlag auszuhalten. Und daß es viele Mädchen mit schwarzem Gürtel gibt.«

»Ich weiß alles über Karate. Ich habe schon vorher Karate gemacht. Du schlägst wie ein Mädchen – Mädchen, Mädchen, Mädchen.«

Rums! Mit rudernden Armen und wegknickenden Beinen ging Mike zu Boden.

Ich ging in die Küche. Dort dampfte es und roch gut, auf dem Herd simmerte der Inhalt einiger Töpfe, aber Sue schien kurz vorm Überkochen zu sein. Ihr Gesichtsausdruck war beunruhigt, und sie knallte mit den Dingen nur so um sich. Als ich fragte, was denn los sei, antwortete sie: »Er hat mich den ganzen Tag lang in seinen Klauen gehabt. Und jetzt fängt er auch noch an, nach Fehlern zu suchen, wird häßlich und erzählt mir immer wieder, daß wir ihn in allen Dingen belügen.«

»Wie meinst du das?«

»Ich werde es dir später erklären«, sagte sie schon wieder abgelenkt, während sie sich an dem Meer herumstehender Töpfe und Pfannen zu schaffen machte.

»Was machst du da?« fragte ich und begann, unter die Topfdeckel zu spähen.

»Pasta, Fleischbällchen, Salat, Knoblauchbrot, Apfelkuchen und Brownies. Diakon Carroll, Alice und Garrett kommen zum Abendessen.«

Ich ging in den Schankraum und sah, daß der Tisch bereits gedeckt war. Ich hatte ganz vergessen, daß wir Gäste erwarteten.

»Rich, stellst du noch Gläser auf den Tisch?«

»Ja.« Ich ging hinüber zur Bar und reservierte als erstes eine Flasche guten Scotch für Diakon Carroll, der irgendwelche

Medikamente nahm und normalerweise nichts trank. Aber mir war wieder eingefallen, daß er gesagt hatte, er würde heute keine Pille nehmen, so daß er auch einen Schluck mittrinken könne, und dann mit breitem Grinsen meinte, daß er besonders auf Scotch stehe.

Während ich mich mit den Flaschen und Gläsern beschäftigte, hatte ich einen guten Blick nach draußen hinters Haus. Mike hatte sich inzwischen wieder aufgerappelt und umkreiste Liam mißtrauisch. Ich konnte ihre Stimmen hören.

»Ich bin gestolpert.«

»Nein, ich habe dich getroffen. Ich habe dir doch gesagt, du würdest keinen Schlag aushalten.«

»Ich bin gestolpert.«

Sue brachte den Salat herein. »Gut, kannst du jetzt rausgehen und den Jungs sagen, daß sie sich waschen und umziehen sollen? Sie essen mit uns.«

Als ich es ihnen den Hügel hinunter zurief, nickte Liam, Mike dagegen nicht. Statt dessen rief er mir zu: »Leck mich. Ich brauche mich nicht zu waschen. Wir haben keine Gäste. Ich bleibe draußen.« Aber Liam schob ihn vor sich her, und die beiden Jungen stolperten den grasbewachsenen Hang hinauf und dann ins Haus hinein.

Einen Augenblick lang stand ich einfach nur erstaunt da.

Als ich selbst durch die Küchentür wieder ins Haus ging, schrie Mike gerade Sue an: »Nein, wir haben keinen Besuch. Du lügst.«

Sie mußte sich sehr zusammennehmen, um ihm ganz ruhig zu erwidern: »Sicher erwarten wir Besuch, Mike. Geh jetzt hinauf und wasch dich.«

»Nein, das brauche ich nicht.«

Liams Arm reckte sich noch einmal hinunter und griff Mike an der Schulter.

Als die Türen oben zufielen, pfiff ich und fragte Sue: »Also gut, was ist mit ihm los?«

Aber Sue ignorierte mich und steckte ihren Kopf in den Kühlschrank. Sie murmelte irgend etwas derart, daß sie nicht genug geriebenen Käse habe.

»Ah, da ist er ja.«

»Sue!«

»Also gut! Seit er heute morgen aufgestanden ist, widerspricht er mir ununterbrochen. Als ich ihm sagte, es sei acht Uhr, sagte er, es sei sieben Uhr neunundfünfzig. Als ich ihm sagte, er solle mit Teddy rausgehen, sagte er nein, der Hund hieße in Wirklichkeit Teddy Bear. Als ich ihm sagte, daß sein weißer Pullover zu seiner schwarzen Hose passe, sagte er nein, sein rotes Hemd passe dazu. Ich fand eine kleine rote Schwellung auf seinem Arm und sagte ihm, es handele sich um einen Insektenstich, und er solle etwas Wasserstoffsuperoxyd darauftun. Nein, sagte er, das sei vom Sumach. Das ging den ganzen Tag so, und die Hälfte dessen, was er sagte, war unflätig. Er ist mir sogar von Raum zu Raum nachgekommen, um mir zu sagen, was ich alles falsch mache und woher er weiß, daß ich nie die Wahrheit sage.«

»Hm«, sagte ich langsam, »das könnte gefährlich werden. Was würde er machen, wenn du ihm sagtest, er soll einem herannahenden Auto aus dem Weg gehen?«

Sue begann auf dem Herd in ihren Töpfen zu rühren. »Ich weiß genau, was er sagen würde. Bevor ich mit dem Abendessen angefangen habe, habe ich ihn mit zum Supermarkt genommen, und dort flitzte er über den Parkplatz.«

»Und?«

Sue wirkte gereizt. »Und ein Auto kam. Er begann mit mir zu streiten, als ich ihn anschrie. Das Auto hielt, ihm ist nichts passiert. Ich muß mich um mein Abendessen kümmern, ich muß an meinem Herd bleiben – damit ich mit den Händen etwas anderes zu tun habe, außer ihn zu erwürgen. Also geh mir aus dem Weg. Wir sprechen später darüber.«

Der Diakon, Alice und Garrett kamen einige Minuten später, und wie von Zauberhand verwandelte sich das dampfende

Durcheinander in der Küche in eine wunderbare Mahlzeit. Ich schenkte Rotwein ein, gab dem Diakon einen großen Whiskey, und dann nahmen wir Erwachsenen Platz.

»Sue«, sagte Diakon Carroll, und seine blauen Augen blitzten, »jetzt werden wir ja endlich Mike kennenlernen. Wie geht es ihm denn?«

Sue antwortete sofort, und ihre Lippen bildeten einen dünnen Strich. »Wir wollten mit Ihnen darüber reden, ihm etwas religiöse Unterweisung zukommen zu lassen.«

Der Diakon nahm genüßlich einen Schluck der bernsteinfarbenen Flüssigkeit zu sich und lachte leise. »Ah. So geht's ihm also.«

Der über siebzigjährige Diakon, ein Mann, der mit beiden Beinen fest auf der Erde stand, hielt die Gemeinde in Schwung seit der Pensionierung des Pfarrers, der fast zwanzig Jahre lang in St. Charles gewesen und dann von einer Aushilfskraft mit Gesundheitsproblemen abgelöst worden war. Im Augenblick arbeitete er mit aller Geduld einen neuen, jungen Pastor ein. Trotz der Leere, die sich manchmal in seine Tage schlich, seit seine Frau Dorothy nach über vierzigjähriger Ehe bei einem Autounfall ums Leben gekommen war, setzte der Diakon hartnäckig weiter einen Fuß vor den anderen und gab mit seinem trockenen Humor anderen Halt.

Die Jungen kamen die Treppe heruntergestürmt. Mike wirkte etwas unordentlich, aber gewaschen, und sein glattes Haar war feucht und gebürstet.

Dankbar und anerkennend zog Sue die Augenbrauen hoch. »Danke schön, Liam.«

»Kein Problem.« Er grinste und gab dann dem Diakon die Hand. Liam und Diakon Carroll hatten manchen Samstagnachmittag zusammen verbracht, als der Diakon Liams Meßdienerbetreuer gewesen war, und jetzt lachten sie zusammen wie über einen gemeinsamen Witz.

Liam setzte sich, und Mike flegelte sich mürrisch auf den noch freien Platz. Sein Gesichtstic arbeitete unablässig.

Sue hatte ihr Weinglas schon an den Lippen, hielt dann aber inne. »Mike, das ist Diakon Carroll und dies sind Mr. und Mrs. Hydecker.«

»Was gibt es zum Abendessen?«

»Mike«, sagte Sue und brachte nur noch angestrengt ein Lächeln zustande, »stell dich bitte vor. Sag bitte guten Abend.«

Mike ignorierte sie. »Die Gläser gehören auf die andere Seite der Teller.«

»Unser kleiner Herr Knigge«, spottete Liam.

»Du deckst den Tisch immer falsch.«

»Mike, stell dich bitte vor.« Ich versuchte, soviel Härte in meine Stimme zu legen, wie ich konnte.

Mike warf sein Wasserglas um, und Alice stand auf, damit ihr das Wasser nicht in den Schoß lief. Sue beugte sich herüber und versuchte, den Schaden mit einer Serviette zu beheben. »Mike, paß doch auf!«

»Was gibt es zum Abendessen?«

»Ich denke, wir beten jetzt. Diakon, wollen Sie das übernehmen?«

Diakon Carroll senkte den Kopf, und Mike rief: »Ich bin Baptist.«

Diakon Carroll hob den Kopf langsam wieder, seine Augen wurden zunächst frostig, bis er wieder das angespannte, dünne, zuckende, kleine Gesicht sah. Mit warmem Lächeln sagte er: »Mike, ich kenne viele Protestanten . . .«

»Ich bin *Baptist*«, unterbrach ihn Mike lautstark.

Der Diakon begann geduldig noch einmal. »Ich kenne viele Baptisten, und sie sind alle Christen und finden nichts dabei, ein Tischgebet zu sprechen. Möchtest du also nicht mit uns beten? Wir sind alle Freunde hier.«

Mike erwiderte seinen Blick mit einem ausdruckslosen Starren. Dann begann er irgend etwas anderes zu schreien, aber bevor er noch ein weiteres Wort herausbringen konnte, wurde sein Gesicht leichenblaß und seine Augen verdrehten sich.

Alice erschrak und legte ihm eine Hand auf die Schulter, aber der Diakon warf Liam nur einen kurzen Blick zu und senkte dann den Kopf. »Segne, o Herr«, begann er zu beten.

Nach dem Dankgebet flüsterte Sue mir zu: »Was ist da vorgegangen?«

»Ich glaube, Liam hat ihn vors Schienbein getreten.«

Sue riß die Augen weit auf, aber sie brachte dennoch ein gewinnendes Lächeln zuwege, während sie Garrett das Knoblauchbrot reichte.

Alice betrachtete Mike immer noch besorgt. »Mike, ich habe einen kleinen Jungen so wie dich.«

»Nein, haben Sie nicht«, korrigierte er sie mit zusammengebissenen Zähnen.

Einige lange und von Streit ausgefüllte, ermüdende Tage später holte Joanne Mike von der Schule ab, nahm ihn dann mit zu Burger King, um sich ein wenig mit ihm zu unterhalten, und brachte ihn danach nach Hause.

Als wir uns zum Tee zusammensetzten, schnitt Sue gleich das Thema von Mikes Verhalten an. »Ich weiß nicht, was schlimmer ist – die ersten Monate dieses ständige Reden oder dieser neue gemeine Kerl, der alles zerpflückt oder wie verrückt flucht, bei wirklich allem, was wir sagen oder tun.«

Joanne zuckte nur leicht die Achseln. »Das mußte so kommen – es ist immer so –, und es war keine Möglichkeit, Sie darauf vorzubereiten. Sie müssen die Situation einmal von seiner Warte aus betrachten. Sie haben jetzt das Stadium des ersten Versuchsflugs hinter sich, und Mike muß jetzt anfangen, eine Verbindung zu Ihnen herzustellen. Aber er hatte es bisher buchstäblich mit Hunderten von Erwachsenen zu tun – Sachbearbeitern, Polizisten, Ärzten, Therapeuten, Lehrern, Sozialpädagoggen, Pflegemüttern und -vätern. Jeder einzelne davon trat in sein Leben, sagte, was er zu dem Zeitpunkt für die Wahrheit hielt, und trat dann wieder ab, um nie mehr aufzutauchen. Sie und ich hatten unsere

Eltern, unsere Brüder und Schwestern, und vielleicht noch ein paar Freunde und Nachbarn. Eine kleine Gruppe, vielleicht fünf bis zehn Personen, die unsere ganze Kindheit mit uns verbracht haben. Auf die Art und Weise lernt man Menschen kennen und Menschen vertrauen, entwickelt man langfristige Beziehungen. Diese Kinder haben so etwas nie erlebt. Mikes ganze Erfahrung sagt, daß Sie schon nach wenigen Monaten wieder aus seinem Leben verschwunden sein werden, ganz gleich, was er tut, ganz gleich, wie gut er sich verhält oder wie glücklich er hier ist. Es bleibt Ihnen also nichts übrig, als sich zunächst einmal mit der Situation abzufinden. Ich bin sicher, daß Sie es schaffen werden. Mike ist klug – er wird schon auf Sie zukommen.«

Sue schüttelte den Kopf. Wir hatten bezüglich Mike ohne jede große Strategie unseren gemeinsamen Weg begonnen, außer vielleicht der, ihn so zu behandeln wie unsere anderen Kinder. Aber wenn man auf ein solches Kind die gleichen Erwartungen überträgt, die man an die Kinder hatte, mit denen man jahrelang gegenseitige, sehr starke Erwartungen hinsichtlich beiderseitigen Verhaltens aufbauen konnte, und zwar Stückchen für Stückchen in winzigen Schritten, dann ist man total überrascht, plötzlich eine »Scheißnutte« genannt zu werden. Man weiß sich einfach nicht mehr zu helfen – zumindest nicht beim ersten Mal.

Aber Joanne hob beschwörend die Hände: »Doch, Sue, glauben Sie mir. Nach einem solchen Leben müssen diese Kinder einfach glauben, daß sie von Ihnen angelogen werden, sie wollen glauben, daß Sie es nicht völlig ehrlich mit ihnen meinen. Die Alternative wäre, enttäuscht zu werden und wieder in einen emotionalen Abgrund zu stürzen. Ich beobachte das mehr oder weniger bei all meinen Kindern.«

Sue schüttelte wieder den Kopf. »Ich verstehe, was Sie sagen – ich stimme dem sogar zu, was Sie sagen –, aber ich glaube nicht, daß es alles erklärt, was in ihm vorgeht.« Sie hielt inne, um nach den passenden Worten zu suchen. »Diese Unwilligkeit zu vertrauen ist zu übertrieben – schon fast komisch übertrieben. Vielleicht ist es das alles. Als er noch mit uns redete, da redete er nicht manchmal, da redete er ständig. Als er schwieg, schwieg er die ganze Zeit. Wenn er jetzt streitet, dann streitet er nicht manchmal, sondern er streitet ständig.«

Worauf wollte Sue hinaus?

Bevor ich den Gedanken zu Ende denken konnte, verschränkte Joanne die Arme, stützte die Ellbogen auf den Tisch und verkündete: »Ich will offen sein. Wir waren besorgt, was Sie beide taten, als Sie ihn in diesem Kampfsportkurs anmeldeten. Das hätten Sie zuerst mit uns besprechen sollen. Mike ist nicht besonders stark – er ist beinahe zerbrechlich. Er ist emotional gestört, und wir sind uns nicht sicher, ob sein Trainer weiß, wie er mit einem Kind mit solch besonderen Bedürfnissen umgehen muß.«

Trotz meines anfänglichen Mißbehagens befürwortete ich inzwischen dieses Training. Zumindest schien es Disziplin und Respekt zu fördern, und Mike schien es zu gefallen. Er war auf jeden Fall eifrig genug dabei. Sich für den Karatekurs fertig zu machen war so ungefähr das einzige, was er freiwillig tat. Teilweise bewirkte das, da war ich mir sicher, die schwarze Ninja-Uniform, aber ein weiterer Aspekt, vielleicht der wichtigere, schien die Gruppe zu sein. Es sah so aus, als wolle Mike Teil einer echten Gruppe sein. Andererseits wußte ich, daß, wenn irgend jemand von *Harbour* jemals diese Karateschule besuchte, er entsetzt sein würde über die strenge Disziplin, den fast unterwürfigen, rituellen Respekt, der dem Trainer entgegengebracht werden mußte, und die ständige Gefahr für jeden einzelnen Schüler, sich allgemeiner Lächerlichkeit auszusetzen. Ich rutschte unbehaglich auf meinem Stuhl hin und her.

Aber das allein machte höchstens die Hälfte meines Unbehagens aus; der Rest galt dem unbedingten Bestehen der *Harbour*-Leute auf »Hilfsmitteln«, dessen Saat – das spürte ich – in der folgenden Diskussion aufgehen würde.

Harbours Ansatz bezüglich aller Punkte, die die Anpassung und die Verhaltenslenkung des Kindes in seiner neuen Familie betreffen, ist eine formalistische Erweiterung dessen, was wir mit unseren eigenen Kindern auch gemacht hatten, vernünftig und wohldurchdacht, und ich bewunderte vor allem die detaillierte Organisation, die Art und Weise, wie die ganze Sache betrieben wird. In einer Reihe von Gesprächen wird ein schriftlicher Behandlungsplan aufgestellt, der die wichtigsten Entwicklungsgebiete für jedes Kind festsetzt; man hatte diese Gebiete nach der Versicherungsterminologie benannt, damit man sie getrennt abrechnen kann: Beratung, Verhaltenstraining, Gesundheitsbetreuung, Training grundlegender Fähigkeiten des täglichen Lebens und so weiter. Die »professionellen« Eltern sollen diese Gebiete zweimal pro Woche ansprechen und eine Zusammenfassung dieser Sitzung geben, zu der immer ein Kommentar zur Reaktion des Kindes gehört. All dies wird auf einem vorbereiteten Formular im Logbuch der Eltern festgehalten, das am Ende jedes Monats der Familienspezialist erhält.

Außerdem verlangt das Projekt von den Eltern, mit dem Kind jeden Tag ein Minimum an »positiver« Zeit zu verbringen. Dabei kann es sich um eine auswärtige Aktivität handeln oder auch nur um ein paar Minuten, die man zusammen mit dem Kind in der Küche arbeitet. Die Eltern müssen diese Erfahrung in einem anderen Formblatt ihrem Logbuch hinzufügen. Dann sollen die Eltern auch jeden Tag irgendeine Sache finden, für die sie das Kind loben können, zum Beispiel, daß es seine Hausarbeit gemacht hatte, Verantwortung bewiesen, sich um ein Haustier gekümmert und so weiter. Dieses Ereignis soll ebenfalls in einer kurzen Erzählung auf einem zweiten Formblatt festgehalten werden. Und schließlich sollen die »professionellen« Eltern den Tag nach einer Skala von eins bis fünf benoten, auf der eins die beste und fünf die schlechteste Note für den Tag ist. Auch dies wird auf einem Formblatt festgehalten.

Die ganze Prozedur ist mühsam und kostet viel Zeit, hat aber den enormen Nutzen, einen daran zu erinnern, was man auf jeden Fall tun muß, nämlich sich um die Bereiche zu kümmern, in denen das Kind Hilfe braucht, zu versuchen, jeden Tag mit einer positiven Erfahrung anzureichern und den Fortschritt schriftlich festzuhalten.

Aber was die zweite Art von Maßnahmen betrifft, die unterstützenden, die sich auf die »Hilfsmittel« bezogen, das heißt auf Beratung von außen, und auf eine zusätzliche Form von Verhaltenssteuerung, die auf Belohnung und Bestrafung beruhte, vertrat ich eine ganz andere Meinung.

Wir hatten es bisher vermeiden können, Mike einem Therapeuten auszuliefern. Wir wußten nicht allzuviel über diesen Berufsstand. Keins unserer Kinder und keiner unserer Freunde oder Familienangehörigen war jemals in derartiger Behandlung gewesen, und uns schien die Sache insgesamt ein wenig schwammig, vor allem, nachdem eine Anzahl anderer Eltern, die wir auf den monatlichen Treffen kennengelernt hatten, uns eröffneten, daß *Harbour* beim Auftreten von Verhalten, das den Aufenthalt des Kindes in der Familie gefährdete, einen Therapeuten oder Berater hinzuzöge, der dann meistens eine Liste der täglich verlangten Verhaltensweisen aufstellte und darauf bestand, daß die Eltern jedes derartige Verhalten und jede Abweichung aufzeichneten. Dahinter steckte die Idee, daß alle Abweichungen im Laufe eines Tages zusammengezählt werden und die Privilegien des Kindes gemäß einem vorgegebenen Schema entsprechend reduziert oder erhöht werden sollten. Zum Beispiel hatte man einem Kind vielleicht eine tägliche Fernsehzeit von einer Stunde zugestanden, und jeder Punkt für ein unflätiges Wort bedeutete vielleicht, daß von dieser Zeit fünf Minuten abgezogen wurden. Andere Plus- oder Minuspunkte führten vielleicht zur Streichung eines Ausgangs oder zu einer Belohnung.

Fünfminutenweise Fernsehzeit abziehen oder zugeben? Wessen Leben war lang genug für so etwas? Außerdem schien mir das Verfahren die elterliche Autorität zu unterminieren. Das Kind wurde auf sehr wesentliche Weise von der Familiengruppe ausgeschlossen und nach einem anderen System als die anderen Kinder belohnt und bestraft. Was hatte das noch mit einer Familie zu tun? Wo blieben da die Eltern als Quelle der Disziplin und Anleitung?

Ich wollte nicht generell darüber streiten. Ich wollte bloß Mike und uns selbst von allen Vorgaben dieser Art freihalten.

Als ich also diese Faktoren in meinem Kopf mit der Tatsache zusammenbrachte, daß *Harbours* sanfter Ansatz soviel Ähnlichkeit mit dem System der Karateschule hatte wie eine Gartenhacke mit einem Bulldozer, sah ich keine Möglichkeit, wie wir oder vielmehr Sue diese Kluft würden überbrücken können.

Sie schaffte es völlig gelassen. Sie spielte den Punkt zunächst einmal herunter und stellte den Karatekurs als eine logische Ergänzung von Mikes Behandlungsplan dar. Dann präsentierte sie ein ausgefülltes Formblatt des Karatekurses, auf dem Mike seine für sich selbst aufgestellten kurzfristigen und langfristigen Ziele unter den wachsamen Augen des Trainers aufgeschrieben hatte. Sie waren auf verschiedene Kategorien verteilt:

Angestrebte Ziele

Persönlich:			
	kurzfristig	die Hunde rufen	Dez. 93
	langfristig	zwei Freunde gewinnen	April 94
Familie:			
	kurzfristig	Briefe schreiben	Nov. 93
	langfristig	ein Gartenbeet anlegen	Juni 94
Arbeit/Schule:			
	kurzfristig	Arbeiten rechtzeitig erledigen	Dez. 93
	langfristig	Bücher lesen	April 94
Innere Stärke:			
	kurzfristig	mich dem stellen, wovor ich Angst habe	Jan. 94
	langfristig	es überwinden	Juli 94

Kampfsport:

kurzfristig	konzentriert bleiben	Okt. 93
langfristig	den schwarzen Gürtel erringen	Okt. 98

Joanne las das kleine Dokument aufmerksam. »Hm, ich bin beeindruckt und berührt. Aber es bleibt immer noch der Punkt der Schularbeiten. Kommt ihm sein Karatekurs dabei nicht in die Quere?«

Sue spielte ihre beste Karte aus. »Nein, Rich und ich haben mit dem Trainer eine Vereinbarung getroffen, und er hat sie in einem Vieraugengespräch mit Mike besprochen. Mike wird dort seine Ergebnisprotokolle aus der Schule vorlegen müssen, und wenn seine Leistungen sinken, muß er Karate für das nächste Quartal aufgeben. Mit anderen Worten, er wird sich seine Belohnung verdienen.«

»Ich verstehe.«

Aber dann überreizte Sue. »Und außerdem glauben viele Leute, daß es eine deutliche Korrelation zwischen den Kampfsportarten und den akademischen Leistungen gibt; und daß sie auch die sozialen Fähigkeiten verbessern. Und der verbesserte Muskeltonus könnte dazu beitragen, daß das Bettnässen weniger wird und sich die Verdauung verbessert.«

Joanne blickte Sue direkt in die Augen. Sue wußte und ich wußte und auch Joanne wußte jetzt, daß sie manipuliert wurde. Aber dann kam es zu einem merkwürdigen Phänomen.

Seit dieser Diskussion über Mike und den Karatekurs habe ich immer wieder erlebt, daß Sozialarbeiter das System hintergehen, wenn sie Erwachsenen begegnen, die mit guter Absicht und im Sinne der »System-Kinder« etwas tun. Es ist, als wären sie nach all dem Mißbrauch und all der Vernachlässigung, die sie mit ansehen müssen, bereit, beinahe alles zu tolerieren, das irgendwie dem Wohle des Kindes dienen soll – selbst wenn sie glauben, daß die Erwachsenen ernsthaft falsch liegen oder daß wichtige Vorschriften einfach ignoriert werden.

Der beste Chef, für den ich jemals arbeitete, nannte dieses Phänomen: »Den Adlern Fleisch geben.« Das bedeutet, daß man die Regeln zugunsten von jemandem bricht, der etwas tut, irgend etwas. Aber hier handelte es sich nicht um Industrieproduktion. Es handelte sich um Sozialarbeit. Die Sozialarbeiter sind mehr Regeln unterworfen als jeder andere, und sie haben es mit zerbrechlichem Leben zu tun. Unter diesen Umständen brauchen sie dazu viel mehr Mumm.

Ich sah, daß es so kommen würde, als Joanne sagte, tief in Gedanken versunken in Abwägung der Risiken: »Bevor Sie noch einmal irgend etwas wie das aus eigenen Stücken tun, müssen Sie es zunächst mit uns besprechen.«

»Oh, selbstverständlich«, sagte Sue schnell.

Danach wollte ich mit Sue über diesen Zwischenfall sprechen, aber sie schnitt mir schnell das Wort ab: »Rich, Karate ist Schnee von gestern. Wir sind damit fertig geworden. Und dieser kleine Sturm hat die eigentliche Frage, warum Mike sich so benimmt, wie er es jetzt gerade tut, für eine Weile in den Hintergrund gedrängt, und ich bin nicht dazu gekommen, Joanne zu sagen, was ich ihr sagen wollte. Irgend etwas stimmt nicht mit Mike, und ich meine nicht emotional. Ich meine, daß er sich entweder auf gar nichts konzentrieren kann oder sich zu sehr auf eine Sache konzentriert.« Als sie sagte »zu sehr konzentriert«, schlug sie mit der Hand auf den Tisch.

»Ich denke, das sehe ich auch so. Aber wir haben uns verpflichtet – du warst einverstanden, nach ihren Regeln zu spielen. Bevor wir irgend etwas anderes unternehmen, müssen wir es mit ihnen durchkauen.«

Dann räusperte sie sich, und ich begann mir Sorgen zu machen.

»Sue, fängst du irgend etwas anderes an?«

Langes Schweigen. Dann sagte sie: »Ich kann es nicht mehr aushalten, mich so von ihm behandeln zu lassen. Ich weigere mich, mir länger von einem elfjährigen Pimpf sagen zu lassen, daß ich lüge. Deshalb habe ich Dr. Reis angerufen.«

John Reis, ein praktischer Arzt, ein Hausarzt, war schon seit langem einer von Sues Klienten. Verwirrt wartete ich ab, was sie als nächstes sagen würde.

»Die Muskeln in Mikes Schulter sind so starr wie Eisen. Wenn man sie massiert, lockern sie sich, und sein Gesichtstic verschwindet für eine Weile. Und seine Stimme mäßigt sich zu normaler Lautstärke. Er wird auch gefühlsmäßig etwas lockerer und scheint nicht mehr so streitsüchtig zu sein.«

Dann biß sie sich auf die Lippen und kam auf den Punkt. »Mike nimmt Medikamente, seit er hier ist, und in den vier Jahren davor ebenfalls. Wer weiß denn wirklich noch, was sie bei ihm bewirken oder was sie bei ihm bewirkt haben? Ich habe John vorgelesen, was er alles einnimmt, und er meinte, daß es keine negativen Wirkungen haben sollte, wenn man sie einfach absetzte, und daß der Tic und die Spannungen in seinen Muskeln und sein extremes Verhalten zumindest teilweise von den Medikamenten herrühren könnten. Ich kann einfach nicht akzeptieren, daß er wirklich nichts von dem glaubt, was wir sagen – ich bin mir sicher, daß Joanne recht hat, was die Gründe dafür anbelangt –, aber ich glaube nicht, daß das der ganze Grund ist dafür, daß er sich hier als solcher Teufel aufführt. Irgend etwas anderes hält ihn auf diesem Niveau – vielleicht das gleiche, das dafür gesorgt hat, daß er sich im Kinderheim wie ein selbstmordgefährdeter Spastiker gebärdet hat. Vielleicht sind es die Medikamente, vielleicht nicht. Ich meine, wir sollten es ausprobieren.«

»Nun, das ist eine interessante Vermutung«, sagte ich. Aber dann verstand ich, was sie mir da wirklich beibog, und ich schlug mir die Hand vors Gesicht. »Wann«, murmelte ich durch meine Finger, »wann hast du die Medikamente abgesetzt?«

KAPITEL 6 **Parade im Herbst**

Mike weint nachts nicht, wenn die Hunde in seinem Bett sind. Wenn sein Gewimmer einsetzt, stupst Teddy Bear oder Pupsy die Schnauze unter seinen Arm, und er wird wieder ruhig.

Das habe ich bisher ein dutzendmal beobachtet, und es beängstigt mich beinahe. Es ist, als ob die Hunde etwas wüßten, was wir nicht wissen, oder wissen, wie man etwas macht, was wir nicht können.

Sue sagte es auf ihre Art, als sie die drei draußen vor ihrem Bürofenster vorbeimarschieren sah. »Irgendwie stehen sie auf seiner Seite.«

Aber ich sehe die Sache etwas anders. Ich glaube, daß die kleine Bestie, die in Mikes Nacken reitet, über einen gewissen Grad an boshafter Intelligenz verfügt. Sie weiß, daß sie einen Streit mit den Hunden nicht gewinnen kann, also versucht sie es erst gar nicht.

Mike versucht niemals, die Hunde zu korrigieren. Was immer sie von ihm wollen, es ist okay. Wenn er mit ihnen draußen ist, sie ruft und sie dann in eine andere Richtung davontrotten, ändert er seine Richtung und folgt ihnen. Und wenn sie mit ihm kommen, nachdem er gerufen hat, dann ist das auch okay.

»Drogenfrei in neunzigdrei«, witzelte Sue, während sie Joannes Büronummer wählte.

»Sue«, protestierte ich.

»Nur ruhig, ich mache es so, wie du meinst. Wir halten uns an die Regeln und nehmen einen Arzt, der die Medikamente absetzt.«

»Nachdem es geschehen ist?«

»Wir nehmen einen Arzt, um die Medikation abzusetzen«, wiederholte sie.

Joanne ging an den Apparat, und nach zwei Minuten Plauderei erklärte Sue ihr, daß sie sich Sorgen mache wegen Mikes körperlicher Verfassung.

»Er ißt nicht richtig.«

»Nein?« erwiderte Joanne.

»Nein. Das Kinderheim wollte ihn zu einer Ernährungsberatung schicken, und ich habe mich über die Idee lustig gemacht. Aber jetzt frage ich mich doch, ob wir ihn nicht zu einem Arzt schicken sollten, um mal zu sehen, was der dazu meint.«

»Hm, sicher«, sagte Joanne zweifelnd, »aber er hat den nächsten Termin bei Dr. Jacobsen.«

Dr. Jacobsen ist der Psychiater von der *Mental Health Association*.

»Ja«, sagte Sue, »aber erst in drei Wochen, und wir brauchen einen Hausarzt für ihn – jemanden, den wir anrufen können, wenn er krank wird. Und kein Hausarzt wird ihn in solchen Fällen kurzfristig behandeln, wenn er ihn nicht bereits untersucht hat, wenn er noch nicht zu seinen Patienten gehört. Vielleicht sollten wir deshalb zwei Fliegen mit einer Klappe schlagen – ihm einen Hausarzt verschaffen und schauen, ob dieser praktische Arzt nicht die Zuziehung eines Ernährungsberaters empfiehlt.«

»Gut.«

Nachdem sie diese Art mehr symbolischer Kooperation hinter sich gebracht hatte, suchte Sue nach einem Hausarzt. Das war nicht leicht. Wenn man auf *Medicaid*, die staatliche Krankenversicherung, angewiesen war, scheint einem nichts anderes übrigzubleiben, als sich an irgendeine Praxis zu wenden. Wenigstens kam Sue zu diesem Schluß, als sie herausfand, daß die meisten Ärzte auf dem Land – zum Beispiel die in Ulster County – mit *Medicaid* nichts zu tun haben wollten.

Aber im Nachbarcounty fand sie schließlich drei. Der erste war ein in Ehren ergrauter, aufrechter Allgemeinmediziner mit Namen O'Mara, der weit weg in Pine Bush ansässig war.

An dem Morgen, als sie den Termin dort hatte, legte sich Sue eine Seidenbluse, ihr dunkelrotes Geschäftskostüm, Elfenbeinschmuck, ihre lange schwarze Lederjacke und hochhackige Schuhe heraus. Nachdem sie viele Jahre lang Kostüme und Kleider und hochhackige Schuhe hatte tragen müssen, gefällt es Sue jetzt, sich lässig zu kleiden, an ihrem gewaltigen Schreibtisch in Jeans und Sweatshirt zu arbeiten, mit alten Schlappen an den Füßen und einem dicken Pullover, wenn es sein muß. Aber heute wollte sie Eindruck machen.

Trotzdem hatte sie keinen guten Einstand bei dem alten Knaben. Mike machte im Untersuchungsraum des Arztes eine Szene von epischer Länge, erzählte wild und laut von seiner richtigen Mutter, seinem Bruder und seiner Schwester, die in einer anderen Familie lebten, und brüllte beinahe, als er auf das Rockland State Psychiatric Hospital zu sprechen kam. Außerdem korrigierte er natürlich alles, was der Arzt zu sagen hatte. Er führte sich im großen und ganzen auf wie ein Verrückter.

Und Sues Kleidung hatte genau den gegenteiligen Effekt.

Der Arzt bedachte sie mit einem fast höhnischen Lächeln, während er die Versicherungskarte befingerte. »Miss Miniter, wie viele Kinder haben Sie denn?«

»Sechs weitere.«

»Und ich darf natürlich nicht davon ausgehen, daß Michaels Vater noch aktuell ist?«

»Nein«, sagte Sue verwirrt.

»Damit hätte ich auch nicht gerechnet. Nun, sind denn die anderen Kinder normal? Und hat er noch andere echte Geschwister?«

»Was?«

»Wie viele verschiedene Väter haben Ihre Kinder?«

»Wie bitte?«

»Ich fragte, wie viele Väter?«

Sue explodierte: »Ich habe gehört, was Sie sagten. Ich kann es nur nicht glauben, daß Sie diese Frage gestellt haben – und ich bin *Mrs.* Miniter. Ich bin seit siebenundzwanzig Jahren mit dem gleichen Mann verheiratet. Und *alle* meine Kinder haben den gleichen Vater!«

Nun war es an dem Arzt, verwirrt und außerdem extrem verlegen dreinzuschauen. »Ja, was ist Mike dann? Er hat einen anderen Familiennamen.«

»Mike ist ein Pflegekind. Was dachten Sie denn, was er wäre?«

Der Arzt war konsterniert. Das einzige, was ihm jetzt noch einfiel, war noch dümmer und peinlicher. »Sie sehen gar nicht aus wie eine Pflegemutter.«

Sues Blick wurde ausdruckslos und starr, ihre Pupillen zu kleinen schwarzen Pfeilspitzen. »Und wie hat eine Pflegemutter auszusehen?«

»Mrs. Miniter, Mike ist ernsthaft gestört. Ich weiß nicht – ich habe Mike zum ersten Mal gesehen. Ich nahm an, daß er aus ungeregelten Familienverhältnissen stammt, und wollte wissen, ob er irgendwelche anderen Vollgeschwister hat, die ebenfalls emotionale Probleme haben.«

»Also, sehen Sie« – Sue versuchte, sich zu beruhigen und in Erinnerung zu rufen, warum sie hier war –, »Mike hat nicht seinen besten Tag heute. Das stimmt. Ich möchte nun gerne wissen, wie sein körperlicher Zustand ist.«

Der Arzt fand langsam wieder zu seiner Herablassung zurück. »Ich habe seine Krankenakte nicht, und ich habe noch keinerlei genaue Untersuchung gemacht, aber er scheint in Ordnung zu sein – vielleicht ein wenig zu dünn. Sind Sie deswegen hier? Nur deswegen?«

»Nein«, sagte Sue und bemühte sich um ein Lächeln. Sie zog ein Blatt aus ihrem Notizbuch. »Er wurde vor etwa zwei Monaten aus dem Kinderheim entlassen, und der Arzt dort hatte ihm einige Medikamente verschrieben.«

Sie reichte dem Arzt die Aufstellung.

Dr. O'Mara las sie und sagte: »Ah ja, ich verstehe. Sie hätten gern ein neues Rezept.«

»Nein«, sagte Sue noch einmal. »Dr. John Reis in Kingston hat vorgeschlagen, die Medikamente abzusetzen; das könnte möglicherweise ein Teil seiner unnatürlichen Muskelspannung und vielleicht auch sein Gesichtstic günstig beeinflussen; man könne vielleicht eine Grundlage für eine neue Medikation schaffen, wenn alles zunächst einmal für eine Weile abgesetzt würde.«

»Oh, ich kenne John«, sagte Dr. O'Mara. Dann blickte er Sue scharf an. »Hat Dr. Reis ihn untersucht?«

Das war der kritische Punkt des Gesprächs, doch Sue war wohlvorbereitet. »Er hat uns diesen Rat aus Höflichkeit, aus alter Verbundenheit gegeben. Aber er nimmt in seiner Praxis keine *Medicaid*-Patienten an, und bis Kingston ist es ein langer Weg. Er schlug vor, daß wir uns am Ort einen Arzt suchen, der dann besser in der Lage sein sollte, sich um alles zu kümmern.«

Dr. O'Mara öffnete den Mund, als wolle er etwas sagen, blickte noch einmal auf die Aufstellung, dann zu Sue hinüber, lächelte selbstsicher und senkte den Blick dann wieder auf das Papier. »Ja, natürlich, jetzt verstehe ich. Nun, wenn John es so wünscht, dann habe ich kein Problem, ihm in dieser Sache zu folgen. Warum nicht sofort damit beginnen – das heißt, auf der Stelle? Lassen Sie sich einen Termin für nächste oder übernächste Woche geben, und dann sehen wir ja, was sich geändert hat – falls sich etwas geändert hat.«

»Sind Sie sich denn ganz sicher?« fragte sie unschuldig.

»Oh, absolut. John weiß, was er tut. Und Gott weiß« – und an dieser Stelle lachte er barsch, immer noch peinlich berührt –, »daß das Verhalten des Jungen gar nicht schlechter werden kann.«

»Doktor, eine andere Sache noch: Würden Sie zu diesem Zeitpunkt die Hinzuziehung eines Ernährungsberaters empfehlen?«

»Hm, nein«, sagte der Arzt. »Lassen Sie uns abwarten und erst einmal schauen, ob der Junge nicht vielleicht auch so etwas zunimmt.«

»Vielen Dank.«

Auf dem Weg hinaus griff der Arzt nach Sues Arm. »Ich entschuldige mich für das anfängliche Mißverständnis, Mrs. Miniter. Was Sie da tun, ist eine wundervolle Sache. Gott segne Sie.«

»Sehr freundlich von Ihnen, Herr Doktor.«

Als sie heimkam, sagte sie die Termine bei den beiden anderen Ärzten auf ihrer Liste ab.

Wenn Richard Nixon Sue als Stabschef gehabt hätte, hätte er möglicherweise zwei ganze Wahlperioden durchgehalten. Vielleicht sogar drei oder vier.

Ein paar Tage nach dem Termin beim Arzt saß Mike ruhig im Schankraum, als Sue und ich die Treppe heruntergeschlendert kamen, um uns ans Abendessen zu machen.

Wir standen ein Weilchen da und beobachteten ihn. Er hielt seine kleinen Schultern jetzt ganz anders – locker, fast schon schlapp wirkten sie –, und sein Gesichtstic schien verschwunden zu sein. Aber er wirkte geschlagen und müde, wie besiegt.

Aus den Augenwinkeln heraus nahm er uns wahr. »Habt ihr schon mal einen von ihnen zurückgeschickt, weil er böse war?« frage er leise und wie beiläufig. Ohne Zorn, ohne jeden scharfen, anklagenden Ton in der Stimme, ohne zu fluchen. Diese widerborstige Seite an ihm war verschwunden. Aber sein Kopf war gesenkt, und seine Finger zappelten.

Sue antwortete mit einer Gegenfrage: »Einen von welchen, Mike?«

Man konnte praktisch sehen, wie er versuchte, seine Gedanken auf einen bestimmten Weg zu zwingen. »Richard, Henry, Frank, Brendan oder Liam.«

Sue war nun echt verwirrt. »Und wohin zurückgeschickt?« fragte sie.

»Zurück zu den Pflegekinderleuten.«

Sues Rücken straffte sich, und langsam setzte sie sich neben ihn. Ihre Hand bewegte sich auf seine Schulter zu, hielt dann inne und zog sich wieder zurück. »Mike, unsere Jungen sind keine Pflegekinder. Das wußtest du doch, oder?«

Ein Zucken seiner zarten, dünnen Schultern. »Nein – hm, ja –, es wird wohl.«

»Mike.«

»Ja.«

»Warum hast du das gefragt?«

Eine lange Pause. Dann sagte er: »Als ich zum erstenmal hier war, waren Henry, Frank und Brendan hier, aber dann mußten sie ihre Taschen packen und gehen.«

Sue blickte zu mir auf, aber ich zuckte nur die Achseln. Ich wußte nicht, was ich sagen sollte.

Schließlich streckte sie noch einmal die Hand aus und legte sie ihm auf die Schulter. »Mike, wir werden dich niemals zurückschicken. Wenn du älter bist, mußt du ins College gehen. Dorthin sind auch die Jungen gegangen. Zu Thanksgiving und zu Weihnachten sind sie wieder da.« Sie schüttelte ihn sanft. »Mike, wir werden dich niemals zurückschicken. Wir haben uns für dich entschieden, und du hast dich für uns entschieden.«

Schweigen.

Ich sagte: »Sieh mal, Mike, Brendan ist an der George Mason University in Virginia, und Frank und Henry sind in Norwich.«

Wieder Schweigen.

Sue sagte: »Wir wollten dir noch nichts sagen. Wir wollten erst mal sehen, was du jetzt machst. Aber du hast dich während der letzten Tage wirklich beruhigt, und jetzt können wir es dir sagen. Nächste Woche nehmen wir dich mit zu einem langen Wochenende nach Vermont. Du wirst Norwich im schönsten Herbstlaub sehen.«

Mike sah mit vorsichtigem Interesse zu ihr auf, das von plötzlich aufkeimendem und schnell überschäumendem Verdacht abgelöst wurde. Seine Augen verengten sich, und zum ersten Mal während dieses Gesprächs zuckte sein Kopf.

»Behalten sie Kinder da in Norwich? Kinder, die böse waren?«

»Mike, es ist nur ein Besuch. Wir drei werden einen Kurzurlaub machen. Wir werden hierher zurückkommen, wir alle, drei Tage später.«

»Behalten sie Kinder dort?«

»Männer«, sagte ich ruhig. »Keine Kinder, Mike. In Norwich sind nur Männer.«

Er glaubte uns nicht.

Unser Sohn Henry hatte einmal über Norwich gesagt: »Hier gehöre ich hin«, und in der Tat, jetzt, da er seinen Abschluß dort gemacht hat, können wir uns die Schule ohne ihn kaum noch vorstellen.

Im Grunde genommen fällt es mir heute sogar schwer, mir unsere Familie vorzustellen, wie sie vor unserem ersten Besuch in Norwich war. Damals, als wir mit dem Bild von Gold und Karmesinrot und Militärgrau, von Herbstlaub vor einem hellen Oktoberhimmel, von Kompaniefahnen, Trommeln und Gewehren und ihren Söhnen auf dem alten oberen Appellplatz im Schatten alter Bäume heimkehrten.

Es gab eine Zeit, als wir dachten, daß einige unserer Söhne den festen Boden unter den Füßen verlieren würden. Richard, unser Ältester, war immer ein Akademiker. Susanne ebenfalls – sie verbrachte ihre Teenagerzeit zum Teil im Krankenhaus mit Hilfsdiensten, zum Teil in ihrem Zimmer und lernte. Aber Henry und Frank, die beiden nächsten, waren während der High-School-Zeit zum Verzweifeln. Ich glaube, sie haben dort eigentlich nur durchgehalten, weil sie wußten, daß Sue und ich ihnen Gift in ihr Cornflakes-Frühstück tun würden, wenn sie es nicht schafften. Beide mißbrauchten unseren freiheitlichen Erziehungsstil, indem sie sich auf das tiefste Niveau der geforderten Leistung absinken ließen und dort abgetaucht mit angehaltenem Atem jahrelang verweilten. Wenn fünfundsechzig Punkte nötig waren, um in einem Fach zu bestehen, dann achteten sie peinlich darauf, nicht mehr als sechsundsechzig zu erhalten. Wenn die Grenze bei siebzig lag, dann schafften sie eine Einundsiebzig. Wenn ihr Interesse an akademischen Dingen irgendwo über Null lag, dann war es doch so winzig, daß man es nur mit einem Elektronenmikroskop hätte entdecken können.

Sue und ich hatte diese Haltung so empört, daß wir unsere eigenen Regeln brachen und tobten und wüteten, wenn wir von der Schule über die Leistungen unserer Sprößlinge informiert wurden. Aber es war, als würden wir gegen eine Wand sprechen. Manchmal hört man ein kleines Echo, aber meist verschallt unerhört, was immer man zu sagen hat.

Henry und Frank interessierten sich ausschließlich für die Jagd und das Fischen. Wenn sie eigentlich Melville hätten lesen sollen, studierten sie ausgiebig die letzte Ausgabe des *American Hunter* oder von *Field and Stream*. Statt Mathematik zu pauken, übten sie Truthahnrufe oder Methoden des Spurenlesens, oder sie lagen stundenlang unter einem Haufen feuchter Blätter still. Soweit ich mich entsinnen kann, war der einzige Test während ihrer gesamten High-School-Zeit, in dem sie eine Hundert erreichten, das Examen des Kurses zur Sicherheitsausbildung für Jäger des Staates New York.

»Diese Burschen«, sagte ich Sue bei mehr als einer Gelegenheit, »werden ihr Leben als Tankwart beschließen und in abgewrackten Pickups herumfahren.«

Aber ich hätte eigentlich wesentlich mehr Vertrauen in die beiden haben sollen. Denn als die High-School vorüber war, schienen sie einer nach dem anderen plötzlich mit den Schultern zu zucken, als wenn sie sagen wollten: »Gut, das ist jetzt vorbei«, alles von sich abzuschütteln und zu beschließen, jetzt Ernst zu machen, was den Rest ihres Lebens anbetraf.

Henry kam als erster damit zu mir. Das war im Februar 1990. »Dad, ich habe mich entschieden, auf welches College ich gehen will.«

»College?« wollte ich eigentlich schreien. »Du hast gerade vier Jahre damit zugebracht, einen Flügel lahm hinter dir herzuziehen, während du den Kopf unter den anderen stecktest! Wie kannst du da erwarten, mit einem College fertig zu werden?«

Aber statt dessen fragte ich: »Woran hattest du denn gedacht?«

Henry erwiderte meinen Blick mit ausdrucksloser Miene. »Ich möchte, daß du einmal mit mir nach Norwich zum Tag der offenen Tür fährst. Ich bin mir zu neunzig Prozent sicher, daß ich dorthin will.«

»Norwich?« fragte ich. »Was ist Norwich?«

»Ich werde es dir zeigen«, sagte er.

Die Universität mit ihren mehr als einhundertfünfundsiebzig Jahren ragt wie eine Backsteinfestung auf einem Hügel zehn Meilen südlich von Montpellier, Vermont, empor. Im Verlauf ihrer Geschichte hat Norwich größtenteils Kavallerie- und später Panzeroffiziere für die Armee ausgebildet, aber in den letzten Jahren haben sich viele der dort Graduierten auch für eine Laufbahn als Offiziere der Marines, der See- und der Luftstreitkräfte entschieden. Die kleine Schule mit vielleicht tausend Kadetten rühmt sich einer intensiven Erziehung der Studenten. Es ist akademisch nicht besonders schwierig, dort aufgenommen zu werden, aber es ist extrem schwierig, die Ausbildung dort durchzustehen. Jeder Student muß sich dem selbstverwalteten Korps der Kadetten anschließen, und obwohl es einen offiziellen Kommandanten der Armee dort gibt, erwarten die Offiziere und Unteroffiziere der Kadetten strenge Disziplin, ausdauerndes Training und Unterordnung. In manchen Jahren gibt ein hoher Prozentsatz von Erstsemestern noch vor dem »Tag der Anerkennung« auf – es ist ein Tag, der niemals im voraus angekündigt wird und an dem der Kadettenoberst bekanntgibt, daß der Rest des Korps endlich die Anfänger als Mitglieder anerkannt hat.

1993 war sowohl Henry ein Senior als auch Frank – in seinem zweiten Jahr – dort, und wie immer waren wir fest entschlossen, uns das Elternwochenende Mitte Oktober nicht entgehen zu lassen.

Aber dieses Jahr waren wir nur ein bescheidener Trupp. Nur Sue, Mike und ich würden die lange Fahrt antreten. Im Jahr zuvor waren fast alle mitgekommen – Richard und seine Freundin waren eigens aus Washington angereist, Susanne war mit von der

Partie gewesen, Liam, Sue und ich. Wir hatten uns einen Kleinbus für neun Personen gemietet. Es regnete, regelrechte Vorhänge von kaltem Niesel waberten talein- und talauswärts, und wir waren spät dran. Aber wir kamen die glatten Granitstufen zum oberen Appellplatz gerade noch rechtzeitig hinaufgestürzt, um ein Bild, perfekt wie aus dem letzten Jahrhundert, zu erleben. Das Korps der Kadetten stand in Habachtstellung in dem ergiebigen kalten Regen, Reihe für Reihe, Kompanie dicht gedrängt an Kompanie, alles in Feldgrau, mal gut zu sehen, mal von einer neuen Regenböe fast ausgelöscht, ein stummes Meer durchnäßter Flaggen, gezogener Schwerter, die Offiziere vor ihren Männern, die uniformierten Kolonnen der Männer so bewegungslos wie Stein, geduldig in starrer Haltung und durchnäßt in ihren grauen, hochgeschlossenen Uniformen in Erwartung der Trommelschläge, die ertönen sollten. Dann donnerten die Trommeln los, und die Kadetten setzten sich in Bewegung.

Wir konnten unsere Söhne unter den anderen nie erkennen, wenn sie vorbeimarschierten. Wir wußten natürlich, zu welcher Kompanie sie gehörten, aber die Reihen sahen alle gleich aus – kurzgeschorene Köpfe, strenge, graue Uniformen und ein Kadett mit gekreuzten Kavalleriesäbeln auf dem Kragen und Augen geradeaus wie der andere. Die Jungen nahmen erst später wieder Gestalt an, bei der Parade waren sie Fremde; die Augen versteckt unter dem Schirm ihrer Mütze, schlank und drahtig und fit, Henry mit dem breiten Streifen eines Kadettenhauptgefreiten auf den Ärmeln, Frank schlaksig und auf seine selbstsichere Weise lächelnd.

Ich wollte, daß Mike das alles sah – nicht mit den Augen stolzer Eltern natürlich, sondern als jemand, der im Alter Henry und Frank recht nahe stand und der vielleicht bereits verstehen konnte, daß es im Leben ein bestimmtes Fortschreiten, einen Ablauf gibt. Daß aus einem Haus wie dem, in dem er jetzt lebt, Jungen kommen, für die hier die Trommeln geschlagen werden.

In diesem Jahr überschritten wir die Staatsgrenze nach Vermont am frühen Morgen, und drei Stunden später trafen wir in unserer gewohnten Bed-and-Breakfast-Unterkunft in Bethel, Vermont, ein. Wir hatten bei dem Besitzer schon angerufen und ihm von Mikes Problem mit dem Bettnässen berichtet. Er sagte, wir sollten uns darum keine Gedanken machen, wir seien doch Stammgäste; wir sollten eben eine Gummiunterlage für die Matratze mitbringen, dann gäbe es keinerlei Probleme.

Aber Mike geriet über die Unterbringung in seinem Zimmer in Angst. Während wir unsere Sachen auspackten, ging er immer wieder von seinem Zimmer durch die doppelte Verbindungstür in unseres. Sein Gesichtstic war wieder aktiv, und er stotterte.

»Ich kann da drinnen nicht schlafen.«

»Natürlich kannst du das, Mike. Außerdem hast du zwei Betten im Zimmer, und Frank wird dort bei dir schlafen. Wir nehmen ihn heute abend zum Essen mit, und er wird dann wenigstens eine Nacht außerhalb der Schule verbringen.«

Wieder dieser Blick. Wir lügen ihn an, sagt er. »Kann ich hierbleiben, wenn ihr nach Norwich fahrt?«

»Nein, mein Lieber. Hier dürfen Kinder nicht den ganzen Tag allein bleiben. Du mußt uns glauben. Norwich ist die Schule der Jungen. Wir machen dort nur einen Besuch.«

Sein Gesicht zuckte. Jetzt war auch Zorn darin zu erkennen. Und Resignation.

Sue beugte sich zu ihm hinüber und sah ihm direkt in die Augen. »Mike, wir lügen dich niemals an. Und wir werden dich niemals anlügen. Ich kann nichts daran ändern, was in der Vergangenheit geschehen ist, aber Rich und ich werden dich niemals, kein einziges Mal, über irgend etwas belügen. Du ...« – Bei diesen Worten tippte sie ihm mit dem Finger auf die Brust – » ... wirst mit uns wieder nach Hause fahren.«

Er wandte sich um und ging wieder durch die Tür zurück.

Sue blickte mich hilflos an. »Er glaubt immer noch kein Wort von dem, was wir sagen.«

Ich zuckte die Achseln. »Denk daran, was Joanne gesagt hat.«

Wir waren wieder einmal auf dem oberen Appellplatz, und das Korps war auf dem Rasen zum Appell angetreten.

Mike war mit gesenktem Kopf aus dem Auto gestiegen, wurde aber etwas munterer, als es die endlosen Steinstufen hinaufging. Er sah die Uniformen, sah, wie sie zum *Tik Tik* der Trommeln Aufstellung nahmen.

Seine ersten Worte waren: »Das ist keine Schule.«

»Doch, es ist eine.«

»Nein, es ist keine. Es ist etwas für Soldaten.«

»Ja, aber auch eine Schule, Mike. Wir werden Frank und Henry nach der Parade treffen.«

Schweigen.

»Und es ist auch kein Kinderheim oder, Mike?«

Weiteres Schweigen.

»Wir belügen dich nicht, Mike.«

Schweigen.

Mike und ich gingen zusammen den kleinen Grashügel hinauf, wo die Musikkompanie stand; von dort aus hatten wir eine gute Sicht. Sue blieb auf den Stufen vor der Jackman Hall. In unserer Nähe stand auch eine Batterie von Sechsundsiebzig-Millimeter-Haubitzen zum Salutschießen bereit. Mike konnte seinen Blick nicht von den Geschützen abwenden und ging schließlich hinüber, um sie näher in Augenschein zu nehmen.

»Mike, komm hierher zurück. Wenn die Geschütze losgehen, werfen sie dich um.«

Mike sah mich an und dann die Kanonen.

Fast höhnisch meinte er: »Die sind gar nicht echt. Die können ja gar nicht feuern.«

»Mike, ich lüge dich nicht an, diese Kanonen sind echt. Sie werden dich umhauen.«

»Nein.«

»Mike, ich werde dich niemals anlügen.«

Er wandte sich ab und ging näher an die Haubitzen heran.

Ich hörte, wie die große Trommel auf dem Appellplatz losdröhnte und die Batterie sich feuerbereit machte. Der erste Geschützführer warf Mike über die Schulter einen Blick zu und machte dann eine knappe Geste mit seinem Kinn zu mir herüber.

Ich schaute auf Mikes schmalen, zerbrechlichen, kleinen Rücken und hatte plötzlich richtig Mitleid mit ihm. Sein Trotz war schließlich das einzige, was er wirklich hatte. Ich spürte noch etwas anderes – es hing wahrscheinlich damit zusammen, daß wir beide hier allein unter all diesen Fremden waren an diesem sonnigen Tag, vor uns das Bild der anderen Jungen draußen auf dem Appellplatz, die sich bereit machten, ihren Marsch ins Leben anzutreten. Ich begann mich um dieses kleine Häuflein Haut und Knochen zu sorgen – ich fing an, wie ein Vater zu fühlen.

Doch das Vatersein hatte mich auch abgenutzt. Wenn man ein frischgebackener Vater ist, ist es leicht, hart zu sein und oberlehrerhaft, wenn es darum geht, seine Kinder eine harte Lektion lernen zu lassen, einfach nichts zu tun und mit anzusehen, wie sie das Risiko eingehen, verletzt zu werden. Wenn man noch nicht die vielen echten Tränen gesehen hat, ist es leicht, es für das Richtige zu halten, sie einfach nur zu lassen. Mike brauchte unbedingt eine Lektion, eine große Lektion. Ich war mir nur nicht so sicher, daß ich die Nerven hatte, sie durchzuhalten.

Ich hörte, daß Sue mich rief; sie hatte Mike gesehen.

Aber irgendwie fiel die Entscheidung von selbst, und ich winkte dem Geschützführer zu. »Lassen Sie ihn da.«

Ich sah, daß Sue ihn holen wollte, und versuchte, sie wieder an ihren Platz zurückzuwinken. »Um Gottes willen, laß ihn selbst sehen, daß ich die Wahrheit gesagt habe.«

Sie hatte ohnehin nicht mehr genug Zeit.

Der Kommandeur der Batterie warf seinen Kopf nach rechts und salutierte. Der erste Geschützführer gab ein Kommando, und die erste Haubitze ging los. Mike wurde von den Füßen gerissen und rollte nach hinten. Er versuchte sich gerade wieder aufzurappeln, als Geschütz Nummer zwei losging, und danach Nummer drei.

Dann schaffte er es endlich und kam zu mir gerannt, ausgelassen, mit Freudentränen auf dem Gesicht. »Das kann ich aushalten.«

»Mike, habe ich dir jetzt die Wahrheit gesagt?«

»Ja, hast du! Ja, hast du!« rief er.

Mondschein in Vermont. Am Sonntagabend sausten wir durch die kleinen, schwach beleuchteten Städtchen an der State Route 12 vor der scharfen Wendung nach Osten, die bergab auf Route 4 Richtung Rutland führt.

Ich hörte noch die Trommeln und die Bläser. Sah Henry im Stelzgang der Senioren vor mir, Frank geschmeidig und ganz bei der Sache im offenen weißen Hemd und in grauen Hosen, der sommerlichen Freizeituniform, wie er im Auftrag der Schulzeitung fotografierte; er schleppte uns von einem Fußballspiel zum Rugbyspiel und von dort weiter zu einem Footballspiel und schließlich zu einem Exerzieren des achten Korps der Marines. Wir aßen in Montpellier zu Abend, gingen auf den »Hügel« und machten ein paar Dutzend Fotos von uns. Mike ging uns im Footballstadion verloren. Er lief einem Mann mit einem Hund hinterher, spielte auf einem Panzer und legte sich dann ins Gras, beobachtete die Batterie von Messinggeschützen aus der Zeit des Bürgerkrieges und hoffte, daß Norwich ein Touch-Down gelänge, damit sie abgefeuert würde. Wir waren bereits ganz aus dem Häuschen, als wir ihn endlich dort fanden, immer noch gespannt wartend, lange nachdem Norwich das Spiel verloren hatte.

Jetzt schlief er auf dem Rücksitz des Wagens, eingehüllt in ein Sweatshirt und eingewühlt in eine Decke.

»Also«, setzte ich einen Streit vom Vortag fort, »danach hat er uns das ganze Wochenende lang nicht mehr gesagt, daß wir ihn über irgend etwas anlügen würden.«

»Es hätte ihm das Trommelfell zerreißen können.«

»Er war ja hinter den Geschützmündungen«, brummte ich, »und außerdem feuerten sie ja Salut und keine scharfe Munition.

Es war ja nicht so, als wenn er auf einem Einsfünffünfer gestanden hätte.«

Sue ließ ihren Sitz ein Stück zurückrutschen und streckte sich. »Was immer ein Einsfünffünfer auch sein mag: Beim nächsten Mal laß uns darüber reden, bevor du losstampfst und deine Entscheidungen allein triffst.«

»Ah, natürlich«, sagte ich lächelnd und dachte an Mikes Medikamente.

KAPITEL 7 **Ich mache keine Hausarbeit**

Ich setzte mich rasch und lächelte ihm über den Eßtisch hinweg zu. Dabei drängte sich mir ein längerer Rückblick auf. Mikes Totenkopfmaske war verschwunden! Das Absetzen der Medikamente, die Möglichkeit, jederzeit etwas zu essen, das Herumrennen und Toben mit den Hunden in der frischen Luft hatten sich schließlich auch auf sein Gesicht ausgewirkt. Der dünne, fahle Geist von vor drei Monaten hatte inzwischen runde, rote Wangen bekommen, und seine Augen schienen sich in seinem Gesicht sehr viel wohler zu fühlen – sie flackerten nicht mehr, und auch der Zorn darin war verschwunden.

Es gab auch andere Veränderungen. Er hatte begonnen, mit den Hunden loszuziehen, sich von uns zu lösen, für kurze Zeit auch unser Grundstück zu verlassen, und benutzte nun das inklusive *unser,* wenn er von Haus und Grundstück sprach. Er hatte sogar zu mir ein lockeres Verhältnis gefunden, so daß ich ihm abends etwas vorlesen konnte, von den Hardy Boys und aus Stevensons *Kidnapped,* und ich genoß dabei sowohl seine merkwürdige Sprechweise als auch die Tatsache, daß er, was die Aussprache und den Wortgebrauch anbelangte, sich leicht führen ließ und ein Wort oder eine Frage oft immer und immer wieder wiederholte in dem Versuch, alles richtig zu machen.

Allerdings kamen nach diesen wenigen Wochen auch die kantigen Seiten an Mikes Persönlichkeit langsam ans Licht wie der Umriß eines außergewöhnlichen Fisches, der langsam an der Leine eingeholt wird. Mike war, wie wir zu verstehen begannen, ein Kind der Dunkelheit. Zunächst einmal war er erbarmungslos launisch. Seine Haltung – und wir meinten – sogar sein ganzer Körper, die Farbe seines Haares konnten sich ändern, wechselten zwischen sonnig und lächelnd bis hin zu einer muffeligen, verärgerten, kleinen, grauen Erscheinung, und das in einem einzigen Augenblick. Dann wurde seine Sprache plötzlich unflätig, und ihn selbst beflügelte unglaublicher Widerspruchssinn. Außerdem schien er entschlossen, weiter das Bett zu nässen, und war immer noch von absoluter, beinahe tödlicher Angst vor der Dunkelheit erfüllt.

Obwohl wir zunächst einmal solche Dinge wie das Bettnässen ertragen konnten und auch über seine Angst vor der Dunkelheit hinwegsahen in der vernünftigen Hoffnung, daß wir uns darum in Zukunft würden kümmern können, strapazierten doch seine Denkprozesse weiterhin unsere Nerven. Es war extrem schwierig, sich mit Mike auseinanderzusetzen, mit ihm vernünftig über etwas zu sprechen, weil er oft steif und fest behauptete, Dinge zu wissen, die er nicht wußte, und laut wurde, wenn man ihm das Gegenteil bewies. Aber von all dem abgesehen gefiel mir im Moment wirklich, wie er aussah, und so grinste ich ihn über den Tisch hinweg an. »Du siehst gut aus, du kleiner Hamster.«

Er lachte nicht.

Ich zuckte die Achseln: »Ah, wir sind brummig«, und zwinkerte dann Sue zu.

Die Sonne ging gerade unter, im Schankraum war es still und ruhig, und alle Gäste waren entweder zu Besuchen unterwegs oder noch bei der Arbeit. Es war niemand im Haus außer Sue, Mike und mir. Auf dem Tisch standen Brathähnchen, Reis und Erbsen – natürlich (das ist eine eiserne Devise Sues: Zu Reis gehören Erbsen). Dann läutete in der Küche das Telefon, und ich stand auf, um an den Apparat zu gehen. Als ich ein paar Minuten später zurückkam, war Sue in eine Steuerberechnung vertieft, während Mike seine Mahlzeit beinahe beendet hatte.

»Ich möchte mehr Reis und Erbsen.«

»Sicher, Liebling«, sagte Sue, ohne aufzuschauen.

Klirr, klirr, kratz, kratz, noch etwas Erbsen und Reis auf seinen Teller, und dann, bevor ich selbst mir zweimal den Mund gefüllt hatte, hatte er alles verdrückt und seinen Stuhl bereits nach hinten geschoben.

»Mike«, Sue lächelte ihn an.

»Ja, was?«

»Wenn du vom Tisch aufstehst, nimm bitte deinen Teller, dein Besteck und dein Glas auf dem Weg hinaus mit in die Küche.«

Er muffelte. »Ich muß mein Fernsehprogramm sehen. Du hast gesagt, das dürfte ich.«

»Natürlich, Mike, aber du kannst dir diese halbe Minute nehmen und deine Sachen abräumen. Und heute morgen habe ich dich gebeten, deine Bettwäsche in den Waschraum zu bringen – ich glaube, das hast du auch noch nicht getan.«

»Das war heute morgen. Das ist vorbei«, schmollte Mike.

»Mike, tu bitte, um was ich dich gebeten habe.«

Später blickte ich vom *National Geographic* auf, um mir Sues Sorgen über Mikes »Rückentwicklung« anzuhören – die ganze morgendliche Routine funktionierte nicht mehr richtig, und er wurde kiebig, wenn man ihn bat, auch nur die kleinste Kleinigkeit zu erledigen.

»Rich, denk mal darüber nach«, sagte Sue und klopfte dazu auf den Tisch. »Was vermitteln wir ihm wirklich über eine Familie? Du siehst ja, daß er denkt, Dinge wie seine Bettwäsche verschwänden von alleine. Er glaubt, daß jedes Problem auf magische Weise gelöst ist, wenn erst einmal dreißig Minuten verstrichen sind, genau wie eine Fernsehserie. Diese Vorstellung müssen wir zerstören und ihn wieder zurück in die wirkliche Welt ziehen. Wirkliche Familien arbeiten, verdienen Geld, lernen, tun etwas zusammen. Und alle Menschen müssen für ihren Platz in der Familie etwas tun, und wir müssen ihm ein Gefühl dafür vermitteln.«

»Gut, aber warum so eilig?«

»In ein paar Wochen sind die Jungen zum Thanksgiving alle da, und du kennst sie ja. Bis jetzt hat er hier eine ruhige Zeit gehabt, nur mit uns und den Gästen. Aber wenn die anderen erst da sind, dann wird sich in seiner Welt das oberste zuunterst kehren. Es wird hier voll sein und laut, und er wird einfach aus dem Weg geschoben werden.«

»Das sollte ihm ganz gut tun.«

Sue nickte. »Ja, aber im Wettbewerb mit den anderen wird er sich um unsere Aufmerksamkeit bemühen müssen, und wir werden keine Zeit haben, ihn ständig im Auge zu behalten. Ich bin mir nicht sicher, daß er mit all dem gleichzeitig fertig werden kann, so wie er im Moment ist, und wenn er dann mit einigen seiner Sprüche aus dem Heim auftrumpft, dann werden die Jungen ihn mal so richtig vor die Wand laufen lassen, bevor du auch nur die Hand heben kannst.«

»Das würden sie nicht tun.«

Sue sah mich nur aus dem rechten Augenwinkel an und fuhr dann fort: »Bevor er durch ihre Ankunft in Schrecken gerät, möchte ich, daß er ein Gefühl dafür bekommt, sich hier einen sicheren Platz verdient zu haben. Es wird Zeit, ihn damit zu konfrontieren, wie eine richtige Familie funktioniert. Außerdem habe ich es langsam satt, daß dieser Wicht nicht den geringsten Sinn für Verantwortung zeigt.«

»Hm, du hast mich jetzt abgehängt.«

»Die täglichen Pflichten.«

Mike will sich nicht duschen, seine Unterhosen sind jedes zweite Mal ziemlich braun, und im Bad hinterläßt er ein unbeschreibliches Durcheinander.

»Du mußt mit ihm hineingehen, wenn er sein Geschäft verrichtet«, betonte Sue. »Behandle ihn wie einen Zweijährigen.«

Ich versuchte mich zu drücken. »Hm, du bist doch die meiste Zeit mit ihm zusammen. Du hast die bessere Beziehung zu ihm. Ich denke, es wäre besser, wenn es von dir käme – und außerdem: Ist das nicht ein Teil deiner häuslichen Pflichtübung?«

»Er ist ein Junge, und er ist viel, viel zu alt.«

»Ich werde mit ihm reden.«

»Rich, du mußt mit ihm hineingehen, und zwar so lange, bis es bei ihm besser funktioniert. In ein paar Wochen wird es hier von Menschen wimmeln, und dann will ich dadurch nicht mehr in Verlegenheit geraten.«

An diesem Nachmittag folgte ich Mike, als er ins Bad ging. Wie sollte ich das Gespräch beginnen?

»Mike.«

»Ja?«

»Dieses weiße Zeug da drüben ist Toilettenpapier . . .«

»Ich mache keine Hausarbeit.«

»Mike«, erklärte Sue, »zu einer Familie zu gehören bedeutet auch, sich an dem zu beteiligen, was getan werden muß. Du siehst, daß Rich abwäscht, und du siehst, daß ich aufräume. Geh du jetzt bitte und bring den Müll in die Tonne.«

Mikes Mund war eine dünne Linie, und in seinen Augen stand ein steinernes Glitzern. Stur stand er mitten in der Küche bewegungslos da. »Ich mache keine Hausarbeit.«

»Mike, hier, gib mir deine Hand. Trag diesen Beutel hinauf in die Mülltonne.«

»Ich mache keine Hausarbeit.«

»Mike, alle meine Jungen hatten ihre Pflichten!«

»Ich hasse diese Jungen, ich hasse diese Scheißfamilie. Ich will in eine gute Familie.«

»Geh auf dein Zimmer und denk über deine Sprache nach.«

Rums, rums, knall, knall. Er mißhandelte jede einzelne Tür auf dem Weg in sein Zimmer.

Ein nasser, kalter Wind strich durch die Obstgärten, und das Laub, das jenseits der Heuwiese noch ein Meer von Gold und Orange gewesen war, schwand jetzt dahin, wurde vom Wind in die Luft gewirbelt und nach Süden geweht.

Jagdzeit auf Hirsche und Thanksgiving.

Außer Richard, der immer noch die Westküste unsicher

machte, packten all unsere Jungen ihre Sachen zusammen und trafen ihre Vorbereitungen für die Reise: Frank und Henry würden zusammen von Norwich herfahren, Brendan alleine von der George Mason University, Liam und mein Schwiegersohn David würden sich ebenfalls frei nehmen, und direkt vor Thanksgiving sollte dann noch meine Nichte Kathryn mit ihrem Mann mit herkommen. Zu sechst – zu siebt, wenn ich dabei war an den Tagen, da ich freimachen konnte – würden wir jede Stunde des Tageslichts ausnutzen, um hoch oben auf dem Shawangunk zu sein, dem kilometerlangen, wilden, alten Bergrücken, der im Südsüdosten von Ulster County emporragt.

Der Shawangunk entwickelt im Spätherbst eine nostalgische und magische Anziehungskraft für die Jungen. Das ist schließlich der Platz, wo sie aufgewachsen waren. Morgan Valley, das Truthahntal, Bonticue Crag, die Bärenhöhle, verlassene Bauernhöfe hoch oben mit eingesunkenen Steinmauern, die sich durch Bestände alter Hemlocktannen winden, landschaftliche Merkzeichen wie die Telefonmasten rechts des Weges, die Holzwege, Margaret's Rock, die verborgene Eiche. Entlang der gewundenen Wildwechsel sind alte Ansitze auf Hirsche mit Namen wie Das Lager, The Tepee, Bill Carrolls Ansitz, Bei Frank, Der Hinterhalt, Der Eulenfels. Aber all das besaß für Mike keinerlei Bedeutung, und ich befürchtete, Sue könne recht behalten mit ihrer Vermutung, wie unsere Jungen reagieren würden, wenn er wieder eine seiner Szenen hinlegte.

Ich erwähnte unsere Sorgen gegenüber Joanne.

»Hey«, lächelte sie, »ich habe ihre Jungen kennengelernt, sie sind durch die Bank Gentlemen.«

»Uuuh«, wand ich mich, »wie sie mit einer Dame sprechen und wie sie sich untereinander verhalten, das sind zwei ganz, ganz verschiedene Paar Schuhe.«

Aber sie tat die Sache ab. »Brüder sind Brüder«, sagte sie.

Jedenfalls stockten wir unsere Barbestände auf, lagerten Nahrungsmittel ein und machten die Zimmer fertig. Und obwohl ich manchmal schon Sues Klage-Litanei über ihre Söhne und deren Jagd an diesem Feiertag hörte – »Sie kommen dieses Jahr wirklich besser rechtzeitig von diesem Berg zurück zum Abendessen, sonst werde ich nie wieder einen Truthahn machen«, oder: »Gott behüte, daß sie jemals auf die Idee kommen, sich hinzusetzen und mit ihrer Mutter zu reden – sie müssen ja jeden Abend in schlammigen Stiefeln draußen herumhängen und lachen wie die Idioten«, oder: »Wenn Henry dieses Jahr wieder hereinkommt und sein Gewehr an meinen Tisch lehnt, während er ißt, dann werde ich selbst schießen lernen« –, wandte sie sich in der Küche lächelnd zu mir um, als sie gerade einmal nicht Mike mit spitzen Bemerkungen dazu zu bringen versuchte, einen Besen in die Hand zu nehmen. »Meine Jungen kommen nach Haus.«

Einen Tag oder zwei später, gleich nach dem Abendessen, rief mich Sue:

»Rich, such mal Mike. Ich habe etwas für ihn zu tun, aber er ist verschwunden. Und das hat er in den letzten paar Tagen oft so gemacht.«

Er war nicht im Haus, also ging ich in den Garten.

Es war später Nachmittag mit langen und immer länger werdenden Schatten, als ich ihn durch die Seggen weit jenseits des Feldes stolpern sah. Mein erstes Gefühl war, wie allein und einsam er dort draußen wirkte, er mit den Hunden. Keine Freunde, keine Brüder in der Nähe, und plötzlich in Streit mit Sue verwickelt aus Gründen, die er vielleicht gar nicht begriff.

Mein nächster Gedanke war, daß Mike sich verletzt haben müsse, weil er steif wie ein Brett die Arme seitwärts am Körper nach vorne kippte, als die beiden Hunde an ihm vorbei ins Gebüsch stürmten.

Als ich genauer hinsah, entdeckte ich, daß Mike absichtlich mit nach oben gewandtem Blick ging, weil er einen Rotschwanzbussard beobachtete, der hoch über den dreien am Himmel kreiste.

Ich kicherte. Was immer er an verwirrendem, traurigem Gepäck mit sich herumschleppte, gerade im Augenblick waren seine Gedanken von etwas ganz anderem bestimmt. Ich hatte mir oft die gleiche Frage gestellt, die ihn jetzt quälte: »Wie schafft es ein Bussard, in der Luft zu bleiben und zu fliegen, ohne ein einziges Mal mit seinen Schwingen zu schlagen?« Dieser Bussard glitt in einer großen, weichen Ellipse durch die Luft und änderte ab und an mit einem gemächlichen Aufstellen oder Spreizen der Flügelspitzen seine Richtung und segelte noch höher in den lichten Himmel.

Während ich dastand, stolperte Mike über das ganze Feld und in das höhere Gesträuch rund um den Biberteich hinein. Die beiden Hunde blieben davor stehen, blickten lange zu mir herüber, der ich Hunderte von Metern entfernt stand, und schossen ihm dann hinterher, als ich keine Bewegung machte.

Sue rief mir von der Gartentür aus zu: »Rich, hast du ihn gefunden?«

»Könnte man sagen.«

»Ich mache keine Hausarbeit.«

Sue und Mike waren im Wohnzimmer. »Mike, du lebst hier, also sieh zu, daß du den Staubsauger in Gang setzt.«

»Ich mache keine Hausarbeit.«

Ich ging hinein, und Mike blickte mich an, als könne ich Sue diesen einen einfachen Punkt erklären. »Rich«, sagte er, »ich mache keine Hausarbeit.« Dann nahm er die Fernbedienung und stellte den Fernseher wieder ein.

Sue beugte sich zu dem Fernseher hinunter und stellte ihn ab.

»Verdammt.« Mike schmetterte die Fernbedienung auf den Couchtisch. »Ich mache keine Hausarbeit.«

»Du bist ein Teil dieser Familie; du wirst mithelfen. Kein Fernsehen, bis du das Wohnzimmer und die Flure gestaubsaugt hast.«

Mike versetzte dem Staubsauger einen Tritt. »Ich mache keine Hausarbeit.«

Sue hob ihre Stimme. »Noch einen Tritt gegen meinen Staubsauger, und das Fernsehen fällt für die ganze Woche flach.«

»Ich mache keine Hausarbeit. Ich hasse diese Scheißfamilie. Ich wünschte, sie hätten mich in eine richtige Familie getan.«

Sue sprach immer noch mit erhobener Stimme: »Was du im Fernsehen siehst, sind keine richtigen Familien. Richtige Familien müssen etwas zusammen tun, um ihre Wohnung und ihr Haus sauberzuhalten.«

»Verdammt«, rief Mike wieder, aber er griff nach dem Staubsaugerschlauch und stellte das Gerät an.

Im Schlafzimmer machte ich später einen Witz, wieviel Freude sie anscheinend an Mikes Arbeitsprogramm habe, aber sie zeigte sich darüber wenig erbaut. Sie lag nur auf dem Bett und starrte an die Decke. Rund um ihre Bettdecke lagen die Formblätter von *Harbour* und die Seiten für die Logbucheintragung. Es wuchs ihr alles über den Kopf. Sie war immer noch mit den Vorbereitungen für Thanksgiving beschäftigt, in ihrem Büro herrschte Chaos, weil ein Update ihres Computersystems für die nächste Steuersaison bevorstand, und der Konflikt mit Mike fraß langsam alle verbliebene Spannkraft auf. Sie war zu angespannt, um schlafen zu können. Morgen würde Joanne zu ihrem wöchentlichen Besuch erscheinen; das bedeutete, daß Sue etwa eine Stunde nicht arbeiten konnte, und ich wußte, daß sie das bei dem jetzigen Zustand ihres Büros zum Wahnsinn treiben mußte.

Sue ist ein komplizierter Mensch und neigt dazu, die Kerze an beiden Enden anzuzünden, immer halb davon überzeugt, daß sie irgendwie versagt, wenn sie nicht alles auf der Stelle erledigt bekommt. »Ich habe nicht genug Zeit«, ist ihre ständige Klage, aber trotzdem fügt sie dem Berg, der auf sie wartet, immer noch weitere Dinge hinzu, bekommt sogar alles irgendwie geregelt, muß dann aber oft ihre Spannungen abbauen, wenn wir beide allein sind. Sie hat natürlich noch eine andere Seite, die sichtbar wird, wann immer ein Klient in ihr Büro tritt. *Hier kommt ein guter Freund, der meine Hilfe braucht*, so steht es ihr gewissermaßen auf der Stirn geschrieben, und jeder Streß, der sie einen Moment zuvor noch in Atem gehalten hat, verschwindet, wenn sie nun ihre gesamte Aufmerksamkeit diesem einen Menschen zuwendet. Und das ist nicht nur gemacht. Sue nimmt wirklich Anteil an den Menschen, an den Einzelheiten ihres Lebens, daran, was ihre Kinder tun, wie es ihren Eltern geht oder was sie für das nächste Jahr geplant haben. Aber vor allem fragt sie sich, was sie für diese Menschen tun kann.

Ich war in Sorge, daß Mike immer weniger von dieser besseren ihrer Seiten, ihrer Schokoladenseite, erleben würde; daß er nur die schroffe, mitleidlose Person, die »alles sofort erledigt haben will«, auf den Plan rufen würde, wenn er sich sinnloserweise gegen jeden einzelnen Schritt ihres Programms stemmte. Es sah so aus, als ob dieser kratzbürstige Pimpf niemals verstehen würde, daß er alles bekam, was er wollte, daß er praktisch alles tun konnte, was er wollte, wenn er nur *ja* sagte und sie ab und zu mal in den Arm nahm; wenn er nur einmal in ihr Büro kam und sagte: »Ich habe ein Problem, kannst du mir helfen?«

Ich machte mich daran, die Papiere vom Bett einzusammeln.

»Was machst du da, Rich?«

»Ich werde von nun an das Tagebuch übernehmen, Sue.«

»Du mußt es jeden Tag führen, sonst kannst du es nicht nachhalten.«

»Ich weiß.«

Mike bekam niemals Besuch – bis zu dem Tag, da er verkündete, Greg aus seiner Klasse hätte gefragt, ob er mal rüberkommen dürfe.

»Großartig«, sagte Sue. »Das wird eine schöne Abwechslung für uns beide. Gib mir seine Telefonnummer, ich werde mit seiner Mutter sprechen. Vielleicht kann er herüberkommen und am Samstag mit dir spielen?«

Mike schüttelte den Kopf. »Ich habe schon mit ihm gesprochen.«

Sue setzte sich und nahm seine Hand. »Mike, bevor jemand hier einen ganzen Tag lang herkommt, sollten sich die Eltern miteinander unterhalten. Wer wann wen fährt, ob er hier ißt, wann er zurücksein muß, diese Dinge.«

»Sein Vater bringt ihn.«

Sue schüttelte den Kopf. »Nein, Mike, es tut mir leid. Ich muß zuerst mit seinen Eltern reden, und ich bin mir sicher, seine Eltern würden ebenfalls gern zuerst mit uns reden.«

»Nein«, sagte Mike als Antwort auf Sues letzte Feststellung.

»Glaub mir, Mike, Gregs Eltern werden mit uns sprechen wollen.«

»Nein. Greg besucht immer Freunde. Seine Eltern sprechen nie mit irgend jemandem.«

Sue stand auf und stützte sich auf. »So wird es einfach nicht gemacht, Mike. Tut mir leid, aber bevor er kommen kann, muß ich mit seinen Eltern reden.«

»Verdammt, ich hasse diese Scheißfamilie.«

Dann wieder krach, krach, rums, rums – er bahnte sich den Weg zu seinem Zimmer.

Sue sagte zu mir: »Er versteht nichts von Absprachen – daß die Menschen die Dinge irgendwie organisieren müssen.«

Ungefähr eine halbe Stunde später kam Mike zu mir, als ich gerade das Foyer strich, und sagte sehr freundlich: »Rich, Gregs Vater ist am Telefon. Er möchte mit dir darüber sprechen, daß Greg mal herüberkommt, um mit mir zu spielen.«

»Ah, jetzt willst du also doch, daß wir die Dinge arrangieren?«

»Das mußt du!«

»Gut.« Meine Ohren schmerzten, nachdem Greg den Tag bei uns verbracht hatte. Das Kind war intelligent, aber unglaublich hyperaktiv. Man mußte jede einzelne Minute auf ihn achtgeben, damit er nicht das Gas am Herd andrehte, einen der Hunde ärgerte, bis der knurrte, oben herumrannte, wo nur die Gäste hingehörten, oder aus Leibeskräften schrie.

Sein Vater setzte ihn ab mit all seinen Medikamenten und speziellen Anweisungen, wie man diese am besten in ihn hineinbekam.

Medikamente? Wenn er schon unter Medikamenten so war, dann wollte ich nicht mehr im gleichen County mit ihm sein, wenn er erst einmal alles ausgeschwitzt hatte.

Am nächsten Tag fragte ich Mike ganz nebenbei: »Hast du noch andere Freunde in der Schule?«

»Nein. Greg ist mein bester Freund.«

Der Grabenkrieg war weitergegangen – tagein, tagaus, ohne Unterbrechung –, die ganzen vergangenen zwei Wochen lang.

»Ich mache keine Hausarbeit.«

»Mike, du bist jetzt dran, beim Abwasch zu helfen.«

»Ich mache keine Hausarbeit.«

»Mike: Der Abwasch – jetzt.«

»Ich bin ein Sklave in dieser Familie. Ich werde Joanne anrufen und ihr sagen, sie soll mich in eine gute Famile bringen.«

»Dort ist das Telefon.«

»Warum machst du das mit mir?«

»Weil ich dich liebe.«

»Verdammt, ich hasse diese Familie.«

»Geh auf dein Zimmer und denk über deine Sprache nach. Ich werde dich später holen, damit du den Abwasch machen kannst.«

Krach, krach, rums, rums.

Ich fragte milde: »Warum hast du ihn auf sein Zimmer geschickt?«

»Weil er gesagt hat: ›Scheißfamilie‹.«

»Nein, das hat er nicht. Dieses Mal hat er nur ›Familie‹ gesagt.«

»Bist du sicher?«

»Absolut.«

»Ah«, grinste sie.

Aus so kleinen Dingen zieht man schon Hoffnung.

Aber als Sue ihn am nächsten Tag rief, ging er in sein Zimmer, das er sich nach wie vor mit Liam teilte, und zerschmetterte alles, was ihm selbst gehörte – seinen Radiowecker, seine Lampe, sein Puzzle, seine Bilder. Er zerbrach nichts von Liams Sachen – nur seine eigenen Besitztümer.

»Mike«, fragte Sue ihn aufgebracht und den Tränen nahe, »warum hast du das getan?«

»Es sind meine Sachen.«

»In diesem Haus wird nicht geduldet, Dinge zu zerstören, selbst wenn sie dir gehören.«

Mikes Gesicht war gerötet, seine Augenbrauen schienen anzuschwellen und seine Augen zu verdecken. »Was wirst du deswegen machen?«

»Ich werde zusehen, daß du deine häuslichen Pflichten tust.«

»Verdammt, ich hasse diese Scheißfamilie.«

»Komm mit, wir wollen mal sehen, wo der Staubsauger steht.«

Mike stampfte mit dem Fuß auf und schrie: »Ich hatte eine schlimme Kindheit.«

Sue trat an ihn heran, und er zuckte zurück, als habe er das Gefühl, sie wolle ihn schlagen. »Komm mir niemals, niemals«, zischte sie, »mit der Geschichte von dem armen Waisenkind. Das war früher, und jetzt ist jetzt, und außerdem haben dich andere Menschen verwöhnt, sind für dich aufgestanden, haben dir zu essen gegeben, haben dich gekleidet, haben sich um dich gesorgt, seit man dich aus deiner Familie geholt hat. Und jetzt ist es Zeit, auf eigenen Füßen gehen zu lernen.«

»Ich mache keine Hausarbeit.«

»O doch, das wirst du.«

»Ich hatte eine schlimme Kindheit.«

»Das ist mir dermaßen egal.«

Sue hatte sich angewöhnt, einmal pro Woche im Kinderheim anzurufen und mit Kathy zu sprechen. »Es könnte einfach sein«, hatte Kathy ihr gerade erklärt, »daß die Flitterwochen nun vorüber sind und Sie es jetzt mit neuen Trieben zu tun bekommen, die aus den gleichen furchtbaren Wurzeln wachsen. Seien Sie also behutsam. Ich weiß, daß Sie erfahrene Eltern sind, aber Sie werden vielleicht etwas gegenüberstehen, das völlig außerhalb Ihrer Erfahrung liegt. Aber vielleicht ist Mike trotz alledem doch offen für irgendeine Art von Verantwortung. Er hat ja auch nie zuvor so an Gewicht zugenommen, und er stand immer unter Medikamenten. Das einzige, was man wirklich im Auge behalten muß, ist, daß sein Selbstbild, das er entwickelt hat, sein kostbarster Besitz ist – ganz egal, was er vielleicht sagt. Irgendwie hängt dieses Sich-nicht-mit-einbinden-Lassen damit zusammen. Vielleicht erlaubt ihm dieses Verhalten, sich unabhängig zu fühlen, so als habe er die Dinge unter Kontrolle, und sich selbst weniger als Ausschuß vorzukommen, weniger als ein Pflegekind? Ich weiß es nicht.«

Später wiederholte Sue Kathys Bemerkungen für mich. »Da ist noch irgend etwas«, sagte sie und tippte sich mit dem Zeigefinger an die Stirn, »irgend etwas, das mir fehlt.«

Wir lasen abends vor dem Zubettgehen Stevensons *Kidnapped*. Mike las eine Seite, ich die nächste, und so weiter. Mike lachte über das altschottische Wort *lug*, das »Ohr« bedeutete.

»Das gefällt mir wirklich«, kicherte er und zog sich selbst am Ohr.

»Mike«, sagte ich und legte das Buch für einen Augenblick beiseite, »was gefällt dir denn sonst noch?«

»Hm?«

»Was du sonst noch leiden magst?«

»Nichts.«

»Du magst doch Malzbier gerne, oder?«

»Ja.«

»Nun, was magst du denn sonst noch gerne?«

»Was magst *du* gerne?«

»Hm«, überlegte ich, »also ich mag rote Müllwagen gut leiden, alte Scheunen, Steinmauern, ein gutes Buch. Ich mag gerne überbackene Makkaroni mit Käse. Ich mag viele Dinge gerne. Was magst du gerne?«

Er verzog sein Gesicht zu einer Karikatur eines nachdenklichen kleinen Murmeltiers. »Ich mag eigentlich überhaupt nichts leiden.«

»Du läßt dir nicht gerne in die Karten schauen, nicht wahr?«

»Was meinst du damit?«

»Ich meine, daß du niemandem gern erzählst, was deine Gefühle sind.«

Schweigen.

»Na, stimmt das, Mike?«

»Ja.«

»Mike, du mußt vor dem Abendessen noch etwas staubsaugen.«

»Na und?«

»Mike.«

»Verdammt, ich bin der Sklave in dieser Famile.«

»Mike.«

»Na und?«

»Mike, erheb dich.«

»Du bist nicht mein Boß.«

»Erheb dich, Kurzer.«

»Verdammt.«

»Und untersteh dich, den Staubsauger zu treten.«

Je mehr Sue Mike bedrängte, im Haushalt zu helfen, desto mehr zog Mike sich vor den Fernseher zurück. Zuerst waren wir darüber im Zweifel, und da wir wußten, wie seine Fernsehzeit im Kinderheim beschränkt worden war, erlaubten wir ihm, nach Einbruch der Dunkelheit fernzusehen, soviel er mochte, bis es ins Bett ging. Aber jetzt begannen wir, die Schraube etwas zurückzudrehen.

»Mike«, sagte ich, »du sollst nicht einfach nach dem Abendessen hinaufrennen und den Fernseher einschalten. Du mußt beim Abwasch helfen. Jetzt lauf mal zu Sue. Sie wartet schon auf dich.«

Schweigen.

»Mike.«

»Verdammt, ich kann noch nicht mal meine Show sehen.«

»Mike. Nun mach schon, die Jungen können jeden Tag heimkommen, und Sue versucht alles vorzubereiten.«

»Verdammt, wenn diese Söhne herkommen, dann werde ich mich umbringen.«

Und mit diesen Worten schmetterte er die Fernbedienung auf den Couchtisch. Ein Stück davon flog durch den Raum.

Für einen Sekundenbruchteil wirkte Mike erschrocken. Dann erholte er sich wieder. »Es ist mir gleich. Ich mache keine Hausarbeit. Ich will in eine gute Familie. Ich werde mir etwas antun.«

KAPITEL 8 **Helfen kann ich**

Phyllis war ausgezogen. Mit guter Miene und Bekundungen, daß Mike sie nicht gestört habe, aber wir wußten Bescheid.

»Inzwischen steht die Hälfte der Zimmer leer«, erklärte Sue mir schockiert, »und Louis wollte von Anfang an nur für einige Monate bleiben, so daß auch er in wenigen Wochen ausziehen wird.«

»Vier Zimmer frei«, antwortete ich langsam. »Ich habe nicht einmal mehr Lust, noch Kaffee oder Tee für die Gäste zu kochen. Es kommen ohnehin höchstens nur noch zwei herunter.«

Sue ließ sich auf die Couch zurückfallen, und für einen Augenblick war ihre Deckung unten, war sie ohne ihren Panzer. Ich hörte es an ihrer ruhigen Stimme – eine entspannte und merkwürdig verwirrte Sue, die zu staunen schien, wie die Dinge sich so hatten entwickeln können. »Wir sind abhängig von diesem Einkommen.«

Ich zuckte die Achseln. »Das wäre hier eigentlich ein schöner, ruhiger Platz, wenn nicht Mike die Hälfte der Zeit schreien oder streiten würde.« Ich dachte darüber nach, daß ich es eigentlich ernst damit meinte, morgens keinen Kaffee oder Tee mehr zu kochen. Noch bis vor wenigen Monaten hatte ich diese frühe morgendliche Übung genossen – um fünf Uhr oder halb sechs aufstehen, den Schankraum und die Küche aufräumen, ein paar Kannen frischen Kaffees kochen, heißes Wasser aufstellen, Muffins backen. Ab sechs Uhr kamen langsam die ersten Gäste herunter, und keine halbe Stunde später plauderten wir alle miteinander an dem großen Tisch im Schankraum. Eine gute Mischung, in der jeder dem anderen willkommen war – Rick, Phyllis, Ralph, Theresa und andere, die für kürzere Zeit kamen und gingen –, die sich für ihre Arbeit oder die Schule fertig machten, sich gegenseitig ein wenig aufzogen, die Nachrichten hörten, nach draußen gingen, um ihr Auto aufzuwärmen, und dann noch einmal auf eine heiße Schokolade und auf ein »Auf Wiedersehen« hereinkamen. Auch Sue kam meistens herunter, verschlafen und strubbelköpfig, wollte zum Tagesbeginn schon einmal Menschen erleben, ein paar Geschichten hören, einen Witz. Aber heute morgen war nur Ralph dagewesen, hatte die Zeitung gelesen und die Augen zur Decke verdreht, wo irgendwo über ihm Mike herumschrie, und Sue war inzwischen dazu übergegangen, ihren Kaffee im Schlafzimmer zu trinken.

Sue schüttelte den Kopf. »Was machen normale Menschen mit einem Kind wie Mike?«

»›Normale Menschen‹?«

Sie lachte über unseren alten Witz. Normale Menschen sind solche, die es im gleichen Job dreißig Jahre lang aushalten. Sie bauen sich nicht ihr Haus auf einem Berg oder kaufen in fortgeschrittenem mittlerem Alter ein Monstrum, das komplett renoviert werden muß. Sie kaufen eine höher gelegene Ranch in einem neu »erschlossenen« Gebiet und leben dort bis zu ihrer Pensionierung. Normalerweise haben die Leute zwei kleine verwöhnte Kinder statt sechs eigenwillige kleine Charaktere. Normalerweise hacken diese Leute kein Holz; sie heizen mit Öl. In normalen Familien sehen sich die Männer am Sonntag die Footballspiele an, während ich noch nicht einmal wüßte, wie viele Spieler zu einer Footballmannschaft gehören, und am Sonntag nach der Kirche entweder lese oder ein Nickerchen mache oder im Wald spazierengehe oder vielleicht meine Tasche packen muß und zum Flughafen fahren, um eine Maschine irgendwohin zu kriegen. Sie wissen schon – normale Leute. Das ist eine merkwürdige Rasse, und von unserem Standpunkt aus – von außen nach innen sozusagen – scheinen sie außerordentlich ordentliche Leben ohne allzuviel Aufregung oder Angst zu leben. Normale Menschen.

Dann merkte ich an einem Zwinkern ihrer Augen, daß Sue

ihre Frage bereits selbst beantwortet hatte. Normale Menschen nehmen kein Kind wie Mike.

Aber sie schüttelte immer noch den Kopf.

Ich hätte nie gedacht, daß Mike sich wirklich etwas antun würde. Er hatte einige Male damit gedroht, und natürlich kannten wir seine Vorgeschichte aus dem Kinderheim, aber ich hielt diese Möglichkeit bei uns für ausgeschlossen. Ich hatte nicht einmal eine der Vorsichtsmaßnahmen ergriffen, die *Harbour* vorgeschlagen (aber nicht verlangt) hatte, wie zum Beispiel, scharfe Küchenwerkzeuge wegzuschließen. Dafür gab es zwei Gründe. Zum einen kann eine so banale Sache wie das Verstecken von scharfen Messern einen entschlossenen Selbstmörder niemals aufhalten, und zweitens gehören die Küchengerätschaften zu den am wenigsten tödlichen Dingen in unserem Haus. Unser ganzes Zuhause war dazu eingerichtet, Jungen dort aufwachsen zu lassen, und das bedeutete, daß es jede Menge Bücher und Hanteln, Campingausrüstung, Landkarten und Hunde, aber auch Jagdwaffen, Pfeile und Bogen, geschärfte Zimmermannswerkzeuge, Rasiermesser und Jagdmesser gibt, von denen mir der größte Teil damals ohnehin schon nicht mehr selbst gehörte – sondern meinen Söhnen. Was konnte ich also überhaupt tun? Außerdem dachte ich – wahrscheinlich zu einfältig –: Da unser Zuhause für Jungen so ideal ist, warum sollte sich dann einer dort jemals umbringen? Ich hatte niemals die Tatsache berücksichtigt, daß sich Menschen gewöhnlich etwas antun, um andere Menschen zu verletzen, um ihnen etwas heimzuzahlen oder um sie sich vom Leibe zu halten.

Sue hatte Mike gerade darangekriegt, unten zu staubsaugen, und ihn dann sich selbst überlassen, und ich war oben, als Liam mich rief.

»Dad?«

»Was ist denn?«

»Komm mal schnell runter.«

Ich stürmte die Stufen zum Schankraum hinunter. »Was denn?«

»Da.« Liam zeigte in die Küche.

Mike stand mit hochrotem Gesicht und weit aufgerissenen Augen vor der gefliesten Wand.

Ich wandte mich an Liam und fragte noch einmal: »Was denn? Warum hast du mich gerufen?«

Rums.

Ich sah noch einmal zu Mike hinüber, der jetzt rhythmisch den Kopf gegen die Wand schlug. »Ich mache keine Hausarbeit«, sang er dazu, und jedesmal, wenn er »Hausarbeit« sagte, schlug sein Kopf gegen die Wand. Das war kein Spaß. Ich spürte, wie die Wand vibrierte und das Geschirr im Schrank klirrte, wenn sein Kopf aufschlug.

Ich ging hinüber, um ihn aufzuhalten, aber als ich näher kam, begann er, den Kopf schneller und fester aufzuschlagen – rums, rums, rums.

In Gedanken schrie ich auf: *Tu das richtige!* Mike schien wie besessen, die Pupillen in seinen Augen waren zu winzigen schwarzen Pfeilspitzen zusammengeschrumpft, und seine Zunge schnellte vor und zurück.

Dann kam mir von irgendwoher der Gedanke: Zeige diesem Verhalten gegenüber nicht den geringsten Respekt. Zeige keine Angst.

Also lachte ich.

Und er hörte sofort auf.

»Weißt du, was das beste daran ist, was du da tust, Mike?«

»Was denn?«

»Es tut mir nicht im geringsten weh.« Wütend schlug er den Kopf noch einmal auf.

Ich wandte mich mit einer Geste an Liam. »Schau dir das an. Hast du jemals etwas so Lächerliches gesehen?«

»Ich hasse diese Familie.«

Aber da er seinen Kopf nicht mehr aufschlug, wandte ich mich um und ging wieder hinauf.

Eine Minute später hörte ich, wie der Staubsauger eingeschaltet wurde, und mußte mich setzen. Meine Beine waren nur noch Gummi.

Am Mittwochabend in der Woche vor dem Erntedankfest erschien ein hochgewachsener, schweigsamer junger Mann im Eingang zu unserem Schlafzimmer. Schlaksig, mit kurzem Haarschnitt, gekleidet in einen langen, grauen Wollmantel mit einem weißen Rollkragen.

Sue lächelte. »Hallo, Brendan.« Darauf folgten Umarmungen und ein Gespräch darüber, wann der Rest der Familie ankommen würde.

»Wo ist Teddy?«

Sue und ich tauschten überraschte Blicke aus. Teddy Bear war eigentlich Brendans Hund. Er hatte ihn als Welpen bekommen und großgezogen, der Hund hatte immer in seinem Zimmer geschlafen und an seinem Sessel gesessen, wenn er las. Brendan freute sich wahrscheinlich ebensosehr darauf, Teddy zu sehen wie jeden anderen in der Familie.

Wie erklärt man einem Jungen, daß sein Hund einen neuen Freund hat?

»Er ist in der Bibliothek. Die teilen sich jetzt Liam und Mike.«

»Ich werde ihn holen.«

»Brendan.«

»Ja?«

»Hm, nichts ... Sag doch einfach dazu, daß du Pupsy dort läßt.«

»Klar.«

Pupsy? Nein! Darüber hatten wir noch gar nicht nachgedacht. Geradeso wie Teddy Brendans Kumpel war, war Pupsy Henrys. Mike würde also in den nächsten beiden Wochen nicht nur einfach aus dem Weg geschoben werden, sondern auch noch seine besten Freunde für eine Weile verlieren.

Sue breitete die Arme aus, die Handflächen nach oben gerichtet. »Wir können nichts tun, als das Beste zu hoffen und zu Bett zu gehen. Sie können in einer Stunde kommen; und sie können auch erst im Morgengrauen erscheinen. Vielleicht kümmert sich Henry gar nicht um Pupsy.«

»Das wird nicht gutgehen.«

Und wie nicht anders zu erwarten, hörten wir Mike etwa um zwei Uhr in der Frühe weinen. Wir gingen zu ihm; er saß auf seinem Bett und heulte, die Bettdecke über den Kopf gezogen.

Es war das erste Mal, daß wir ihn weinen sahen, während er wach war. Sue ging nach unten und kam dann sofort zurück. »Henry ist nicht unten. Er muß oben mit Pupsy in seinem Zimmer sein. Ich kann nicht hinaufgehen und einen Streit anfangen. Damit werde ich die Gäste wach machen.«

Sue beugte sich zu Mike hinüber und streichelte seinen Rücken. »Ich sage dir etwas. Als Sondervergünstigung kannst du Jerome haben. Möchtest du Jerome haben?«

Mike nickte, und Sue ging die Katze holen. Mike drückte sie sich an die Brust und legte sich dann hin, aber seine Augen starrten irgendwo ins Ungewisse.

»Ich hasse sie.«

»Das weiß ich, Mike.«

Am Morgen mied Mike die Jungen. Als Henry und Frank dann schon früh auf den Berg gegangen waren, stand Mike auf, sammelte die Hunde wieder um sich und ging, ohne eine Jacke angezogen zu haben, zum Bach. Er stampfte zwischen den Moortümpeln im eisigen Wasser auf und ab und ließ dem einen langen, nassen Gang durch den Sumpf folgen.

Später kam er wieder zurück zum Haus und zeigte sich in Sues Büro; wo er stand und ging, hinterließ er Pfützen von schlammigem Wasser.

»Ich bin völlig schmutzig und durchgefroren. Ich werde krank werden.«

Sue blickte zu ihm auf. »Dann nimm eine heiße Dusche und zieh dich um.« Dann wandte sie sich wieder ihren Papieren zu.

Er stampfte mit dem Fuß auf. »Ich bin total schmutzig.«

Sue nahm ihre Brille ab und musterte ihn noch einmal. »Schau mal, Mike, daß ein Junge mit zwei Hunden draußen im Wald war und naß und schmutzig zurückkommt, ist keine Nachricht, die es mit dem Untergang der *Titanic* aufnehmen kann. Also, zisch ab und laß mich meine Arbeit tun. In einer halben Stunde oder so bin ich hier fertig, und dann können wir uns an unsere Hausarbeit machen.«

»Ich mache keine Hausarbeit.«

»Wir werden sehen«, sagte Sue müde.

»Ich hatte keine Jacke an.«

»Wessen Schuld ist das?«

Mike versuchte es noch einmal. »Meine Kleider sind alle schmutzig.«

»So«, sagte Sue über die Schulter und ließ ihre Stimme verhallen, während sie sich wieder auf ihre Zahlen konzentrierte, »dann wird das Wasser in der Waschmaschine eben ein bißchen dunkler werden.«

Angewidert von Sues Reaktion kam Mike dorthin gestampft, wo ich arbeitete. »Rich, ich bin total schmutzig und mir ist kalt.«

»Ja«, sagte ich, »so sieht es aus.«

»Ich hasse diese Scheißfamilie.«

Ein Weilchen später bemerkte Sue einen Geruch von Rauch.

Sie rannte hinunter in die Küche und fand, daß Mike einen ganzen Haufen von Zündhölzern eins nach dem anderen angezündet und sie auf den Ofen geworfen hatte.

»Mike«, rief sie wütend, »wenn du noch einmal Zündhölzer in die Hand nimmst, dann wirst du das letzte Mal in der Küche gewesen sein.«

»Ich hasse diese Scheißfamilie.«

Sue biß die Zähne zusammen. »Gut, ich habe mir gerade etwas Zeit freigeschaufelt, so daß wir uns jetzt an unsere Hausarbeiten machen können. Wir werden heute abend ein großes Abendessen veranstalten, und du wirst diese Küche jetzt auf Vordermann bringen.«

Mike bekräftigte noch einmal: »Ich mache keine Hausarbeit.«

Sue wollte gerade zu einer unbeherrschten Erwiderung ausholen, als der Ausdruck auf Mikes Gesicht sie innehalten ließ. Er kämpfte darum, etwas anderes zu sagen.

Er mußte mit jedem Wort kämpfen, das aus seinem Mund kam, gestottert: »Ich mache keine Hausarbeit, bitte. Bitte, tue mir das nicht an, bitte.«

Sue reckte die Hand aus, um ihn zu streicheln, zog ihre Hand zurück und legte sie über den Mund. Dann straffte sie ihre Schultern und sagte in einem weicheren Ton als bisher: »Mike, ich habe viel Arbeit in der Küche vor mir. Wenn ich sie tue, kannst du mir dann dabei helfen? Auf die Art und Weise können wir beide einige Zeit zusammen verbringen. Du weißt, daß wir viel zu tun haben, aber du brauchst nicht zu arbeiten, nur zu helfen.«

Mike schien schwach zu werden: »Helfen kann ich. Ich bin ein guter Helfer.«

Sue lächelte: »Ich weiß, daß du das bist. Jetzt geh und zieh dir etwas Trockenes an.«

Als er aus der Küche rannte, wandte Sue sich zu mir um und beförderte mit einem Fußtritt einen Stuhl aus dem Weg. »Ich bin so dumm, dumm, dumm, dumm . . .«

Am Abend sammelte Sue unsere Jungen um sich – Henry, Frank, Brendan und Liam – ohne Mike. Die vier – allesamt breitschultrig, schlank, abwartend – hatten immer noch ihre Jagdkleider an, waren schmutzig, unrasiert, hatten Messer im Gürtel, die Gewehre griffbereit stehen, tragbare Sitze und Rucksäcke, die sie gerade auf den Boden hatten fallen lassen. Sue ließ sie sich alle setzen, während sie stehen blieb. Auf die Art und Weise überragte sie alle.

»Seht mal«, sagte sie in scharfem Ton, »ihr seid alle so ziemlich erwachsene Männer, und ich werde es euch nur einmal sagen. Mike schläft nicht gut, wenn er die Hunde nicht auf seinem Bett hat. Ich weiß, daß es eure Hunde sind, aber er war jetzt während eurer Abwesenheit monatelang mit ihnen zusammen, und Liam kann euch erklären, daß er nachts nicht mehr weint oder stöhnt, seit er einen Hund bei sich hat. Also werden wir es folgendermaßen machen: Mike wird immer einen Hund haben, und da ich keinen weiteren anschaffen werde, hinter dem ich saubermachen muß, wird es einer von euren sein. Es ist mir egal, welcher, ihr könnt sie sich auch abwechseln lassen.«

»Mom.«

»Nichts da mit ›Mom‹. Dieses Kind hat den ganzen Nachmittag gearbeitet, um mir zu helfen, das Abendessen zuzubereiten. Wenn also einer von euch mir auch nur das geringste, winzigste Widerwort gibt, dann werde ich euch ins Gesicht springen.«

»Cinderella.«

»Was?« Ich blickte von meinem Buch auf – am nächsten Morgen.

»Cinderella«, wiederholte Sue. »Er ist ein Pflegekind, und er spürt es. Er ist klug, er ist verbittert darüber, daß er ein Pflegekind ist, er widerspricht der Tatsache, und er ist überempfindlich, wenn man ihn als solches bezeichnet. Jedes Kind in seiner Situation würde es genauso empfinden. Daraus folgt, daß man ihn, wenn man ihn häusliche Pflichten allein machen läßt, so behandelt, wie Cinderella von ihrer Stiefmutter behandelt wurde: Man zwingt ihn, für sich allein zu arbeiten. Für ihn ist es das gleiche, als würde man ihm ein Schild mit der Aufschrift ›Pflegekind‹, ›Stiefkind‹, ›Ich gehöre hier nicht her‹ umhängen. Es ist genau das, was Kathy meinte, als sie sagte, sein Selbstbild sei sein wichtigster Besitz.«

»Und?«

»Und als ich ihn bat, mir zu helfen – statt für mich zu arbeiten –, war er mehr als glücklich; er war geradezu dankbar. Über drei Stunden lang waren wir in der Küche, er hat saubergemacht, die Lasagne vorbereitet, Töpfe und Geschirr abgewaschen, den Müll hinausgebracht.«

»Es ist ein sehr feiner Unterschied – er hat ja dennoch gearbeitet.«

»Für uns ist es ein feiner Unterschied. Für ihn liegt eine Welt dazwischen, zu helfen oder zu arbeiten. Und um dir die Wahrheit zu sagen, ich habe nie erlebt, daß er ein Abendessen mehr genossen hätte, ausgenommen einmal die Tatsache, daß die Jungen ihm die kalte Schulter gezeigt haben. Er hatte das Gefühl, daß die Lasagne zum Teil sein Werk war.«

»Hm. Es scheint also, daß ihr beide bekommen habt, was ihr wolltet. Er arbeitet nicht, und du hast erreicht, daß er hier mit anfaßt.«

»Ja«, sagte sie langsam und dachte darüber nach, »obwohl nicht jede häusliche Pflicht eine Teamarbeit sein kann. Deswegen muß ich mich ziemlich verausgaben, damit er glaubt, ich gehöre immer dazu und er ist nicht allein. Wenn ich das schaffe, wird er sich in einigen Monaten hier bestimmt viel sicherer und auch etwas verantwortlicher fühlen. Jedenfalls wird jetzt alles etwas leichter gehen.«

Statt dessen, stellte sich heraus, wurde vieles schwieriger. Wenn man sich einen Platz in der Familie verschaffen will, setzt das voraus, daß man akzeptiert wird, und zu unserer Familie gehörten nicht nur Sue und ich.

Wir hatten uns Sorgen gemacht, daß die Jungen Mike einen rauhen Empfang bieten würden. Wir hätten uns aber besser darüber Gedanken gemacht, ob es überhaupt einen Empfang geben würde.

Brendan ist normalerweise für jeden freundlichen Impuls aufnahmebereit, und Liam war von hartnäckiger Kooperationsbereitschaft, selbst als er bemerkte, daß seine Beziehung zu uns durch Mike etwas zu kurz kam – aber alle beide sind auch für Anstöße von den beiden älteren, Henry und Frank, empfänglich, und die beiden waren so gut wie ein und derselben Meinung, was Mike anbetraf. In den spärlichen Gesprächen, die wir während des Sommers und an unserem Wochenende in Norwich geführt hatten, hatten sie uns sehr direkt gesagt, daß sie Mike für nicht beachtenswert hielten, einen »Sozialfall« mit seltsamen, eigentümlichen Angewohnheiten und einer bizarren Geschichte. Nicht daß sie ihm etwas Böses gewünscht hätten; es war einfach so, daß sie weder die Notwendigkeit noch den Nutzen einsahen, ein schwerverwundetes Tier zu retten, und auf die Art und Weise sprachen sie auch über Mike: eine soziale Aufgabe, auf die ihre Eltern in deren späten mittleren Jahren irgendwie verfallen waren.

Und außerdem hatte er ihre Hunde.

Wir hatten nicht jede Hoffnung aufgegeben. Alle unsere Kinder hatten eine ziemlich unbeirrbare Art gezeigt, sich nicht lenken zu lassen. Aber Frank und Henry hatten in vielen Jahren eine stählerne Entschlossenheit entwickelt, dem Berg den ersten Platz einzuräumen, der Zimmermannsarbeit und der Jagd den nächsten, dann dem College – das ging bis hin zur Verweigerung eines normalen Familienlebens. Sie waren mit Worten so sparsam wie mit Goldmünzen, starrten einen nur stumm an, wenn man sie bat, ihr Geschirr selbst abzuräumen, oder verschwanden zu den merkwürdigsten Zeiten einfach. Sie hatten uns damit in der Vergangenheit oft ziemliche Sorgen gemacht. Im täglichen Leben mußte man den Eindruck haben, daß sie das Familienleben und Sue und mich im besonderen nur für eine Phase hielten, etwas, das man durchstehen mußte, bevor man endlich alt genug war, um in Henrys Fall ein Harrier-Pilot des Marine-Korps oder ein FBI-Agent zu werden, und in Franks Fall ein Fotograf für die *National Geographic* oder das *Smithonian Magazine* irgendwo an einem entlegenen Platz der Welt. Solche Zukunftsvisionen konnten wir eigentlich nur als gut anerkennen – Ziele zu haben, dafür zu kämpfen und sich darauf zu konzentrieren, war sehr gut, obwohl ich ernste Zweifel hatte, was die Harriers betraf. Doch wie standen sie zum ersten Teil? Wie hielten sie es mit der Familie? Wenn sie wirklich glaubten, was sie zu glauben schienen, würde es dann jemals gelingen, ihre Meinung zu ändern und diesen beiden verschlossenen Burschen zu erklären, daß es letzten

Endes auf die Familie ankommt und nichts anderes? Konnten sie so etwas überhaupt verstehen? Und existierte bei ihnen überhaupt so etwas wie echtes Gefühl oder echte Anhänglichkeit? Einmal angenommen, fragten wir uns manchmal, uns stieße etwas wirklich Ernstes zu, uns oder der Familie? Würde sie das überhaupt kümmern, würden sie darauf reagieren?

Zwei Zwischenfälle zeigten uns aber, daß sehr viel von Henrys und Franks zur Schau getragener Fassade tatsächlich nur Fassade war. Daß unter ihrem distanzierten Äußeren sich innere Anteilnahme verbarg. Daß – ganz gleich, wie kühl sie einem auch begegneten – hinter einer Tür bei ihnen etwas anderes wartete.

Das eine dieser Ereignisse war Susannes Hochzeit, als alle Jungen sich in einer Reihe aufstellten und sich öffentlich zu ihrer Liebe zu ihrer Schwester bekannten. Diese fünf Minuten bewegten Sue und mich aufs tiefste. Wir hätten nie gedacht, daß die Jungen – vor allem Henry und Frank – ihre Gefühle auf solche Weise öffentlich machen würden. Das andere war ein Zwischenfall – einer jener bizarren Haushaltsunfälle, meist mit fatalen Folgen –, über die man sonst nur in der Zeitung liest.

Ich war in unseren Brunnen gestürzt.

Die Quelle, die unser Haus mit Wasser versorgt, befindet sich in einem großen unterirdischen Betonraum hinten heraus, und eines Tages hatte ich draußen mit den Vieren einen erhitzten Streit. Ich hatte irgendein schweres Teil zu bewegen, und es war eine der seltenen Gelegenheiten, daß ich vier starke Burschen alle gleichzeitig zur Hand hatte. Aber natürlich hatten sie alle irgend etwas anderes zu tun, und man durfte sie nicht damit belästigen.

»Ihr seid die selbstsüchtigsten, egoistischsten Scheißer, die ich mir vorstellen kann«, sagte ich zu mir selbst, wenn ich mich richtig erinnere.

Dann machte ich einen Schritt nach hinten auf die rechteckige Abdeckung des Mannlochs über dem unterirdischen Raum zu. Aber eine der Stützen hatte sich verschoben, und die große, dicke Stahlplatte schwang langsam auf und ließ mich etwa drei Meter auf eine Stahlleiter hinabstürzen. Dann drehte sich die Abdeckung um neunzig Grad und fiel hinter mir her.

Wenn die Platte mit der Kante zuerst unten angekommen wäre, wäre ich sofort tot gewesen, aber statt dessen traf mich die große flache Oberseite, schmetterte mich gegen die Stahlleiter und schlug mich fast bewußtlos.

Ich konnte weder atmen noch etwas sehen. Aber innerhalb eines Augenblicks konnte ich spüren, wie das Gewicht der Abdeckung von mir genommen wurde und mein Körper dann auf wunderbare Weise hinauf und aus der Quellkammer schwebte.

Ich kam auf dem Rasen wieder zu mir; Henry blickte mir ins Gesicht, während die anderen Jungen mich ausstreckten und Henry ihnen Befehle erteilte: »Gut, jetzt Wiederbelebung durch Herzmassage und Atemspende – das übernehme ich. Frank, du rufst den Rettungswagen. Liam, du holst Mom. Brendan bleibt hier, um mir zu helfen.«

»Hey, Jungs«, konnte ich schließlich keuchend und spuckend hervorstoßen. »Ich bin in Ordnung.«

»Bist du dir sicher?« Ich spürte, wie sie nach gebrochenen Knochen fahndeten, mich abtasteten mit besorgten Gesichtern, und alle versuchten gleichzeitig, mit mir zu sprechen. »Dad, Dad, bist du wirklich okay?«

Dann halfen sie mir auf die Füße und brachten mich hinein, wo Sue mich eine halbe Stunde später auf dem Bett liegend vorfand.

»Was tust du da?«

Ich war am ganzen Leibe blau, brachte aber ein zufriedenes Lächeln zustande und sagte: »Ich denke darüber nach, was für wunderbare Söhne wir haben.«

Sie sind also gar nicht so übel.

Aber sie sind rauh.

Und vielleicht, ja vielleicht war alles, was Sue erreicht hatte, indem sie Mike zu einer »helfenden« Position in der Familie verholfen hatte, ihn auf einen tiefen Fall vorzubereiten. Denn jeden Abend arbeitete Mike jetzt zusammen mit Sue in der Küche, backte Kuchen, bereitete das Abendessen vor, half, es aufzutragen und dann wieder abzuräumen. Jeden Abend konnte Mike stolz sein auf die Mahlzeit, die auf dem Tisch stand, darauf, wie das Haus aussah, und jeden Abend ignorierten die anderen Jungen ihn.

Im Grunde genommen war es schlimmer, als ihn zu ignorieren, denn sie verachteten ihn geradeheraus. Wenn einer von ihnen die Schüssel mit Kartoffeln haben wollte und diese vor Mike auf dem Tisch stand, dann bat er ausdrücklich jemand anderen, ihm die Schüssel zu reichen. Sie sagten ihm nie Hallo, wenn sie ins Zimmer kamen, sie verabschiedeten sich nicht von ihm. Sie sprachen kein einziges Mal seinen Namen aus.

Es war furchtbar.

Schlimmer als furchtbar, es entwickelte sich zu einem dieser nutzlosen Willenskämpfe zwischen Vater und Söhnen. Ganz gleich, wie düster ich sie anblickte, sie waren entschlossen, meine Unzufriedenheit genauso zu ignorieren, wie sie Mike ignorierten. Worte halfen ebensowenig. Ich erhielt nur ausdruckslose Blicke zur Antwort. Ein paarmal hörte ich, wie Sue mit ihnen stritt, aber es war, als wolle sie gegen Felsen anrennen.

An den ersten Abenden trug Mike seinen Kopf noch hoch. »Diesen Auflauf habe ich gemacht. Und ich habe dieses Gemüse zubereitet«, sagte er zu den anderen. Aber sie antworteten selten und wenn, dann mit einem sarkastischen: »Tatsächlich?«

Und jedesmal, wenn so etwas passierte, erschütterte Mike das. Ich konnte die Stiche spüren und sehen, daß er den Kopf, wenn er ihn das nächste Mal wieder oben hatte, nicht mehr so hoch trug wie am Tag zuvor.

Aber der letzte und endgültige Schlag kam erst noch. Am Tag vor Thanksgiving standen Brendan und Henry mit Tony Tantillo und einigen anderen Männern vor Tonys Sport- und Jagdgeschäft und unterhielten sich. Ich kam dazu.

»Hallo, Tony, hallo, Brendan, hallo, Henry.«

Indifferentes Nicken von Henry und Brendan, als sie sahen, daß ich Mike im Schlepptau hatte; ein breites Lächeln und ein »Hallo, Rich« von Tony.

»Na, wer ist das denn?« fragte Tony und sah Mike an. Tony ist ein großgewachsener Mann mit Bart und fröhlichem Gesicht, auf dem immer ein Lächeln zu sehen war; er ist ein Biologe, der früher in Alaska Schulunterricht gegeben hatte, aber eigentlich aus unserer Gegend stammte und irgendwann zurückgekehrt war, um in New Paltz ein Geschäft – *Sunset Sporting Goods* – zu eröffnen. Er und seine Frau Fawn waren schon seit langem unsere Freunde. Vier der Jungen hatten gelegentlich für Tony gearbeitet.

Jetzt sagte Tony: »Gibt es einen Miniter, über den ich nichts weiß?«

»Das ist Mike.«

Tony wußte natürlich alles über Mike, tat aber so, als wäre dem nicht so. »Nun, das wurde auch Zeit, daß dein Dad dich mal mitbrachte.«

Mike erwiderte sein Lächeln und nickte, aber seine mißtrauischen Augen wandten sich nicht von Henry und Brendan ab. Sie erwiderten seinen Blick nicht.

Der Kreis der Männer hatte die Hirschstrecke, die bisher in dieser Saison erzielt worden war, zum Thema gehabt, und jetzt nahm die Unterhaltung weiter ihren Lauf.

»Dave Kirchner hat einen Sechsender erlegt.«

»Ja. Na, ich habe diese Saison noch nirgendwo einen kapitalen Hirsch gesehen.«

»John und ich haben beide ganz ansehnliche Burschen erwischt. Henry hier hat gestern einen Sechsender geschossen. Aber ich verstehe, was du meinst – die meisten, die ich gesehen habe, waren auch kaum größer als ein kranker Hund.«

»Alle steigen jetzt auf Punktzweivierdreier um.«

»Ich habe in diesem August den alten Samtgeist gesehen, hab' mich zu Tode erschrocken.«

»Aber viele Truthähne in den Wäldern.«

»Sieben Millimeter Magnum . . .«

Mikes Kopf drehte sich hin und her, fasziniert von der Unterhaltung, aber gleichzeitig furchtsam darauf bedacht, den Ausdruck auf den Gesichtern der Jungen richtig zu deuten, zu hoffen, daß sie ihn begrüßen würden, wenigstens einmal in seine Richtung nicken. Enttäuscht verabschiedete ich mich schließlich mit einem Winken und machte mich zusammen mit Mike davon.

Tony kam mir nach. »Diese Burschen haben es echt auf Mike abgesehen.«

»Ja«, ich lachte, »es scheint sich an den Hunden entzündet zu haben. Jetzt ist es eine Art von allgemeiner Erbitterung.«

»Sie werden schon darüber hinwegkommen.«

»Ich schätze auch.«

»Bis dann einmal, Mike – du bist in eine gute Familie geraten«, und damit schlug er Mike auf die Schulter.

Mike sah Tony an, sein Gesicht eine stählerne Mischung aus Zorn und Hoffnungslosigkeit. »Ich gehöre nicht zu dieser Familie. Ich bin ein Pflegekind.«

Später zu Hause erzählte ich Sue von der Unterhaltung.

Sie schüttelte den Kopf. »Ich weiß nicht, ob ich weinen oder wütend werden soll. Man muß sich ja fragen, warum wir das alles überhaupt tun.«

Und dann entschloß sich Mike, nicht mehr zu helfen.

KAPITEL 9 **Die Initiation**

Am frühen Morgen war das Haus erfüllt vom Bratengeruch des Truthahns im Ofen, und ich mußte feststellen, daß ich mir eine anständige Grippe zugezogen hatte. Ich hatte nicht einmal in Betracht gezogen, aufzustehen und mit zur Jagd zu gehen, und als ich dann endlich hinunterkam, war es schon später Vormittag, ich hatte bereits drei oder vier *Aspirin* intus und trug zusätzlich über einem schweren Flanellhemd ein Sweatshirt.

In der Küche war Sue mit ganzen Bergen von Speisen und Zutaten in verschiedenen Zubereitungsstadien beschäftigt.

»Wie fühlst du dich?«

»Wie der Tod persönlich.«

»Wirst du mit uns essen können?«

»Ich kann immer essen.«

Dann sah ich mich in der Küche um. »Wo ist dein kleiner Schatten?«

Sue nickte zum Schankraum hinüber. »Er kam herunter, hat sich eine Schale mit Flakes genommen und ist dann rübergegangen.«

Ich ging zu ihm.

»Warum hilfst du Sue nicht?« fragte ich ihn.

Mit über die Flakesschüssel gebeugtem Kopf sagte er: »Ich helfe nicht.«

»Ich verstehe.«

Dann versuchte ich, meine Stimme zu senken. »Mike, diese Jungen sind schon lange Zeit zusammen. Es wäre etwas zu viel erwartet, daß sie dich auf der Stelle akzeptieren. Laß ihnen etwas Zeit. Im Moment führen sie sich auf wie die Flegel, aber das wird sich ändern.«

»Ja und?«

»Mike?«

»Sie denken, ich bin zurückgeblieben. Sie sprechen noch nicht einmal mit mir.«

»Das denken sie nicht. Sie sind einfach etwas daneben.«

»Ich hasse diese Familie. Ich wünsche, sie hätten mich in eine gute Familie gesteckt.«

»David und Susanne werden kommen.«

Er zuckte die Achseln. »Mit David werde ich reden. Alle anderen hasse ich. Es gibt niemanden sonst in der Familie, den ich mag.«

Ich wollte mich gerade zurückziehen, als die Tür zum Schankraum aufgestoßen wurde.

»Hallo, hallo, hallo.« Meine Nichte und deren Mann Matt kamen hereingestampft. Kathryn mit einem schüchternen Lächeln und Matt mit seinem halb gesungenen, halb gerufenen »Hallo«.

»Hi, Onkel Richard«; Kathryn umarmte mich zur Begrüßung. »Junge, was riecht das gut hier. Wo ist Tante Sue?«

Ich zeigte zur Küche, und dann war auch schon Matt da und schüttelte mir die Hand.

Matt mißt über einen Meter achtzig, ist dünn, spricht mit Südstaatenakzent und gehört zur Besatzung eines Boots der Küstenwache draußen auf Fire Island. Er war auf einer Farm in den Bergen von North Carolina aufgewachsen und hatte meine Nichte kennengelernt, als er in Florida stationiert war.

Als eingefleischter Jäger und Mann der Wildnis war es Matt zuerst unbehaglich, als er nach und nach Kathryns Familie kennenlernte. Er hatte kaum etwas gemein mit ihrer Mutter, ihrer Tante und ihren Onkeln, die allesamt in der Stadt St. Petersburg lebten. Und ohne uns je gesehen zu haben, übertrug er diese trostlosen Eindrücke auch auf uns. So sehr, daß Kathryn ihn zum ersten Mal buchstäblich herschleppen mußte. »Noch mehr von dieser Familie? Na gut« – rülps –, »ich versuche einfach, höflich zu bleiben.«

Aber als er ankam und die Berge sah, die Trophäen der Hirsche, die überall an den Wänden hingen, und unsere Jungen kennenlernte, konnte er nur eins ums andere Mal wiederholen: »Von den Miniters in New York wußte ich ja gar nichts. Ich hab's einfach nicht geahnt. Jesus!«

Und natürlich paßte er haarscharf zu uns.

Jetzt stelzte Matt an mir vorbei und beäugte Mike. »Wer ist das?«

Mike seinerseits fragte rüde: »Wer ist diese Person? Das ist keiner von den Söhnen.«

»Nein, Mike, das ist der Verrückte, den meine Nichte geheiratet hat. Er ist jetzt für vier oder fünf Tage hier.«

Mike schob die Unterlippe vor, wandte sich ab, wurde aber sogleich herumgedreht und hatte eine ausgestreckte Hand vorm Gesicht. »Ich schätze, du bist Mike, und ich denke mal, ich bin Matt, also schlag ein.«

Widerstrebend nahm Mike die Hand und erlebte dann, daß sein ganzer Arm wie ein Pumpenschwengel auf und ab bewegt wurde. »Mensch, du bist ja noch häßlicher, als sie alle gesagt haben. Aber bei Gott, ich bin ebenfalls neu hier in dieser Familie, so daß wir beide wohl zusammenhalten müssen, selbst wenn du so aussiehst, als hättest du versucht, Dornensträucher zu kauen.«

Matt beugte sich hinunter, schaute Mike mit schräg gehaltenem Kopf in die Augen und lächelte. Gegen seinen Willen erwiderte Mike dieses Lächeln und brach dann in kreischendes Gelächter aus, als Matt seine Baseballkappe abnahm, sie Mike übers Gesicht zog und ihm auf den Scheitel klopfte.

Sue sah von der Küchentür aus zu. »Matt, ich bin froh, daß du hier bist.«

Die Jungen kamen von der Jagd zurück und hatten sich gewaschen, der Tisch war schön gedeckt, und David und Susanne waren ebenfalls eingetroffen. Der Einbruch der Dunkelheit lag schon eine ganze Weile zurück – spät für ein Thanksgiving-Essen, aber wir essen immer spät. Die Jungen können auf dem Shawangunk einfach kein Ende finden.

Jedesmal wenn Mike in den Schankraum kam, machte er

einen großen Bogen um Henry, Frank, Brendan und Liam und setzte sich irgendwo in die Nähe von Matt oder David.

Die beiden Truthähne waren aus der Röhre genommen worden, und Sue war hinaufgegangen. »Rich, ich gehe mich umziehen. Laß die Katze nicht in die Küche.«

Ich ging hinüber zur Bar, und David fragte mich: »Soll ich dir noch einen Drink mixen?«

»Nein«, sagte ich, »mit dieser Grippe schmeckt sowieso alles nach nichts. Außerdem bin ich sonst eingeschlafen, wenn das Abendessen anfängt, und das Ende werde ich dann nicht mehr mitbekommen.«

David zuckte die Achseln und sah zu den vier Jungen hinüber, die einer lautstark vorgetragenen Geschichte von Matt lauschten. »Vielleicht wäre es *besser*, diese Mahlzeit zu verschlafen.«

»Ich weiß, was du meinst. Sue war viel zu still. Irgendwo zwischen dem Truthahn und dem Auflauf wird es zu einer Explosion kommen. Und ich will dann bloß in sicherer Deckung sein.«

David lachte. »Ich auch.«

Mike tauchte mit gereiztem Gesichtsausdruck neben David auf. »Ich habe Hunger. Wann wird diese Familie essen?«

Irgendwie traf es einen Nerv, wie er »diese Familie« sagte, aber ich ließ es durchgehen. »Mike, die Truthähne sind schon aus dem Ofen geholt. Ich werde sie in ein paar Minuten tranchieren. Du kannst hineingehen und dir selbst ein kleines Stückchen abschneiden.«

Dann verschwand er wieder.

»Vielleicht mag ich diesen Drink doch.«

Ein paar Minuten später kam Sue die Treppe hinunter und ging in die Küche – um unmittelbar danach wieder herausgestürmt zu kommen, in meine Richtung.

»Komm mit«, zischte sie.

Ich ging hinter ihr her in die Küche, aber bevor ich richtig drin war, drehte sie sich zu mir herum und stieß mir einen Finger in die Brust. »Was ist das einzige, was wir über Mike wissen?«

»Ich weiß nicht genau, was du meinst.«

Ihre Stimme war stahlhart. »Haben wir nicht begriffen, daß er, wenn wir sagen, er darf ein Schokoladendoughnut haben, und dann nicht aufpassen, die ganze Schachtel leeressen wird? Wissen wir nicht, daß er den ganzen Abend lang fernsehen wird, wenn wir ihm sagen, er darf sich eine Stunde vor den Apparat setzen? Wissen wir nicht, daß er den Hunden die ganze Tüte gibt, wenn wir ihm sagen, er darf ihnen einen Hundeknochen geben?«

Ich verlagerte mein Gewicht unbehaglich von einem Fuß auf den anderen. Dann ging sie aus dem Weg und gab mir mit einer theatralischen Geste ihres Armes den Blick frei.

Mike saß mit einem Teller vor sich am Küchentisch. Auf dem Teller lag, wie es den Anschein hatte, die ganze Brust von einem der Truthähne, und über das Fleisch war eine ganze Flasche Ketchup ausgegossen.

Dann bohrte sich wieder der Finger in meine Brust. »So, und obwohl du all dies wußtest, hast du ihn in die Küche geschickt, um sich selbst ein Stück Truthahn abzuschneiden.«

Sue ließ Mike aufstehen und mit seinem Teller in den Schankraum gehen. »Du setzt sich dort an die Bar, Mike, und ißt jetzt deinen ganzen verdammten Teller leer.«

Dann ging sie wieder in die Küche und fing an zu weinen.

Ich zog mich zu David zurück. »David, würdest du in die Küche gehen und den Rest Truthahn tranchieren?«

David blickte zweifelnd in Richtung der Küche. »Hm, würde es dir etwas ausmachen, wenn ich ein wenig damit warte?«

»Kein Problem.«

Unsere Jungen schienen die ganze Episode amüsant zu finden, und einige von ihnen kamen zur Bar herüber, sahen sich Mikes Teller an und lachten. Mike sprang von dem Barhocker, rannte durch den Schankraum und verschwand dann nach oben.

Sue kam herein und nahm den Teller wortlos von der Bar.

Einer der Jungen sagte: »Mom, was erwartest du?«

Sue schien einen Moment lang wie versteinert. Dann schmetterte sie Mikes Teller auf den Tisch. »Was ich erwarte? Was ich *erwarte?* Ich erwarte, daß ihr alle ein wenig Nächstenliebe zeigt. Das Kind hat die ganze Woche lang in der Küche gearbeitet und versucht, sich mit euch anzufreunden, und ihr habt ihn behandelt wie einen Aussätzigen. Er ist halb so groß wie ihr, um Gottes willen.«

Peinlich berührt senkte Matt den Blick auf seinen Schoß, aber unsere Söhne hielten dem Blick ihrer Mutter stand, und Frank sagte: »Mom, er weiß noch nicht mal, wie es bei einem Thanksgiving-Essen zugeht.«

Sie nahm den Teller noch einmal und schmetterte ihn wieder auf den Tisch. »Das wußtest du auch nicht, bis wir dich zu deinem ersten Thanksgiving-Essen in einem Hochstuhl an den Tisch geschoben haben, damit du es herausfindest. Und dann in den Jahren darauf haben wir dich auf ein Telefonbuch gesetzt, damit du es mit uns zusammen am Tisch lernen konntest, und zwanzig Jahre später hältst du deine Gabel immer noch wie eine Schaufel. Mike hat noch niemals ein Thanksgiving-Essen mit einer Familie erlebt. Es ist ihm im Waisenhaus oder im Krankenhaus lediglich vorgesetzt worden. Er weiß es nicht. Kannst du das nicht verstehen?«

Dann fing sie wieder an zu weinen.

Langes Schweigen und viel Füßescharren unter dem Tisch – von allen anderen. Ich glaube, die Jungen hatte ihre Mutter noch niemals so aufgebracht oder so verletzlich erlebt. Susanne starrte sie nun ebenfalls an, ebenfalls bereit, etwas zu sagen, das sie nicht hören wollten, und ich spürte, daß sie langsam, ganz langsam merkten, daß sie eine Spur zu weit gegangen waren.

Sue bekam sich wieder unter Kontrolle, ging zwischen Schankraum und Küche hin und her, tupfte ihre Augen ab, war vielleicht zornig auf sich selbst, daß sie so aus der Haut gefahren war. Dann schafften wir es, Mike zu überreden, wieder herunterzukommen, David tranchierte den Truthahn, wir beteten und aßen. Aber die Mahlzeit verlief in gedrückter Stimmung.

Nachdem der Tisch abgeräumt und bevor der Nachtisch aufgetragen wurde, ging Sue für einen Augenblick nach oben ins Bad, um sich frisch zu machen.

David versuchte, mit Mike eine Unterhaltung anzufangen, doch die Jungen riefen ihn zu sich in eine Ecke des Raumes. Ich hörte Bruchstücke ihrer Unterhaltung, als einer von ihnen sagte: »Nein, das ist eine schlechte Idee«, und ein anderer: »Keine Sorge, Tiere faszinieren ihn wirklich.«

Worum ging es jetzt? fragte ich mich, aber Susanne und Kathryn sprachen mit mir, so daß ich abgelenkt war.

David löste sich von der Gruppe und ging nach draußen.

Eine Minute später hörte ich Brendan zu Mike sagen: »Mike, da ist ein Hirsch draußen hinterm Haus. Würdest du ihn dir gerne anschauen?«

Alle meine Instinkte hätten jetzt alarmiert sein sollen, aber ich dachte nur stumpfsinnig: *Gut, endlich, irgend etwas Freundliches von ihnen.*

Langsam brachte einer der Jungen Mike so weit, daß er durch die Küchentür mit hinaus in die Dunkelheit ging. Ich wußte, daß er vor der Schwärze draußen Angst hatte, aber ich wußte auch, wie unwiderstehlich ihn jedes Tier anzog. *Gut*, dachte ich noch stumpfsinniger. Vielleicht ist das eine Möglichkeit, seine Angst vor der Nacht zu überwinden, wenn man im Mondlicht einen Hirsch sieht.

Dann hörte ich den übelsten und angstvollsten Schrei meines Lebens.

Mike jagte die Treppe hoch, immer noch schreiend, mit völlig weißem Gesicht.

David hatte den Kopf eines Hirsch genommen, ihn sich vors Gesicht gehalten und war dann in dunkle Sachen gekleidet und grunzend aus der Dunkelheit des Rasens hinter dem Haus auf Mike zugelaufen gekommen, der sich ängstlich durch die Tür gebeugt hatte.

Ich war absolut perplex, wie bösartig die ganze Sache war. Ich konnte nicht einmal mehr sprechen. Es war unglaublich grausam.

Alles, was ich noch sagen konnte, als die anderen Jungen kicherten, war: »David, wie konntest du, gerade du, ihm so etwas antun?«

Henry tat meinen Einwand ab. »Dad, es war ein Scherz. Wir dachten, es würde das Eis brechen.«

»Es ist euer Eis, verdammt. Ihr habt ihm das Herz gebrochen.«

»Ich hatte keine Angst.«

Ich drehte mich um und blickte ungläubig hinter mich. Mike stand unten an der Treppe. Er war immer noch bleich und schwitzte, aber auf seinem Gesicht stand ein Lächeln. »Ich hatte keine Angst«, wiederholte er.

»Doch, hattest du«, sagte Brendan und drückte ihn auf einen Stuhl am Tisch.

Ein paar Minuten später kam Sue herunter und quittierte den Anblick von Mike, der mit den Jungen lachte und scherzte, mit fragendem Gesichtsausdruck.

»Ich werde jetzt den Nachtisch servieren«, sagte sie langsam, immer noch beobachtend, und sah mich fragend an.

»Kann ich dir helfen?« Mike sprang auf.

Sue klopfte ihm auf die Schulter, blickte mich immer noch an, jetzt allerdings verwundert. »Klar, Mike. Du hast den Kürbiskuchen gemacht – du kannst ihn auch auftragen.«

Ein paar Minuten später hielt Henry seinen Teller mit einem zur Hälfte gegessenen Stück Kürbiskuchen darauf hoch. »Eine guter Kuchen, Mike.«

»Danke schön.« Und dann ging alles in allgemeinem Geschnatter und Gelächter unter.

Sue und ich sorgten dafür, daß Mike gegen elf ins Bett kam, und überließen die Jugend am Tisch im Schankraum ihrem ruhigen Gespräch.

»Also, was ist passiert, als ich oben war? Ich habe einen Schrei gehört.«

Ich tat die Frage ab: »Eine Art Initiationsritus, oder so was. Du willst es in Wirklichkeit gar nicht wissen.«

»Ich bin immer noch schlecht auf sie zu sprechen«, sagte sie.

Ich seufzte bloß.

Dann ließ sich Sue auf unser Bett fallen und schleuderte ihre Schuhe von sich. »Gut, es ist ein Anfang. Mike hat während der letzten Wochen einige häusliche Pflichten übernommen, und er scheint sich alles in allem einen bescheidenen Platz verdient zu haben.«

Ich hob die Hände in Erinnerung an diesen Schrei. »Glaub mir, er hat sich heute abend mehr als einen bescheidenen Platz verdient.«

»Ich hoffe, daß sein Betragen sich bessert, wenn sie alle fort sind.«

»Vielleicht tut es das.«

Sie gähnte, rollte sich auf ihre Seite und sagte schläfrig: »Irgendwie lief es diesen Monat nicht hundertprozentig so, wie ich es gern gehabt hätte.«

Ich deckte sie zu. »Aber gut genug. Es lief gut genug.«

Am Montag nach Thanksgiving öffnete ich um fünf Uhr in der Frühe noch in der Dunkelheit meine Augen und machte eine kleine Inventur meiner selbst. Ich war wie von Zauberhand von meiner Grippe befreit. Dann dachte ich an Kaffee – Tasse um Tasse heißen, frischen Kaffees –, schlüpfte aus dem Bett, zog mich schnell an und machte mich auf den Weg nach unten.

Aber dann, als ich schon eine Hand an der Tür des Schankraums hatte, ließ mich irgendein Impuls umkehren und in Mikes Zimmer gehen.

In dem schwachen Schein des Nachtlichtes war der Junge ein einziges Durcheinander von nackten weißen Armen und Beinen, die sich mit den Schatten seiner Bettdecke verschlungen hatten. Ich ging etwas näher heran und schaute ihn mir an, wie er dalag und schnarchte. Er sah so aus, als hätte er sich gerade erst bis auf den Grund seines Bettzeugs durchgekämpft.

Wann war er schlafen gegangen? fragte ich mich.

Ein paar Minuten später versuchte ich gerade, die Kaffeemaschine im Schankraum in Gang zu setzen, als Sue ihren Kopf in den Flur steckte.

»Geht's dir besser?« lächelte sie schläfrig.

»Ja, viel besser.«

Wir saßen zusammen an dem großen Tisch, und Sue streckte sich und sagte: »Ich liebe unsere Kinder, aber wenn sie erst mal wieder weg sind, dann liebe ich auch den Frieden und die Ruhe.«

»Richtig.«

Dann verzog sie das Gesicht zu einem ironischen Lächeln. »Aber in weniger als vier Wochen sind sie alle wieder da.«

»Ebenfalls richtig.«

»Rich«, sagte Sue und verdrehte ihre Augen in Richtung auf Mikes Zimmer oben, »ich möchte, daß das erste Weihnachtsfest dieses Kindes in einer Familie etwas Besonderes wird. Er hat noch eine kindliche Einstellung zum Nikolaus, und ich möchte nicht, daß er enttäuscht wird.«

»Ich habe auf dem Weg nach unten bei ihm hineingeschaut«, sagte ich. »Er sieht aus, als hätte man einen Knoten aus ihm gemacht.«

»Als er gestern abend auf sein Zimmer ging, war er gut drauf.« Sue zuckte die Achseln. »Er ist eben müde.«

»Hm.«

»Rich, mach dir keine Sorgen«, sagte Sue und reckte sich wieder. »Ruh du dich aus, ich werde ihn wecken. Für ihn war die letzte Woche auch anstrengend. Ich werde versuchen, ihm heute morgen etwas zusätzliche Aufmerksamkeit zu geben – ihm ein paar Waffeln zu machen, ihn noch eine Weile seine Zeichentrickfilme sehen zu lassen, bevor der Bus kommt.«

»Gut.« Der Kaffee war fertig, ich stand auf und schenkte uns ein.

Wir schwätzten noch ein paar Minuten. Sue trank ihren Kaffee aus und ging nach oben. Ich schenkte mir noch eine Tasse ein und setzte mich dann gemütlich wieder, um C-SPAN zu sehen.

Und eine halbe Stunde später ging das Schreien los.

Als Sue zu Mike kam, hatte er darauf bestanden, in seinem durchnäßten Bettzeug liegen zu bleiben, sie mit den dreckigsten Ausdrücken beschimpft und dann angefangen, als sie ihn noch einmal bat aufzustehen, sie mit Sachen zu bewerfen.

Als ich auf der Bildfläche erschien, schlug er gerade seinen Kopf gegen die Wand.

Schließlich mußten wir beide mit anfassen und ihn mit Gewalt zu allem zwingen; es gab keine andere Möglichkeit, ihn in einer Stunde geduscht, angezogen, gegen die Kälte warm eingepackt und dann rechtzeitig nach draußen zum Bus befördert zu bekommen.

Und selbst dann zögerte er noch, zu dem Minibus hinüberzugehen, und als er es endlich tat, verhielt er noch einmal während des Einsteigens und kam dann tatsächlich wieder zu uns beiden auf die Veranda zurückgerannt.

Wir waren immer noch unter Schock nach diesem furchtbaren Morgen und mehr als nur ein bißchen wütend. Sue hatte sich mit stummen Tränen in einen dicken blauen Wollpullover eingekuschelt, und ich wippte in düsterer Stimmung an der nächsten Tasse Kaffee. Wir dachten, er käme zurückgerannt, um auf Wiedersehen zu sagen.

»Wie hübsch«, sagte Sue sarkastisch. »Genau der Junge, den wir jetzt sehen möchten.«

Als er aber unter der Veranda stehen blieb, die Mütze tief heruntergezogen, mit weißen Halbmonden unter den Augen, flackerte sein Gesichtstic für einen Augenblick wieder auf, und was aus seinem Mund sprudelte, klang irgendwie wie eine Anklage: »Diese Woche fängt Karate wieder an.«

Ich blinzelte. »Ich weiß, wie sehr du an dem Karatekurs hängst, Mike«, sagte ich so geduldig wie möglich. »Wir werden dich hinbringen.«

Aber er schleuderte mir ins Gesicht: »Ich hasse diese gottverdammte Scheißfamilie.«

Sue verlor die Fassung. »Wenn ich jetzt von dieser Veranda herunterkomme, Kurzer, dann wirst du für den Rest deines Lebens humpeln müssen.«

»Leck mich.«

Sue setzte sich in Bewegung, und nach einem weiteren schnellen, wütenden, frustrierten Blick auf uns beide wandte Mike sich um und rannte zurück zum Bus.

»O mein Gott«, krächzte Sue, »worum ging es jetzt eigentlich? Worum ging es überhaupt diesen ganzen furchtbaren Morgen? Ich hatte gedacht, wir hätten das alles gerade hinter uns.«

Dann standen wir zusammen auf der Veranda und blickten dem Bus nach, der die Straße hinunterratterte, bis er außer Sicht war. Sue, die zitterte und sich auf die Arme schlug, gewann langsam ihre Fassung zurück. Nach einigen tiefen Atemzügen nahm sie sich noch einmal die vergangene Woche vor. »Manchmal bin ich mir nicht sicher, ob es das richtige war, Mike in einer solchen Familie unterzubringen. Er braucht jedes kleine Quentchen seiner Energie, um sich anzupassen. Und kaum hat er es bei uns geschafft, dann lassen wir drei oder vier weitere Söhne auf ihn los.«

Sues Lippen zitterten. »Und er hat Richard noch nicht kennengelernt, auch viele unserer Verwandten noch nicht und auch nicht allzu viele von unseren Freunden und deren Kindern. In jedem dieser Fälle wird er seine Position wieder und wieder neu bestimmen müssen. Es wäre vielleicht besser für Mike gewesen, zu einem Paar ohne andere Kinder zu kommen.«

Ich schüttelte den Kopf, ehrlich verwundert. »Nein, das finde ich nicht. Mir ist immer noch übel, wenn ich daran denke, was die Jungen ihm an Thanksgiving angetan haben, aber er selbst scheint das – danach – ganz anders gesehen zu haben. Er dachte, er hätte einen Orden bekommen.«

Sue drehte sich um und piekste mich in die Brust, um ihre Worte zu unterstreichen, nur mit dem kleinen Finger, der aus dem Ärmel ihres Pullovers hervorschaute. »Er braucht jetzt Ruhe. Er braucht Frieden und Ruhe. Einsamkeit. Deswegen will ich auf keinen Fall, daß er in der nächsten Zeit mit irgendwelchen neuen Leute konfrontiert wird.«

Sue und ich hatten nicht mitbekommen, was am Abend zuvor zwischen Mike und Liam vorgefallen war oder daß ich Mike in zwei Tagen mit hundert Fremden konfrontieren würde.

Der Dienstagmorgen war eine Wiederholung des Montagmorgens. Mike hatte ins Bett gemacht, schrie und fluchte und mußte handgreiflich dazu gebracht werden zu tun, was er tun mußte. Dann, ungefähr um sieben Uhr abends, setzte ich Liam und Mike an der Karateschule ab und war um neun wieder da, um sie abzuholen.

Später ging Mike nach oben, um sich fürs Zubettgehen zurechtzumachen, und nachdem ich meine Jagdausrüstung für den nächsten Morgen überprüft hatte, setzte ich mich gemütlich hin, um ein Buch zu lesen. Aber ich hatte kaum eine Seite bewältigt, als Liam sich mir gegenübersetzte und fragte: »Wußtest du, daß Mike und ich direkt nach Weihnachten einen Test in unserem Karatekurs haben?«

»Nein, das wußte ich nicht.«

Liam stützte sein Kinn auf eine Hand. »Es macht ihm wirklich zu schaffen, daß er geprüft wird.«

Ich seufzte und ließ mich in meinem Stuhl zurücksinken, in Gedanken vertieft. »Nein, ich glaube, da liegst du falsch. Er macht gern Karate, und er redet immer darüber, wie gut er ist. Wenn überhaupt, dann hat Mike zuviel Vertrauen in seine Fähigkeiten.«

»Nein, Dad«, sagte Liam, »das hat er nicht. Er hat aufgegeben. Er will nicht einmal mehr trainieren.«

»Hm? Ihr beiden kommt doch gerade vom Karatetraining.«

»Dad, am Sonntagnachmittag bin ich hinuntergegangen zur Extrastunde für Fortgeschrittene und habe einen Rundbrief mitgebracht, in dem die Prüfung angekündigt wurde. Als ich ihn Mike am Abend vor dem Zubettgehen gab, hat er ihn gelesen und mich dann angeschrien. Gestern nachmittag habe ich ihm gesagt, er solle doch trainieren, aber er wollte nicht, und heute abend ist er mitgekommen, aber er hat nur eine halbe Stunde lustlos mitgemacht und ist dann in den Vorraum hinausgegangen, um auf dich zu warten.«

»Liam, das scheint alles genau in die falsche Richtung zu gehen. Gewöhnlich fangen die Leute doch an zu trainieren und hören nicht damit auf, wenn sie wissen, daß eine Prüfung bevorsteht.«

Liam nickte. »Ja gut, das mag so sein, aber wie ich es gesagt habe, so ist es bei ihm.« Und dann fügte er geduldig, als spräche er zu einem einfältigen, wackligen, alten Trottel, hinzu: »Du solltest also herausfinden, was in seinem Kopf falsch läuft, und es richtigstellen.«

Nachdem er gegangen war, versuchte ich, mich wieder meiner Lektüre zu widmen, legte das Buch aber schließlich beiseite und ging in Mikes Zimmer.

»Hallo, Mike.«

Er mied meinen Blick, lag einfach auf seinem Bett und hörte weiter seine Musik.

»Mike!«

»Was denn?«

»Möchtest du das Buch von den Hardy Boys zu Ende lesen?«

»Nein.«

»Gut«, sagte ich, bewegte mich aber nicht von der Stelle.

Zum ersten Mal trafen sich unsere Blicke. »Mike, möchtest du über Karate sprechen?«

»Nein!« rief er.

Ich setzte mich auf die Kante seines Bettes. »Laß uns über den Karatetest sprechen.«

Sein Gesicht verdüsterte sich, und sein Blick wich mir neuerlich aus. »Nein.«

»Hast du immer noch Interesse an Karate?«

Er zappelte ein wenig, um seine Beine weiter von mir wegzubekommen. »Ich bin gut in Karate.«

»Das weiß ich, Mike. Also solltest du auch keine Angst vor einer Prüfung haben.«

»Ich habe *keine* Angst.«

Ich hätte Sue erzählen sollen, was Liam mir gesagt hatte, aber sie war in ihrem Büro, und ich vergaß es einfach. Statt dessen ließ ich sie arbeiten, stellte den Wecker auf vier Uhr morgens und ging zu Bett.

Erst am späten Nachmittag des nächsten Tages sah ich sie dann wieder, lange nachdem sie schon mit diesem neuen Dämon in Mikes Zimmer ganz alleine zu kämpfen gehabt hatte, lange nachdem ich am Biberteich einen geradezu dämonischen Hirsch erlegt hatte und lange nachdem so etwa hundert Männer aus der Dunkelheit aufgetaucht waren.

Es war, als hätte ich den Hirsch in der Zeitung annonciert, obwohl ich es tatsächlich niemandem gesagt hatte – noch nicht einmal meinen Jungen. Das einzige, was ich getan hatte, war, den Hirsch unter der großen Hemlocktanne vor unserem Haus aufzuhängen, an dem gleichen Baum, an dem die Jungen am Ende des Thansksgiving-Wochenendes vier Hirsche hängen hatten.

Jeder der Männer stieg aus seinem Wagen und kam herauf, um sich das Tier anzusehen, immer mit genau den gleichen Worten: »O mein Gott, so einen großen habe ich noch nie gesehen. Hast du ihn erlegt, oder war es einer deiner Söhne?«

Ich fühlte mich deswegen auf kindliche Weise schuldig. Die Jungen waren ja diejenigen, die sich wirklich für eine Trophäe abgemüht hatten. Die letzten Tage ihrer gemeinsamen Jagd in diesem Herbst hätten aus den Erzählungen von *Lederstrumpf* sein können. Bis zum Sonnenuntergang am Samstag waren sie mehr als fünfzig Meilen über diese schroffen Kämme gestreift, hatten drei Hirsche geschossen und waren dann trotz der Tatsache, daß der Sonntag unter einem Himmel voller tiefhängender Wolken heraufdämmerte, noch einmal auf den Shawangunk gestiegen und hatten noch einen Hirsch erlegt.

Brendan hatte sich als letzter verabschiedet. Er war am Sonntagabend in mein Zimmer gekommen. Ich hatte mich gerade aufgesetzt und mein Buch beiseite gelegt, als er mir auf Wiedersehen sagte und fragte, ob ich denn auch noch zur Jagd gehen wolle. Ich sagte: »Ja, natürlich.« Ich hatte mir etwas Zeit dafür freigehalten und schon früher den Wechsel eines großen Rudels von Hirschkühen ausfindig gemacht, die verschiedene Hirsche zu besuchen schienen. »Keine Sorge. Ich komm' schon noch raus«, sagte ich.

»Gut, Dad«, sagte er fragend, besorgt darüber, daß ich bettlägerig war, und fügte hinzu, als er hinausging: »Ich werde dich im Laufe der Woche anrufen.«

Und dann am Mittwochnachmittag rief er an.

»Ich habe einen recht großen Hirsch geschossen«, sagte ich langsam.

»Tatsächlich. Wie groß?«

Ich stockte, als ich antworten wollte. Rick Stevens, der im Tierschutz tätige Biologe, der bei uns zu Gast ist, hatte versucht, den Hirsch nach Augenmaß einzuschätzen. Dann war er zu uns hereingekommen und hatte Mike und Liam gesagt: »Euer Vater sollte mit diesem Hirsch vorsichtig umgehen, es ist vielleicht der größte, der dieses Jahr im ganzen Staat New York erlegt wurde.«

Aber das konnte ich kaum glauben, deswegen wollte ich nicht wiederholen, was Rick gesagt hatte. Ich sagte nur: »Groß.«

Er fragte, ob er so groß sei wie Henrys Zehnender. Widerstrebend mußte ich zugeben: »Größer, viel größer.«

»*Gut*, Dad«, sagte er aufgeregt. »Ganz toll!«

Als ich eingehängt hatte und wieder nach draußen ging, um mit weiteren Jägern zu sprechen, die inzwischen vorgefahren waren, begriff ich, daß es Mike tief bewegte, welches Zauberkunststück ich im Wald fertiggebracht hatte. Mit großen Augen spähte er aus dem Fenster, kam nach draußen, ging wieder hinein, versteckte sich in seinem Zimmer und kam dann wieder heraus, um sich schließlich Sue anzuschließen.

»Wer sind all diese Leute?« fragte er immer wieder. »Was wollen sie? Werden sie wieder gehen?«

»Sie werden wieder gehen, wenn sie den Hirsch gesehen haben, bei dem du mir mit angefaßt hast«, sagte ich, beobachtete ihn, dachte an den Hirsch, dachte an den Mike, den wir an diesem Nachmittag kennengelernt hatten.

Eine Art Berggeist, war der Hirsch schon früher in diesem Jahr von anderen Jägern gesehen worden und auch während der Jahre zuvor, war aber immer wieder auf geisterhafte Weise verschwunden, bevor jemand auf ihn anlegen oder ihn auch nur genauer in Augenschein nehmen konnte. Alt und klug, verstand er sich bestens darauf, sich an den geheimen, versteckten Orten in den Bergen zu halten, um dort zu überleben. Und in diesem Jahr, dem letzten seines Lebens, war er zu einem Monster herangewachsen, dem besten des ganzen Genpools mit enormen, düsteren Schultern und gewaltigen Schaufeln von einem Geweih, gekerbt und verschrammt von den Kämpfen mit anderen Hirschen, von deren Unterwerfung, und fleckig vom Saft der Bäume. Dieses gigantische, alte Tier würde, da seine Backenzähne völlig verbraucht waren, niemals wieder etwas fressen können; ihm ging es nur noch um seine letzten kurzen Herbstwochen, in denen er das Rudel dominierte.

Ich beobachtete gerade einen jungen Hirsch im Bach, als er erschien, um den Rivalen zu vertreiben, und ohne es eigentlich zu wollen, feuerte ich einen Schuß ab, und er verschwand.

Am Mittag war ich drauf und dran, meine Versuche, ihn zu finden, aufzugeben; also rief ich David an, Susannes Mann.

Als David eintraf, stand ich erschöpft, mit Schlamm bedeckt und völlig durchnäßt vor ihm in der sauberen Küche, in der ich Pfützen von schmutzigem, kaltem Wasser hinterließ. »Dave«, sagte ich. »Das war der größte Hirsch, den ich in meinem Leben gesehen habe. Es war *der* Hirsch.«

David musterte mich aufmerksam. »Bist du sicher, daß du ihn getroffen hast?«

»Dave, es war ein Schuß über eine große Distanz, aber ich hatte ideale Sicht. Ich habe abgedrückt, er wurde einen Augenblick niedergeworfen, kam dann wieder hoch, rannte zehn Schritte weit und verschwand dann.«

David lächelte und legte mir die Hand auf die Schulter. »Gut, ich werde den ganzen Tag dafür hergeben, wenn du willst. Jetzt zeig mir, wo er stand, als du geschossen hast.«

Ich ging mit ihm zurück zum Biberteich und zu der Stelle, wo der Hirsch gestanden hatte, als ich schoß, und sagte: »Genau hier habe ich ihn aus den Augen verloren.«

David warf einen Blick zurück zu der Stelle, wo der Hirsch gestanden hatte, schützte dann seine Augen gegen die Sonne und blickte dann recht lange zu der Stelle hinüber, von wo aus ich geschossen hatte. Er schüttelte den Kopf: »Das ist eine unmöglich lange Schußdistanz.« Aber als er sich in Bewegung setzen wollte, blickte er auf den Boden direkt vor seine Füße und hielt die Luft an.

Da war er. Er lag mit dem Gesicht nach unten in einem Loch, das von winzigen Weiden halb verdeckt war und aus dem nur der graue Buckel seiner enormen Schultern durch das tote Laub hindurch zu sehen war. Direkt neben ihm waren etwa ein Dutzend Abdrücke meiner Gummistiefel zu sehen. Ich war den ganzen Vormittag an ihm vorbeigelaufen, hatte nach vorn geschaut anstatt nach unten.

»Verdammt« – mehr brachte ich nicht zustande, und es fehlte nicht viel, ich wäre zu Boden gestürzt. »Wenn das die Jungen sehen würden!«

David mußte so breit grinsen, daß man den Eindruck bekam, die obere Hälfte seines Kopfes wolle sich selbständig machen. »Soviel zu ihrer Theorie, daß Papa nicht mehr richtig schießen kann!«

Wir konnten ihn kaum aus dem Loch hieven, aber es war zu naß, um mit einem Fahrzeug heranzukommen, so daß wir versuchen mußten, ihn zu ziehen. Schließlich fiel David lachend auf den Rücken. »Wir brauchen Hilfe – das ist ja, als wolle man ein Auto zur Seite schieben.«

Es wurde jetzt wieder kälter, und die Schatten des Nachmittags machten sich bereits bemerkbar. Ich blickte auf meine Uhr. »Es ist schon deutlich nach drei. Liam und Mike werden zu Hause sein.«

»Mike?« sagte David. »Ich weiß nicht. Denk doch an Thanksgiving. Du weißt doch, wie er mit Tieren ist. Du mußt ihn aufbrechen und ausnehmen, während er zuschaut. Und mußt dir überlegen, was die *Harbour*-Leute sagen werden, wenn er dabei mitmacht.«

Ich schüttelte den Kopf. Ich war ohnehin drauf und dran, jeden Versuch aufzugeben, Mikes emotionale Reaktionen vorauszusehen, aber ich hatte immer noch die kleine Hoffnung, daß irgendwo in Mikes verwirrendem Knoten von Widersprüchen wie bei den meisten Jungen die Anlage zu einem richtig kleinen Wilden verborgen lag.

Was die *Harbour*-Leute anging, wußte ich natürlich, daß es ihnen sicherlich lieber wäre, wenn in unserer Familie nicht gejagt würde, daß Mike mit der damit verbundenen Gewalt in keinster Weise konfrontiert würde. Ich wußte, daß immer mehr Menschen die gleiche Ambivalenz entwickelten, aber von meinem sarkastischen und respektlosen Standpunkt aus war die Alternative dazu schlicht und einfach verabscheuungswürdig. Die meisten Kinder werden heute allzu besorgt vom Leben ferngehalten; sie bewegen sich in einer Welt der Videos und des Fernsehens, betäubender Ausflüge in Einkaufszentren, einer Welt vom Leben abgeschnittener Schulen und saftloser, bedeutungsloser »sinnvoller Aktivitäten«. Nur wenige scheinen jemals ein Buch zu lesen, irgendein Interessenfeld für sich zu besetzen oder irgendeinen Sinn für Abenteuer zu entwickeln, irgendeinen Sinn für die Zukunft. Das Jagen, solange es uns noch bleibt, ist die letzte Aktivität, von der ich weiß, daß sie immer noch die Kluft zwischen dem, was Männer und was Kinder tun, überbrückt. Und es geht dabei immer um die Familie. Es ist nichts, wo man seine Söhne hinschickt, während man selbst zuschaut, sondern etwas, bei dem sie schon in jungen Jahren Verantwortung übernehmen, angeleitet von einem Großvater oder einem Onkel oder einem Vater, dann zusammen mit anderen Onkeln und Brüdern und Cousins, und schließlich unterweisen sie selber jüngere Vettern, Neffen und Kinder darin. Und all das umfaßt soviel mehr als nur eine kurze Jagdzeit im Herbst. Die Jagd erstreckt sich über das gesamte Jahr, auf Vorbereitung und Übung, auf Wildfütterung und tausend Geschichten – vor allem auf die Geschichten. Geschichten sind das, was wir selbst sind, was wir waren und was wir sein werden. Und Mike ist dabei im Augenblick einer unserer »Anwärter«.

Aus all diesen Gründen also, und da ich wußte, daß Mike allein zu Hause war, weil Sue gerade bei Klienten war, sagte ich zu David: »Nein, wir brauchen seine Hilfe, überlassen wir es ihm. Soll er zu uns herauskommen, wenn er möchte.«

David machte sich auf, und fünf Minuten später hörte ich das Zuschlagen der Küchentür; dann kam Mike aus dem Haus geschossen, sein helles Haar blitzte wie ein Spiegel unter den Schatten der Bäume auf, als er heruntergerannt kam und schließlich dorthin, wo ich wartete. Er rannte immer noch mit einer merkwürdig anmutenden Körperhaltung, eine Schulter vorwärtsdrängend und die andere um das Gleichgewicht bestrebt. Aber er lief und lief und lachte, als die Hunde ihn einholten.

Während er auf mich zurannte, fiel mir ein, wie Joanne seine Krankenblätter durchgegangen war, uns die nervöse kleine Waise von siebzig Pfund beschrieb, die er im Frühjahr noch war, und dazu sagte: »Ich glaube nicht, daß er jemals in der Lage sein wird, größere Strecken zu Fuß zu gehen. Er wird vielleicht niemals kräftig werden.«

Als Mike mich erreichte, tanzte er wie ein junger Irokesenkrieger um den Hirsch herum. »Du hast es geschafft! Du hast es geschafft!« Er lachte und lachte. »Der ist größer als *Brendans*, größer als *Franks* . . . er ist größer als *Henrys*.«

Beeindruckt und verwundert trotz meiner früheren Überlegungen seufzte ich. Ich sah hier ein helleres, glänzenderes Stück in dem zerfransten, zerrissenen Zehntausendteilepuzzle, das Mike hieß. Aber ich wußte nicht, ob es ein Stück blauen Himmels war, ein Stück der Berge oder vielleicht eine Ecke. Und ich wußte nicht, wie das Bild von Mike aussehen würde, wenn es einmal fertig war.

Etwa eine Minute später erschienen David und Liam; David schüttelte beim Anblick von Mike den Kopf, Liam grinste. Dann schafften wir stöhnend und ächzend zu viert den Hirsch zum Haus und zogen ihn mit Hilfe eines Wagens mit Anhängerkupplung in die Hemlocktanne hoch.

Etwa eine Stunde später kamen die ersten Fahrzeuge unsere Auffahrt hinaufgefahren.

Und einige Stunden später stand ich im Schankraum, betrachtete Mike und dachte an den Hirsch, dachte daran, wie Mike sich am Nachmittag geschlagen hatte.

»Rich, da kommen immer mehr von diesen Leuten«, sagte Mike jetzt.

Ich stöhnte. Ich wollte nichts anderes als mich duschen, etwas essen und mich hinlegen. »Mike, du kannst rausgehen und mit ihnen reden, wenn du möchtest.«

Er ging einen Schritt auf die Tür zu und dann einen Schritt wieder zurück. *»Ich?«* Er zitterte wie unter einem Elektroschock.

Es war nicht ganz mein Ernst gewesen, aber als ich sah, wie sein Gesicht arbeitete, ging ich darauf ein und sagte: »Ja, du kannst ihnen ihre Fragen beantworten, Mike.«

»Kann ich eine Taschenlampe haben?« schrie er.

Er sah jetzt aus wie ein Hund, der an der Leine zerrt, und ich war leicht beunrihigt. »Ah, sicher – da ist eine hinter der Bar.«

Als ich kurze Zeit später im Bademantel aus der Dusche kam, nahm Sue, die gerade hereingekommen war, meinen Arm. »Weißt du, was du da in Gang gesetzt hast?«

»Hm?«

»Mach das Licht nicht an. Geh einfach ins Büro und schau mal nach draußen.«

Ich hörte eine fremde, laute Stimme, noch bevor ich meinen Kopf ans Fenster gelegt hatte. Ein Dutzend Männer standen draußen im Licht der Scheinwerfer ihrer Autos, weitere fuhren vor, und Mike stand vor ihnen und gestikulierte wie ein Impresario, indem er den Strahl der Taschenlampe auf den Hirsch lenkte und verschiedene Stellen des prächtigen Tiers betonte. Sein in der kalten Luft sichtbarer Atem hinterließ weiße Wölkchen in der dunstigen Dunkelheit, und obwohl sie von seiner typischen Lautstärke war, war die Stimme selbst entspannt und etwas völlig Neues. Keine Anspannung, kein Streß, die Worte kamen flüssig und klar. »Den hat mein Dad geschossen. Es ist der größte Hirsch in Amerika, sogar der größte im ganzen Staat. Er hat ihn mit einem Schuß erlegt, obwohl er fast eine Meile entfernt war. Ich habe ihm geholfen, ihn hierherzubringen, und David hat geholfen und . . .«

Bei all den Ängsten, die in diesem merkwürdigen kleinen Menschen gesammelt zu sein schienen, fehlte doch die verbreitetste aller Ängste, nämlich die, sich vor eine Gruppe unbekannter Menschen zu stellen und zu reden.

Dann glaubte ich zu verstehen. »Mike hat keine Angst und ist nicht wütend auf Fremde – nur auf Menschen, zu denen er eine Beziehung hat.«

»Ja«, sagte Sue langsam, »da hast du recht. Es ist zum Gruseln. Es ist genau falsch herum, nicht wahr?«

Wo hatte ich das gerade noch gehört?

Dann fiel es mir wieder ein – und auch, was ich Sue am Tag zuvor nicht erzählt hatte. »Ich glaube, ich weiß jetzt vielleicht, was ihn so stört.«

»Das hoffe ich«, sagte sie, während sie weiter aus dem Fenster schaute. »Der kleine Bastard hätte uns mit einer Bedienungsanleitung übergeben werden müssen.«

KAPITEL 10 **Die Prüfung**

Wir standen im Schankraum knietief in Weihnachtssachen. Verstaubte Schachteln mit in Zeitungspapier eingewickelten Weihnachtsmännern und Ornamenten, der ganz unterschiedliche Schmuck, den die diversen Kinder im Laufe der Jahre in der Grundschule oder bei den Pfadfindern gebastelt hatten. Wo sollten wir die große, alte Krippe aufbauen, die Tante Alice uns vor Jahren gegeben hatte? Man brauchte fast eineinhalb Quadratmeter dazu, und wenn eine der Figuren beschädigt wurde, würde es Sue das Herz brechen.

»Was macht dein Karatetraining?« fragte sie. Sie hatte auf meine Theorie, daß die Karateprüfung Mike so zu schaffen machte, ungläubig reagiert und anschließend geschworen, ihm beim Üben zu helfen, wenn es wirklich darum gehen sollte. (»Ach, ich hab' doch all diese Bruce-Lee-Filme gesehen . . .«)

Jetzt zupfte sie sich ein paar Stückchen Lametta vom vergangenen Jahr von ihrem Pullover. »Ich habe nichts getan. Er war morgens jetzt immer völlig unproblematisch, seit der Sache mit dir und dem Hirsch. Ich hab's also einfach auf sich beruhen lassen. Sein Problem war wahrscheinlich gar nicht Karate. Falls es überhaupt irgend etwas war, dann hat er sich deswegen so aufgeführt, weil wir in letzter Zeit so sehr beschäftigt waren und er sich beiseite geschoben fühlte.«

»Sue«, sagte ich zweifelnd, »ich glaube nicht, daß es das war.«

»Rich, mach dir keine Gedanken. Morgen ist Dienstag, Karatetag. Ich bin mir sicher, daß er gehen wird.«

Aber Mike ging nicht. Er hatte herausbekommen, daß ich am Abend zum Präparator wollte und so lange gebettelt, bis Sue und ich schließlich einwilligten, daß er mitkam.

Der Präparator war ein junger Bursche namens Curt Cabrera,

der gerade erst sein Geschäft – das *Wild Art Studio* – in Highland eröffnet hatte. Tony Tantillo von *Sunset Sporting Goods* hatte ihn empfohlen. »Dieser Bursche hat alle Preise gewonnen«, erklärte Tony mir. »Er arbeitet unglaublich gut. Schau ihn dir mal an.«

Also fuhren Mike und ich an einem kalten, klaren Abend nach Highland. Die Sterne funkelten wie Diamantsplitter über uns, während wir gemütlich am Hudson vorbeigondelten; das einzige Geräusch in der Fahrerkabine war das sanfte Summen des Ventilators der Heizung.

Mike kam auch mit mir in das hellerleuchtete Studio und machte sich dann selbständig, ging von einem Präparat zum nächsten, studierte die Schaukästen, während Curt und ich uns darüber klar zu werden versuchten, wie mit dem Hirsch zu verfahren sei.

Später standen wir an der Ladentheke, ich schrieb einen Scheck aus, und Curt nickte Mike zu. »He«, sagte er lächelnd, »dein Dad sagt mir, daß du Karate machst.«

Mike erwiderte seinen Blick, aber der interessierte, entspannte Ausdruck auf seinem Gesicht war sofort verschwunden.

Auf der Heimfahrt im Lastwagen sondierte ich weiter. »Mike, du überlegst, ob du den Karatekurs aufgibst, nicht wahr?«

»Ich bin keiner, der aufgibt. Ich gebe nicht auf!«

»Okay, wenn du es nicht aufgibst, dann machst du dir bestimmt doch Sorgen um die Prüfung?«

»Die blöde Prüfung macht mir gar nichts!«

»Gut«, antwortete ich ehrlich verwirrt.

Dann kam der Donnerstagabend, und nach einem frühen Essen bat Sue mich nachzuschauen, ob Liam und Mike sich schon für den Karatekurs fertig gemacht hatten. Liam zog gerade seine Sportsachen an, aber Mike war unten im Schankraum und sah fern.

»Mike, machst du dich nicht für den Karatekurs fertig?«

Mit einem düsteren, vorwurfsvollen Blick antwortete er: »Nein. Ich werde jetzt jagen.«

»Hm?«

Er starrte mich über die Schulter an. »Ich *jage* jetzt. Ich habe mit all diesen Leuten gesprochen. Das ist es, was ich neu tue.«

»Neu?«

»Ich meine jetzt.«

»Mike, gestern abend hast du noch gesagt, daß du es nicht aufgibst.«

Schweigen.

»Mike, du solltest dich nicht von einer Prüfung abhalten lassen, und was die Jagd anbetrifft, so hast du weder ein Gewehr noch irgendwelche andere Ausrüstung, du bist zu jung, und außerdem ist die Jagd auf Hirsche jetzt vorüber.«

»Ich hasse diese ganze . . .«

»Untersteh dich nicht, das Wort auszusprechen!«

». . . Scheißfamilie!« Er sprang von seinem Barstuhl, den er dabei umwarf. »Ich will in eine *gute* Familie.«

Ich ließ ihn schreiend zurück. Dann fuhr ich Liam zum Karatekurs. Aber danach unternahm ich eine längere Fahrt allein durch New Paltz, dann die Route 208 durch Gardiner und schließlich hinunter zu einem weißen Bau direkt neben dem Shawangunk-Gefängnis. Ich sah, daß die Lichter dort brannten, stieg aus und ging den Weg hinterm Haus zur Küchentür hinauf.

Am nächsten Tag wartete ich nach der Arbeit auf Mike, als er aus dem Schulbus stieg.

»Mike, ich habe mit dir zu reden.«

»Ich habe Hunger.«

»Schön, du kannst etwas essen, wenn wir miteinander gesprochen haben.«

Er folgte mir mit übertriebenen Gesten, als würde er zu seiner Hinrichtung geschleppt, in mein Zimmer.

»Mike, ich will mit dir über die Jagd reden.«

»Langweilig.«

»Mike, du sagtest, daß du jagen wolltest. Ich muß dir erklären, was alles dazugehört.«

»Langweilig.«

Ich biß die Zähne zusammen. »Mike, von mir aus können wir hier den ganzen Nachmittag und den ganzen Abend zubringen.«

Er setzte sich, stützte das Kinn in beide Hände und starrte an die Decke. »Dann rede also.«

Ich wurde langsam wütend, mein Kinn war immer noch angespannt, und ein kleiner Muskel in meinem Gesicht vollführte ein wütendes Tänzchen, das ich nicht beeinflussen konnte. Aber ich zwang mich zur Ruhe und versuchte, es vernünftig anzugehen.

»Mike, was stellst du dir unter der Jagd vor?«

Ein langes Schweigen. Dann sagte er in einem Ton, mit dem man vielleicht einen Verrückten ansprechen würde: »Man nimmt ein Gewehr und geht hinaus und schießt einen Hirsch.«

»Und dann?«

Er stampfte mit dem Fuß auf. »Und dann kommen die Leute zum Haus und reden mit dir darüber. Sie setzen dein Bild in die Zeitung, und dann geht man zum Präp ... zum Präpo ...«

»Zum Präparator.«

»Ja, zum Präparator.«

»Und«, sagte ich lässig, »das ist dann wohl alles, oder?«

Er zuckte die Achseln.

»Aber du willst zur Jagd gehen?« fragte ich.

»Ich tue es«, erwiderte er. »Ich bin gut darin.«

»Worin bist du gut?«

»Ich habe zu all diesen Leuten gesprochen.«

Ich versuchte so freundlich und vorsichtig zu sein, wie ich konnte. »Mike, du warst großartig, als es darum ging, zu diesen Leuten zu sprechen. Das hast du wirklich fein gemacht. Aber es gibt etwas, das du noch nicht darüber weißt.«

»Was?«

Ich stand auf und nahm eine Schachtel hervor, die ich dem Archiv entnommen hatte. Darin waren Hunderte von Fotografien.

»Mike«, sagte ich. »Das sind all die Bilder, die nicht ins Fotoalbum kommen.« Dann begann ich, sie zu durchwühlen und Abzüge auf dem Bett auszubreiten. »Hier, schau dir die mal an.«

Mike stand auf, beugte sich herüber und sammelte die Fotos wütend auf, so wie ich sie ihm vorwarf.

Nach ungefähr fünf Minuten hielt ich inne und ging zu ihm hinüber. Inzwischen hielt er einen Stapel von zwanzig oder dreißig Fotos in der Hand. »Hier«, sagte ich und deutete auf das erste. »Weißt du, wer diese Leute sind?«

»Nein.«

»Also Mike, das bin ich und Bill Allen, ein Freund, mit dem ich auf die Jagd gegangen bin. Bill ist 1972 nach Kalifornien gezogen. Dieses Bild muß 1969 oder 1970 aufgenommen worden sein. Jetzt schau dir das mal an – das bin ich, ich stehe mit Henry bei einem Hirsch, den ich erlegt habe. Henry ist auf dem Bild nur vier oder fünf Jahre alt; wie alt ist also das Foto?«

»Ich weiß es nicht.«

»Henry ist jetzt vierundzwanzig Jahre alt, wieviel ist also vierundzwanzig minus vier?«

»Zwanzig?«

»Richtig«, sagte ich knapp, »also ist dieses Foto zwanzig Jahre alt. Jetzt einmal dieses hier von 1968 . . . Hier ist eins von 1987 mit Craig Erhorn. Und schau mal, dieses hier ist erst zwei Jahre alt.«

So nahm ich mir nacheinander ungefähr die Hälfte des Stapels vor und nannte immer die Jahre, in denen die Aufnahmen gemacht worden waren.

»Das ganze Zeug interessiert mich nicht«, knirschte Mike.

»Wie lange jage ich wohl schon, Mike?«

»Das weiß ich nicht.«

»Sieh dir diese Fotos an und sage mir, wie lange.«

»Schon lange Zeit«, murmelte er.

»Dreißig Jahre«, sagte ich. »Dreißig Jahre. So, und wie oft gehe ich jedes Jahr hinaus in die Natur, um zu jagen oder Fährten zu verfolgen?«

»Ich weiß nicht.«

»Mike, vielleicht vierzigmal im Laufe eines Jahres. Nicht vierzig ganze Tage, aber wenigstens dreißig Reviergänge und zehn Jagden, wenigstens so für eine Stunde. Wieviel macht das also bei vierzigmal in dreißig Jahren?«

»Keine Ahnung.«

»Doch, du weißt es. Wieviel ist vierzig mal dreißig? Das kannst du im Kopf rechnen.«

Widerwillig antwortete er: »Vierzig mal dreißig ist eintausendzweihundert.«

»Richtig«, sagte ich. Ich setzte mich aufs Bett und zog ihn zu mir heran, damit ich ihm in die Augen sehen konnte. »Ich bin im Verlauf von dreißig Jahren etwa tausendzweihundertmal draußen gewesen. Und jetzt, Mike, möchte ich, daß du sehr, sehr genau zuhörst, was ich dir als nächstes sagen will.«

»Und was?« sagte er, ließ die Fotos aufs Bett fallen und machte sich von meinem Arm frei.

»Mike, bei all den vielen Malen, da ich draußen war, in diesen ganzen dreißig Jahren, ist dies das erste Mal gewesen, daß irgend jemand zum Haus kam und sich den Hirsch ansah, den ich erlegt habe.«

Schweigen.

»Mike, hast du das verstanden?«

»Warum?« Jetzt schien er nicht mehr so wütend zu sein. »Warum sind die Leute nicht gekommen?«

»Weil, Mike, dieser Hirsch ein ganz einmaliger Hirsch war, wie man ihn nur einmal im Leben schießt. Die Leute können jeden Tag ihres Lebens auf die Jagd gehen und haben vielleicht doch nur einmal, falls überhaupt, die Gelegenheit, einen solchen Hirsch zu erlegen.«

Er zuckte die Achseln.

»Deshalb, Mike, hat das Sprechen zu den Leuten sehr wenig mit der Jagd zu tun. Es ist toll, wenn man es kann – du hast dich wunderbar unter Kontrolle, wenn du vor einer solchen Menge stehst, und das wird dir später im Leben sehr zugute kommen –, aber es hat mit der Jagd nichts zu tun.«

Er zuckte wieder die Achseln, diesmal etwas hilfloser. Ob ich zu ihm durchdrang?

»Und noch eine Sache«, sagte ich, stand auf und ging zu meinem Schreibtisch hinüber. »Gestern abend bin ich, nachdem ich Liam abgesetzt hatte, zu einem Bauernhaus am Gefängnis hinübergefahren, wo der lokale Sicherheitsbeauftragte für Feuerwaffen wohnt, und ich habe dir von dort dies hier mitgebracht.« Dann gab ich ihm eine vollgeschriebene Din-A4-Seite.

»Was ist das?«

Ich legte ihm eine Hand auf die Schulter. »Das, Mike, ist der Fünfzigfragentest, den du bestehen mußt, um eine Jagdlizenz zu bekommen.«

Mike hielt das Blatt in einer Hand, starrte es an, und seine Hand, sein Arm begannen zu zittern. Sein Blick wurde hilflos, verloren, dann wütend, es bildeten sich rote Flecken auf seinem Gesicht, und seine Augen schlossen sich.

»Also, jagen, das kann ich nicht.« Es war keine Frage; es war eine krächzende Feststellung.

»Nein, Mike, im Augenblick nicht.«

»Ich will in eine andere Familie.«

»Mike.«

Ich sah eine Bewegung und wandte mich um. Sue stand im Raum. Ich weiß nicht, wie lange sie schon dort gewesen war oder wieviel sie gehört hatte. Aber sie wirkte nicht sonderlich erfreut.

Der nächste Morgen kam, ein Samstag – noch zwei Wochen bis Weihnachten. Mikes Benehmen, wenn wir ihn weckten, war noch beunruhigender als zu Beginn des Monats. Er schrie oder fluchte nicht mehr, er kämpfte nicht mehr; er zeigte einfach keine Reaktion. Er kam aus dem Bett, duschte, zog sich an und ging dann wieder zurück auf sein Zimmer. Er redete nicht, nickte nicht mit dem Kopf und sah niemandem in die Augen.

Und am nächsten Tag war es wieder dasselbe.

Nach dem Abendessen am Sonntagabend las Sue die Zeitung und trommelte dabei mit den Fingerspitzen auf den Tisch.

»Rich«, sagte sie, ohne aufzusehen, »es müßte doch eine freundlichere Methode geben, um ihm die Sache mit der Jagd klarzumachen, als ihm diese schriftliche Prüfung vor die Nase zu halten ... Noch dazu, wo er ein emotional gestörter Junge ist. Du hättest ihn noch etwas länger daran glauben lassen können, zumindest bis nach Weihnachten. Jetzt scheint es so, daß wir am Morgen entweder Mike das Monster oder Mike den Zombie in seinem Zimmer vorfinden – jeden Morgen, jeden einzelnen Morgen –, und das für lange Zeit.«

»Sue«, protestierte ich, »er war dabei abzuheben, und ich wollte ihn zu seinem Problem mit der Karateprüfung zurückbringen. Das hat dieses Benehmen hervorgerufen; und das ist es, womit er letzten Endes zurechtkommen muß.«

»Nein«, sagte sie ruhig, »nein. Ich habe mit ihm heute und gestern endlos darüber gesprochen, und ich bin immer noch nicht überzeugt, daß Karate das Problem ist. Mike hat Angst vor dieser Prüfung, aber wenn ich ihm anbiete, mit Bob zu reden, damit er diesen Test übergeht oder ihn ein anderes Mal macht, ist er genauso wütend. Es muß also noch etwas anderes da sein – irgend etwas Tieferes, das ich nicht verstehe.«

Dann blickte sie auf. »Deshalb braucht er jetzt professionelle Hilfe. Es ist ja jetzt auch mehr im Spiel als nur der Zorn und die Depressionen oder was immer sonst es ist, was in seinem Kopf umgeht. Er schläft nicht mehr, er stolpert ausgebrannt und völlig erledigt durch einen Tag nach dem anderen – vielleicht verliert er sogar etwas von dem Gewicht, das er zugelegt hat.«

Ich wußte nicht, was ich darauf sagen sollte.

Sue stützte ihr Gesicht in eine Hand und blickte wieder auf das Papier vor sich. »Aber das ist nichts, das wir schon morgen oder auch nur in der nächsten Woche oder so hinter uns bringen können.« Dann schwieg sie lange, bevor sie leise sagte: »Bevor all dies losging, hatte ich ein sehr ehrliches und offenes Gespräch mit Mike – über Weihnachten.«

»Und?«

»Also, ich hätte fast geweint. Er hat einige Male gesagt, daß er niemals jemandem ein echtes Weihnachtsgeschenk gemacht habe und daß er mehr als alles andere Weihnachtsgeschenke für die Brüder, wie er sie nennt, und für uns und für seine Schwester und seinen Bruder und so weiter kaufen wolle.«

»Das können wir organisieren, Sue«, sagte ich ruhig.

»Ja, gut, ich denke, jetzt wird nichts daraus werden. Ich glaube, er wird Weihnachten einfach an uns vorbeileben.«

Manchmal wird die Hand der Vorsehung sichtbar wie eine Strähne blassen Rauchs, die plötzlich in einem Lichtstrahl aufscheint. Dies war der Fall, als in der folgenden Woche ein Stapel unerwarteter Arbeit in Sues Büro eintraf und sie sagte: »Rich, geh du zu den Gruppentreffen heute abend, ich kann mich nicht freimachen.«

»Uuaagghh.« Einmal im Monat gibt es eine abendliche Zusammenkunft der an dem Projekt beteiligten Eltern. Manchmal gibt es eine Einweisung in den Papierkram oder in verschiedene medizinische Aspekte der Pflege; manchmal findet auch nur ein entspanntes Treffen statt, auf dem man seine Erfahrungen austauscht.

Aber es sind bei weitem zu viele Frauen dort.

»Hör zu«, sagte ich, »als General Douglas MacArthur Japan unmittelbar nach dem Zweiten Weltkrieg verwaltete, wurde die japanische Verfassung dahingehend geändert, daß die Frauen das Wahlrecht bekamen. Seine Begründung war, daß Frauen eher als Männer dazu neigen, soziale Belange anzusprechen.«

»So?« Ihr Fuß klopfte ungeduldig auf den Boden.

»So«, sagte ich, »und das ist genau das Problem: Sie sprechen sie an und sprechen sie an und sprechen sie an und sprechen sie an ...«

»Rich, halt einfach den Mund und geh.«

Also ging ich, und nach einer halben Stunde war ich so gelangweilt, wie ich es befürchtet hatte, und fand nichts Besseres zu tun, als zuzuhören, als zwei Frauen direkt neben mir eine private Unterhaltung begannen.

»Wir haben mit John ein halbes Dutzend verschiedener Aktivitäten versucht«, sagte die erste Frau, »Pfadfinder, 4-H[1], den Leseclub, Reiten, und nichts davon hat sich bewährt. Jedesmal, wenn er an den Punkt gelangt, da er alleine weitermachen muß oder sich wirklich an einem Projekt beteiligen, scheidet er praktisch automatisch aus, und wenn wir versuchen, ihm Mut zu machen, wird er unglaublich wütend und fängt an, sich all seinen Ängsten zu überlassen. Wir loben ihn ständig, wir versuchen dauernd, seine Selbstachtung zu stärken, aber ihm fehlt das elementare Vertrauen . . .«

»Ja«, sagte die andere Mutter, »bei Joey ist es genau das gleiche in der Schule. Wir tun alles, was in unserer Macht steht, um seine Selbstachtung aufzubauen, aber es geht schrecklich langsam. Ich weiß nicht, warum – das Kinderheim sagte uns, er hätte sich an sehr vielen verschiedenen Aktivitäten beteiligt –, aber jetzt bei uns kriegen wir ihn einfach nicht mehr dazu, irgend etwas wirklich dauerhaft zu machen.«

Ich wurde mitgerissen von stürmischen Gedanken und sprach mit einigen der anderen dort Anwesenden – mit *einer ganzen Menge* der dort Anwesenden. Es war schon nach Mitternacht, als ich in Sues Büro kam. »Sue, ich weiß, daß es nicht mehr früh ist, aber können wir miteinander sprechen?«

»Gut. Ich bin sowieso fertig.« Klick, klack, klick; sie schaltete den Computer ab und den Strom aus. »Was gibt's denn?«

Ich zögerte. Ich wußte, daß sie immer noch böse auf mich war, weil ich mit Mike so über die Jagd gesprochen hatte. Und mein Seitenhieb auf die Frauen schien mir auch nicht geholfen zu haben.

»Sue, ich habe heute abend etwas gelernt.«

»Siehst du«, sagte sie mit süßlich klebrigem Sarkasmus, »ich wußte doch, daß all diese scheußlichen Frauen Mamas kleinem Jungen nichts tun würden.«

[1] Eine Organisation, die in den USA auf nationaler und staatlicher Ebene den Schießsport organisiert.

»Ich habe begriffen, daß es mit ihnen allen dasselbe ist.«

»Mit wem ist es alles dasselbe?«

»Mit diesen Kindern «, sagte ich. »Bei den meisten, wie es aussieht. Mike ist da eigentlich keine große Ausnahme. Sie alle drehen irgendwie durch, wenn ihre Eltern sie in langfristige Aktivitäten einbinden.«

Sue stöhnte, schnippste ihren Stift über die Schulter und sah sich im Büro um, was sie sonst noch zu tun hätte. Dann murmelte sie etwas, das ich nicht ganz verstehen konnte – irgend etwas der Art, daß sie »ihn« nicht mehr rauslassen würde.

Schließlich sah sie mich an und sprach, als könne sie es nicht glauben: »Du hörst dich an, als seist du erst vor ein paar Stunden aus dem Ei geschlüpft. Ich meine, wo warst du denn in den letzten acht Monaten? Natürlich ist es mit all diesen Kindern das gleiche, du Idiot. Dafür ist das *Harbour*-Projekt doch da – es geht um die gleiche Sorte Kinder, emotional gestörte Kinder.«

»Aber Sue, ich bin mir gar nicht sicher, daß die emotionalen Störungen etwas mit dieser Geschichte zu tun haben. Stell dir einmal vor, daß diese Kinder vielleicht so extrem reagieren, weil wir mit ihren Aktivitäten nicht auf die Art und Weise umgehen, wie sie es erwarten?«

Noch während sie meine Frage hörte, holte sie bereits zur nächsten höhnischen Bemerkung aus, fragte dann aber mit verwirrtem Ausdruck: »Was? Was soll das bedeuten?«

»Sue«, sagte ich, »ich gebe zu, daß ich ziemlich brutal war, als ich ihm den Test für das Sicherheitsattest im Umgang mit Feuerwaffen so unter die Nase gerieben habe. Aber ich habe nicht verstanden, was da eigentlich vorging. Ich dachte, er stelle sich da wegen etwas an, das mir wichtig ist, etwas, wozu eine Menge ehrlicher Anstrengung und Erfahrung notwendig ist. Jetzt begreife ich aber, daß er einfach für sich selbst getan hat, was er eigentlich – und mit gutem Recht – von uns erwartete.«

Sue warf mir einen müden, wachsamen Blick zu, aber sie hörte zu. Also atmete ich tief ein und holte weit aus. »Ich glaube, daß sich diese Kinder durch zwei einzigartige Faktoren auszeichnen – der eine sehr emotional, gar keine Frage, aber der andere einfach eine Erwartung, die ihnen langfristig, wenn vielleicht auch unbeabsichtigt, anerzogen worden ist. Und daß weiterhin die Tatsache, daß der eine Effekt den anderen verstärkt, zu einer ganz speziellen Störung führt.«

»Und was soll all dies wirre Zeug nun bedeuten?«

»Denk doch mal zurück an den Anfang des Monats, an den ersten Morgen, als Mike sich so verrückt anstellte, als wir auf der Veranda standen und zusahen, wie der Schulbus abfuhr und du sagtest, wir müßten immer daran denken, daß er auf so furchtbare Weise nicht den geringsten Stolz entwickeln konnte!«

»Ja, ja, natürlich erinnere ich mich daran.«

»Nun, ich glaube, das ist der eine Faktor, der zu dieser Störung führt. Mike ist etwas Besonderes. Alle diese Kinder sind etwas Besonderes. Sein ganzes Leben lang hat Mike draußen gestanden, von außen in echte Familien hineingeschaut, Leute beobachtet, die ein echtes Leben führen und echte Dinge tun, und ich glaube, daß er weitestgehend immer noch so empfindet. Er weiß zum Beispiel, daß er nicht sein ganzes Leben unwiderruflich an uns gebunden ist. Er weiß, daß er nach einem kurzen Telefonanruf auf den Rücksitz eines Wagens gepackt werden und irgendwoanders hingebracht werden kann. Also hat sein ganzes Leben hier immer noch die Qualität eines *Als-ob,* und das muß sich auf alles übertragen, was er tut und was er hat. Sein eigenes Zimmer, die Hunde, in den Schulbus steigen, Karate – es ist alles nicht ganz echt für ihn, noch nicht, nicht auf lange Sicht.«

Als ich Sue erwartungsvoll anschaute, nickte sie, also machte ich weiter: »Und als ich mir vorzustellen versuchte, wie ich in dieser Lage fühlen würde, kam mir ein furchtbarer Vergleich in den Sinn. Mike ist wie der arme Verwandte, der zu einem Ball eingeladen wurde. Ein armer Verwandter, der sich so gut gekleidet hat, wie er kann, und obwohl er sich nach außen so selbstsicher wie möglich zu geben versucht, kaum genug inneres Selbstvertrauen besitzt, um geradeaus zu schauen. Für Mike sind all diese netten, gutangezogenen Menschen, die sich einander selbstsicher über die Tanzfläche schwingen, nicht er selbst, er war nie in dieser Position und wird es vielleicht auch nie sein. Also kann er nicht an ihrem Leben teilhaben, echt teilhaben, er kann niemanden zum Tanzen auffordern, kann seine Chance nicht ergreifen, kann sich niemals auf diese Art und Weise auf die Probe stellen, weil er vielleicht straucheln, vielleicht einen Fehler machen, seiner Partnerin auf den Fuß treten könnte. Und das würde – in seiner Vorstellung – bedeuten, daß die anderen sofort erkennen, wie es um ihn steht, erkennen, wer er wirklich ist, daß er nicht zu ihnen gehört; und das, Sue, das muß auch der Grund dafür sein, warum Mike sich unter Fremden so entspannt zeigt, unter Menschen, die ihn niemals wirklich kennen werden und nichts von ihm wissen.«

»Wie zum Beispiel all diese Jäger, die herkamen, um sich deinen Hirsch anzuschauen?« fragte sie.

»Wie all diese Jäger«, stimmte ich zu.

Dann fuhr ich fort: »Gefühle wie diese reichen aus, um jeden zum seelischen Krüppel zu machen, und sie müssen einen großen Teil seiner Probleme ausmachen. Aber vielleicht haben die Gefühle bezüglich der Prüfung auch damit zu tun, wie ihm beigebracht wurde, sich auf Aktivitäten einzulassen.«

Ich war selbst müde und lief jetzt ziellos umher, während die Worte aus mir herausströmten. »Das kam heute abend für mich alles zusammen, als ich eine ratlose Frau auf dem Gruppentreffen darüber klagen hörte, daß ihr Kind im Kinderheim an vielen Aktivitäten teilgenommen habe, aber bei ihr zu Hause praktisch nicht dazu zu bewegen sei, sich mit irgendeiner davon längere Zeit abzugeben. Als ich darüber nachdachte, was sie da gesagt hatte, begriff ich, daß sie unbewußt den einen Faktor identifiziert hatte, der sie ratlos werden ließ. Das Problem war gar nicht, daß das Kind nicht in der Lage gewesen wäre, sich längere Zeit mit einer Sache zu beschäftigen, sondern eher, daß es viele Aktivitäten erwartet.«

»So?« fragte Sue. »Aber Erwartungen ändern sich.«

»Ja, ich schätze, das tun sie, Sue, aber langsam über lange Zeiträume hinweg. Und es ist eine Tatsache, daß niemand jemals darüber nachgedacht hat, wie das endlose Karussell von Aktivitäten, auf das alle so stolz sind, tatsächlich zur Unfähigkeit beisteuern könnte, bei irgend etwas über das einfachste Anfängerstadium hinauszugelangen.«

»Huh?« Sue rutschte auf ihrem Sessel hin und her.

»Sue, du weißt doch noch von diesem ›Aktivitätspool‹, auf den das Kinderheim so stolz war? Sie hatten so etwas für jedes Kind, eine Ansammlung von Handwerken, Kunstkursen, Puzzles, Spielen, Fernsehzeit, Baseball, Basketball, ein kleines Naturkundemuseum, eine Bibliothek; sie nahmen die Kinder mit zum Fischen, Reifenrutschen, Wandern, hatten einen Computerraum mit Spielen. Sie hatten sogar einen Aktivitätskoordinator, der wöchentliche Ausflüge veranstaltete, und ein Dutzend anderer Möglichkeiten, an die ich mich nicht mehr erinnern kann.«

»Ja und?«

»Ja, ich weiß noch, daß ich unglaublich beeindruckt war. Aber wenn man darüber nachdenkt, muß man doch zugeben, daß kaum eine Familie auf Erden solch ein Ideal erreichen kann. In einer echten Familie gibt es eine oder zwei oder drei Sachen, und ein Kind verbringt die meiste Zeit mit einer davon. Als ich klein war, hatten die Introvertierten meiner Altersgenossen eine Briefmarkensammlung und die Extrovertierten spielten nach der Schule Baseball. Wir hatten natürlich alle Fahrräder und sind ins Kino gegangen, und einige von uns haben auch gelesen, und ein paar haben viel geträumt, aber im Grunde genommen haben wir uns auf eine oder zwei Aktivitäten gestürzt.«

Sue nickte. »Bei mir waren es die Pfadfinderinnen.«

»Aber nicht so bei Mike. Er ist nicht nur im Laufe der Jahre von einer Pflegestelle zur nächsten verfrachtet worden; er ist auch ständig von einer Aktivität zur nächsten weitergeschoben worden. Ein Jahr nach dem anderen, immer mit neuen Betreuern, neuen Lehrern, neuen Unterbringungen und neuen Aktivitäten. Er tut mir schrecklich und auf eine hilflose Weise leid. Mike hat kein einziges Mal in seinem Leben so etwas tun müssen, was jetzt von ihm verlangt wird – bei etwas bleiben, sich auf etwas einlassen und damit umzugehen lernen. Und wenn zu diesem Anspruch auch noch eine Prüfung kommt, ein Versuch, ihn auf der Tanzfläche bloßzustellen, wo ein einziger Fehltritt seine Verkleidung wegreißen und ihn als das enthüllen kann, was er ist, dann wird eine schon vorher schwierige Grenzsituation für ihn um ein Vielfaches bedrohlicher.«

»So?«

»Und so ist er nach Thanksgiving, nach der nervtötenden, emotionalen Erfahrung, mit unseren Söhnen fertig werden zu müssen, durch Liam mit dieser Prüfung konfrontiert worden, und wer weiß, wie Liam ihm das vorgesetzt hat? Vielleicht mit einer etwas kindischen Schadenfreude? Jedenfalls muß Mikes erstes Gefühl eine erbärmliche Angst gewesen sein – die Angst, den ersten Schritt hinaus auf die Tanzfläche zu wagen, hinaus zu den echten Menschen, Angst, entlarvt zu werden. Und als nächstes war er dann böse und verwirrt – warum hatten wir ihm sonst nichts geboten? Warum? Kein Wunder, daß er ausgerastet ist; kein Wunder, daß er sich dann auf die Jagd versteift hat. Vielleicht dachte oder hoffte er sogar, daß ich die Sache mit dem Hirsch absichtlich für ihn so hatte einrichten können. Darum war er so glücklich und aufgeregt, so enthusiastisch, als all die anderen Jäger kamen, und deswegen war der nächste Morgen so gut verlaufen.«

»Also gut«, sagte Sue schwach, erschlagen von dem Strom der Worte, »falls du recht hast oder auch nur zur Hälfte recht, wie willst du jetzt mit Mike und dieser Prüfung und seinen Gefühlen dazu umgehen? Wie holen wir dieses Kind zurück?«

Ich versuchte, über die Möglichkeiten nachzudenken, während ich sprach. »Wir dürfen nicht den Fehler machen, ihn einfach auf etwas anderes umsteigen zu lassen – das ist nur eine

Verlagerung der Probleme und macht ihn noch verletzbarer. An irgendeinem Punkt in seinem Leben müssen sich bei ihm Stolz und Selbstvertrauen einstellen, und sie müssen aus seiner eigenen Anstrengung bei irgendeiner Sache resultieren. Ich glaube also, daß wir ihn dazu bringen müssen, bei dieser Prüfung mitzumachen. Soll er doch später damit aufhören, wenn ihm noch der Sinn danach steht. Aber zunächst einmal sollte er die Prüfung machen.«

»Nein«, sagte Sue. »Noch einmal, unter der Voraussetzung, daß du in all diesen Dingen recht hast, wenn du ihm sagst, er soll die Prüfung machen, wird er wütend sein und sich die nächsten beiden Wochen völlig verrückt aufführen. Das möchte ich nicht. Ich möchte nicht, daß er Weihnachten verpaßt.«

»Dann«, sagte ich, »müssen wir eine Möglichkeit finden, daß er die Prüfung macht, ohne daß ihn das wütend macht.«

»Und wie?«

»Ich weiß es nicht«, sagte ich schwach.

Ein plötzlicher Gedanke blitzte in Sues Augen auf. »Aber ich«, sagte sie langsam. »Es wird dir nicht gefallen.«

»Und wie?«

»Also«, sagte sie, »vielleicht können wir ihn dazu bringen, die Prüfung zu machen, indem wir ihm sagen, wir hätten uns entschieden, ihn irgend etwas anderes machen zu lassen. Vielleicht bei den Pfadfindern anfangen – davon hat er schon mal gesprochen. Du könntest ihm sogar das *Handbuch für angehende Pfadfinder* kaufen.«

»Du willst ihm etwas vorlügen? Denk mal an Norwich und mein Versprechen, ihn niemals anzulügen.«

»Und dann«, sagte sie trocken, »werden wir ihm am Tag der Prüfung erklären, daß er mitkommen muß, weil wir Liam hinbringen müssen und niemanden haben, der auf ihn aufpassen kann. Auf die Art und Weise wird Mike ein schönes Weihnachtsfest hinter sich haben, wenn er dann mit der Wahl konfrontiert ist – die mögliche Erniedrigung, die damit verbunden ist, sich der

Prüfung zu unterziehen, oder die garantierte Erniedrigung, drei Stunden lang vor dem ganzen Kursus dazusitzen und sich der Prüfung nicht zu stellen.«

Ich war wie benommen. »Sue, du warst böse auf mich, weil ich ihm die Sache mit der Jagd angetan hatte. Aber das ist ja noch ein böserer Tiefschlag. Wir würden ihm ja doch nicht die ganze Wahrheit sagen, wenn wir ihm erzählen, daß er den Test nicht zu machen braucht.«

Sie zuckte die Achseln. »Er muß nicht . . . Und wir *werden* ihn bei den Pfadfindern anmelden, wenn er es will.«

»Aber . . .«

Sue starrte mich lange, lange an und sagte dann: »Rich, manchmal finde ich dich beängstigend. Was haben wir denn mit unseren anderen Kindern gemacht, außer diesen kleinen ignoranten Schakalen die Tatsachen des Lebens in winzigen Häppchen zu verfüttern? Es sind Kinder, um Gottes willen. Es gibt eine Grenze für das, was sie verdauen können. Wenn du wüßtest, daß einem Kind in einem Monat ein Zahn gezogen werden muß, würdest du ihm das dann sofort sagen und es sich vier Wochen lang jeden Tag ängstigen lassen?«

»Hm«, sagte ich zweifelnd, »nein.«

»Das war's.«

Ich saß ein oder zwei Augenblicke schweigend da und setzte mich geistig mit Sues Art und Weise auseinander, an die Dinge heranzugehen, als sie zu mir kam und mir auf die Schulter klopfte.

»Hey, Rich.«

»Was?«

»Gute Arbeit, heute abend.«

Weihnachten waren glückliche ausgefüllte vierundzwanzig Stunden.

Wir hatten Mike erklärt, daß er die Prüfung nicht zu machen brauche, und wenn er Lust habe, in der nächsten Woche bei den Pfadfindern anfangen könne. Als wir es erst einmal sieben- oder achtmal wiederholt hatten, schlief er sich wieder richtig aus und begann wieder zu essen wie ein Scheunendrescher. (Und, jawohl, ich fühlte mich schuldig wegen des Betruges, den wir an ihm begingen.) Schließlich nahmen wir ihn mit zum Einkaufen und bummelten ein bißchen, während er kleine Geschenke für alle kaufte – ein Taschenbuch für mich (unglücklicherweise von Danielle Steel), ein Taschenbuch für Sue (ein Gesteinsführer; ich schätze, wir werden tauschen), für die Jungen Kleinigkeiten für draußen – ein Anspitzer für Angelhaken, ein Köder, ein Gummiwurm, ein winziger Kompaß –, ein Schlüsselkettchen für Susanne und, seine größte Anschaffung, ein Schraubendrehersatz für David.

Am Heiligen Abend waren alle Jungen (außer Richard, der immer noch im Westen war und wer weiß was trieb) zu Hause, und Susanne kam herüber, um die Geschenke einzupacken. Dann verteilten wir uns auf drei Autos und fuhren zur Mitternachtsmesse, alle in Anzügen, außer Henry und Frank, die in ihrer grauen Norwich-Uniform zu der langen Messe erschienen waren. Um zwei Uhr morgens waren wir wieder zu Hause, wo Sue mit einem Truthahn und einem Schinken und Lasagne auf uns wartete. Wir aßen, öffneten jeder ein Geschenk (Mike die Sega Genesis, die er sich so sehr gewünscht hatte), und dann gingen wir schlafen.

»Mike«, sagte ich noch einmal laut, bevor ich einschlief.

Sue antwortete schlaftrunken: »Laß ihn allein aufbleiben. Er wird schon schlafen gehen, wenn er soweit ist. Ich bin sicher, daß er früh aufstehen will, um den Rest seiner Geschenke auszupacken.«

»Hat ihm irgendjemand Weihnachtspapier für die Geschenke, die er gekauft hat, gegeben?«

Sue hatte ihr Gesicht schon ins Kopfkissen gedrückt. »Bestimmt hat sich Susanne oder sonst jemand um ihn gekümmert.«

Ich war morgens als erster auf und fand Mike schlafend, immer noch mit dem Steuerhebel der Sega in der Hand vor dem Fernseher. Dann ging ich zum Baum hinüber. Etwas hatte sich dort auf merkwürdige Weise verändert. Auf jedem Geschenkstapel stand ein winziges neues Geschenk, sorgfältig eingepackt in gelbes Schreibpapier und mit Tesafilm zugeklebt. Auf jedem stand mit Bleistift der Name des Empfängers, und auf jedes war eine kleine Weihnachtsfigur gemalt – ein Baum, ein Rentier, ein kleiner Weihnachtsmann.

Ich mußte ganz schön schlucken.

»Ich werde nicht noch einmal dort hingehen. Ich werde nicht zusehen, wie Liam diesen blöden Test macht.«

»Nun, du wirst es müssen, Mike. Wir haben niemanden, der auf dich aufpassen kann, und wir werden an diesem Sonntag drei Stunden lang unterwegs sein.«

»Nein.«

»Tut mir leid. Aber hör zu, Mike, wenn du dich entschließt, den Test zu machen, dann wärest du ebenso stolz auf dich, wie ich mit meinem Hirsch.«

»Gott verdammt, ich hasse diese Scheißfamilie.«

»Mike, wir haben dir das mit der Sprache schon tausendmal gesagt. Wenn du das weiter so machst, dann wirst du jede einzelne Stunde bis zu diesem Karatetest in deinem Zimmer verbringen. Geh jetzt mal hinauf und denk eine Weile darüber nach.«

Auf dem Weg in sein Zimmer drehte er sich noch einmal herum. »Ja, ihr wollt, daß ich der Blöde bin. Ich will raus aus dieser Familie. Ich werde Joanne anrufen.«

»Mike, niemand außer dir selbst kann dich wie einen Blöden aussehen lassen.«

»Ich mag Karate nicht.«

»Schön, geh einfach hin und sag Bob das vor allen anderen.«

Krach, rums, rums. »Leck mich, leck mich, leck mich«, konnte ich ihn durch drei geschlossene Türen hindurch kreischen hören.

Am Sonntagnachmittag warteten Sue, Liam und ich draußen in der verschneiten Parkbucht. Liam trug eine Jacke über seiner Karatekleidung, Sue hatte einen langen Ledermantel an und wandte dem Wind den Rücken zu, und ich trotzte den eisigen Schneeflocken, die mir ins Gesicht flogen, reckte den Kopf und blickte stur zur Verandatür hinüber.

Liam sagte: »Mike sagte, er käme.«

Ich wandte mich ab, und Sue sagte: »Er sollte seine Jacke anziehen.«

Ich drehte mich wieder um und sah, daß Mike ohne seine Jacke zum Auto lief, ohne Mütze, ohne Handschuhe, mit offener Karatekleidung, die um seine nackte Brust schlotterte.

»Ich muß wieder mit ihm zurück und zusehen, daß er etwas anzieht«, sagte Sue spitz.

»Nein«, sagte ich. »Es sieht so aus, als ob es eine Entscheidung in letzter Minute gewesen sei. Laß ihn einfach im Auto wieder warm werden.«

Vier Stunden später war es bereits dunkel geworden, und Mike hatte sich ein Sweatshirt, das wir im Kofferraum gefunden hatten, über seinen Karateanzug gezogen. Wir aßen Pizza in einem Restaurant in Highland, nur ein paar Meter von dem Karatestudio entfernt, die einzigen Gäste, die hier aßen am Sonntagabend, auf kalten Plastiksitzen vorne am Imbiß.

»Vielleicht habe ich bestanden«, sagte Mike hoffnungsvoll.

»Ah«, sagte Liam und klopfte ihm auf die Schulter, »du hast zwar nicht den gelben Gürtel errungen, aber Bob meinte, du hättest dir einen gelben Streifen zu deinem weißen Gürtel verdient, weil du schon eine Menge Griffe kannst.«

»Dann habe ich also den Test bestanden?«

»Sieht ganz so aus.«

KAPITEL 11 **Schnee und Streit**

Inzwischen war es Januar geworden, und wir saßen in tiefem Schnee. Es waren nur noch zwei Gäste da, und die Hauptaktivitäten bestanden vor allem aus dem morgendlichen Warten, ob Mikes Schulbus durchkommen würde, dann mußten die Zuwege freigeschaufelt werden und drinnen geputzt werden. Sue verbrachte den größten Teil dieser Tage vor dem Kamin und las. Ihre ruhige Zeit ging ihrem Ende entgegen, denn die Steuersaison würde in etwa einer Woche beginnen.

Die größte Veränderung bestand darin, daß Henry zu Hause war. Seine akademische Ausbildung war beendet, und er würde erst im Mai zu den Abschlußprüfungen nach Norwich zurückkehren; in der Zwischenzeit jedoch richtete er sich auf ein neues Ziel aus. Er hatte eigentlich der fliegenden Truppe bei den Marines zugeteilt werden wollen, aber es hatte sich herausgestellt, daß er Probleme mit dem Hören hatte: die hohen Töne konnte er auf einem Ohr nicht gut wahrnehmen. Trotz einer Wiederholung des Tests und trotz Hinzuziehung ziviler Spezialisten konnte daran nichts geändert werden. Er witzelte darüber – daß er vielleicht, weil er nicht in der Lage war, eine Hundepfeife zu hören, den Aufkleber ›Behindert‹ auf sein Auto würde kleben dürfen –, aber ich bemerkte doch, daß er wie erstarrt war. Die Marines boten ihm ein Kommando als Infanterieleutnant, aber darauf würde er lange warten müssen; die Truppenstärken wurden überall reduziert.

Also kehrte Henry zu seinem Ersatzplan zurück: eine Anstellung bei irgendeiner staatlichen Polizeieinheit zu erhalten, einen juristischen Abschluß zu machen und dann zum FBI zu gehen. Jetzt hatte ihn das große Naturreservat Lake Mohonk mit dem alten Hotel aus dem letzten Jahrhundert hoch oben auf dem Shawangunk als Jäger angestellt, der mit besonderer staatlicher

Erlaubnis einzelne Hirsche erlegen sollte. Es war eine schwere Arbeit – hüfthoch im Schnee in eisiger Kälte mit Gewehr und anderer Ausrüstung durch und über Felsen, überall dorthin, wo Spaziergänger selbst während der Sommermonate tödlich verunglückten.

Er liebte diese Arbeit.

»Henry«, sagte ich ernsthaft, »du gehörst zu den wenigen Menschen auf der Welt, die das Wort *Berufsjäger* in ihrem Lebenslauf schreiben können.« Dafür erntete ich ein seltenes Lächeln.

Zum ersten Mal waren ich und dieser geheimnisvollste unserer Söhne in der Lage, uns abends ruhig miteinander zu unterhalten – keine Freundinnen, keine anderen Brüder oder Feiertage kamen dazwischen. Es lag aber nicht nur daran, daß wir zum ersten Mal Zeit und Gelegenheit hatten, sondern vor allem an der Tatsache, daß er zum ersten Mal seit langer Zeit, wenn nicht überhaupt zum ersten Mal, den Willen zeigte, mit mir zu reden.

Die Zeit war zuletzt ein bißchen zu schnell an mir vorbeigerauscht. Die Jahre schienen zu verschwimmen mit den Bildern der Jungen, die zufällig hier und da einmal aufflackerten. Nur manchmal, nicht oft, schien sich alles zu verlangsamen und anzuhalten, und ich konnte für einen kurzen Augenblick ein einziges Bild studieren. So war es mit Henry an diesen eingeschneiten Winterabenden. Er erinnerte mich an andere Männer – eigentlich Jungen –, die einst das Grün der Marines getragen hatten, aber vor allem begriff ich jetzt mit einem intensiven Schock, daß er mich am meisten von allen an meinen Vater erinnerte.

Henry sah sogar so aus wie mein Vater. Er hatte die gleichen sanften, superhöflichen, gemessenen Manieren, die gleiche eingebildete Haltung mit einem Lächeln, das stets ein schiefes Lächeln war: Als wenn er zeigen würde, daß er wisse, wieviel vom Leben nur ein Witz ist und wie wenig sein Gegenüber das begreift. Mein Vater war ein Kämpfer, ein Seemann, ein Erfinder, und dann wurde er Feuerwehrmann in der Stadt New York. Es war zur Zeit der Weltwirtschaftskrise, und er schaffte die Mindestanforderung an die Körpergröße nur, indem er sich ausgestreckt auf einem Rücksitz liegend zur Untersuchung in die Stadt fahren ließ, nur wenige Minuten, bevor er gemessen wurde. Und als er dann seine Ausbildung hinter sich hatte, begann er eine Laufbahn, mit der er wahrscheinlich beweisen wollte, daß er stärker war als jedes Feuer. Bevor sie gut zwanzig Jahre später zu Ende ging, war er in einem Aufzugschacht zehn Stockwerke tief gefallen, hatte sich einige Male beide Arme gebrochen, sein Rückgrat war verletzt worden, als es ihn vom Heck eines explodierenden Schiffs geschleudert hatte, und zum Schluß wartete er als Hauptmann ruhig ab, bis auch der letzte seiner Männer aus einem Tunnel unter der President Street in Brooklyn evakuiert worden waren, bevor er daran dachte, selbst hinauszukommen. Er hatte es beinahe geschafft, als die lecke Hauptgasleitung, vor der sie hatten flüchten müssen, hinter ihm explodierte. Obwohl er danach noch für ein paar Augenblicke aufrecht stand, waren die Muskeln in seinen Beinen, in seinem Rücken, in seinem Herzen zerrissen.

Der Wagen des Feuerwehrchefs kam, holte mich von der Schule ab und fuhr mich mit Blaulicht und Sirene in die Stadt, fädelte sich mit hundertzehn, hundertzwanzig Stundenkilometern in den Verkehr ein oder fuhr an den anderen Wagen vorbei, damit ich meinen Vater noch sehen konnte, bevor er starb. Obwohl er nicht starb, noch nicht. Er wurde aus dem aktiven Dienst entlassen und erlag erst später – immer noch als das, was ich heute als jungen Mann betrachten würde – diesen Verletzungen. Danach gab es eine Zeremonie an Grants Grab am Riverside Drive, Worte des Feuerwehrchefs, eine Medaille, und damit war das Leben dieses wundervollen Mannes, den seine Kinder vorbehaltlos liebten und den seine Frau immer geliebt hatte und immer lieben würde, vorüber.

Ein harter Bursche.

Warum er das tat, was er tat, war für mich immer ein Geheimnis. Ich war nie ein harter Bursche, nie wirklich hart. Irgend etwas am Leben meines Vaters und der Art, wie er das Leben liebte, hatten mich davor zurückgehalten. Irgend etwas, das, wenn ich an ihn dachte, mir sagte, nicht auf diese Art, das würde nicht gehen.

Und plötzlich war er wieder da, trank eine Tasse Kaffee mit mir und lachte abends freundlich, plante sein Leben, gab mir Sicherheit.

Mikes Haltung Henry gegenüber bestand aus einem Mischmasch von Gefühlen. In Erinnerung an ihre erste verächtliche Distanz an Thanksgiving war er Henry gegenüber mißtrauisch und nahm mir außerdem übel, daß ich meine Zeit mit ihm verbrachte. Und dennoch folgte Mike ihm ständig wie ein kleiner Meßdiener, der seinen Priester anbetet, wann immer er die Gelegenheit dazu hat.

»Ich mag Henry nicht. Ich mag nicht, daß er die ganze Zeit hier wohnt. Er soll zurück nach Norwich gehen.«

»So, du willst also, daß er von hier weggeht?«

Kleine Knoten der Verwirrung bildeten sich in seinem Gesicht. »Nein, aber warum muß er zur Arbeit gehen und kommt erst zurück, wenn es wirklich schon spät ist?«

Ich ging in Sues Büro, aber sie telefonierte gerade mit sehr leiser Stimme. Ich wollte sie nicht stören, also griff ich zu irgendeinem Heft.

Ein paar Minuten später hängte sie den Hörer ein, und als das Telefon unmittelbar danach wieder läutete, nahm sie den Hörer nicht ab. Statt dessen saß sie da, wartete ab, bis es drei- oder viermal geläutet hatte, und schaltete dann ihren Anrufbeantworter an.

»Sue, können wir eine Minute miteinander reden?«

»Hm?« fragte sie und schüttelte langsam den Kopf.

»Können wir miteinander sprechen?«

Sie sah mich mit ausdruckslosem Gesicht an und sagte: »Rich, meine Mutter hat Krebs.«

»Was? Seit wann?«

Sie zuckte leicht die Achseln und schauderte dann. »Ihr Arzt oben im Norden hat sie untersucht, und jetzt geht sie in die Boston General Klinik, um eine zweite Meinung einzuholen. Wenn man dort zum gleichen Ergebnis kommt, wird sie sofort operiert werden und sich danach einer kombinierten Chemo- und Strahlentherapie unterziehen, sechs Wochen lang in Dutchess County.«

»New York?«

»Ja«, sagte sie. »Ich hatte Eileen am Apparat. Wir sind übereingekommen, daß sie die sechs Wochen über hier bleibt und nicht bei Eileen. Eileen ist zwar etwas näher dran, aber sie müßte dort so viele Treppen zum Haus hinauf und wieder hinuntergehen.«

Ich nickte. Sues ältere Schwester Eileen wohnt in einer Siedlung über einem See auf der anderen Seite des Flusses. Ihr Haus war von der Straße aus gar nicht zu sehen, lag zwölf bis fünfzehn Meter tiefer am Hang und war nur über eine sehr lange Betontreppe zu erreichen.

»Wie sollen wir hier vermeiden, daß sie Treppen steigen muß?« fragte ich.

Sue zog die Augenbrauen hoch. »Wir werden sie im ersten Stock unterbringen müssen, in dem Zimmer, in dem Mike schläft. Es ist ein sehr großer Raum – viel zu groß für ihn allein, seit Liam nach oben gezogen ist.«

»Gut«, sagte ich. »Nummer drei ist frei. Das werden wir für Mike einrichten. Wie lange haben wir dafür?«

»Nur etwa eine Woche, vielleicht zwei.«

Dann zwang ich mich, ihr wieder in die Augen zu sehen. »Und die Prognose?«

Es waren jetzt Tränen zu sehen, und ihre Stimme klang zerbrechlich. »Schlecht.«

Wir waren alle tief deprimiert von dieser Nachricht, nur Mike schien freudig erregt zu sein, ja sogar überschwenglich wegen des für ihn bevorstehenden Umzugs. Tatsächlich gab er sich so übersprudelnd und glücklich, daß es schon schwer an unseren Nerven zerrte und wir etwas angespannt auf ihn reagierten. Aber das ignorierte er und half uns, beide Zimmer fertig zu machen. Er redete und redete in den nächsten Wochen über nichts anderes mehr – daß er den Blick mochte, daß es ihm gefiel, oben auf der gleichen Etage zu sein wie Liam, daß ihm das lange Regal, das über eine ganze Seite des Raumes ging, gefallen würde.

Ich strich Zimmer Nummer drei schnell neu, hing Mikes Bilder auf, befestigte seinen großen Teddybären hoch oben in einer Zimmerecke, von wo aus er auf Mikes Bett herabschauen würde, und dann brauchten wir Freitag abend etwa eine Stunde, um all seine anderen Sachen hinaufzuschaffen. Es hatte sich im Lauf der letzten Monate allerhand angesammelt – Kleider, Modelle, Spiele, Bücher.

Dann kroch er ins Bett, und wir lasen eine halbe Stunde zusammen.

»Gute Nacht«, sagte er mit einem leichten Zittern in der Stimme.

»Ich bin ganz froh, daß Mike die Gelegenheit genutzt hat, jetzt oben Wurzeln zu fassen«, sagte Sue ein paar Tage später.

»Ich weiß nicht, wie sehr er wirklich Wurzeln gefaßt hat«, sagte ich. »Er macht immer noch viel Wind darum, daß ihm alles so gut gefällt. Ihm gehen sogar die Adjektive dafür aus. Jeden Abend hält er sich länger damit auf, mir zu erklären, in welch großartigem Zimmer er jetzt wohnt. Er ist so aufgeregt, daß er nicht einmal mehr gut schläft.«

Sues Blick wurde einen Augenblick oder zwei sorgenvoll, dann schüttelte sie den Kopf und sagte: »Hm, es ist neu. Ich bin sicher, er wird sich fangen.«

Ich nickte.

»Die Unterwäsche?« fragte sie.

Ich seufzte. Ich stand gewöhnlich als erster auf und machte Kaffee, so daß ich normalerweise auch derjenige war, der sich morgens um Mike kümmerte. »Er versteckt sie immer noch, wenn man ihm die geringste Chance dazu läßt, und wenn man ihn danach fragt, mauert er und fängt an herumzuschreien.«

»Dann macht er sich immer noch jede Nacht naß?«

»Ja«, sagte ich, »es scheint so.«

»Merkwürdig«, sagte Sue und schüttelte noch einmal langsam den Kopf. »Unten hatte er in der letzten Zeit zumindest einige trockene Nächte in der Woche.«

Ich zuckte die Achseln.

Sue stand auf und reckte sich. »Wir sollten ihn zur Rede stellen, was das Verstecken der Unterwäsche anbelangt. Aber nicht jetzt. Es liegt sonst zuviel an. Wir müssen uns um zu vieles andere kümmern.«

Sues Mutter, Lee, wirkte, als Eileen sie von Boston herbrachte, hinfällig und schwach; sie hatte viel Gewicht verloren. Wir stellten ein Doppelbett in der alten Bibliothek auf, einen Krankenhaustisch, eine gute Lampe, damit sie lesen konnte, und einen Stapel Bücher, um den sie gebeten hatte. Alles war gut arrangiert. Lee konnte die wenigen Schritte durch die Doppeltür ins Wohnzimmer machen und ihre Mahlzeiten vor dem Kamin einnehmen.

»Hallo, Mike«, sagte Lee fast flüsternd und lächelte, »Ich bin froh, daß ich dich noch einmal wiedersehe.«

Aber Mike blickte bloß auf sie herab, wie sie da in einem Sessel im Wohnzimmer saß, und fragte mit lauter Stimme: »Wann wirst du wieder gehen?«

»Mike!« wies Sue ihn zurecht.

Wir hatten uns an unsere Abmachung gehalten und Mike bei den örtlichen Pfadfindern angemeldet. Das wöchentliche Treffen fand in der Kirche der Quäker, dem 1810 gebauten Friends Meeting House in Clintondale nur eine Meile von uns entfernt statt.

Der Gruppenleiter war ein angenehmer, geduldiger Mann namens John Thomas, der sein Bestes tat, um Mike in die Gruppe einzufügen. Mike gehörte zu den Älteren. Die meisten der Jungen in der Gruppe waren seit zwei oder drei Jahren dabei und bereiteten sich darauf vor, von den Wölflingen, zu denen sie jetzt gehörten, im späten Frühjahr zu den richtigen Pfadfindern überzuwechseln. Die Treffen selbst hatten etwas Künstliches, Stilisiertes – genau die Art von organisierter Aktivität, an die Mike gewöhnt war, und er schien sich gut einzufügen.

»Vielleicht ist die Wölflingsgruppe im Augenblick eher auf Mikes Linie«, sagte Sue. »Jedenfalls hat er es dort mit normalen Kindern zu tun. Und was noch besser ist, es sind Kinder von hier, so daß er vielleicht Freunde findet.«

»Also?« fragte ich.

»Also dränge ihn nicht, donnerstagsabends zum Karatekurs zu gehen, wenn er damit aussetzen möchte.«

Es genügte ein Blick, um ihr meine Frage zu übermitteln.

Sue krümmte den Rücken. »Ich glaube, die Therapie des Sozialisationsschocks hat ihre Wirkung getan, und er ist stolz darauf. Aber im Augenblick, meine ich, sollte er sich auf Freunde und Partys und Geselligkeiten konzentrieren.«

»Warum?«

»Ich weiß nicht, warum. Irgend etwas ist da. Er kommt immer wieder ab und benimmt sich verrückt. Du hast ja gehört, was er zu meiner Mutter sagte. Ich glaube, er ist fast wieder soweit auszuflippen.«

Am nächsten Morgen tappte ich, selbst noch halb im Schlaf, um halb sieben in Mikes Zimmer, schüttelte ihn wach und erhielt gleich eins aufs Kinn.

»Mike, Zeit zum Aufstehen.«

»Nein!« schrie er, richtete sich auf seinem Bett blitzartig auf die Knie auf und setzte zu einem Schwinger an.

Ich sah den Schlag kommen, konnte es aber einfach nicht glauben. Ich konnte es auch dann noch nicht recht glauben, als seine Faust schon an meinem Kinn war.

Dann warf sich Mike wieder auf sein Bett und wickelte sich in seine Decken ein. »Leck mich«, schallte es mir noch entgegen.

Ich reagierte reflexmäßig – besser gesagt, ich überreagierte. Ich griff nach unten, erwischte eine Seite der Matratze und kippte sie. Er flog aus dem Bett und auf den Boden. Ich hatte ihn hinausgerollt wie einen Baumstamm.

Er lag einen Augenblick lang da, bevor er Schmerzenslaute ausstieß. »Oh, oh, oh, oh.«

Ich stellte ihn auf die Füße; es war ihm nichts passiert. Er war schließlich, in seine Decke gewickelt, auf dem Boden gelandet. Aber ich war tief beschämt über mich selbst. Außerdem wütend. Wie konnte er so etwas tun. *Warum* hatte er es getan?

Am Nachmittag kam er nach der Schule ins Haus gestürzt.

»Mike, du mußt etwas leiser sein. Sues Mutter versucht ein wenig zu schlafen.«

»Wann geht sie wieder?« schrie er zurück.

Schließlich beschloß Sue, es selbst zu übernehmen, Mike morgens zu wecken. »Ich werde es machen müssen. Du bist zu abrupt«, sagte sie am Abend zu mir. »Jetzt, da meine Mutter hier ist, wird er etwas links liegen gelassen, und du behandelst ihn, als gehöre er zu den Marines.«

Aber als sie am Morgen zu ihm hinauf ging, zerschlug Mike das Fenster neben seinem Bett. Seine Faust durchschlug die innere Scheibe und dann noch das Sturmfenster.

Sue stand einen Augenblick einfach nur da – der Wind pfiff durch das zerschlagene Fenster – und sah zu, wie der Schnee seine kleine Gestalt bestäubte. Dann griff sie unter die Decke, packte seinen Schlafanzug und hievte ihn beinahe kopfüber über das zersplitterte Glas.

»Marsch!« zischte sie.

»Nein.«

»Marsch.«

Während ein Januartag nach dem anderen uns Schnee bescherte, eskalierte diese morgendliche Auseinandersetzung immer mehr. Jeden Abend brachten wir ihn zu Bett, lasen ihm etwas vor, packten ihn in seine Decken, drückten ihn, er erklärte uns, was für ein großartiges Zimmer er habe und wie glücklich er sei, und dann am Morgen herrschte offener Krieg.

Eine endlose Folge von Diskussionen verlief wie diese:

»Mike, es ist in höchst unangemessen, Leute zu schlagen oder Scheiben zu zerbrechen.«

»Das ist mir egal.«

»Mike, warum bist du so böse?«

»Jeder einzelne hier kotzt mich echt an.«

»Du verängstigst die Hunde. Sie wollen nicht mehr zu dir ins Zimmer kommen.«

»Es ist mir egal.«

»Es kostet dich dein Taschengeld, daß du dies Glas bezahlen mußt.«

»Na und?«

»Kannst du uns sagen, was dich eigentlich stört?«

»Du. *Du* störst mich.«

»Inwiefern?«

»Du kotzt mich echt an.«

»Mike, wieso machen wir dich so böse?«

»Jeder hier kotzt mich echt an.«

Sue wand sich innerlich in Schmerzen, nicht nur, weil wir inzwischen nur noch zwei Gäste hatten und auch diese sich auf ihren Auszug vorbereiteten angesichts Mikes Geschrei und Randale am frühen Morgen, sondern auch, weil ihre Mutter im Haus war.

Eines Morgens verdrehte Lee, die mit einer Tasse Kaffee vor dem Feuer saß, ihre Augen angesichts der lärmenden Szene, die sich im Obergeschoß wieder einmal abspielte, und warf mir dann einen durchtriebenen Seitenblick zu. »Manchmal ist mir danach, diese Treppe hinaufzuhumpeln mit meinem Krückstock in der einen und einem Ledergürtel in der anderen Hand.«

Ich lachte jämmerlich. »Das gehört nicht zu seinem Behandlungsplan, Lee.«

Dann zündete sie eine ihrer filterlosen Zigaretten mit einem Zündholz an, nahm einen Schluck vom Kaffee, blies den Rauch aus, schnippte das Streichholz in das Kaminfeuer und sagte: »Hast du schon einmal darüber nachgedacht, ihn in ein anderes Zimmer zu verfrachten?«

»Er mag dieses Zimmer, Lee.«

Wieder dieser durchtriebene Seitenblick. »*Tatsächlich?*«

Der Januar ging zu Ende, und Sue mußte schließlich fast all ihr Engagement für Mike aufgeben, als die Steuersaison begann und die lange Parade von Klienten einzutrudeln begann. Lee schien es nach und nach besser zu gehen, und ihr Appetit stellte sich wieder ein. Wir bereiteten ihr die ersten anständigen Mahlzeiten zu – gegrilltes Filetsteak, kleingeschnitten, mit neuen Kartoffeln, Brathähnchen, gute, kräftige Suppen mit dunklem Brot und Butter. Sie war inzwischen kräftig genug, um einige Stunden lang aufzubleiben und fernzusehen, und schließlich auch, um morgens zum Kaffee herunterzukommen, wo sie mit den Gästen über ihr Haus in den Adirondacks reden konnte.

Aber Mike ging es keineswegs besser. Wegen der endlosen Folge von Schneestürmen fiel die Schule ebenso oft aus, wie sie stattfand, und so konnten wir oftmals unsere morgendliche Auseinandersetzung aufschieben, bis die Gäste aus dem Haus waren. Aber Streit gab es immer. Und es ging immer etwas zu Bruch: Lampen, sein Wecker, sein Schreibtisch, seine Spielsachen und immer mehr Fenster.

Nach der Schule und an den Wochenenden konnten wir weitere Konflikte vermeiden, indem wir ihm erlaubten, sich vor den Fernseher zu setzen. Aber das Fernsehen war ein unheilvoller Einfluß. Mehr als wir es bei irgendeinem anderen je gesehen hatten, zog das Fernsehen Mike in seinen Bann.

Also unterbanden wir, da wir annahmen, es habe etwas mit seinem morgendlichen Verhalten zu tun, Anfang Februar seinen Fernsehkonsum. Am ersten Tag mit dieser neuen Regelung verbrachte Mike den Nachmittag beim winterlichen Barbecue in der Gemeindehalle von St. Charles. Er ging früh hin und half alles aufbauen (wofür Diakon Carroll ihm einen Zwanzig-Dollar-Schein zuschob), und dann bereitete er den ganzen Nachmittag über Hot Dogs zu.

»Gut«, sagte Sue, »er akzeptiert es also.«

Aber in Wirklichkeit schlug er zurück. Ein paar Tage nach Beginn des Fernsehverbots kamen die ersten Postsendungen, die er telefonisch bestellt hatte.

»Mike«, sagte ich und hielt ihm ein dickes Paket eigens für uns bedrucktes Briefpapier hin, »das kannst du nicht machen.«

»Ich habe nichts bestellt«, sagte er, die großen, blauen Augen geweitet.

Ich öffnete den Begleitbrief und las ihm vor: »Lieber Michael, danke für Ihre telefonische Bestellung . . .«

Dann verengte sich der Konfliktbereich, als ob Mike beschlossen hätte, daß zufällige, aber gezielte Schläge effizienter waren als sein Gesamtwiderstand, den er morgens zeigte. Wir begriffen zuerst nicht, was da geschah – nur daß es morgens plötzlich besser klappte.

Wir fühlten uns dummerweise ein wenig schuldig wegen einiger unserer Reaktionen auf sein Verhalten im Verlauf der vergangenen Wochen. Und so überraschten wir ihn mit Skistiefeln, Tourenskiern und den dazu passenden Skistöcken.

Das schien ein Volltreffer zu sein. Am ersten Tag war Mike den ganzen Tag lang damit draußen. Er ging sogar bei Sonnenuntergang noch einmal hinaus und versuchte die Straße zu den Obstgärten hinunterzufahren, aber sobald er die Dunkelheit unter den Bäumen erreicht hatte, rief eine Eule auf einem Zweig genau über ihm, und er kam in Rekordtempo zurück.

Dann verfiel er in eine gespielte Empörung über Teddy, die ihn begleitet hatte und die Eule ignoriert hatte.

»Teddy kann man einfach nicht trauen«, sagte Mike lachend.

»Nun«, sagte ich in zufriedenem, neckendem Tonfall, froh, ihn so gut gelaunt zu sehen, »du kannst nicht erwarten, daß ein

Hund bei Dunkelheit in einen Baum steigt und eine Eule verbellt. Außerdem bringen Eulen Glück.«

»Oho«, sagte er, lachte wieder und ging dann in die Küche, um sich einen Snack zu holen.

»Wessen Essen steht auf dem Tisch?« hörte ich ihn von drinnen rufen.

»Das von Sues Mom«, rief ich zurück. »Sei vorsichtig. Ich warte nur, daß sie aus dem Bad kommt und ich es ihr bringen kann.«

Krach!

Ich ging in die Küche, und das Tablett mit den Tellern, das ich auf den Tisch gestellt hatte, lag zerschmettert am Boden.

»Mike, was ist passiert?«

Wieder diese großen blauen Augen. »Ich weiß nicht. Es ist einfach heruntergefallen.«

»Mike, dazu mußt du es bewegt haben. Ich hatte es mitten auf den Tisch gestellt.«

»Na und?«

»Sue, er hat das Tablett mit dem Abendessen absichtlich zerschmissen.«

Es war spätabends, Sue war mit ihrem letzten Klienten durch, und wir nahmen unten in aller Ruhe einen Drink.

»Warum?«

»Warum?« sagte ich. »Ich weiß es nicht. Aber er hat es getan.«

Sue blickte mich bloß an, erschöpft, und versuchte sich zum Nachdenken zu zwingen. »Aber warum?«

Zwei Tage später, am Abend des nächsten Wölflingstreffens der Pfadfinder, hatte er wieder einen Anfall. Mike wurde von dem Gruppenführer und dessen Sohn abgeholt, und dann fuhren Henry und ich gegen acht in Henrys Lastwagen hinüber, um ihn wieder abzuholen.

Als er aus der Tür gerannt kam, schien Mike sehr glücklich zu sein. Er hatte Platzdeckchen für das Blau-und-Gold-Essen gemacht und erzählte aufgeregt von dem bevorstehenden Ereignis.

Aber als er dreißig Sekunden später in der engen Fahrerkabine des Lasters saß, zwischen uns in der Mitte über der Gangschaltung, begann er Henry zu beschimpfen. Dann wurde er unflätig.

Dann wurde er noch unflätiger.

Jedesmal, wenn ich ihm sagte, er solle mit seinem bizarren Benehmen aufhören, sagte er: »Na und«, oder: »Du bist nicht mein Boß«, oder: »Du kotzt mich an.«

Ich war wie betäubt, aber Henry schwieg, bis wir auf unseren Parkplatz einbogen; dort sagte er mir ruhig: »Darum werde ich mich kümmern, Dad.«

Mike ging bereits aufs Haus zu, als Henry von hinten über ihn herfiel. Er griff ihn und warf ihn in eine Schneewehe, wartete, bis er sich wieder hochgekämpft hatte, und ging dann wieder auf ihn los. Mike begann zu schreien: »Hilfe, Hilfe, hilf mir, Rich«, aber Henry schrie ihn jetzt mit den gleichen höhnischen Ausdrücken an, die Mike im Lastwagen benutzt hatte: »Du bist nicht mein Boß.« – »Na und.« – »Du kotzt mich an.« Dann packte er ihn wieder und warf ihn in die nächste Schneewehe.

Ich ging ins Haus, und Sue kam aus ihrem Büro ins Wohnzimmer gestürmt und rief: »Was macht Henry da draußen mit Mike?«

Ich zuckte die Achseln.

Lee saß am Feuer, las in aller Ruhe mit einer Tasse frischen Kaffees vor sich ein Buch. Sie blickte auf und aus dem Fenster, während der schreiende Mike die nächste Runde durch die Schneewehen antrat. »Setz dich, Sue«, sagte sie erfreut. »Gönn dir eine Tasse heißen Kaffee und entspann dich mal für ein paar Minuten. Mike wird selbst damit angefangen haben.«

»Nein«, sagte Sue, »es kommt ja gerade darauf an, daß man sich nicht von ihm provozieren läßt.«

Ein paar Minuten später kam Mike mit rotem Gesicht, tränenüberströmt, vollkommen durchnäßt und zitternd, aber mit einem unglaublich befriedigten Lächeln auf dem Gesicht hinein.

»Was sollte das alles, Mike?« fragte ich.

Er gab keine Antwort. Statt dessen rannte er die Treppe hinauf, zog sich seinen Schlafanzug an, und dann kam er zum ersten Mal noch einmal herunter und sagte, daß er, obwohl noch nicht seine Schlafenszeit sei, müde sei und schlafen gehen wolle.

»Was?«

»Ich muß es«, sagte Mike grinsend. »Henry hat gesagt, er käme hinauf und würde nachsehen.«

»Hm?«

Aber er zockelte ohne Antwort davon.

»Okay«, sagte Sue flüsternd. »Okay. Ich gebe auf.«

In der nächsten Woche fand das Blau-und-Gold-Essen der Wölflinge statt. Ich war müde und wollte nicht hingehen. Aber Mike backte extra Brownies, wir hatten versprochen zu kommen, und natürlich war Sue unabkömmlich.

Ich wusch und bügelte seine Uniform – Hemd, Hose, Halstuch –, und er sah zuerst sehr fesch darin aus. Unglücklicherweise steckte er sich dann etwas in die Hosentaschen, das zu einem roten Flecken ausfärbte.

Das Ganze war wie ein fast gänzlich außer Kontrolle geratener Aufruhr – fünfundsiebzig Pfadfinder, etwa hundert Eltern und eine Million kleinerer Kinder. Als sich die Türen der Turnhalle öffneten, traf einen der Lärm wie der Überschallknall einer Staffel Düsenjäger. Ich stand entsetzt still, aber Mike rannte mit seinen Brownies ganz glücklich hinein.

Irgendwie kriegten die Pfadfinderführer schließlich doch alles organisiert, alle Tische wurden mit Tischtüchern, Platzdeckchen und blaugoldenen Blumenschmuck gedeckt, und das Essen war tatsächlich sehr gut. Es gab ein enormes Büfett – Fleischbällchen, Lasagne, überbackene Cannellonis, Bohnen, Salat, Hähnchen, Reis und so weiter. Mike aß vor dem Abendessen zu Hause drei Hot Dogs; die Theorie dazu lautete: »Man weiß ja nie, ob es dort genug zu essen gibt.« Aber am Büfett bediente er sich trotzdem, häufte sich Fleischbällchen, Hühnchen und Sauce auf seinen Teller.

Dann, als das Dessertbüfett eröffnet war, nahm er dort vier oder fünf verschiedene Desserts und brummte, daß seine Brownies alle schon aus waren, bevor er einen hatte bekommen können.

Er wog inzwischen hundertundsieben Pfund. Vielleicht sollten wir die Sache langsam zügeln.

Dann die Preise. Mike war der erste. Er bekam sein Wildkaterabzeichen und seine »Mutter«-Anstecknadel. Ich war nervös, weil ich mit ihm aufs Podium gehen und meinen Arm um seine Schultern legen mußte, während er vor dem gesamten Publikum den Eid der Wölflinge sprach. Als er zögerte, dachte ich: *O nein, jetzt kommt er hier in Verlegenheit. Warum hat mich niemand davor gewarnt? Ich hätte mit ihm üben können!*

Aber er sagte alles fehlerfrei auf.

Und dann, nachdem wir wieder zu Hause waren, wie ein Nachgedanke fast, lief Mike noch einmal nach unten und legte in der Küche ein Feuer.

Das *Harbour*-Projekt nimmt keine Kinder ins Programm auf oder beläßt sie dort, bei denen Brandstiftung aktenkundig ist.

Joanne sprach als erste. »Ich werde es ihm sagen: Wenn er Feuer legt, muß er gehen. Und zwar nicht zurück ins Kinderheim. Dazu ist er jetzt beinahe zu alt.«

Sue nickte müde. Sie schien plötzlich besiegt, unfähig, mit Mike fertig zu werden, mit ihrer Mutter, mit der Steuersaison. Es türmte sich überall zu hoch auf. »Ich kann kaum noch schlafen gehen in diesem Haus, weil ich Angst habe, daß er irgendwelche Streichhölzer findet oder mitten in der Nacht noch einmal an den Herd geht.«

Joanne sah sie an. »Möchten Sie die Pflegschaft aufgeben?«

Ein langer, langer Augenblick verstrich, während dessen Sue sich umsah, als wolle sie am liebsten aufstehen und irgendwohin fliehen. Dann sagte sie leise: »Wir wollen ihn hierbehalten.«

Nachdem Joanne ihren Spruch aufgesagt hatte und Sue und ich uns angeschlossen hatten, sah Mike uns lang und abschätzend an und nickte dann langsam. »Ich werde es niemals wieder tun.«

Sue weinte ohne Tränen. »Gut.«

Joanne nahm ihre Hand. »Sie wissen doch, Sue, daß es nicht nur Ihre und unsere Entscheidung ist? Wir müssen dies melden.«

Sue setzte sich gerade auf, brachte am Schluß doch noch eine Art Energie auf. »Vielleicht war er zuviel allein mit uns – all der Schnee und die vielen Schulausfälle. Vielleicht . . .«

KAPITEL 12 **Ich war nie auf einer echten Schule**

Mike hatte einen weiteren Freund für einen Tag zu Besuch, einen Joey, der ein Stück weiter an der Straße wohnte, ebenfalls ein Pflegekind. Sue kannte die Familie und arrangierte das Ganze. Mit unserer Sondererlaubnis spielten sie den ganzen Nachmittag über Sega Genesis. Und Mike machte das Mittagessen für Joey – natürlich Hot Dogs.

Kein Streit an diesem Tag oder dem nächsten, aber am übernächsten Tag zerschlug er das Glas der großen Doppeltür zum Garten. Sues Mutter beobachtete ihn dabei. Es sah sogar so aus, als habe Mike eigens darauf gewartet, daß sie hereinkam.

»Hol ihn aus diesem Zimmer raus, Sue.«

»Nein, Mom, das hat damit nichts zu tun. Er liebt das Zimmer oben. Es ist irgend etwas anderes.«

Aber daß Lee mit ihrer Schlußfolgerung richtig lag, dämmerte auch uns einige Tage später, als Liam uns sagte, daß Mike etwa gegen vier Uhr morgens aufgestanden sei, um zur Toilette zu gehen, und das dann nicht getan habe, weil er Teddy Bear nicht dazu habe bringen können, mit ihm oben durch den dunklen Flur zu gehen. Liam war davon wach geworden, daß Mike den Hund überreden wollte, war aber gleich wieder eingeschlafen.

Wie viele Male war das dort oben schon vorher so gegangen? Das fragte ich mich nun.

In der nächsten Nacht stellte ich meinen Wecker auf vier Uhr und ging hinauf. Als ich Mikes Tür öffnete, saß er halb schlafend in seinem Schreibtischstuhl und hielt Teddy am Hals fest.

»Mike, was tust du da?«

»Nichts.«

»Mike, wartest du darauf, daß es draußen hell wird?«

Schweigen.

»Wo sonst können wir ihn denn unterbringen?« fragte Sue.

»Sue«, sagte ich, »ich glaube nicht, daß er in dem Zimmer überhaupt jemals geschlafen hat. Er hat eine so totale Angst vor der Dunkelheit. Die Dunkelheit draußen vor den Fenstern, die Dunkelheit in dem Flur oben.«

»Laß es uns testen«, sagte Sue. »Ruf ihn hier herein.«

Als Mike hereinkam, ließ Sue ihn Platz nehmen. »Mike, wir werden dir die Wahl geben. Du kannst in deinem Zimmer schlafen oder in deinem Schlafsack unten im Flur vor unserer Schlafzimmertür übernachten. Was wäre dir lieber?« Seine Füße rutschten unruhig umher, dann sagte er: »Es macht mir nichts aus, in einem Schlafsack zu schlafen.«

»Danke, Mike. Jetzt laß uns bitte allein, damit wir noch etwas besprechen können.«

Als die Tür sich geschlossen hatte, zuckte Sue die Achseln. »Gut, du hast recht, aber was sollen wir tun, und warum hat ihn das Zimmer unten nicht so gestört?«

»Es war ein Wechsel«, schlug ich vor, indem ich den zweiten Teil ihrer Frage zuerst beantwortete. »Er hat das Zimmer unten zunächst einige Monate lang mit Liam zusammen bewohnt, so daß er sich schließlich gewohnheitsmäßig sicher darin fühlte. Er konnte immer irgendwelche Aktivitäten hören, die gerade vor sich gingen, und meistens brannte im Wohnzimmer oder unten im Flur Licht. Außerdem war die übernächste Tür schon unser Zimmer. Da oben ist er in einer Ecke des Hauses in einem fremden Zimmer isoliert, ohne unmittelbare Nachbarn, ohne Geräusche, die er hört, ohne Licht, das durch die Türritze fällt. Alles, was du oder ich als Wohltat ansehen würden, bedeutet für ihn Gefahr.«

Sue schüttelte den Kopf. »Meine Mutter überlegt, ob sie nicht die letzten beiden Wochen ihrer Strahlenbehandlung bei Eileen wohnen soll. Sie ist jetzt viel kräftiger als vorher und würde gerne ohne die lange Autoanfahrt zum Krankenhaus auskommen. Aber bis dahin sind noch einige Tage, und an den Grundtatsachen, was den großen, alten Raum betrifft, ändert es auch nichts. Es ist dort einfach zu laut. Solange meine Mutter hier war, haben wir ja praktisch das Wohnzimmer nicht benutzt, aber wenn sie uns verläßt, wird es wieder so sein wie früher.«

Ich machte einen Vorschlag: »Wir könnten umbauen, die große Durchgangstür herausnehmen, an einer Seite einen Flur durchziehen und zwei kleinere Schlafzimmer aus dem großen Raum machen – eins für Brendan, der sich jetzt noch ein Zimmer mit Frank teilt und diesen Zustand haßt, und ein weiteres für Mike mit nur einem Fenster und einer Glastür, gegenüber der wir ein ständig brennendes Nachtlicht in dem neuen Durchgangsflur anbringen. Auf die Art und Weise wird er es ruhig haben, hat aber ein Licht draußen und wird dennoch in unserer Nähe sein.«

»Rich, bist du verrückt?«

»Nein.«

Dann lachte sie. »Du hast dir das alles also schon vorher ausgedacht?«

»Ja.« Ich stand auf und öffnete meinen Schrank. »Hier«, sagte ich und nahm eine Papierrolle heraus. »Hier ist der Plan des Geschosses, den ich gemacht habe.«

»Und für die nächsten paar Wochen, bis du mit all dem fertig bist?«

»Schieben wir das fahrbare Bett, das wir oben haben, unten in den Flur, und wenn deine Mutter auszieht, rollen wir es auf die Baustelle.«

In der ersten Nacht schlief Mike auf dem Bett wie ein Toter. Als wir ihn aufweckten, stand er wortlos auf, ging die paar Schritte zum Bad und unter die Dusche.

Sues Mutter zog eine Woche später aus, und wir begannen ernsthaft mit dem Umbau – zwei kleine Schlafzimmer, die an einem neuen kurzen Flur lagen, der seinerseits von der großen Eingangshalle unten abging. Mikes Zimmer hatte ein Fenster und bekam ein festes Nachtlicht an der Wand draußen vor seinem Zimmer, das durch die verglaste Tür leuchtete.

Mike half in allen Phasen des Umbaus, holte das Material von dort, wo der Lieferant es im Schnee abgeladen hatte, sägte, hämmerte und malte.

Zwei friedliche Wochen später an einem Morgen. Ich fragte Sue, ob der Lärm nicht ihre Klienten störe.

»Nein«, sagte sie, »das sind Glücksgeräusche.«

Als sein Zimmer fertig war und Mike darin eingezogen war, stattete Sue ihm dort einen Besuch ab, sog den Geruch der frischen weißen Farbe ein. »Weißt du«, sagte sie, »er hätte uns niemals erzählt, daß er Angst hatte oder aufgeregt war. Er hätte sein Verhalten und seine Zustände beibehalten, wäre verzweifelt, und wir hätten ihn hier aus seinem Zuhause heraus und zurück in das Fürsorgesystem geschafft.«

Ich seufzte. »Wir haben es doch vorher schon erlebt, Sue. Er glaubt, daß er sich mit den Dingen nur so auseinandersetzen muß, wie sie gerade kommen. Er reagiert auf die Umstände, aber er tut niemals etwas, um die Umstände zu ändern. In seiner Vorstellungswelt kann er das nicht.«

Sie zog eine Grimasse. Dann blickte sie wieder auf die frisch gestrichenen neuen Wände. »Ich frage mich, ob er versteht, wie viel uns an ihm liegt.«

Tagelang schlief Mike und schlief – jede Minute, wenn er nicht in der Schule war. Wir versuchten dafür so viel Verständnis aufzubringen wie möglich, damit er die schlechte Zeit oben wieder gutmachen konnte. Wir gingen auf Zehenspitzen um ihn herum, umarmten ihn oft, sagten ihm, wie toll er sei.

Aber dann, als er erst einmal ausgeruht war – war alles vergessen. Der scharfe Gegenwind begann wieder zu blasen. Es schien fast, als seien wir in die Mitte des Monats Januar zurückversetzt worden. Wenn wir nicht so genau gewußt hätten, welche schrecklichen Ängste er schließlich oben in dem Zimmer ausgestanden hatte, hätten wir all die Anstrengungen und Ausgaben nur bedauert, die wir für den Umbau aufgebracht hatten.

Es begann wieder unschuldig genug, absichtslos genug. Sue lobte Mikes Dessert, das er zum Dinner gemacht hatte, und er begann zu grummeln und zu grummeln, wurde lauter, noch lauter, und dann begann seine wohlbekannte Vorstellung. »Eine Familie von Schwanzlutschern. Ich will zurück ins Kinderheim.« Und so weiter.

Plötzlich blind vor Wut, machte Sue mit seinen Sprüchen Ernst. Sie drückte ihm das Telefon in die Hand und sagte ihm, er solle anrufen. Als er zögerte, holte sie ihm die Telefonnummer und verlangte, daß er anrief. Aber er tat es nicht. Dann sagte Sue, sie wolle so etwas nie mehr aus seinem Munde hören.

Mit gesenktem Kopf schielte Mike nur zu Sue hoch, mißgestimmt und düster.

»Nun, Mike?« fragte sie. »Nun?«

Er schrie zurück: »Ich werde diese Scheißhausaufgaben nicht mehr machen.«

»Was?« sagte Sue verwirrt und völlig aus dem Konzept gebracht. »Was haben Hausaufgaben damit zu tun?« Dann ging sie zu ihm hinüber und versuchte ihn in den Arm zu nehmen. »Mike, wir wollen nur dein Bestes. Entweder Rich oder ich werden dir bei den Hausaufgaben helfen.«

Bei ihrem wöchentlichen Besuch tranken Joanne und ich eine Kanne Tee im Schankraum.

»Es ist bereits Mitte Februar«, sagte sie strahlend. »Sie schaffen es durch den Winter.«

»Vielleicht.«

»Rich«, sagte sie, nippte an ihrem Tee, beunruhigt von meinem Gesichtsausdruck, »die Sache mit dem Zimmer ist doch gelöst, oder nicht?«

Ich breitete in einer Art hilfloser Geste meine Arme aus. »Aber jetzt, nachdem wir da durch sind, will er mit uns über seine Hausaufgaben streiten. Er will ständig streiten.«

Das war die Wahrheit, und soweit mir Mikes gequälte Argumentation verständlich war, meinte er, ohne Schulaufgaben wieder unbeschränkt fernsehen zu dürfen. Und dann glaubte er (das vermute ich wenigstens, obwohl ich es immer noch nicht verstehe), daß er uns in der Frage der Hausaufgaben in die Knie zwingen könnte, wenn er nachmittags und abends, wo eigentlich die Hausaufgaben an der Reihe waren, mit uns über andere Dinge stritt.

Aber wir wollten nicht mehr streiten. Sue und auch mich machte der Gedanke an noch mehr Streit krank. Das Ganze wurde durch den Schnee noch verschärft. Tag um Tag verstärkte sich der Eindruck, im Haus mit ihm gefangen zu sitzen. Der Schnee war so tief, daß unsere Parkbuchten nicht mehr vom Schneepflug geräumt werden konnten. Wir aber ließen jemanden mit einem Radlader und einem Bagger kommen. Selbst zum Supermarkt zu gelangen war ein einziger Kraftakt. Wir konnten nicht hinausgehen, wir konnten ihn nicht hinausschicken, wir konnten ihn nicht bei Freunden absetzen. Wir waren ständig mit ihm und seiner Stimme zusammen, und er schien über ein unbegrenztes Maß an Kraftreserven zu verfügen. Er konnte streiten, kämpfen, höhnen, beleidigen – nonstop von der Morgendämmerung bis zur Schlafenszeit.

So wie Sue es sagte: »Es hat auch seine Schattenseiten, wenn Mike nachts gut schläft.«

Aber wir konnten die Frage der Hausaufgaben nicht einfach ihm überlassen. Zum ersten war der einzige Grund, warum die Schule ihm überhaupt Arbeiten aufgab, daß wir uns über die Kärglichkeit des durchgenommenen Lehrstoffs beklagt und nach Hausaufgaben für ihn verlangt hatten. Zweitens war die Wirkung des Fernsehens auf dieses Kind wie eine Droge. Wenn er auch nur eine halbe Stunde zuschaute, gab es schon eine milde Auseinandersetzung, wenn wir ihn baten, zum Abendessen zu kommen oder zu Bett zu gehen oder etwas von seinen häuslichen Pflichten zu tun. Hatte er aber bereits eine Stunde vor dem Fernseher gesessen, gab es einen regelrechten Kampf. Und alles über einer Stunde Fernsehzeit bedeutete offenen Krieg, die übelste Sprache und unvorstellbare Wutanfälle.

All das erklärte ich meinem Schwiegersohn David, als dieser, Sue, Henry und ich eines Abends zu einem späten Essen zusammensaßen. Da er selbst eine Waise war, dachte ich, er verfüge vielleicht über Einblicke, die mir fehlten.

Aber was er sagte, verwirrte mich nur.

»Sieh mal«, sagte David, »ich glaube, daß Hausaufgaben für ihn ein großes Symbol sind. Es ist etwas, was normale Kinder in normalen Schulen tun, und die Tatsache, daß ihr darauf besteht, daß er diese Hausaufgaben macht, bedeutet, daß euch an ihm liegt. Und diese Kombination ist tödlich.«

Ich sah David verständnislos an. »Das kann doch nicht wahr sein.«

David zuckte die Achseln. »Ich glaube, es ist sogar noch schlimmer. Ich glaube, ihr habt das Problem genau deshalb, weil ihr all die Mühe und Geld investiert habt, um ihm das neue Zimmer zu bauen.«

»Okay«, sagte ich. »Jetzt bin ich völlig durcheinander.«

David grinste und schob seine Erklärung gemächlich nach. »Mike fängt an, sich wirklich einzulassen, und daran will er nicht einmal denken. Aber wenn *ihr* ihm zeigt, daß euch wirklich an ihm liegt, dann muß er sich mit seinen eigenen aufkeimenden Gefühlen auseinandersetzen. Das macht ihn sehr böse. Er will euch zum Rückzug zwingen. Denn dann müßte er nichts mehr für euch empfinden.«

»Bist du dir da sicher, David?«

»Nun«, sagte er, »ich kann euch nur sagen, wie es mir gegangen ist. Ich war so böse, so bitter über all das, was ich erlebt hatte, daß ich meinen Adoptiveltern, nachdem ich dort untergebracht worden war, jede Nettigkeit übelnahm, alles Gute übelnahm, was sie für mich taten. Ich wollte bitter und böse bleiben.«

»Und was ist dann geschehen?« fragte ich.

David machte eine wegwerfende Geste mit dem Kopf. »Ich habe schließlich verstanden, daß meine Adoptiveltern einfach zwei Menschen sind, die ihr Bestes gaben.«

»Wie lange hat das gedauert?«

Er lachte. »Ungefähr zehn Jahre.«

»Also geht es gar nicht wirklich um das Fernsehen oder die Hausaufgaben?«

»Natürlich geht es darum.«

»Wie?«

David klopfte mit dem Finger auf den Tisch. »Wenn er sich vor den Fernseher setzen kann, kann er dich und Mom ausblenden, kann das ausblenden, was er empfindet, kann diese ganze kleine Welt hier, in die ihr ihn hineinziehen wollt, ausblenden.«

Es war März geworden. Wir freuten uns schon auf ein bißchen blauen Himmel, auf Tauwetter, auf jede Art von Wetteränderung. Mike stand am ersten März zwar früher auf, als er sollte, aber dann tat er nicht mehr, was er eigentlich hätte tun sollen (nämlich seine Bettwäsche zur Waschmaschine bringen und so weiter). Als ich ihn bat, seinen Gürtel anzuziehen, erhielt ich als Antwort das altgewohnte: »Das brauch ich nicht.« Als er am Nachmittag heimkam, war er zu keiner Zusammenarbeit zu bewegen. Da er früh zu Abend essen wollte, setzten wir eine Zeit fest und versuchten ihm freundlich zu erklären, wie wichtig uns seine Gesundheit und ein tägliches Regelmaß im Leben seien. Als wir dann aus der Küche heraus waren, ging er noch einmal dorthin zurück und machte sich selbst vier Hot Dogs. Wir nahmen sie ihm weg und ließen ihn die halbe Stunde bis zum Dinner warten. Er aß mit David zu Abend. Als David dann fort war, weigerte er sich wieder, seine Hausaufgaben zu machen, und blieb schließlich am Tisch sitzen, bis Schlafenszeit war; dann zerriß er seinen Aufgabenzettel und sagte: »Ich werde sie einfach anlügen.« Dann ging er hinauf und zerschlug das Glas in seiner Tür. Schon wieder.

Sue und ich waren über das Stadium des Ärgerns lange hinaus.

Aber es kam noch schlimmer.

Als ich irgendwann in der zweiten Märzwoche heimkam, war

das Haus ein merkwürdig ruhig. Ich schaute in Sues Büro – es war leer –, rief sie – keine Antwort.

Als ich durch den Flur zu unserem Schlafzimmer ging, kam ich an der Eingangshalle des Erdgeschosses vorüber, wo zwei Türen offenstanden, die in den kleinen Flur vor Mikes Zimmer führten. Ich sah, daß er herausschaute und dann schweigend seinen Kopf wieder einzog. Überall Glassplitter.

Ich stieß die Tür zum Schlafzimmer auf und fand Sue bäuchlings auf dem Bett liegen, den Kopf ins Kissen vergraben.

»Sue.« Als ich ihre Schulter berührte, wälzte sie sich herum und setzte sich auf, die Augen rot und verweint, das Gesicht verschwollen. Sie legte den Kopf an meine Schulter und begann zu weinen. »Rich, er hat das Glas in seiner Tür wieder zerschlagen, dann das in Brendans Tür, dann hat er die Uhr in meinem Büro zerschmettert und gesagt, daß er meinen Computer zerschlagen werde.«

»Sue, laß uns darüber reden.«

»Nein!« schrie sie und schob mich von sich. »Ich gebe keinen roten Heller mehr dafür. Er muß hier raus. Er muß gehen.«

»Was war der Auslöser?«

Sue stand auf und begann herumzulaufen, schluchzte, wischte ihr Gesicht mit dem Ärmel ihres Pullovers ab. »Auslöser? Ich habe ihn bloß gebeten, mir zu helfen, die Lebensmittel hereinzutragen, und als er es tat, habe ich ihn in den Arm genommen und ihm einen Kuß gegeben.«

»Mom?«

Ich drehte mich herum. Henry stand in der Tür, seine Augen wanderten zwischen unserem Schlafzimmer und dem Glas in der Eingangshalle hin und her, und er sah, daß seine Mutter weinte. Dann deutete er in Richtung auf Mikes Zimmer.

»Henry«, rief ich ihm nach, aber Sue griff meinen Arm.

»Laß ihn gehen, Rich.«

Henry verprügelte Mike nicht, aber er jagte ihm einen mörderischen Schrecken ein. Dann ließ er Mike das Glas auffegen, staubsaugen und bohnern. Und dann steckte Henry ihn ins Bett.

Nach Sues letztem Klienten am Abend setzten wir uns in den Schankraum und tranken eine Kanne sehr starken Tee.

»Rich«, sagte Sue zitternd, »ich bin mit den Nerven völlig am Ende. Er *wird* meinen Computer zerstören; er *wird* das Haus in Brand stecken. Für dieses Haus und für unsere Kinder haben wir unser ganzes Leben lang gearbeitet. Ich will es nicht aufgeben. Ich *werde es nicht aufgeben.*«

In mir selbst war eine widersprüchliche Mixtur von Gefühlen, ich hätte am liebsten alles hinter mir liegen und stehen lassen und unser Leben wieder so gehabt, wie es früher war.

Und dann kam Henry zu uns, ging hinter die Bar, öffnete den Kühlschrank, drehte den Deckel von einer Flasche »Sam Adams« ab und stürzte durstig die halbe Flasche hinunter.

»Ich bin erledigt«, sagte er. »Ich war heute im Bonticue Crag unterwegs, von einem Ende bis zum anderen, und dann auf den Felsen an der Ostwand – zehn Meilen im Schnee. Ich trink' jetzt noch dieses Bier und verschwinde dann für zwölf Stunden in der Falle.«

»Henry«, sagte Sue ruhig und stieg von ihrem Barhocker, »ich denke darüber nach, Mike wieder zurückzuschicken.«

Henry zuckte die Achseln. »Nun, das ist eure Entscheidung. Gute Nacht.«

Dann wollte er gehen.

Sue hielt ihn auf. »Aber glaubst du, ist es richtig oder falsch?«

Henry sah sie ausdruckslos an. Er stand einfach einige Augenblicke lang da mit breiten Schultern, geneigtem Kopf, die Hände an den Hüften in seinem dicken grünen Flanellhemd mit aufgestelltem Kragen.

Dann sagte er: »Spielt doch keine Rolle, was ich denke.«

Sue atmete hörbar aus, erschöpft, und sagte dann, jedes Wort einzeln betont: »Henry, mein Lieber, wenn du an unserer Stelle wärest, würdest du ihn zurückschicken?«

Ein Anflug von Lächeln auf Henrys Lippen: »Nein, ich würde ihn ganz anders behandeln.«

»*Inwiefern* anders?« fragte ich.

»Schau mal, Dad«, sagte Henry geduldig, »ich habe gehört, was David gesagt hat, und ich weiß, daß du und auch Mom ihm zustimmen würdet, wenn ihr mal richtig über die Sache nachdenken würdet. Es ist doch eine Tatsache, daß ihr bei Mike immer um hundertachtzig Grad in die andere Richtung schwenkt. Ihr wißt, daß das Kind ein Problem bekommt, wenn ihr ihm zeigt, wieviel er euch bedeutet, ihr wißt, daß er sehr lange Zeit brauchen wird, bis er damit zurechtkommt, daß er euch etwas bedeutet. Doch immer überhäuft ihr ihn mit noch mehr Anteilnahme und Verständnis, mit mehr, als er verkraften kann.«

»Henry«, sagte ich, »wir *nehmen Anteil* an ihm, und wir versuchen nur, ihn wie ein vernünftiges menschliches Wesen zu behandeln.«

»Aber Dad«, sagte Henry, »versteh' doch endlich, daß dies keine vernünftige Situation ist, in der man mit Argumenten weiterkommt. Hier geht es nur um Emotionen und Gefühle. Mike versteht in seinem gegenwärtigen Zustand keine Vernunft und ist keinen Vernunftgründen zugänglich.«

»Er versteht nicht?« fragte Sue. »Mehr Anteilnahme aufhäufen, als er verdauen kann?«

»Mom«, sagte Henry, »würdest du fünfzig Pfund Steakfleisch vor einem Hund ausbreiten und erwarten, daß er nur so viel frißt, wie er vertragen kann? Nun, und Mike ist genau wie dieser Hund. Tag um Tag frißt er erst alles und kotzt es dann auf dem Teppich wieder aus.«

»Also, dann ist es unsere Schuld, daß er sich so benimmt?« fragte sie.

Henry nickte. »Genau. Wenn ihr wollt, daß er hier bleibt, dann haltet euch zurück. Denkt daran, was David sagte. Hört auf, euch wie frischgebackene Eltern aufzuführen.«

Dann ging er hinaus und hinauf.

Sue legte ihren Kopf einige Momente lang auf die Arme, setzte sich dann gerade auf und schob ihre Tasse Tee von sich weg. »Rich, mach mir bitte einen richtigen Drink.«

An der Bar kippte sie schnell einen steifen Wodka mit Orangensaft hinunter und verlangte einen weiteren.

Den zweiten trank sie genauso schnell und klopfte dann mit den Knöcheln auf die Bar, um einen dritten anzufordern.

»Brrrr«, sagte ich.

»Selber brrrr«, sagte sie und nahm einen guten Schluck von ihrem dritten Drink.

Zehn lange Minuten saß sie schweigend da, bevor sie am ganzen Leib zu zittern und zu bibbern begann. Dann hatte sie einen Kicheranfall.

Ich ließ sie, bis sie schließlich laut heraus lachte. Doch dann sagte ich düster: »Gut, läßt du mich nun mitlachen oder nicht?«

Sie rang um Atem und brachte mühsam hervor: »Ja. Ja. Rich, denk mal darüber nach: Hier stehen wir, zwei erfahrene Eltern, haben sechs Kinder großgezogen, sind beinahe an dem Punkt, an dem wir an unser Altenteil denken können. Und wir beschließen, ein Kind aufzunehmen, das uns die meisten Gäste aus dem Haus treibt, auf die wir schließlich angewiesen sind, unsere ganze Zeit in Anspruch nimmt, vierzig oder fünfzig Fenster zerschlägt, in seine Hosen scheißt, das Bett näßt, es uns ausgesprochen schwer macht, uns mal hier loszureißen und Freunde zu besuchen, das stiehlt, lügt, für das wir ganze Fuhren von Papierkram bewältigen müssen, und der beste Rat, den uns irgend jemand dazu geben kann, der wirklich *beste* Rat lautet, dieses Kind nicht zu beachten.«

Ich mußte ebenfalls lachen.

»Also«, sagte Sue und versuchte von ihrem Barhocker zu rutschen, »ich werde bestimmt nicht das geringste Problem haben, mich distanziert und emotional unbeteiligt zu geben.«

Es war Ende März, knapp fünf Grad Celsius, und es regnete. Den Shawangunk auf der anderen Seite des Tales konnte man nicht mehr erkennen. Er lag verborgen in dicken, wolligen, nassen Wolkendecken. Der Schnee schmolz dahin, rann in silbernen, schmierigen Rinnsalen vom Dach, legte die steinernen Wände frei und sammelte sich dann in großen, schwarzen, eisigen Pfützen auf den Gehwegen, auf dem Rasen und unten auf der Heuwiese.

Noch eine Woche bis zur Forellensaison. Beinahe drei Wochen war es jetzt her, seit Mike sich beruhigt und die Streiterei mit uns drangegeben hatte.

Ich stand in kniehohen Gummistiefeln und Regenjacke draußen, nippte an meinem Kaffee und sog gierig die feuchte, wärmere Luft ein, als er angelaufen kam. Mike trug geschnürte Gummistiefel, die gelbe Regenjacke und eine völlig durchnäßte Wollmütze. Wir beide hatten unser ganzes Land abgesucht. Die merkwürdigsten Dinge tauchen wieder auf, wenn der Schnee schmilzt.

»Ich bin völlig fertig«, sagte er.

Ich versuchte, nicht zu lächeln und einen gleichgültigen Gesichtsausdruck aufzusetzen. Das schien nach zwei oder drei Wochen Übung nicht mehr so schwer. »Okay«, sagte ich ausdruckslos, hätte ihn aber eigentlich gern umarmt, ihm mal auf die Schulter geklopft, ihm durchs Haar gestrichen.

»Und wie sieht's bei dir aus?« sagte Mike. »Gehst du jetzt wieder rein?«

Ich wußte, daß ich nun lächeln mußte, vielleicht sogar lachen, also wandte ich ihm den Rücken zu und ging davon. »Ja, in ein paar Minuten.«

Sue und ich füllten unsere Kraftreserven wieder auf, während es April wurde und dann in der Mitte dieses Monats – das Ende von Sues Steuersaison – nahte. Mike war immer noch ruhig, und plötzlich kam der Frühling auch in unsere Gedanken. Im Haus waren Reparaturen zu erledigen, wir mußten einen neuen Wagen kaufen, wir mußten Anzeigen aufgeben, damit sich unsere Gästezimmer wieder füllten – alles Dinge, die erledigt werden mußten, positive Dinge.

Aber dann eskalierte Mike die Sache mit den Hausaufgaben auf einem neuen und höheren Level.

So etwa gegen Sonnenuntergang saßen wir beim Abendessen im Schankraum. Sue las in irgendeiner Steuerabhandlung, die aufgeschlagen neben ihr auf dem Tisch lag, während Mike ruhig auf seinen Teller hinabschaute, aber nichts aß, sondern nur lustlos im Essen herumstocherte.

Er stieß Sue an, und sie blickte kurz über ihren Brillenrand hinweg zu Mike hinüber. »Mike, hast du keinen Hunger?«

Mike zögerte einen Augenblick, riß dann seinen Kopf hoch. »Als Liam zwölf war, ging er da in eine normale Schule?«

Sue mußte schlucken und schaufelte sich dann schnell eine Gabel voll von ihrem Teller in den Mund. Ihre Augen sagten: »Rich, jetzt bist du dran.«

Die Schule? Ich wollte nicht über die Schule reden!

Ich hatte mich in gewissem Maße mit dem Spezialprogramm für Mike, abgefunden, aber dieses Sich-Abfinden war eine Art Leben-und-leben-lassen-Arrangement mit einem Messer zwischen den Zähnen. Seit Monaten hatte es keine weiteren Zwischenfälle der Art gegeben, daß man ihn wieder angebunden hätte. Und ich wollt nur allzugerne der Schule zugestehen, daß sie mit einem erschreckenden Spektrum von Verhaltensweisen fertig zu werden hatte. Doch sprach man für meinen Geschmack dort zu sehr in verschleiernden, wortreichen Sätzen, die ich nicht durchschaute. Was sind Interaktionen in der sozialen *peer group?* Dysfunktionale Systeme? Was bedeutet Transitioning und Ausaltern? Ich war ab und zu hingegangen und hatte versucht, etwas in Erfahrung zu bringen, aber es fiel mir schwer, ein erfreutes, aussagekräftiges Lächeln zur Schau zu stellen, wenn ich gleichzeitig das Gefühl hatte, zum Narren gehalten zu werden.

Und es fiel mir besonders schwer, angenehm zu bleiben, nachdem ich herausgefunden hatte, was Mike wirklich über all das dachte.

Nicht daß er es uns jemals erzählt hätte. Mike sprach mit uns nie über das, was er mochte oder nicht mochte, außer bei den trivialsten Dingen. Richtig redselig war er nur bei Fragen, welches Müsli, welche Flakes und so weiter er zum Frühstück lieber hatte oder welche Fernsehshow er sich anschauen wollte, aber damit war auch schon das Höchstmaß an Tiefgang erreicht. Um zu wissen, was er wirklich dachte, mußte man sich in sein Kielwasser begeben und sich an die kleinen Hinweise halten, die er ab und zu fallen ließ.

Wenn wir überhaupt jemals etwas über dieses Kind gelernt hatten, dann dies.

Dennoch war es uns möglich gewesen, uns ein kristallklares Bild dessen zu machen, was er über die Schule dachte.

Er haßte sie! Er haßte nicht die Vorstellung, zur Schule zu gehen, oder das Lernen selbst, sondern das, was er als die strenge, Tag für Tag stattfindende Erniedrigung eines »Sonderförderungsbedarfs«-Programms kennengelernt hatte.

Es fing schon an mit dem »Sonder«-Bus, der ihn abholte. Es gab da nicht nur den Busfahrer, sondern auch dessen Assistenten, der die Kinder anschnallte, wenn sie eingestiegen waren. Zu Mikes Mißbehagen trug weiter die Tatsache bei, daß er nicht wie all die anderen Kinder, die an unserer Straße wohnten, allein draußen auf den Bus warten durfte – das ratternde kleine Gefährt nahm kein Kind auf und setzte keines ab, solange nicht die Eltern draußen standen und alles beobachteten, und man sah förmlich, wie Mike sich wand, bevor er zum Bus hinüberlief.

Wenn er dann erst in der Schule war, mußte er mit der deprimierenden Aufmerksamkeit des »Sonderförderungsbedarfs«-Programms selbst fertig werden, eines Programms, das er nicht als mitfühlend oder hilfreich, sondern als häßliches Zeichen der Aussonderung ansah – wegen seiner Betonung der »Sozialisation« und des Verhaltens in der *peer group* mit den eingestreuten »Spielzeiten als Belohnung« oder »Stillsitzzeit« anstelle des »normalen« Arbeitens und Lernens in der Klasse, das er durch die Glaswände in den anderen Klassenräumen mit anderen Kindern beobachten konnte – mit den »normalen Kindern«.

Und ganz gleich, was immer wir an echter Intelligenz und Fähigkeit bei Mike entdeckten, wir konnten das Programm nicht dazu bringen, irgend etwas anderes mit ihm zu versuchen.

Der Zwischenfall mit dem Wörterbuch war dafür ein gutes Beispiel.

Mike fragte nach einem Wort, also gaben wir ihm ein Webster's Dictionary und überließen ihn damit sich selbst.

Eine Stunde später: »Mike, ist es schwierig, das Wort zu finden?«

»Nein.«

Natürlich nicht. Sein Zimmer konnte brennen, der Blitz ins Fenster einschlagen, und dann noch gleich ein Einbrecher folgen, und danach noch ein wütender Wasserbüffel hereingestürmt kommen – wenn wir dann nach ihm riefen und fragten, ob er irgendwelche Hilfe brauchte, würde er genauso leise mit Nein antworten.

»Ja, dann laß mal sehen, was du da treibst.«

Es schien so, als ob er genug wußte, um zunächst einmal den ersten Buchstaben richtig aufzuschlagen, aber danach verirrte er sich dann. Wenn er ein Wort mit *S* am Anfang suchte, ging er an den Anfang der Abteilung *S* und machte sich dann daran, jede einzelne Eintragung darin durchzulesen. Also beschäftigte ich mich halb amüsiert und halb wütend eine Weile mit ihm und dem Wörterbuch, bis er die Reihenfolge der Eintragungen darin verstand und jedes Wort finden konnte, das er suchte.

Später schrieb ich dann einen Beschwerdebrief an die Schule, in dem im wesentlichen stand, daß es doch kleinere Lernfortschritte geben sollte und daß es nicht akzeptabel sei, »mit elf Jahren, fast zwölfen, nicht zu wissen, wie man ein Wörterbuch zu benutzen habe«.

Nachdem einige Tage ohne Antwort vergangen waren, ließ ich dem Brief einen Anruf folgen und wurde prompt mit einer kurzen, herablassenden Belehrung abgefertigt. Man wisse, daß Mike große »Lücken« aufweise, was das Lernen anbelange, aber für fachmännisches Urteil gebe es keinen Zweifel, daß es viel wichtiger sei, sich auf sein Verhalten zu konzentrieren – vor allem auf sein Verhalten in Gruppensituationen.

Das ließ mir die Haare zu Berge stehen. Verhalten in Gruppensituationen? Was in Gottes Namen dachten die denn, täten wir? Aah! Warum konnten sie ihm nicht einfach Lesen und Rechnen beibringen?

Der Fairneß halber muß ich zugeben, daß meine Paranoia vielleicht auch wieder mal übers Ziel hinausschoß. Was ich als eine nur allzu typische Reaktion auf Pflegeeltern ansah – daß man uns als zeitweilige »Unterbringungsressource«, untrainierte, unausgebildete Wesen, die vielleicht die Kinder wegen des Geldes nahmen, abfertigen konnte –, mochte tatsächlich nur ein echter Wunsch seitens der Schule gewesen sein, in Frieden das tun zu können, was sie zu tun hatte. Aber andererseits schien das Schulsystem die Antworten auf mißliebige Nachfragen unweigerlich mit einer verdächtigen Portion Ungnade anzureichern.

Also versuchte ich einen großen Bogen um das Ganze zu machen und versuchte ebenfalls jede Diskussion darüber zu vermeiden. Ich konnte ja ohnehin nichts an den Dingen ändern, ganz gleich, wie schwer es mit anzusehen war, wie Mike jeden Morgen zu diesem »Sonder«-Bus hinübertrottete.

Harbour betrachtete die Sache mehr oder weniger mit den gleichen Gefühlen. Wann immer wir diese Dinge mit Joanne besprachen, gab sie uns den Ball sofort mit einer Grimasse und dem Standardkommentar zurück: »Wenn die Treffen der CSE stattfinden, haben wir die einzige Chance, auf das Einfluß zu nehmen, was sie vorhaben. Und bis dahin habt ihr genug damit zu tun, euch um die Familienangelegenheiten zu kümmern, und, hallo, Mike sieht aber großartig aus. Was immer ihr mit ihm macht, macht weiter so.«

Als sie das zum letzten Mal sagte, wartete ich, bis wir allein waren, und fragte Sue dann: »Ich habe es ganz vergessen. Was bedeutet CSE eigentlich?«

»Komitee für Sondererziehung.«

»Wie viele Leute gehören zu diesem Komitee?«

»Ich weiß nicht, fünf oder sechs – sein Sonderschullehrer, vielleicht einer von dessen Assistenten, der Therapeut, der Sozialarbeiter und ein paar Leute von der Abteilung für Sonderschulerziehung des Schulbezirks, vielleicht die Schwester dort.«

»Also«, brummte ich, während ich darüber nachdachte, »nicht besonders schwierig, sich da das Ergebnis auszurechnen.«

Trotz meines Glaubens, daß die Schule Mike helfen sollte, die Intelligenz, die er offensichtlich besaß, zu benutzen, um seinen Lernstoff zu bewältigen, hatte ich tief in mir das Gefühl, daß in der besten aller Welten Mike für lange, lange Zeit nirgendwohin außerhalb dieses Hauses gehen würde – nicht einmal zu einer »normalen« Schule. Ich weiß noch, wie für Henry der Unterricht begann. Das Kind hatte viele Probleme. Als wir uns schließlich mit der Rektorin zusammensetzten und von ihr wissen wollten, was eigentlich faul sei, sagte sie: »Sehen Sie, mit Henry ist gar nichts faul. Faul ist vor allem, daß er jetzt hier ist. Wir sollten jetzt sofort dort hineingehen, ihn herausholen und ihn für ein Jahr noch einmal in den Sandkasten stecken.«

Und genau das, denke ich, trifft auch auf Mike zu. Es war einfach zuviel für ihn. Wenn er schon dieses ganze Jahr über gebildet werden mußte, dann hätte das vor dem Kamin bei der Lektüre von "Der Wind in den Weiden" und mit den beiden neben ihm schnarchenden Hunden stattfinden sollen. Sollte er doch lesen und alleine lernen; sollte er schlafen, essen, aufstehen und sprechen, wenn er dazu Lust hatte. Warum überließ man es nicht ihm?

Also wußte ich nicht, was ich auf Mikes Frage antworten sollte. Wenn ich ihm die ausführliche Antwort gab und sagte, was ich wirklich dachte, würde ich Sue die Gefolgschaft aufkündigen, denn sie vertrat einen völlig anderen Standpunkt. Für feine Unterschiede war sie nicht zu haben, ihre Einstellung lautete: »Bist du ein Kind? Dann geh zur Schule. Zu Hause bleiben und alles sich selbst überlassen? Sich beklagen, weil du die besondere Schule, in der du bist, nicht magst? *Bist du noch ganz zu retten?*«

Wenn ich aber andererseits Mike die kurze Antwort gab und einfach sagte: »Ja, Liam ist in eine normale Schule gegangen«, dann hätte das für ihn einen Schlag ins Gesicht bedeutet.

Also versuchte ich es mit einer banalen, unverbindlichen Antwort: »Mike, du wirst irgendwann dieser Tage auf eine normale Schule kommen. Was du jetzt tun mußt, ist, dich auf das zu konzentrieren, was du jetzt gerade machst.«

Mike antwortete nicht, also hakte Sue nach. »Mike, Rich meint, daß du hart arbeiten und dein Verhalten bessern mußt und dann aus dieser Schule in eine andere Schule versetzt wirst, in den gleichen Typ von Schule, den auch alle anderen besuchen. Das verstehst du doch, oder, Mike?«

»Nein«, antwortete er. »Ich bin in einer Familie, also sollte ich jetzt sofort auch in eine normale Schule gehen.«

»Das ist nicht immer möglich, Liebling.«

»Ich will es! Ich bin in einer Familie!«

»Es tut mir leid, Mike.«

Dann bohrte er mit der ursprünglichen Frage weiter: »Ist Liam in eine normale Schule gegangen?«

Ich seufzte und gab auf. »Ja.«

Keine Bewegung, keine Reaktion. Die Gabel verhielt reglos.

»Ich gehöre nicht wirklich zu dieser Familie, oder?«

O je! Aber dann mischte Sue sich ein. »Mike, wir könnten dich nicht mehr lieben, wenn du unser eigenes Kind wärest. Du mußt daran denken, daß du uns ausgewählt hast und wir dich ausgewählt haben. Das macht uns als eine Familie zu etwas ganz Besonderem.«

»Ich bin nichts Besonderes«, schrie er.

Sue verlor langsam die Fassung und machte einen Rückzieher. »He, ich meinte doch nicht etwas Besonderes in diesem Sinne.«

Mike hakte erbarmungslos nach. »Ist Brendan in eine normale Schule gegangen?«

»Ja«, wand ich mich.

»Susanne?«

»Ja.«

»Henry, Frank und Richard?«

»Ja, ja und ja.«

»Bist du dir sicher?«

Ich konnte nur antworten: »Ja, ich bin mir sicher.«

Er senkte den Kopf und schrie: »Ich will sie nicht sehen. Wenn einer von diesen Söhnen mir noch einmal nahe kommt, werde ich ihn mit einem Messer stechen.«

»Mike«, sagte Sue geschockt, »was sagst du da Schreckliches?«

Ich hatte eine brillante Idee. »David, Susannes Mann, ist auch nicht in eine normale Schule gegangen. Er ist vor langer, langer Zeit in einem Waisenhaus in Vietnam gewesen. Dann mußte er mit einem Flugzeug dort ausgeflogen werden, und es war sehr gefährlich. Direkt nach ihm startete ein anderes Flugzeug mit Waisenkindern, das abgeschossen wurde, und als er dann hierher kam, steckte man ihn nicht in eine normale Schule. Er mußte erst die Sprache erlernen und lernen, wie man sich hier zu benehmen hat.«

Mike rührte sofort wieder mit der Gabel im Essen herum, während er darüber nachdachte, aber nach vielleicht etwa dreißig Sekunden ließ er die Gabel fallen. »Ich bin keine Waise, ich bin ein Pflegekind. Ich habe Vater und Mutter. Ich lebe bloß nicht mit ihnen zusammen.«

Ich kam in unser Schlafzimmer und ließ die Morgenausgabe der *New York Times* aufs Bett fallen.

»Mike ist schon im Bus, und du warst schon unten in der Stadt?« fragte Sue.

»Ja, ich mußte Milch holen.«

»So«, sagte Sue und warf einen flüchtigen Blick auf die Zeitung, »was sehen denn deine Pläne für heute vor?«

Ich gähnte und reckte mich. »Ich werde in Nummer fünf das Parkett abziehen.«

»Und?«

»Und was?« fragte ich.

»Und«, flötete Sue, »dann wirst du noch einmal los müssen und Mikes Geburtstagsgeschenk abholen.«

»Oh, das habe ich vergessen«, sagte ich. »Ist es diesen Freitag?«

»Nein«, sagte Sue geduldig, »es ist übermorgen. Sein Bruder und seine Schwester werden herkommen, ein paar Freunde aus der Schule und vielleicht auch Joanne. Ich werde ebenfalls hier sein, natürlich, aber ich habe am frühen Nachmittag ein Treffen mit Klienten in Middletown, so daß du den Schankraum dekorieren mußt, bevor er von der Schule kommt.«

»Wie soll ich den Schankraum dekorieren?«

»Oh«, sagte Sue, »nur ein paar Luftballons. Denk dran, wir müssen unsere Distanz aufrechterhalten.«

Luftballons, Luftballons, Luftballons. Ich verbrachte den ganzen Nachmittag damit, kilometerweise Luftschlangen und eine große Fahne mit der Aufschrift »Happy Birthday« aufzuhängen. Dann hängte ich ein paar Luftballons an den Briefkasten, an Sues Schild, an die Tür zum Schankraum, über alle Lampen, den Spiegel und selbst an die Hirschtrophäe, die in der Ecke hing.

Liam kam eine Stunde vor Mikes erwarteter Rückkehr nach Hause. »Dad, bist du verrückt? Mom hat dich doch gebeten, das Ganze locker und bescheiden anzugehen.«

»Zur Hölle damit. Ich war jetzt wochenlang ein lieber Junge, und ich bin es leid, immer bescheiden und abgehoben zu sein. Heute werde ich jeden Schaltkreis in Mikes schwachem, kleinem, emotionalem Hirn überfordern.«

Dann kam Sue herein, ein Diplomatenköfferchen in der einen Hand und einen Karton mit Akten unter dem anderen Arm. Sie stand einfach nur da mit offenem Mund.

»Mom«, sagte Liam, »ich glaube, Dad muß getrunken haben oder so was.«

Dann fing sie an zu lachen. »O mein Gott.«

Die Party war in vollem Gange, aber Mike wirkte angespannt und reizbar, war immer nur der stille Beobachter.

Seine Halbschwester, ein untersetztes, ruhiges Mädchen von etwa dreizehn Jahren, und ein sehr viel größerer, aber genauso stiller Halbbruder, der vielleicht ein Jahr älter war, waren mit ihren Adoptiveltern, den Johnsons, gekommen, und ich dachte, ihre Anwesenheit wäre für Mike vielleicht schwierig gewesen. War er verlegen ihretwegen? Oder fühlte er sich nicht wohl, weil er nun bei einer anderen Familie gelandet war?

Zwischen Sue und mir einerseits und den Johnsons andererseits stimmte irgendwie die Chemie nicht, obwohl wir mehrfach miteinander telefoniert hatten. Ihrer Wertschätzung durch uns stand immer das Geheimnis entgegen, das sich damit verband, warum wohl der Adoptionsversuch Mikes fehlgeschlagen war. Aber ihr Verhalten auf der Party erschien ganz einfach merkwürdig.

Als wir anboten, ihren Kindern ein paar Dutzend Videobänder zu leihen, sichteten die Johnsons vor uns und den Kindern diese Bänder und verwarfen Walt-Disney-Filme wie *Parent Trap* als »Abfall« und »unmoralisch«, als Filme, die Scheidung und Gewalt »verherrlichten«. Aber sie waren beide geschieden. Und beinahe als erstes, nachdem sie hereingekommen waren, erzählten sie, daß er Alkoholiker sei und jemanden niederschießen könne (er arbeitete tatsächlich für die Post), und sie erklärte uns, daß sie krankheitsbedingt etwa alle halbe Stunde ohnmächtig werde, aber mit Zigarettenrauch wiederbelebt werden könne. Während der ganzen Party sprachen sie vor ihren Kindern von ihnen in herabsetzenden Worten und nannten ihr jüngstes Adoptivkind nur das »Crack Baby«.

Wir empfanden diese Verhalten verletzend für die Kinder. Die beiden älteren waren jedoch angenehme, allerdings außerordentlich reservierte Kinder. Mikes Schwester schaute weg, wenn sie lächelte. Und merkwürdigerweise hatte es keine Umarmungen und Küsse unter den Kindern gegeben, als sie bei uns ankamen.

Sue allerdings ignorierte alle ernsten Gesichter und versuchte Stimmung zu machen, blies Luftballons auf und zog eine große Show ab. Sie brachte die Kinder aus Mikes Klasse zum Lachen und konnte selbst Mikes Bruder ein halbes Grinsen abringen.

Dann begriff ich, was da eigentlich vorging. Mike fragte sich, was er wohl von uns als Geschenk bekommen würde. Er hatte in den letzten Tagen kaum noch über etwas anderes gesprochen. Er hatte bei der Fernsehzeit die Salamitaktik angewandt und sich eine weitere Sega-Kassette gewünscht, weil er wußte, daß wir ihn damit spielen lassen würden. Aber mitleiderregend wünschte er sich außerdem neue Reifen für sein Fahrrad. Liam hatte ihm ein altes BMX-Rad gegeben und ihm geholfen, es wieder benutzbar zu machen, aber es war immer noch in schlechtem Zustand, mit Teilen, die er immer wieder verlor, und das Hinterrad hatte eine Acht.

Schließlich sauste Sue in die Küche, um Kuchen und Kerzen zu holen, und ich schlich in den Keller, um sein Geschenk heraufzuschleppen, das zu groß war, um es einzupacken, aber hinten im dunklen Keller vor seinen Blicken sicherer war als selbst in Fort Knox.

Ein brandneues, metallic-blaues Achtzehn-Gang-Mountainbike in Erwachsenengröße mit Luftpumpe, Wasserflasche und Helm.

Ich schaute in sein Gesicht, während ich das Fahrrad in den Schankraum schob. Er sah es zuerst gar nicht direkt an, sondern betrachtete es nur aus den Augenwinkeln. Aber da ihn jeder dazu nötigte, stand er schließlich auf und nahm es entgegen, und zwar mit einem ganz gewaltigen Grinsen.

Sue flüsterte mir zu: »Ich hoffe, das macht ihn nicht so wütend, daß vier oder fünf Fenster dran glauben müssen.«

»Später«, sagte ich sarkastisch, »später. Im Augenblick ist er wirklich glücklich.«

Dann, etwa eine Stunde später, waren Mike und ich draußen auf dem Parkplatz, und er schrie mir zu: »Ich weiß, wie ich dieses Fahrrad fahren muß. Laß mich in Ruhe.«

»Fein«, sagte ich, »fein«, und zog mich mit erhobenen Händen zurück.

Ein paar Minuten später überprüfte ich einen der Reifen des Lieferwagens, ging unten am Ende des Parkplatzes in die Knie, als ich ihn in der Auffahrt losfahren sah.

Sekunden später stieß er mit mir zusammen. Der Zusammenstoß war so heftig, daß ich dachte, meine Beine wären gebrochen, und ich tatsächlich ein paar Sekunden lang ohnmächtig war.

Als ich wieder zu mir kam, blickte Mike auf mich herab und trat die Pedale seines Fahrrads rückwärts. »Es tut mir leid«, sagte er. »Wir müssen ein paar Bremsen an das Ding machen.«

»Handbremsen«, konnte ich gerade noch grunzen. »Diese Dinger am Lenker sind Handbremsen.«

»Wenn es eine Sache gibt, in der mir ganz sicher bin, Rich, dann daß Mike dringendst benötigt, was ihm das Programm für Sonderschulerziehung bietet.«

Ich versuchte, nicht die Geduld zu verlieren. Sue hatte sich mit diesem Schulpsychologen verabredet, war aber in letzter Minute verhindert. Sie wollte die Möglichkeit sondieren, Mike wenigstens in ein paar echte Kurse zu bringen. Aber die Chemie zwischen ihm und mir stimmte von Anfang an nicht.

»Aber *Tom* . . .« – ich nannte ihn hartnäckig Tom, weil er mich hartnäckig Rich nannte –, ». . . er ist ein im Grunde genommen kluges Kind. Er macht zu Hause enorme soziale Fortschritte, und er möchte es gerne einmal in einer normalen Klasse versuchen.«

»Ich weiß nicht, was wir tun können. Mike hat eine lange Geschichte emotionaler Störungen. Er ist ordnungsgemäß einer Diagnose unterzogen worden.«

»Nun dann«, sagte ich, »was wäre denn, wenn wir ihn zu einem anderen Psychiater brächten und ihn ordnungsgemäß einer Diagnose mit anderem Ergebnis unterziehen lassen würden?«

»Ha«, sagte er mit einem verächtlichen kleinen Lächeln, »selbst unter solchen Umständen wird man darauf bestehen, daß er Sonderförderung bekommt. Es gibt einen ungeheuren Berg älterer Akten, es gibt einen individuellen Erziehungsplan: Das ist mehr, als man ignorieren könnte, selbst wenn eine rechtliche Möglichkeit dazu bestände.«

»Also sitzt er in der Falle.«

Der Psychologe setzte sich etwas indigniert auf. »Es handelt sich hier um eins der besten Programme, die es gibt. Wir haben sogar eine Warteliste. Mike hatte großes Glück, überhaupt aufgenommen zu werden.«

»Tom«, protestierte ich und deutete mit der Hand auf den modernen Bürokomplex, »Mike betrachtet das alles nicht als Möglichkeit für sich; für ihn ist es ein Stigma. Er will ein normales Kind sein.«

»Aber er ist kein normales Kind.«

Ich erhob mich. »Ich weiß nicht, was ein normales, was ein Durchschnittskind ist. Wenn wir alle Durchschnitt wären, dann hätte jeder von uns einen Hoden und eine Brust.«

Der Psychologe hatte für diese Bemerkung nur ein oberflächliches, ausdrucksloses Lächeln übrig und sagte: »Mike ist ernsthaft emotional gestört – sehen Sie sich doch seine Handschrift an. Nach Monaten der Betreuung ist es immer noch Gekritzel. Er kann noch nicht einmal Wörter zwischen die Linien auf einem Blatt Papier schreiben – trotz einigermaßen gut entwickelter Feinmotorik. Dem liegen emotionale Ursachen zugrunde, tiefe emotionale Ursachen.«

Um halb acht an diesem Abend saß Mike am Couchtisch vor dem Kamin an seinen Hausaufgaben. Ich nahm mir sein Hausarbeitsblatt und sah, daß seine mit Bleistift geschriebenen Antworten über die ganze Seite gekritzelt waren. Also zerriß ich es.

»Hey!« schrie er.

Aber ich setzte mich und legte ein neues Blatt Papier vor ihn hin. »Was ist die Antwort auf die erste Frage?«

Er sah mich mürrisch an. »Apfel.«

»Fein. Schreibe den Buchstaben *A* und sieh zu, daß er zwischen diesen beiden blauen Linien steht.«

»Warum?«

»Tu es einfach.«

Kritzel.

»Gut, radier es wieder weg und versuch es noch einmal, und schreib diesmal zwischen die Linien.«

Er radierte es aus und schrieb noch einmal.

Kritzel.

»Du hast nicht zwischen die Linien geschrieben, also radier es wieder weg.«

Er radierte und nahm dann wieder den Bleistift zur Hand.

Kritzel.

»Radier es aus.«

Nach einigen weiteren Versuchen hatte er ein Loch in das Papier radiert, und ich gab ihm das nächste Blatt.

Es war gegen neun Uhr, als er es wütend zwischen die Linien schrieb. »Da.«

»Gut«, sagte ich. »Das ist ein perfektes *A*. Jetzt schreibe *p, f, e, l,* und zwar alle Buchstaben auf die Linien.«

Als Mike seine Aufgaben erledigt hatte, baute ich mich vor ihm auf.

»Mike, warum schreibst du nicht bei all deinen Hausaufgaben die Wörter auf die Linien?«

Er starrte zu mir hinauf. »Ich hasse diese Scheiß-Schule.«

»Sag nicht dieses Wort.«

»Ich hasse diese Scheiß-Klasse.«

Ich beugte mich vor, um ihm einen Schlag auf die Schulter zu geben, aber er duckte sich darunter hinweg und freute sich, daß ihm das gelungen war.

Dann ging ich in Sues Büro, machte eine Kopie seiner Hausaufgaben und fügte sie als Anlage einem sehr bösen Brief bei.

Ich versuchte später, diese Auseinandersetzung im Zusammenhang zu betrachten. Ich wußte, warum die Schule Mike nicht zum Lernen drängte – sie hatten sich seine Akte angeschaut und glaubten eigentlich nicht, daß er in ihr relativ offenes System gehörte. Dieser Umstand weist auf ein Geheimnis hin. Uns ist es nämlich immer noch ein Rätsel, warum wir Mike überhaupt jemals kennenlernten – wir hatten nämlich herausbekommen, daß er eigentlich niemals für das *Harbour*-Projekt hätte ausgewählt werden sollen.

Das wurde zwar niemals direkt gesagt, aber es gab doch Hinweise – daß es sich um ein Programm therapeutischer Pflege für Kinder handelte, die mit einer gewissen Aussicht auf Erfolg davon profitieren konnten, und daß Mikes Akte viel zu erschreckend war, um auch nur die geringste Hoffnung in dieser Richtung aufkeimen zu lassen.

Aber warum war er dann hier?

Irgendwie war er durch die Maschen des ersten unabhängigen Auswahlkomitees geschlüpft und war dann Sue und mir als unser erster und einziger Fall ausgehändigt worden. Ich vermutete die verborgene Hand eines persönlichen Interesses. Ich glaube, daß irgend jemand Mike wirklich leid getan hat und es einfach mal hat drauf ankommen lassen.

Und das erklärte dann auf etwas umständliche Weise, warum Joanne und Paula, die Direktorin des *Harbour*-Projektes, an diesem Nachmittag bei uns eintrudelten, dem Tag nach Joannes letztem Besuch bei Mike, vorbereitet durch die Lektion: »Hört auf, Mike zu drängen, laßt es langsam angehen, keine großen Erschütterungen.«

Nach einer Einleitung erhielten wir eine unverblümte Warnung, uns aller weiteren einseitigen Aktionen zu enthalten, und dann eine noch unverblümtere Erinnerung daran, wer hier das Spiel bestimmte. Tatsächlich erklärte Paula uns, daß *Harbour*, was Mike betraf, »unser Arbeitgeber« sei.

Ich nehme an, daß ein solches Gespräch einmal stattfinden mußte. Wenn man Mikes besonderen Status bedachte und dazu unser Verhalten, dann mußte das zusammen zu extremer organisatorischer Unzufriedenheit führen. Bei unseren wöchentlichen Zusammentreffen erzählten wir Joanne zwar immer genau, was geschehen war, aber nur selten, was wir planten. Nicht unbedingt, weil wir nicht wollten, daß sie es erfuhr (obwohl, um ehrlich zu sein, das manchmal der Fall war); es war vielmehr so, daß wir selbst oft nicht die leiseste Idee hatten, was wir tun würden. Aber ich sah auch, wie das von der anderen Seite des Zauns aus erscheinen mußte: die Medikation aussetzen, ihn mit in die Adirondacks nehmen, ihn mit nach Vermont schleppen, die Ereignisse dort – »ich bin von einer Kanone niedergeknallt worden, whow!« –, Joannes anfängliche Ängste, was den Karatekurs betraf, Hunde in sein Bett zu lassen, häusliche Pflichten, Sues Selbstherrlichkeit, ihn durch Zurückschreien zum Schweigen zu bringen (sie nannte es die Wutanfall-Therapie), die Tatsache, daß Mike Joanne erzählt haben mußte, daß wir ihn mit zur »Jagd« nahmen und daß wir ihn morgen für morgen buchstäblich aus dem Bett zerrten. Alles in allem ein Bild eines eigenwilligen Paares, das mehr als nur ein wenig außer Kontrolle geraten ist.

Aber irgendwie glaubte ich, daß das heutige Treffen mehr mit der Schule zu tun haben müßte als mit allem anderen.

Ich blickte zu Sue hinüber. Unter normalen Umständen hätten Paulas Bemerkungen die gleiche Wirkung gehabt wie ein angezündetes Streichholz, das man an eine offene Schüssel mit Benzin hält. Aber heute strahlte sie nur Sonne aus. Also versuchte ich mich selbst mit einer Rechtfertigung. »Sie wissen ja, Paula, daß Mike dreißig Pfund zugenommen hat, seit er bei uns ist.«

Paula blickte mich verwundert an, und sagte: »Nein, das wußte ich nicht.« Dann wandte sie sich an Joanne. »Das sollten Sie in den Bericht aufnehmen.«

Sue sagte leichthin, zum ersten Mal mit einigem Interesse: »Ein Bericht? Ist irgend jemand irgendwo weiter oben in der Hackordnung an Mike interessiert?«

Paula winkte ab. »Es ist bloß Routine, wir müssen es von Zeit zu Zeit tun.«

Sue räusperte sich leise, und ich fiel mit einer weiteren Äußerung ein. »Er steht jetzt morgens auf. Das hat er im Kinderheim nicht getan.«

»Ich erinnere mich, das in seiner Akte gelesen zu haben«, sagte Paula. Dann sah sie wieder Joanne an, und Joanne kritzelte.

Sue trat schließlich in meine Fußstapfen: »Und er hatte einen Freund – eigentlich Freunde hier für einen Tag zu Besuch. Man hatte uns gesagt, daß er mit dieser Art von persönlicher Beziehung auf Eins-zu-eins-Basis nicht zurechtkäme.«

»Ich verstehe.«

»Man hatte bei ihm ein Tourette-Syndrom diagnostiziert, aber sein Gesichtstic ist inzwischen verschwunden.«

»Tatsächlich?«

Ich schnippte mit den Fingern. »Er hilft daheim mit, unsere Mahlzeiten zuzubereiten.«

»Und übernimmt andere häusliche Pflichten.«

»Sein nächtliches Weinen hat auch aufgehört.«

»Er schreibt jetzt die Wörter richtig auf die Zeilen.«

»Er hat gelernt, Schach zu spielen.«

»Er macht lange Spaziergänge mit den Hunden und winselt nicht mehr jeden Moment um unsere Aufmerksamkeit.«

Ich sah Sue an und grinste. »Und, um es nicht zu vergessen, er wischt sich jetzt seinen Hintern ab.«

»Ja, so ist es«, sagte Sue und lächelte Paula milde zu, um dann jede einzelne Silbe sorgfältig so auszusprechen, als kratze man über eine Schiefertafel. »Er wischt sich den Hintern ab.«

Wir beide starrten Paula, die uns am Tisch gegenübersaß, mit einer unausgesprochenen Frage auf den Lippen an: Was haben Sie jetzt vor nach diesem Warnschuß mit der Beziehung zwischen Arbeitgeber und Angestelltem? Worauf wollen Sie hinaus?

Wir blickten uns lange an, und dann hob Paula abwehrend die Hände und lächelte. »Gut. Also, schaut mal, Leute, ich stehe auf eurer Seite, weil ich weiß, daß ihr auf Mikes Seite steht. Nehmt bitte nichts, was ich gesagt habe, persönlich. Aber Mike ist ernsthaft gestört, und auf manche Art seid ihr immer noch mit ihm in den Flitterwochen. Wir müssen uns also eine Reihe von Dingen klarmachen. Zuallererst, wie wichtig es ist, die richtigen Dienstleistungen und Hilfsmittel in Anspruch zu nehmen . . .«

Aha, dachte ich, es geht also um die Schule.

»Und«, fuhr Paula fort, »vielleicht, wirklich nur vielleicht, müssen wir Mike nicht ganz so energisch vorantreiben.«

»Ja«, sagte Sue und lächelte wieder, »natürlich.«

Wir hatten Ostern auf ein großes Abendessen verzichtet, weil Susanne und David nicht da waren und Sue deshalb beschlossen hatte, dieses Essen später im Monat nachzuholen. Mike half und schälte Kartoffeln. Dann, während wir alle noch sehr beschäftigt waren, beschloß er, einen Spaziergang zu machen. Er und die Hunde streiften fast zwei Stunden lang die Berge hinauf und hinunter, und er kam müde, entspannt, mit roten Wangen, vom Wind zerzaustem Haar und sehr hungrig zurück. Er schlüpfte gleich in die Küche, hob die Topfdeckel an und schaute in die Töpfe. »Ah, ausgezeichnet«, sagte er beim ersten – *klong*. »Hm, mein Lieblingsessen«, beim nächsten – *klong*.

Sue stieß mit einem schweren, heißen Topf in der Hand mit ihm zusammen. »Mike, mach verflixt noch mal, daß du hier rauskommst, und geh dich waschen«, sagte sie, und er rannte hinaus.

Geröstetes Lamm, Kartoffeln mit Sauerrahm, Bratensoße, viel Gemüse, Salat, zwei Pasteten, Brownies und zum Schluß noch Eiscreme. Mike wurde das Opfer von zahlreichen wohlüberlegten Hänseleien von seiten Davids, Liams und Henrys (er hatte es selbst heraufbeschworen, indem er in gekränktem Tonfall bemerkt hatte, daß er letzten Samstag nur anderthalb Stunden Fernsehzeit bekommen hatte). Aber Mike schien diese Hänseleien zu genießen. Er fragte nach einem Bier, und ich schlug es ihm ab, dann bat er um Wein, und ich gab ihm Johannisbeersaft in einem Weinglas. Später fragte Liam ihn, ob das Wein sei, und Mike sagte gekränkt: »Nein, Rich hat für mich wieder den Johannisbeersaftkran geöffnet.«

Mike aß sowohl Brownies als auch Zitronentörtchen zum Nachtisch, spielte danach mit David ruhig Scrabble – das Licht hatten wir inzwischen gedimmt, und alle anderen lasen entweder schweigend oder redeten, flüsterten in irgendwelchen Ecken des Raumes. Dann, als es Bettzeit wurde, verließ er uns zufrieden und schläfrig und mit einem Kätzchen namens Calico auf dem Arm, das Theresa, die bei uns ein Zimmer mit Frühstück gemietet hatte, ihm geschenkt hatte.

Donnerwetter, das war beinahe zivilisiert.

Ein sonniger Tag. Von unserem Rasen aus konnte man die vierzig Meilen entfernten Catskills sehen oder einen Habicht, der sich von einem eine Meile entfernten Baum emporschwang.

Ich versah Mikes Angel mit einer neuen Schnur, und dann übten wir auf dem Rasen das Auswerfen. Es faszinierte Mike, daß die Angelschnur im Sonnenlicht in Purpurtönen fluoreszierte, aber völlig durchsichtig war, wenn sie im Wasser lag (und mir ging es auch nicht anders). Dann ging er zu den Seen, um dort zu angeln, und blieb dort mit den Hunden fast, bis es dunkel wurde. Ich sah einmal mit dem Fernglas nach ihm und konnte ihn deutlich sehen, wie er ausholte und die Angelschnur weit auf den großen See hinauswarf, und auch die beiden schwarzen Schöpfe von Teddy Bear und Pupsy waren neben ihm im Gras zu erkennen.

Später aß er an der Bar zu Abend – Hamburger, Pommes, Salat –, und wir erlaubten ihm, bis zur Schlafenszeit fernzusehen; dazu legte er sich auf die Couch, deckte sich mit einer Decke zu und war entspannt und schläfrig. Das Kind war wirklich müde und nicht aufgedreht oder hyperaktiv.

Auf dem Weg ins Bett fragte er mich, ob er sich einen Pferdeschwanz wachsen lassen dürfte. Ich sagte: »Nicht, solange ich lebe.«

Einige Tage später fuhr Mike spätnachmittags mit seinem Fahrrad den Berg hinauf, und als er keine Anstalten machte zurückzukommen, folgte ich ihm auf Brendans Fahrrad. Man geht immer vom Schlimmsten aus. Vielleicht saust er ohne jegliche Kontrolle eine der Straßen hinab, rast in einen der Seen und ertrinkt? Vielleicht überschlägt er sich und bricht sich dabei den Schädel?

Nach etwa ein oder zwei Meilen fand ich ihn; er plauderte mit Gene Coy. Gene ist einer unserer Nachbarn, ein Landwirt. Er saß in seinem Lastwagen seinen schwarzen Labrador Cinder auf dem Sitz neben ihm. Mike erzählte Gene die Geschichte seines Lebens und fragte ihm wegen des Hundes ein Loch in den Bauch. »Hilft er am Haus? Ist er ein guter Wachhund? Kann er schwimmen? Macht er auf den Gehweg? Wird ihm beim Autofahren schlecht? Kann er . . .«

Gene saß in seinem Lastwagen, schlank, gebräunt, gleichmütig, mit ergrauendem Haar, und widmete sich ganz seiner Zigarette, während er versuchte, so schnell zu nicken, wie die Fragen kamen. Schließlich platzte er heraus: »Schön, dich gesehen zu haben, muß jetzt Kalk streuen, also bis dann«, und machte sich mit auf dem Kieselboden durchdrehenden Reifen davon. Der Hund blickte vom Beifahrersitz aus unsicher zurück, zweifellos wunderte er sich, was all der Lärm sollte.

Am nächsten Tag eröffnete Mike die nächste Runde zum Thema Schule – zumindest dachten wir, daß es darum ging.

Ich hatte um sieben Uhr morgens jemanden in Kingston zu treffen; das ist von uns aus ungefähr dreißig Meilen entfernt. Es war ein freier Tag für mich mit Skeetschießen weiter flußabwärts in Germantown, so daß ich schon lange aus dem Haus war, als Sue in Mikes Zimmer schlurfte, selbst noch halb im Schlaf, in Schlappen und Morgenrock und mit ihrer ersten Tasse Kaffee.

Wir hatten uns nie an die schreckliche Art gewöhnt, in der uns Mikes Ausbrüche zu überraschen pflegten. Vor allem dachten wir immer, er wäre jetzt diesen Dingen entwachsen. Aber diese Ausbrüche waren seine Waffe, wenn er mit etwas unzufrieden war, und es war einfach eine Tatsache, daß Mike, wie glücklich und erschöpft er abends auch zu Bett gegangen sein mochte, sich am Morgen aus seinen Laken erheben konnte wie ein Dämon aus der Hölle. Oft konnten wir gar nicht anders, als anzunehmen, daß so etwas Schreckliches gar nicht nur rein emotionale Gründe haben könnte, daß er einen organischen Hirnschaden haben müsse, vielleicht aus der Zeit, als er in seinen ersten Jahren so furchtbar geschlagen worden war. Aber wir wußten, daß er untersucht worden war, daß man Gentests und Röntgenaufnahmen gemacht hatte, und zwar wieder und immer wieder. Und außerdem zeigte uns die zielgerichtete Art dieser Streitigkeiten, daß es dabei in starkem Maße um Kontrolle ging, um Herrschaft, daß er sich dazu tatsächlich entschieden hatte. Wenn er zum Beispiel etwas zerschlug, dann handelte es sich in neunzig Prozent der Fälle um irgend etwas aus seinem Besitz oder ein Fenster in seinem Zimmer. Und während er früher diese Verhaltensweisen in allen Situationen und jedem sozialen Umfeld gezeigt hatte, konzentrierte er sich damit jetzt mehr auf Sue und mich und die Schule, auf Menschen, die bei ihm eine Elternrolle einnahmen.

Es war allerdings kein großer Trost zu wissen, daß wir das alleinige Ziel seiner Ausbrüche waren. Das Entnervendste an ihnen war vielleicht, daß sie meistens dann erfolgten, wenn wir am verwundbarsten waren oder am wenigsten damit rechneten.

Und offensichtlich erwischte es Sue an diesem Morgen aus beiden Läufen. Im Lauf des Tages bekam sie dann noch einen Anruf aus der Schule. Er hatte es nicht bei einem Schuß ins Ungewisse belassen – es gab großes Theater im Schulbus, großes Theater in der Klasse, Lügen, gegenseitiges Anschreien und so weiter.

Auf meinem Weg nach Hause – noch völlig ahnungslos – hielt ich in der Stadt, holte sein Fahrrad aus der Reparatur und auch die neue Pfadfinderausrüstung, die er sich gewünscht hatte. Als ich dann kurz nach vier Uhr nachmittags entspannt und lächelnd nach Hause kam, beladen mit den Paketen für ihn, begann eine Wiederholung dessen, was sich am Morgen ereignet hatte – Geschrei, Zerschlagen weiterer Fenster – und es blieb so bis spät abends. Immer wieder mußten wir Mike in seine Schranken verweisen. Es war erst zu Ende, als er jedes Quentchen Energie in ihm verbraucht hatte und schluchzend in einer Ecke seines Zimmers in sich zusammensank.

Nicht zum ersten Mal fragten wir uns, ob es richtig war, ihn mit alldem zu konfrontieren und darauf zu beharren, ihn durch diese Kreisläufe zu treiben. Aber es schien einfach keine andere Möglichkeit zu geben, und wir sagten ihm das wieder und wieder mit so unpersönlichem Gesicht, wie wir konnten: »Mike, es ist unsere Aufgabe als Eltern, dich zur Schule zu schicken und dafür zu sorgen, daß du deine Hausaufgaben machst oder daß du dich anziehst und wäschst, und zwar ganz unabhängig davon, was du tust oder was irgend jemand sonst tut. Es ist unsere Aufgabe, und wir werden sie erledigen. Wir werden damit niemals aufhören.«

Spät am Abend, als Mike gewaschen war, den Schlafanzug angezogen und sich auf sein Bett hatte fallen lassen, versuchte ich auf eine andere Weise, zu ihm durchzudringen, und sagte: »Wir wollen uns nicht mehr über das Aufstehen am Morgen streiten, aber wir werden es. Wäre es nicht besser, wenn du wirklich aufständest? Kannst du nicht einen Vorschlag dazu machen?« Interessiert machte er einen Vorschlag, murmelte etwas über Wecker, die auf bestimmte Zeiten eingestellt werden sollten, mehr Anstrengungen von seiner Seite und so weiter.

Aber ich hatte nicht allzuviel Vertrauen, daß er sich daran halten würde. Denn er hatte noch nicht bekommen, was er wollte.

Liam hatte am Nachmittag nach zwei Jahren seine Zahnklammern herausgenommen bekommen. Er fragte mich, ob er irgend etwas »Richtiges zu essen« bekommen könne.

»Was soll das heißen?«

»McDonald's.«

Also begaben Mike, Liam und ich uns zum Abendessen zu McDonald's. Mike wirkte ab und zu fröhlich, sah ein Kind auf einem Fahrrad vorbeifahren und sagte mit einem Grinsen: »Ich habe ein besseres Rad als der da!« Er redete die ganze Zeit über das Essen, aber irgend etwas bei ihm stimmte nicht, als wenn irgend etwas Dunkles von Zeit zu Zeit in seinen Augen sichtbar würde. Das machte mich reizbar und nervös. Ich kam mir vor wie ein Hund mit empfindlichen Sinnen, der ein Unwetter schon lange vorher spürt. Dann fiel mir ein, daß Mike in den letzten Tagen mehrfach mit seiner Schwester telefoniert hatte. Das war ungewöhnlich – sie telefonierten sonst vielleicht einmal pro Monat miteinander. Hatte das vielleicht irgend etwas mit seinem Verhalten zu tun?

Als ich es Sue gegenüber erwähnte, erinnerte sie mich daran, daß Joanne erst vor kurzem Mike zu einem Besuch bei seinem Bruder und seiner Schwester bei den Johnsons mitgenommen hatte, und wir beschlossen, sie über die Beziehung zwischen Mike und dessen Schwester zu fragen.

Was Joanne uns widerstrebend beschrieb, war sehr traurig. Die Schule war das geringste Problem, doch Mikes Schwester beklagte sich ständig über ihre eigene Stellung und die ihres älteren Bruders in der Familie Johnson. Offensichtlich mußten sie eine kleine, restriktive, christliche Schule besuchen, mußten unmittelbar nach der Schule nach Hause kommen und erhielten nur selten die Erlaubnis, ohne Aufsicht auszugehen. Während Mikes Bruder in sich zurückgezogen und wenig kommunikativ wirkte, war seine Schwester rebellisch und schmiedete in ihrer Phantasie Fluchtpläne. Joanne hielt es für möglich, daß die Schwester Mike eingeredet hätte, daß sie trotz seines Alters von erst dreizehn Jahren von den Johnsons flüchten und sich mit ihm zusammentun könne.

Wir versuchten zu dritt, schlau daraus zu werden. Es gab eine besondere Beziehung zwischen Mike und seiner Schwester – nicht offensichtlich tief, sondern eher auf der Grundlage gemeinsamer Geheimnisse. Auf eine sehr kontraproduktive Weise versuchte die Schwester vielleicht nur, eine Rolle beizubehalten, in die sie vor vielen Jahren geschlüpft war. Es schien sehr schwierig zu sein, die Einzelheiten zu ermitteln, was sich in ihrem früheren gemeinsamen Elternhaus zugetragen hatte, aber offenbar hatte Mike als kleines Kind nur dann etwas zu essen bekommen, wenn seine Schwester es für ihn stahl, und das gleiche schien für alle andere Art von Zuwendung und Aufmerksamkeit zu gelten, die ihm zuteil wurde.

Wie sollten die Erwachsenen auf eine solche Beziehung reagieren? Seine Schwester war vielleicht der einzige Mensch im ganzen Universum, dem Mike wirklich vertraute, und das wollten wir ihm sicherlich nicht nehmen. Aber vernünftig reden konnten wir mit ihr auch nicht – offensichtlich war sie zu wütend über ihre eigene Situation.

Wußte Mike, daß er die Dinge für den Augenblick weit genug getrieben hatte, oder wußte er etwas, das wir nicht wußten? Offensichtlich mußte das eine oder das andere davon zutreffen, denn am nächsten Tag überraschte er uns damit, daß er, nachdem er aus der Schule wieder zu Hause eingetroffen war, all seine Hausaufgaben von sich aus und allein machte. Dann aß er gut zu Abend und ging in der Dämmerung hinaus, um auf dem Rasen hinter dem Haus im warmen, dunstigen Regen mit den Hunden zu spielen, sich mit ihnen auf dem Boden zu wälzen, zu rutschen, zu schliddern und zu lachen, eine Stunde lang und länger. Später trainierte er im Keller mit Henry. Henry hatte eine neue Hantelbank aufgestellt und trainierte jeden Abend etwa eine Stunde lang. An diesem Abend durfte Mike mit in den Fitneßraum. Später kam Mike zu mir herein und erzählte mir, daß er die Gewichte einmal gestemmt habe und jetzt versuchte, mehr zu schaffen. Gut. Das Kind benötigte irgendein Ziel.

Aber wo war seine Wut geblieben?

Sie war auch am Morgen noch nicht wiedergekehrt, denn zu meiner kompletten Überraschung weckte er mich mit einer Tasse Kaffee um sechs Uhr fünfzehn. Es waren schon einige Tage vergangen, seit wir diesen Morgenplan aufgestellt hatten, und ich war mir sicher, daß er nichts mehr davon würde wissen wollen.

Ich war dankbar – jämmerlich dankbar.

Der April war beinahe vorüber, als Henry von einer Fahrt nach Connecticut zurückkam und Mike mit auf den Shawangunk nahm, wo sie mit ihren Mountainbikes bis zum Einbruch der Dunkelheit die Wege befuhren, die durch die Wälder gingen. Alles in allem legten sie vier oder fünf Meilen zurück, und es war Mikes erste Begegnung mit der wilden, hochgelegenen, kleinen Welt, in der die fünf anderen Jungen groß geworden waren. Ein schönes, rauhes Land, die Wege durch den Wald überwuchert und dornig, der Wald hauptsächlich Wiederaufwuchs von Harthölzern – Eiche, Ahorn und Esche mit verstreuten Hemlocktannen, die hoch aufragten wie die alten Bäume eines Zauberwaldes. Viele Felsbrocken und hochgelegene kleine Moore, wo die Rinnsale ihren Weg über die Terrassen der Hänge nehmen. Weitab von aller Zivilisation findet man dort die Fundamente von Bauernhöfen, die schon seit hundert Jahren verlassen sind. An manchen Orten dort ist es geisterhaft dunkel, dort, wo das Laubdach hoch und dicht und alles sehr wild ist. Aber sehr schön ist es ebenfalls, wenn einem der tiefe Wald gefällt. Sie sahen auch Hirsche.

Als sie um neun Uhr immer noch nicht wieder aufgetaucht waren, rief ich bei Susanne an, und tatsächlich hatten sie dort auf dem Rückweg haltgemacht. Susanne backte Kuchen, und David ließ Mike mit seinem Samuraischwert spielen. Wieder etwas, was man *Harbour* besser nicht erzählte. Ich bat Susanne, sie bald loszuschicken, damit Mike nicht allzu spät ins Bett kam – er war auch so schon schwierig genug am Morgen. Sie waren so etwa um halb zehn wieder zu Hause, aßen zu Abend, und Mike ging erschöpft, schmutzig und sonnenverbrannt gegen zehn zu Bett. Henry meinte, Mikes körperliche Verfassung sei immer noch jämmerlich, aber es gebe Hoffnungszeichen.

»Worüber habt ihr beiden geredet?« fragte ich Henry.

Er zuckte die Achseln. »Über das einzige Thema, über das er überhaupt redet – wie sehr er die Schule haßt.«

Als ich hinein kam, saß Sue mit einem Glas Wein am Tisch im Schankraum.

»Ist das ein Erwachsenengetränk, was ich da erspähe? Vor dem Abendessen, nicht am Wochenende und dann noch alleine?«

»Ja«, sagte sie lächelnd. »Es gibt einen besonderen Anlaß.«

»Welcher?«

»Joanne hat angerufen. Sie sagte, ihr Bericht habe Wirkung gezeigt, wie offenbar all deine Beschwerden. Mike wird in eine Übergangsklasse versetzt, hat den ganzen Tag über Unterricht im Kurssystem mit abgestuften Schwierigkeitsgraden, also wie in einer normalen Klasse.«

Ich ließ mich auf einen Stuhl fallen. »Hat sie dir jemals erzählt, an wen ihr Bericht geht?«

»Nein, das hat sie nicht, und ich habe auch nicht gefragt, aber ich schätze, sie haben auch Rechtsanwälte, gerade so, wie sie Therapeuten und Sozialarbeiter haben.«

»Also waren sie schließlich doch auf unserer Seite?«

»Nun«, lächelte Sue, »auf Mikes Seite. *Harbour* geht es nur darum, auf Mikes Seite zu sein.«

»Und nächstes Jahr?«

Sue drehte ihre Handflächen nach oben. »Wird er mit seiner Akte im Schlepptau versetzt, so daß ich schätze, wir werden den ganzen Kampf noch einmal ausfechten müssen.«

»Ja, sieht so aus«, sagte ich zweifelnd.

»Aber Rich . . .«

»Was?«

»Ich möchte etwas sagen.« In ihren Augen stand eine tote, spröde Ernsthaftigkeit. »Wenn uns dieser Durchbruch nicht gelungen wäre und er hätte wieder angefangen, dann hätte er irgendwo anders hingehen müssen. Ich war am Ende meiner

Kräfte. Ich konnte es nicht mehr ertragen, ständig an der Front im Schlachtengetümmel zu leben, und habe nach Möglichkeiten gesucht, wie ich es dir sagen könnte. Ich habe einhundertzehn Prozent von dem gegeben, was ich habe. Ich glaube nicht, daß noch etwas übrig ist, und von diesem Kind kommt nichts zurück. Auf gewisse Weise – und für ihn sicher auf fast jede Weise – glaube ich, daß ich keinen Deut näher daran bin, seine Mutter zu sein, als ich es im letzten Sommer war. Er nennt uns immer noch Rich und Sue, er betrachtet uns hier immer noch als eine von vielen Unterbringungen.«

»Das wird sich ändern, Sue.«

»Vielleicht.«

Langes Schweigen, dann blickte ich auf. »Wo ist er jetzt?«

Sue deutete auf das Fenster. »Ich habe es ihm erzählt, er fing an zu weinen und ist dann zum Biberteich gelaufen.«

Ich blickte nach draußen zum Biberteich hinüber. »Da unten ist immer noch alles überflutet.«

»Ach Rich, mach dir keine Sorgen. Die Hunde sind bei ihm.«

KAPITEL 13 Zerbrochenes Glas, Gebrochene Pfote, Medizinmann

Es folgte eine Woche Arbeit, morgendliche Spaziergänge in den Bergen, ein ruhiger Mike und unendlich entspannte Abendmahlzeiten. Tatsächlich so entspannt, daß Sue ein paar Tage frei nahm, um ihre Mutter zu besuchen. Ich war allein an dem ersten sonnigen Mittwoch im Mai, als Joanne Mike von der Schule abholte, mit ihm zu McDonald's fuhr und ihn dann etwa um halb sechs nach Hause brachte.

Mikes Ankunft verlief wie immer mit größter Anmut, er polterte durch die Tür oben hinein, aber als Joanne eine Tasse Tee nicht ablehnte, spürte ich, daß etwas nicht stimmte – irgend etwas Ungewöhnliches.

Sie machte einen großen Wirbel.

»Er macht sich Sorgen wegen seiner neuen Klasse«, sagte sie schließlich. »Es wird dort von neun Uhr bis Viertel nach zwei mittags durchgearbeitet, nur mit einer Mittagspause und einer weiteren fünfzehnminütigen Pause.«

»So?«

»Ja.« Sie machte eine leichte Grimasse und fuhr dann auf ihre umsichtige Art zu sprechen fort, mit gemessenen Worten, alles wohldurchdacht und sanft: »Mike hat nicht ganz verstanden, um was er da eigentlich bat, als er sagte, er wolle in eine normale Klasse gehen. Er hat niemals so lange auf seinem Platz sitzen müssen, und wenn er jetzt ständig fragt, ob er hinausgehen kann und spielen, dann greifen die anderen Kinder das auf und machen sich lustig über ihn. Er reagiert dann mit Schimpfwörtern, der Lehrer greift ein, und es gibt eine Szene.«

»Wir haben davon noch nichts gehört. Hier war alles sehr ruhig.«

Joanne zuckte die Achseln. »Nun, es ist das Bild, zu dem ich gekommen bin, nachdem ich all die kleinen Stückchen und

Häppchen zusammengesetzt habe, die er mir heute nachmittag hat zukommen lassen.«

»Daß sie sich über ihn lustig machen?«

»Jeden Tag. Offensichtlich ist es jeden Tag dasselbe, Rich. Jeden Tag, seit er dort ist.«

Ich stand auf und begann auf und ab zu schreiten. »Das ist ja furchtbar.«

Joanne reckte sich und nippte dann an ihrem Tee, beobachtete mich dabei aber die ganze Zeit sehr sorgsam. »Rich, wie emotional verletzlich sind Sie beide?«

Verwundert von dieser Wendung des Gesprächs konnte ich nur das Offensichtliche bestätigen: »Mike ist jetzt seit acht Monaten ein Kind dieses Hauses.«

»Nun, seien Sie vorsichtig«, sagte sie und nickte. »Ich glaube nicht, daß Sie es vermeiden können, daß Sie ihm nahekommen, aber Sie müssen immer daran denken, daß er es kann, und wenn er irgendwelche Dinge tut, dann will er damit nicht Sie oder Sue verletzen; es ist seine Art, mit den Dingen umzugehen, die nicht in seinem Sinne laufen.«

Immer noch verwundert erwiderte ich langsam: »Nun ja, das haben Sie alles schon früher gesagt.«

Dann, als ich zu verstehen begann, was sie da sagte, setzte ich mich wieder. »Joanne, wollen Sie mir sagen, daß Mike wieder anfangen wird, mit Sue und mir zu streiten?«

Sie zuckte mit einer Schulter und machte ein unglückliches Gesicht. »Wir haben einen großen Fehler gemacht, ihn aus dem Sonderförderungsprogramm herauszunehmen, weil er früher oder später hier an Ihnen auslassen wird, was ihm dort in der Schule angetan wird.« Ich senkte den Blick. Das alles war zu traurig. Und ich hatte gedacht, mit der Schulfrage wäre eine Geschichte in seinem Leben und in unserem Leben beigelegt.

Warum sprach er nicht mit uns? Warum hielt er einfach nicht in der Schule die Klappe? Und wie würde Sue reagieren, wenn er wieder anfing, sich gehenzulassen? Joanne las meine Gedanken.

»Wie steht's mit Sue?«

Ich atmete hörbar aus und versuchte, die ganze Sache laut zu durchdenken. »Vor etwa einem Monat kam ich nach Hause und fand Sue, das Gesicht in ihr Kissen gedrückt. Sie weinte. Sie möchte das nicht noch einmal erleben. Sie möchte das nie wieder erleben.«

»Zuviel Schmerz«, sagte Joanne.

»Ja, viel zuviel Schmerz oder Zurückweisung oder Enttäuschung. Eins kommt zum anderen, Sue wollte Mike eine Mutter sein und wollte schon aufgeben, weil sie das nicht konnte.«

»Aber sie hat nicht aufgegeben«, sagte Joanne ruhig.

»Nein«, sagte ich, »das hat sie nicht, wir haben es nicht, aber ohne irgendeine Geste von Mike wird sie es, fürchte ich, wohl tun, wenn er wieder anfängt, Sachen zu zerschlagen.«

»Was für eine Geste will sie?«

»Irgendeine – ein Wort, eine Umarmung, irgendeine Geste. Irgendein kleines Zeichen, daß er ihre Rolle in seinem Leben akzeptiert.«

Joanne machte eine besorgte Geste mit den Händen. »Um es noch einmal zu sagen, so sind diese Kinder eben.«

Ich schüttelte hilflos den Kopf. »Und so ist Sue.«

Und dann begannen sich unheilverkündende Änderungen in Mikes Benehmen abzuzeichnen, so wie dunkle, kleine Wolkenfetzen, die vor einem Sturm hergetrieben werden. Das erste machte sich einen Tag nach meiner Unterhaltung mit Joanne bemerkbar, als ich – Sue war immer noch nicht wieder zurück – Hamburger für Liam, Mike und mich machte. Als ich aus der Küche ging, um Liam zu rufen, ging Mike in die Küche und verfütterte Liams Abendessen an die Katze.

Eine schwierige Herausforderung. Suchte er einen Streit mit Liam? Mit mir? Er zweigte oft einen Teil seines eigenen Abendessens für die Tiere ab, versteckte es in einem Taschentuch, wenn wir ihn ließen, und gab es ihnen oben. Er hatte sich nicht unter Kontrolle, wenn es um die Tiere ging, und so sagte ich nur vorsichtig: »Das war nicht richtig, Mike. Jetzt wird Liam hungrig bleiben.« Dann versuchte ich das Gespräch auf das Thema Schule zu bringen. »Wie geht's denn in deiner neuen Klasse?«

»Gut.«

»Und die Lehrerin?«

»Ich mag Mrs. Vandenburg«, sagte er langsam.

»Und die anderen Kinder in deiner Klasse?«

Er spie die Worte beinahe aus. »Die Kinder sind blöde.«

Am nächsten Tag machte Mike ins Bett und war etwas schwerer in Gang zu bekommen am Morgen. Dann am frühen Nachmittag traf Sue wieder zu Hause ein. Ich teilte ihr in Kurzform mit, was Joanne gesagt hatte, und wir beide sahen zu, wie er aus dem Schulbus stieg.

»Er sieht ganz normal aus.«

Aber eine halbe Stunde später, als wir mit ihm über seinen Plan für den Abend sprechen wollten – er mußte seine Hausaufgaben vor dem Abendessen fertigbekommen, weil er danach zu einem Treffen der Pfadfinder wollte –, war seine Reaktion völlig daneben: »Ich werde nicht zu diesem Scheiß-Pfadfindertreffen gehen.«

Kurz nach dieser kleinen Szene ließ Mike den Fernseher im Wohnzimmer dröhnen, während Henry telefonierte. Als Sue ihn bat, den Fernseher auszustellen, löste sie damit eine wirklich gewaltige Szene aus – Geschrei, Getrampel, »Dies ist ein freies Land; ich kann tun, was ich will.« Als Sue versuchte, ihn aus dem Zimmer zu bugsieren, noch mehr Treten und Schreien und: »Du beschissenes Arschloch, du abgefickte Nutte.« Draußen nahm er ein Zedernholzscheit und stieß es sich zweimal ins Gesicht, ans linke Auge, kreischte, schrie, drohte, auf die Straße zu laufen und sich vor ein Auto zu werfen.

Später versuchte er so zu tun, als sei nichts geschehen, und machte seine Hausaufgaben alleine nach dem Abendessen.

Also keine Pfadfinder.

Und Sue war furchtbar still.

Zwei Tage später war sein Bett wieder naß, und er war sehr schwer aus dem Bett und unter die Dusche zu bekommen. Mit erhobener Stimme rief er: »Ich bin müde. Warum muß ich immer aufstehen?« Dann fügte er noch etwas Neues hinzu: »Ich will nicht zu dieser Schule gehen.«

Ich sagte Sue: »Ich muß ihn früher aus dem Bett bekommen. Er braucht für alles so viel Zeit. Der Bus kommt, bevor er etwas gegessen hat.«

»Klar«, sagte sie und ging dann einfach weg.

Am nächsten Tag war er am Nachmittag sehr schwierig. Er trat ein Loch in eine Wohnzimmerwand, als keiner von uns da war, und als Sue ihn fragte, warum er das getan habe, schrie er sie an: »Ich hasse dich, du abgefickte Nutte. Ich *hasse* dich. Ich hasse euch *alle*.«

Aber der nächste Tag war ein Samstag, und Mike begleitete mich auf einer langen Fahrt; wir hatten Botengänge mit unserem Pickup zu besorgen. Auf dem Weg kauften wir seine Lieblingsdoughnuts und hielten dann ein paar Stunden später noch einmal an, diesmal bei Burger King, um etwas zu Mittag zu essen. Er schien müde und lustlos, erschöpft nach dieser Woche, obwohl er im Verlauf des Nachmittags sich noch aufraffte und mir half, Büsche zu stutzen.

Sue und ich versuchten, ein ernsthaftes Gespräch mit Mike zu führen.

»Mike«, sagte Sue, die Hände flach auf dem Tisch, »du kannst dich nicht so benehmen. Das ist völlig unannehmbar. Ich weiß, daß du Probleme in der Schule hast, aber ich oder Rich oder Mrs. Vandenburg können nicht viel daran ändern, ob dich die anderen Kinder mögen oder nicht mögen. Das ist allein deine Sache. Sei nett und freundlich, und wenn sie sich lustig über dich machen, dann laß es einfach geschehen, schüttle es ab und laß nicht zu, daß es dich krank macht.«

»Ich bin nicht krank«, schrie er.

»Schon gut, schon gut.«

Später zerschlug er eins der großen Fenster im Wohnzimmer. Am folgenden Tag setzte sich die abwärts gerichtete Spirale fort. Am Montag näßte Mike sein Bett und lieferte uns mürrische, trübe, vierundzwanzig Stunden. Er nahm meinen Allesschneider aus meiner Werkzeugkiste, täuschte Unschuld vor und hielt mich so wirkungsvoll davon ab, Gipsplatten aufzuhängen. Stundenlange Diskussion mit ihm half nicht weiter. Er gab vor, danach zu suchen, er habe ihn hierhin und dorthin gelegt. Aber bis zur Schlafenszeit hatte er ihn immer noch nicht zurückgegeben.

Am Dienstag, inzwischen war es Mitte Mai, ging Sue zu BOCES, um eine Unterredung mit Mikes Lehrer zu führen. Später, am Abend, als Mike schon schlief, das Haus dunkel und still dalag, ging sie mit mir hinaus auf die windgeschützte Veranda, um mit mir zu reden.

»Er ist krank, Rich.«

Ich schaute weg, weit in die Ferne über die sternbeleuchteten Obstgärten, und hatte das Gefühl, wie ein Schatten im Nachtwind in diese von Blinken erfüllte Dunkelheit zu rutschen. Die Ereignisse hatten sich meiner Kontrolle entzogen, und Sue sprach wie ein Roboter, ausdruckslos, gefühllos, metallisch und monoton.

Sie schob ihren Kopf langsam zurück und vor, als suche sie stumm nach etwas. »Mrs. Vandenburg meint, Mike sei nicht mehr und nicht weniger gehänselt worden als jeder andere, der neu in eine Klasse kommt, und viele Kinder hätten sich sogar besonders angestrengt, freundlich zu sein. Aber er macht immer wieder wirklich kindische Bemerkungen, und er hört nicht damit auf. Im Gegenteil, er wird immer schlimmer – benutzt unflätige Ausdrücke, stiehlt. In der Schule liegen sogar schon Beschwerden des Busfahrers vor, daß Mike andere Kinder bedroht – ein behindertes Mädchen im Rollstuhl zum Beispiel – er droht, daß er es mit einem Messer aufschlitzen wird!«

Sie hob ihren Blick und suchte im Halblicht den meinen. »Rich, dieses Kind bewegt sich in Kreisen. Einmal ist er kindlich und sympathisch, dann wieder böse, rücksichtslos und gemein.

Seine Emotionen fahren Achterbahn. Ich habe versucht, und wir beide haben versucht, ihm zu helfen, ein Problem nach dem anderen für ihn zu lösen, und dabei haben wir nach und nach gefühlsmäßige Bindungen entwickelt. Aber man bekommt wenig – *nichts* davon zurück. Wenn wir ihn behalten, werden wir wahrscheinlich wieder ein paar gute Monate erleben nach der nächsten Schlacht, aber ich bin überzeugt, daß danach wieder die Abwärtstour kommen wird. Und das bedeutet, daß dieses Haus wieder zu einem Kriegsschauplatz wird. Seit er hier ist, hast du vielleicht dreißig oder vierzig Fensterscheiben ersetzt, ich weiß nicht, wie viele Löcher du in den Wänden wieder verschmiert hast, wir haben Teller und Schüsseln dahingehen sehen – Lampen, Spielsachen, Wecker gleich dutzendweise. Er hat Feuer gelegt, und wir müssen uns mit seinem Geschrei und der übelsten Sprache herumschlagen, die man sich nur vorstellen kann. Immer noch macht er ins Bett, er lügt, und er wird stärker, immer stärker.«

»Sue, ich glaube nicht, daß er gemein ist.«

Sie hob ihre Stimme. »Fenster in meinem Haus zerschlagen ist gemein. Mich eine abgefickte Nutte zu nennen ist gemein. Zu drohen, ein behindertes kleines Mädchen in einem Rollstuhl aufzuschlitzen, ist gemein.«

Ich seufzte. Sie hatte recht. »Und?«

»Und ich habe mit Joanne geredet. Wir haben einen vorläufigen Rückführungstermin für den einundzwanzigsten des nächsten Monats festgesetzt. Die Zeit bis dahin reicht aus, damit *Harbour* ihn in einer Kleingruppe von Teenagern unterbringen kann.«

»Und das war's dann?«

»Soweit es mich betrifft, wenn nicht noch irgendein Wunder geschieht, war's das.«

Ich hätte es kommen sehen müssen, aber ich war trotzdem wie vor den Kopf geschlagen.

Sue wurde weicher und streckte mir ihre Hand hin: »Rich, ich weiß, daß es dir sehr nahe geht. Mir auch. Aber wir gehen ihm nicht nahe. Er sieht uns nicht als Eltern an. Das wird er niemals.«

Samuel Johnson hatte einmal gesagt: »Wenn ein Mann in vierzehn Tagen aufgehängt werden soll, dann fördert das seine Aufmerksamkeit auf wundersame Weise.«

Das beschreibt genau meine Gefühle. Plötzlich hatte alles, was ich tat oder nicht tat, irgendwie einen Bezug zu einem bestimmten Kästchen auf dem Kalender. Es war schwierig, mir vorzustellen, an seinem Zimmer vorbeizugehen, wenn er nicht mehr darin sein würde.

Ich versuchte, die Gedanken an Mike einen Tag lang von mir fernzuhalten, und machte mich früh in einer roten Morgendämmerung auf den Weg, um Frank in Norwich abzuholen. Der Tag begann mit einem prachtvoll sonnigen Morgen, während ich über die Staatsgrenze nach Bennington, dann auf Route 7 nach Norden fuhr, an einem kleinen Restaurant zum Frühstück anhielt in einer winzigen Stadt etwa zehn Meilen südlich von Rutland. Gestärkte, weiße Tischdecken, feines chinesisches Porzellan, delikate Blaubeerwaffeln mit echtem Ahornsirup und drei Tassen Kaffee. Vier Dollar und fünfundzwanzig Cent und ein »Schauen Sie doch einmal wieder herein«. Ungefähr um halb elf rollte ich durch die hintere Zufahrt von Norwich. Der obere Appellplatz machte einen verlassenen und verkommenen Eindruck mit Tausenden von Kisten, Stereoanlagen, Computern und Bergen von Kleidung, die dort in Wagen aus Massachusetts, New Jersey, Pennsylvania geladen wurden. Die meisten Kadetten trugen ihre Tarnuniform, schwärmten wie die Bienen aus den Gebäuden heraus und wieder hinein, meldeten sich ab. Ich schaffte es, direkt vor der Bravo Company zu parken, und ging hinauf auf Franks Stube. Nicht da, sein Kamerad zuckte die Achseln, also ging ich den »Hügel« hinab und entdeckte ihn ein paar hundert Meter weiter auf dem Weg hinauf. Seinen bedacht schulterbetonten Gang würde ich überall wiedererkennen. Er begrüßte mich mit einem breiten Grinsen.

»Du bist früh, Dad. Ich bin noch nicht so weit.«

»Laß dir Zeit. Ich werde in der Sonne ein Nickerchen machen.«

Und das tat ich. Frank schüttelte mich gegen zwölf Uhr wieder wach. »Ich habe alles eingeladen. Laß uns heimfahren.«

Dann ging es Route 12 hinab durch Randolf, Bethel und ein Dutzend anderer kleiner Städte, bis wir sechzig Meilen später auf die Route 4 einbogen, auf der es in langen Schwüngen bergab Richtung Rutland ging. Als wir einbogen, warf ich einen Blick hinauf auf den Pico. Dreihundert Meter über uns lagen immer noch große Schneefelder.

»Wir werden Mike gehen lassen«, sagte ich zu Frank.

Frank zuckte die Schultern, aber er muß bereits darüber nachgedacht haben, denn, nachdem wir in Rutland getankt hatten, fragte er mich mit ausdruckslosem Gesicht: »Hast du Mike jemals eine der Geschichten von Gebrochener Pfote erzählt, Dad?«

Mike wußte Bescheid. Ich weiß nicht, wieso. Ich bin mir sicher, daß niemand ihm etwas erzählt hatte. Insbesondere Joanne bestand darauf, daß wir die Sache für uns behielten, bis kurz vor dem Tag, und um ehrlich zu sein, sie hoffte ebenfalls auf dieses Wunder. Aber irgendwie wußte Mike Bescheid oder hatte zumindest seine Vermutungen. Ich nehme an, er spürte eine gewisse Zurückhaltung, die etwas kühleren Blicke. Er hatte das alles schließlich bereits zwölfmal mitgemacht.

Aber er war trotzdem nervös und verängstigt, ging plötzlich wie auf Eierschalen.

Und er war sehr, sehr still.

Was mich am meisten störte, war, daß ich nicht wußte, wie es ihm ergehen würde. Würde es ihm gutgehen? Würde irgend jemand wissen, würde es überhaupt irgend jemanden interessieren, was er gerne aß? Würde er jemals wieder einen Hund um sich haben? Mir wird er für den Rest meines Lebens immer mit den Hunden in Erinnerung bleiben. Die Hunde in seinem Zimmer bei Nacht, die ihn stupsten, während er schlief, die auf der Heuwiese um ihn herumtollten, die um seine Füße strichen im Wohnzimmer.

Ich traf Sue im Flur. »Sue«, sagte ich und mußte schlucken, »mir sind die Fenster egal.«

Sue begann zu weinen und ließ mich stehen.

Wir waren wieder in Vermont, diesmal mit Sue, um an Henrys offizieller Abschlußfeier teilzunehmen. Wir hatten Mike zu Hause gelassen und Frank zu seiner Aufsicht.

Wieder ein wunderbarer Tag, die Kadetten, die ihren Abschluß gemacht hatten, in blauen Uniformen, eine Rede vom Stabschef der Armee: »Stehen Sie einfach morgens auf, und sehen Sie zu, daß Sie irgendeine gute Sache an diesem Tag ins Werk setzen.« Henry erhielt hohe Auszeichnungen für seine Leistungen. Dann feuerten die Kanonen, und die Mützen der Kadetten flogen in die Luft.

Dann aßen wir mit Henry und seiner Verlobten Peggy im Speisesaal zu Mittag, wo alles in Kadettenblau und Gold dekoriert war und rangältere Offiziere von Tisch zu Tisch gingen.

»Es sind jetzt fast fünf Jahre, Henry, aber es scheint mir erst sechs Monate her zu sein, daß du, Brendan und ich im Februar hierherkamen, um dies alles hier zum ersten Mal in Augenschein zu nehmen. Es war zur Zeit des Karnevals mit großen Schneeskulpturen auf dem oberen Appellplatz. Du hast dir angesehen, wie die Kompanien hereinmarschiert kamen zum Mittagessen, und du sagtest, daß dies immer der Ort deiner Wahl sein würde.«

»Es *wird* immer der Ort meiner Wahl sein«, grinste er.

»Entwickeln sich die Dinge in deinem Sinne?« fragte Sue.

Henry zog die Augenbrauen hoch. »Ja, ich bin auf der Liste für die Staatspolizei von Vermont. Es gibt nur zweihundertsiebzig Staatspolizisten im ganzen Staat, und es gab ein paar tausend Bewerber auf die zehn freien Stellen. Aber ich stehe auf der Liste.«

»Und wann soll's losgehen?«

»Ich weiß nicht, irgendwann in den nächsten paar Monaten muß ich mich hier bei einem Arzt melden, dann zu einem Gespräch, und dann werden einige Monate lang gewisse persönliche Ermittlungen eingezogen. Sie werden auch jemanden zu uns nach Hause schicken, in einem Monat oder zwei.«

Peggy lachte. »Ich hoffe, Mike flucht nicht gerade oder zerschlägt Fenster, wenn der Polizist auf euren Parkplatz fährt.«

»Wohl kaum«, sagte Sue kurz angebunden.

Als wir auf die Route 4 einbogen, sah ich wieder hinauf zum Pico, aber der Schnee war geschmolzen. Wir fuhren in den Juni hinein.

An dem Tag, als wir von Henrys Abschlußfeier nach Hause kamen, fand ich hoch oben in meinem Wandschrank die alte Lederschatulle. Ich holte sie herunter, klappte sie auf dem Bett auf und verbrachte etwa eine halbe Stunde damit, die dicken Stapel vergilbter Papiere zu sortieren, während meine Gedanken zu den Jungen wanderten, als sie noch kleiner waren und abends den Geschichten von Gebrochener Pfote lauschten. Manchmal schrieb ich die Geschichten auf und las sie ihnen dann vor. Manchmal dachte ich sie mir aus, erzählte sie ihnen und schrieb sie anschließend auf. Manchmal schrieb ich sie nur hin und verbarg sie in der Schatulle.

Richard war, als ich damit anfing, schon eine Spur zu alt dafür. Henry und Frank waren interessiert, Brendan und Liam mehr als interessiert. Bis er elf oder zwölf war, sprang Liam häufig am Abend auf mein Bett und fragte: »Erzählst du eine neue Geschichte von Gebrochener Pfote, Dad?«

Bei Mike hatte ich damit erst gar nicht angefangen. Irgendwie war es zu persönlich – zu sehr mit dem Bild von fünf kleinen Jungen auf dem Berg verbunden, und, um ehrlich zu sein, ich hatte in den letzten Jahren auch kaum noch daran gedacht.

Aber jetzt, da Frank sie erwähnt hatte, schien sich auf eine sentimentale, undurchsichtige Weise der Gedanke in mir festzusetzen, Mike wenigstens eine Geschichte von Gebrochener Pfote zu erzählen. Vielleicht, um ihm ein klein wenig mehr von uns mit auf den Weg zu geben, bevor er fortging.

»Mike.«

»Ja.«

»Magst du eine Geschichte hören?«

Später saß er noch lange auf dem Bett und fragte schließlich: »Ich verstehe nicht, warum Onkel Nigel Gebrochene Pfote nicht erschossen hat? Und warum hat Gebrochene Pfote Onkel Nigel nicht gefressen?«

»Nun«, sagte ich, »Onkel Nigel konnte Gebrochene Pfote sowieso nicht erschießen. Er ist ein Zauberbär, ein ziemlich starker, und er war damals schon fast zweihundert Jahre alt. Außerdem hätte Nigel Gebrochene Pfote ganz bestimmt nicht erschossen, denn es gab ja nur deshalb überhaupt noch wilde Stellen in den Bergen, weil Gebrochene Pfote die Höhlen der gemalten Masken bewachte. Sobald ihm das klar war, hätte Nigel Gebrochene Pfote niemals erschossen. Nigel liebte die Berge, liebte die wilden Orte. Und was Gebrochene Pfote betrifft, der hätte Nigel ebenfalls niemals ein Haar gekrümmt, nachdem er erst begriffen hatte, daß Nigel die Höhlen genausosehr am Herzen lagen wie ihm selbst.«

»Aber wer waren diese beiden Medizinmänner, Widdersop und Gehorsam, die sich um die Höhlen gestritten haben?«

»Ah, das ist eine andere Geschichte, die Geschichte, wie Gebrochene Pfote 1757 geboren und auf dem Coxinkill zur Waise geworden war.«

»Er war eine Waise?«

»Ja.«

»Wieso hilft dann Gebrochene Pfote eurer Familie?«

»Nun ja, wir sind mit Onkel Nigel verwandt, und wir sehen die Dinge genauso wie er.«

»Gibt es Gebrochene Pfote wirklich?«

»Was meinst du, Mike?«

Er zog die Stirn kraus, schob die Unterlippe über die Oberlippe und dachte nach. »Du hättest mir diese Geschichte doch nicht erzählt, wenn er nicht wirklich wäre, oder?«

Ich sah ihn nur an.

»Da ich nun bei dieser Familie bin, kann ich Gebrochene Pfote dann auch rufen, wenn ich in Schwierigkeiten bin?«

»Mike, wenn du an den Seen vorbei gehst und auf den Gipfel des Berges steigst, da wo die Kirschbäume stehen, und nach Norden blickst, was siehst du dann?«

»Ich sehe die Catskills.«

»Stimmt, du siehst den ganzen Gebirgszug, du siehst den Blue Mountain und Panther und Slide, du siehst Platte Cove und North Mountain und South Mountain, du siehst Wittenberg und Terrace und Dutzende anderer Berge. Deine Gedanken würden auf geradem Wege zu ihm reisen, wo immer er sich gerade aufhält.«

»Ich glaub', ich trau' mich nicht«, sagte er leise, »ihn um Hilfe zu bitten.«

Joanne hat Mike heute von der Schule abgeholt, um mit ihm zu Betty Smith zu gehen, einer Therapeutin in New Paltz. Später hat er dann ganz allein seine Hausaufgaben gemacht.

Am nächsten Morgen räumte er meine Brieftasche aus. Sue rief in der Schule an und bekam das Geld zurück. Glücklicherweise hatte ich nicht viel Bargeld in meiner Brieftasche, nur einundzwanzig Dollar. Als man ihn darauf ansprach, holte Mike das Geld aus seiner Jacke und sagte dann, er glaube, es seien zweiundzwanzig Dollar, nicht einundzwanzig. Ich erinnerte mich, daß Mike neben mir gestanden hatte, als ich gegen sieben Uhr morgens meine Brieftasche öffnete und Liam zwei Dollar für das Schulmittagessen gab. Dann legte ich meine Brieftasche auf die Ankleidekommode und ging nach unten. Bei dieser Gelegenheit muß Mike die zwei Scheine aus der Brieftasche genommen haben. Ich finde es ziemlich traurig. Ich glaube, er wollte einfach

Liam nachahmen. Aber suche ich da nicht nur neue Rechtfertigungen? Außerdem hat er ein Loch in seinen Bettbezug gebrannt. Woher hatte er die Streichhölzer oder das Feuerzeug? Ich habe gründlich gesucht, konnte aber nichts finden. Er wollte nicht reden, und ich habe es aufgegeben. Da heute Samstag ist, habe ich mir alle Mühe gegeben, ihm einen schönen Tag zu machen – Fernsehen, Videospiele –, und er wirkte fröhlich, hat gut gegessen, und beim Zubettgehen war alles in Ordnung.

Der nächste Tag fing ebenfalls gut an, als Mike zur Kirche ging und sich ordentlich benahm, dann am Computer spielte, eine kurze Zeit auf dem Fahrrad verbrachte, sich ein paar Filme ansah, die Sue hervorgekramt hatte, und beim Abendessen, als wir alle fröhlich plaudernd zusammensaßen, seinen Spaß hatte. Aber beim Zubettgehen kam es zu einer Explosion erster Güte. Der triviale Auslöser war Sue, die seine Katze zur Schlafenszeit in sein Zimmer brachte, durchaus auf seinen Wunsch hin. Kaputte Spielzeuge, ein mit der Faust eingeschlagenes Fenster, im ganzen Zimmer verteilte Katzenstreu, Schreie, Flüche, Selbstmorddrohungen, der Versuch, Sue einen Boxhieb zu versetzen, Bücher, die durchs Schlafzimmerfenster flogen. So ging es etwa zwei Stunden. Als Festhalten nicht nutzte, haben wir ihn zu zweit unter die Dusche geschoben. Das allein war ziemlich anstrengend, aber zu guter Letzt konnten wir ihn dort allein lassen, und er blieb zwanzig Minuten unter dem laufenden Wasser und redete mit sich selbst (obwohl er im letzten Protest sämtliche Flaschen mit Shampoo und Haarspülung in den Ausguß kippte). Als er wieder rauskam, hatte er sich beruhigt. Keine nennenswerten Verletzungen. Er hatte sich zwar, als er das Fenster einschlug, nicht die Hand verletzt, aber an der Innenseite seines Arms war ein Stückchen Haut von der Größe eines Silberdollars abgeschürft. Ich glaube, das war ich, als ich ihn festhielt. Sue konnte allen Boxhieben ausweichen, aber ich habe mir einen Glassplitter in die Fußsohle getreten, den ich mit einer Rasierklinge und einer Pinzette entfernte.

Sue weinte wieder und fing an, die Tage bis zum zweiundzwanzigsten des nächsten Monats zu zählen. Ich fühlte mich hundeelend, gab ihr aber inzwischen recht – er wurde immer stärker, und es lag eine Menge zerbrechlicher Sachen bei uns rum. Etwas anderes wäre es gewesen, wenn wir diese Hurrikans hätten kommen sehen können, aber das konnten wir nicht. Äußerlich hatte ich meine Gefühle unter Kontrolle. Ich glaube, ich wurde immer gleichgültiger, aber das konnte auch daran liegen, daß Mike am Ende der Auseinandersetzung wie ein vollkommen anderer Mensch wirkte. Er war über und über bedeckt mit roten Flecken, wie von einem Nesselausschlag, und seine Augen waren so geschwollen, daß er sie kaum noch öffnen konnte.

Am nächsten Tag machte er ins Bett, und ich ersetzte das Glas. Sue filzte sein Zimmer, fand in einer Spielzeugkiste mehrere übel verschmutzte Laken und Unterhosen und stellte sein Bett an einen anderen Platz. Aber die Aufmerksamkeit schien ihm zu gefallen, denn er wirkte beim Abendessen sehr fröhlich, machte von allein seine Hausaufgaben und ging friedlich zu Bett.

Am Tag danach fuhr er mit Sue zu einer Reihe von Schultests nach Kingston. Später holte ich ihn zu seiner Sitzung bei der Therapeutin von der Schule ab. Wir hatten noch ein paar Minuten Zeit vor dem Termin, daher gingen wir zu der Brücke hinunter, die über den Walkill River in New Paltz zu dem alten indianischen Dorf führte. Auf dem Heimweg fuhren wir an der Bücherei vorbei, und Mike lieh sich das *Aladin*-Video aus. An diesem Abend fuhr er mit Sue zum Missionsgottesdienst in unserer Kirche, zur ersten von fünf Abendmessen hintereinander, die jeweils einem anderen Thema gewidmet waren.

Am nächsten Tag bekamen wir ihn leicht aus dem Bett, er gab sich alle Mühe, freundlich zu sein, ging sogar in guter Stimmung zur Schule. Beim Abendessen waren alle anderen außer Haus, daher machte ich ihm einen überbackenen Toast, den er an der Theke aß. Er schien absolut unbekümmert und plauderte fröhlich vor sich hin.

Am nächsten Morgen hatte er zwar ins Bett gemacht, stand aber trotzdem problemlos auf und machte sogar von sich aus eine Bemerkung: »Ich rede morgens nicht gern viel.« Selbst nachdem er versucht hatte, sich vor der Dusche zu drücken, und ich ihn wieder zurückgeschickt hatte, machte er keine Szene. Später war er sehr nett zu Sue.

An diesem Abend ging er dann wieder mit Sue zu diesem Missionsgottesdienst, diesmal einer Heilungsmesse, bei der er mit Sue zusammen gesalbt wurde und die Gemeinde für ihn sang. Dann ließ er sich mit dem Gastpriester und anderen Kindern zusammen fotografieren.

»Warum hast du das machen lassen?« fragte ich sie.

»Keine Ahnung«, antwortete sie schroff.

»Sue?«

»Nein, es hat sich nichts geändert.«

Am Freitag stand er anstandslos auf und ging zur Schule. An diesem Abend hatte er einen Streit mit Liam – eine Nichtigkeit im Grunde, aber es war Brendans einundzwanzigster Geburtstag, und im Partykeller gab es eine Fete. Susanne und David kamen zu uns rüber, und später feierte Mike fröhlich mit.

Als David, Sue und ich zu dritt Kaffee tranken, saß David mit steifem Rücken und vorgebeugtem Oberkörper da und suchte nach den richtigen Worten.

Ich sah, wie er sich quälte, und fragte: »Was ist los, David?«

»Tut es nicht.«

Sue antwortete ihm, lange bevor ich die erste Silbe über die Lippen hätte bringen können. »Du bist ein anderer Mensch, David, ein besserer Mensch. Wir bedeuten Mike im Grunde gar nichts, nicht wirklich, und das wird immer so bleiben. Wir sind nicht seine Eltern, und er wünscht sich das auch nicht. Wenn ich noch einmal höre, daß er mich Sue nennt, kotze ich.« Dann stellte sie ihre Kaffeetasse klirrend auf den Tisch und rannte beinahe fluchtartig die Treppe hinauf, um allein zu sein.

Joanne rief an und sagte, daß Mike einen Platz in St. Finbar bekommen würde. Sie erzählte uns von der Einrichtung, bei der es sich um eine kleine Siedlung von Wohnhäusern auf einem geräumigen Gelände handelt. In allen Wohnhäusern gibt es Betreuer, und sie haben ihre eigene Schule. Wenn wir wollten, könnten wir ihn dort besuchen, und wahrscheinlich würden wir ihn sogar ab und zu für ein Wochenende mit heimnehmen können.

Sue holte mich etwa um zehn Uhr abends vom Computer weg.

»Ich habe Steve Lender angerufen. Er arbeitet ziemlich viel für den Staat.« Ich kannte den Namen. Steve war Psychologe von Beruf und einer von Sues Steuerkunden. »Ich habe mich bei ihm nach St. Finbar erkundigt.«

»Ja?«

»Nun«, sagte sie und strich sich übers Kinn, »er kennt Mike ja auch. Sein Rat war es, ihn da nicht hingehen zu lassen. Die meisten Jungen seien viel älter als er und psychologisch gesehen viel »reifer«. Viele kommen sogar aus alternativen Strafprogrammen, nachdem sie richtig kriminell geworden sind.«

»Und?«

»Und es hat dort Drogen, Gewalttätigkeiten und homosexuelle Vergewaltigung gegeben. Steven sagte sogar, daß selbst die Angestellten dort manchmal attackiert werden.«

»Bist du dabei, deine Meinung zu ändern?«

»Nein«, sagte sie. Ohne mich anzusehen, zeichnete sie mit dem Finger Muster auf den Tisch. »Nein, Rich, ich habe genug.«

»Dann geht dich diese Sache nichts mehr an, Sue.«

Es war Samstag, und er wollte schlafen, bis er von selbst wach würde. Wir sagten okay, aber dann weckten wir ihn um zwei Uhr nachmittags doch. Interessanterweise verhielt er sich beim Aufstehen ganz ähnlich wie an den Schultagen. Wir hatten das schon früher erlebt. Die Frage, ob er müde war oder nicht, hatte nichts damit zu tun, ob er aufstehen wollte. Er klammert sich an den Schlaf und nimmt es übel, wenn man ihn daraus aufstört.

Später am Tag gingen wir in die Bücherei, und als es dunkel war, unternahmen Mike, Sue und ich einen langen Spaziergang über den Berg, wobei er wie ein Maschinengewehr redete. Er hatte ein Buch zur Bestimmung von Wildblumen bei sich, betrachtete uns aber die ganze Zeit über so seltsam, als sähe er uns das erste Mal.

Oder vielleicht das letzte Mal.

Dann kam der Heldengedenktag (am 30. Mai), und weil er besonders offen und zugänglich wirkte, führte Sue ein langes und ernstes Gespräch mit Mike. Sie erzählte ihm, was er so offensichtlich vermutete – daß man überlegte, seinen Aufenthalt bei uns am Ende des Schuljahrs zu beenden und ihn wieder in einem Heim unterzubringen. Grund dafür sei sein Verhalten – die Tatsache, daß es nicht so aussah, als könnten wir ihm noch helfen. Er fing an zu zittern, aber seine Antwort war überlegt und klar verständlich. Er sagte, er wolle bei seiner Schwester und seinem Bruder und den Johnsons leben. Sue erklärte ihm, daß sie sich, wenn es ihm gelinge, sein Benehmen bei uns während der nächsten Wochen zu mäßigen, für seine Sache einsetzen würde.

Am Nachmittag bat Mike darum, mit mir zum Einkaufen gehen zu dürfen, und in den wenigen Minuten, bevor wir losgingen, brütete er über seinem Kochbuch mit den phantastischen Kuchenrezepten. Auf dem Weg in die Stadt eröffnete er mir, daß er eine Schwarzwälder Kirschtorte backen wolle, und kramte eine Liste mit Zutaten hervor. Als wir wieder nach Hause kamen, verbrachte er einige Stunden mit der Fertigstellung der Torte und servierte sie mit großem Trara nach dem Abendessen. Dann spielte er schweigend und bis nach Sonnenuntergang mit Liam Fußball.

Und als es dunkel war, war er bereit für ein wenig Magie.

Ich stand auf dem Rasen hinterm Haus, rauchte eine Zigarette und trank eine Tasse Kaffee, als Mike aus dem hellerleuchteten Partyraum kam.

Sein Gesicht war ein weißer Fleck in der Dunkelheit. »Meinst du wirklich, daß Gebrochene Pfote mir helfen würde?« Und zum ersten Mal überhaupt, vielleicht, weil er einige seiner Schutzmechanismen einfahren konnte, wenn ich sein Gesicht nicht sah, klang seine Stimme verzweifelt.

»Dir helfen? Wobei, Mike?«

»Einfach nur so – mir eben helfen?«

Ich streckte den Arm aus und zog ihn zu mir heran. Er zitterte. »Mike, für wen hast du heute abend diese Torte gemacht?«

Die Worte kamen gedämpft. »Für Sue.«

Ich hielt ihn noch ein Weilchen fest. »Du bist total daneben, Kind. Aber ein paar Sachen kapierst du wohl doch, hm?«

Wir standen noch einige Zeit so da, und Mikes Atem strich über meine Brust. Schließlich fragte er noch einmal: »Was ist mit Gebrochener Pfote?«

»Nun ja«, sagte ich und versuchte, den Kloß aus meiner Kehle zu räuspern: »Alles andere haben wir ja schon probiert.«

Eine halbe Stunde später saßen wir in dem Dickicht gleich hinter dem Gehweg, über hundert Meter entfernt und unsichtbar für die Leute im Haus. Ich hatte ein kleines Feuer gemacht und Mike veranlaßt, das Hemd auszuziehen.

»Wenn du dir wünscht, daß er dir hilft, und das nicht funktioniert, Mike, dann können wir ihn mit dieser Zeremonie rufen.«

»Werden wir ihn sehen?« fragte Mike.

»Nein«, sagte ich, »so gut kennt er dich ja noch nicht. Aber du kannst merken, daß er da ist, wenn du plötzlich einen kühleren Wind um dich herum spürst. Zuerst mußt du dir aber das Gesicht schwärzen, um ihm zu zeigen, daß es dir leid tut und du seine Hilfe brauchst.«

Ich schmierte etwas Ruß in sein Gesicht.

»Außerdem brauchen wir Rauch.« Ich bedeckte das kleine Feuer mit feuchten Blättern, und Mikes Gesicht verschwand in einer weichen, durchscheinenden blauen Wolke. Wir waren ganz allein in der Dunkelheit, voreinander verborgen und außerstande, auch nur die Finsternis um uns herum zu sehen.

»Mike.«

»Ja.« Er stotterte.

»Ruf ihn.«

Schweigen.

»Mike.«

»Ich bin hier.«

»Ruf ihn.«

Eine leise Stimme: »Gebrochene Pfote.«

»Noch mal.«

»Gebrochene Pfote.«

»Und jetzt warte.«

Wir warteten ziemlich lange, bis es etwa eine, anderthalb Stunden nach Sonnenuntergang war, und ich konnte die nächtliche Brise den Hügel hinaufkriechen und durch das Dickicht wispern hören.

»Ich spüre es«, sagte Mike mit einem kaum hörbaren Flüstern.

»Was spürst du?«

Seine Stimme klang atemlos: »Ich spüre den Wind. Ist er hier?«

»Frag ihn.«

Ein langes Schweigen von der anderen Seite des hin und her wehenden bleichen Rauchs, dann hörte ich ein ganz leises Flüstern. »Hilf mir, zu Hause zu bleiben.«

Der Wind wurde stärker, und der Rauch riß sich vom Feuer los und löste sich auf. Im Mondlicht konnte ich Mike nun wieder sehen, und die glühenden Kohlen des Feuers spiegelten sich in einem weichen, hellgrünen Schimmer auf seinem Kinn und seinen Wangen wider und vertieften das Dunkel seiner Augen. »Woher weiß ich, daß er mich gehört hat?«

Ich hatte mich zuerst noch nicht so weit unter Kontrolle, daß ich wieder sprechen konnte, aber schließlich, lange, lange Sekunden später, sagte ich: »Du wirst ein wildes Geschöpf treffen, ein Tier oder etwas Ähnliches, das dir helfen wird, zu tun, was du tun mußt.« Das klang relativ risikolos. Es vergingen keine zwei Tage hintereinander, ohne daß Mike mit einer Schildkröte, einer Eidechse oder einem Eichhörnchen angekommen wäre. Aber ich sprach auch ein langes stilles Gebet, daß diese bizarre Therapie ihm helfen möge, Kraft zu finden. Kraft, um ein klein wenig mit sich ins reine zu kommen oder doch wenigstens etwas stärker zu werden, falls er würde gehen müssen.

Und da ich spürte, daß Sues Entschluß auf Messers Schneide stand, hoffte ich auch gegen alle Vernunft, daß Mike die eine Kleinigkeit tun konnte, die bei ihr den Ausschlag zu seinen Gunsten geben würde.

Aber schon am nächsten Nachmittag hörte ich, wie Mike wieder eine seiner schrecklichen, grauenvollen Szenen produzierte.

Ich war oben und arbeitete an meinem Computer, um eine Liste neu zu formatieren, die Sue mir angebracht hatte. Da wurden plötzlich unten Möbel umgeworfen, und jemand schrie und schrie und schrie noch mehr. Ich konnte die Worte nicht verstehen, aber ich erkannte Mikes Stimme, und ich wußte, daß Sue unten im Partykeller saß und versuchte, auf die Schnelle etwas zu Abend zu essen, bevor ein Klient zu einem Termin kam.

Und dann hörte das Schreien plötzlich auf.

Mir war beinahe schlecht geworden, wie ich da tief über die Tastatur gebeugt saß. Und es tat mir leid – so furchtbar leid. Aber dann, als ich einfach nicht länger dort sitzenbleiben konnte, zwang ich mich, aufzustehen und hinunterzugehen.

Als ich in den Partykeller kam, fand ich niemanden, der wütend oder aufgeregt gewesen wäre. Liam stand in einer Ecke und beobachtete Sue, die einen leise schluchzenden Mike in den Armen hielt und ihm übers Haar strich. Sie küßte seine Stirn und murmelte wieder und wieder: »Es wird alles gut, mein Schatz, es wird alles wieder gut.«

Ich war wie benommen und konnte nur noch Liam mit dem Ellbogen in die Seite stoßen und fragen: »Was ist hier los?«

Liam sah mich mit einem angewiderten Blick an. »Keine Ahnung, Dad. Wir haben draußen auf dem Rasen Fußball gespielt, und eine Biene ist auf Mikes Hand gelandet. Er hat versucht, sie wegzuschleudern, hat sich dabei aber mit der Hand ins Auge geschlagen, und die Biene hat ihn gestochen. Anschließend ist er wie ein kleines Baby hier reingerannt und hat geschrien: ›Mami, Mami, hilf mir!‹ Und seitdem hält sie ihn jetzt im Arm.«

Am nächsten Tag kam Sue zu mir in die Küche. »Joanne hat angerufen, und ich hab' ihr gesagt, daß St. Finbar nicht in Frage käme. Sie meinte, die einzige Alternative für Mike wäre eine vorübergehende Unterbringung im Rockland State Psychiatric Hospital, bis sich irgendwas anderes fände.«

»Ja? Und . . .?« fragte ich langsam und sah ihr direkt in die Augen. Ich wußte, was nun kam, und ich hatte Angst, daß ich lächeln würde.

»Und«, blaffte sie mich an, »ich werde das nicht akzeptieren.« Gerade in diesem Augenblick kam Frank hereinspaziert. »Ich habe gehört, wie Mike euch zwei Mom und Dad genannt hat. Was hat das zu bedeuten?«

»Nichts«, sagte ich. »Es ist nur eine Geste.«

Am nächsten Nachmittag, als David den Kopf unter der Motorhaube meines Trucks hatte, um den Motor zu inspizieren, fragte er mich aus. »Verstehe ich recht, daß Mike weiter hierbleibt?«

»Klar«, scherzte ich, »wir können ihn nicht weglassen, bevor er die Glasrechnung abgearbeitet hat, mit der er bei uns in der Kreide steht.«

»Nein, im Ernst«, fragte David. »Was ist passiert?«

Ich streckte hilflos die Hände aus. »Eine ganze Reihe von Dingen sind passiert. Erstens, er hat die Krankenmesse besucht und wurde gesalbt, und die Gemeinde hat dafür gebetet, daß er wieder in Ordnung kommt.«

»Jaa . . .«

»Und dann ist er aufgewacht und hat kapiert, daß er auf dem besten Weg war, hier rauszufliegen.«

»Okay . . .«

»Und dann hat ihn eine Biene gestochen, und er hat einen Augenblick lang vergessen, daß er nicht zeigen durfte, wie sehr er Mom braucht. Aber . . .« Ich hielt inne.

»Aber was?« fragte David, während er über den Kotflügel herunterrutschte, sich einen Lappen griff und die Hände daran abputzte. »Aber was?«

»Aber ich würde gerne glauben, daß in Wirklichkeit etwas anderes passiert ist, daß nämlich im Jahre 1757 ein böser indianischer Schamane und ein guter indianischer Schamane miteinander um die Herzen ihres Volkes gekämpft haben. Der böse hat den guten vergiftet, aber bevor der gute starb, übertrug er seine Macht auf ein schwerverletztes Bärenjunges, dem er den Namen Gebrochene Pfote gab . . .«

»Okay, okay, vergiß es«, sagte David lachend. »Ich frage Susanne.«

KAPITEL 14 **Die Wahrheit, die Ziele und ein Jahrestag**

»Whow! Das muß für euch ja eine Woche gewesen sein.«

Joanne strahlte, aber es fiel uns schwer, ihr Lächeln zu erwidern. Die engen Regeln, die *Harbour* unserem Leben angedeihen ließ, waren geeignet, uns von Zeit zu Zeit unendlich zu ärgern. Joanne war eine Freundin, unglaublich hilfreich, aber für erfahrene Eltern wie uns ist es oft recht ärgerlich, wenn immer eine dritte Partei auftaucht. Und es waren nicht nur diese wöchentlichen Treffen; es waren die detaillierten technischen Berichte, die geführt werden mußten, die Aufzeichnungen der Beratungssitzungen und die Kommentare zum Behandlungsplan. Es waren die Gruppentreffen, die organisierten Ausflüge, die Koordination von Schule und Fahrten. Es bedeutete, daß man das Haus am Mittwochnachmittag makellos sauber haben mußte, und es war vor allem anderen die Tatsache, daß wir unsere Auseinandersetzungen mit Mike nicht ständig wiedererleben und durchkauen wollten.

Manchmal wollten wir sie einfach nur hinter uns haben, manchmal brauchten wir etwas Abstand, manchmal wollten wir einfach in Frieden gelassen werden.

So wie heute zum Beispiel.

Trotzdem machten wir beide gute Miene, bis Joanne einen alten Punkt wieder auf die Tagesordnung brachte, den wir lange umgangen zu haben glaubten. »Sue, Rich«, sagte sie ruhig, »bitte verstehen Sie das nicht falsch – Sie haben fabelhafte Arbeit geleistet, besser als es irgend jemand für möglich gehalten hätte . . .«

»Aber?« warf ich ein und fragte mich, was nun kommen würde.

Joanne gab ihrem Kopf eine leichte Wendung seitwärts, gab sich dann einen Ruck und sagte: »Aber jetzt, da wir diese Krise hinter uns haben, müssen wir auf einer Erholungszeit bestehen.«

Ich starrte Joanne einen Augenblick oder zwei dümmlich an und scherzte dann lahm: »Gut! Schicken Sie uns einfach für eine Woche oder zwei auf die Bahamas.«

Joanne erwiderte mein Lächeln, aber es blieb oberflächlich, abweisend und ausdruckslos. »Rich, es gehört zum Programm, und es ist Zeit.«

Ich blickte zu Sue hinüber. Sie wand sich auf ihrem Sitz.

Man hatte uns schon vorher mit einer Erholungszeit knebeln wollen, aber wir hatten es immer geschafft, uns daran vorbeizumogeln. Erholungszeiten sind Wochenenden oder sogar ganze Wochen, die man getrennt von dem Pflegekind verbringt und die vom Projekt organisiert werden und dem Kind und den Eltern eine Unterbrechung eingefahrener Gewohnheiten erlauben sollen.

»Machen Sie sich keine Sorgen um Mike«, sagte Joanne vorausschauend. »Die Kinder genießen diese Zeit fast immer genauso wie die Eltern.«

»Joanne«, antwortete Sue schließlich, und ihre Worte klangen abgeschnitten und spröde, »unsere Beziehung hat sich in den letzten Wochen, denke ich, wirklich geändert. Ich glaube nicht, daß es noch der gleiche Mike ist wie zuvor. Und ich glaube, er wird dies falsch auffassen. Ich glaube, er ist gerade jetzt ziemlich verletzlich, also bestehen Sie nicht darauf. Vielleicht später, vielleicht im Sommer.«

Aber Joanne war fest entschlossen, unsere Einwände beiseite zu wischen. »Ich weiß, daß er Sie jetzt Mom und Dad nennt, ich weiß, daß Sie jetzt ein engeres Verhältnis haben, ich weiß, daß Sie das Gefühl haben, ein gutes Stück Weges hinter sich zu wissen, aber er hat eine schwere Zeit gehabt und braucht eine Pause. Außerdem ist dies für ihn immer noch eine Unterbringung. Das weiß er; alle unsere Kinder wissen es. Sie sind daran gewöhnt, hin und her geschoben zu werden.«

Im Geiste knirschte ich mit den Zähnen bei den Worten »nur eine Unterbringung«, »unsere Kinder«, und dann dachte ich völlig irrational und rein gefühlsmäßig: *Was soll dieser ganze Unfug mit dem wir? Wo waren Sie denn, als er auf den Toilettensitz geschissen und die Fenster zerschlagen hat?* Ich befürchtete, daß ich tatsächlich etwas in dieser Art sagen würde, und wandte meinen Blick ab.

Sue konnte mich etwas murmeln hören, und ihr Blick wanderte zwischen mir und Joanne hin und her, als Joanne sich vorbeugte, um sich endgültig durchzusetzen. »Sue, das Konzept der Erholungszeit ist Ihnen in Ihren Kurssitzungen erklärt worden. Sie beide haben dem zugestimmt. Es dient sowohl Ihrem als auch seinem Besten, und es ist schon lange überfällig. Sie beide brauchen ebenfalls eine Pause. Sie hätten in Wirklichkeit schon lange eine Pause gebraucht. Sie beide sind zu verbraucht – viel zu verbraucht.«

Sue öffnete wieder den Mund, aber schloß ihn wieder, als Joanne ihre Hand fest auf den Tisch legte. »Sue, es handelt sich hier um ein Programm, und ich weiß, daß manche Teile davon einem besser gefallen als andere, aber alle Teile sind aus bestimmten Gründen da, und das ist es, wieso das Ganze überhaupt funktioniert.«

Als Sue seufzte und sich wieder zurücksetzte, zum Schweigen gebracht, nicht mehr wußte, was sie noch sagen sollte, stand ich auf und ging hinaus.

Mike näßte wieder das Bett, und wir haben beschlossen, daß es Zeit für eine grundsätzliche Änderung der Politik ist. Mikes Verhalten hatte allzu viele Ecken und Kanten, und langsam dämmerte uns die Vergeblichkeit des Versuchs, sie alle zu katalogisieren.

Mike machte jetzt seit zehn Monaten mal mehr, mal weniger ins Bett, und wir hatten ihm ständig unsere Hilfe angeboten, hatten Verständnis gezeigt. Aber inzwischen fragten wir uns, ob er es nicht in gewissem Umfang extra machte, ob es nicht eine alte und merkwürdige Angewohnheit Mikes war, Herrschaft auszuüben, von der er sich einfach nicht trennen wollte. Bei mehr als einer Gelegenheit hatten wir beobachtet, daß Mike sich zwang, große Mengen Wasser zu trinken, unmittelbar bevor er schlafen ging, oder sogar nachts aufstand, um zu trinken. Und so waren wir nicht mehr länger bereit, so furchtbar viel Verständnis zu zeigen.

Jedesmal, wenn Mike sich in diesem vergangenen Jahr hatte gehenlassen, wenn er seinen Anfällen freien Lauf gelassen hatte, schienen verschiedene Sozialarbeiter und Therapeuten gezwungen gewesen zu sein, viel Zeit darauf zu verwenden, mit uns darüber zu theoretisieren. Man hatte uns zum Beispiel erklärt, daß Mike einen unterdrückten Zorn über seine Kindheit zum Ausdruck bringen würde; eine Unsicherheit zu verarbeiten habe – in seiner neuen Schulumgebung, neuen Freunden gegenüber, einem Gast gegenüber, der nun auszog, mit dem er aber vertraut geworden war – oder daß er auf die Nachwirkungen des Absetzens der Medikation, der Pubertät, eines Wechsels der Ernährungsweise, auf Rivalität mit unseren Söhnen oder auf übersteigerte Erwartungen, begrenzte Erwartungen, Versagensängste, Erfolgsängste, zu geringe Selbstachtung, unrealistische Selbsteinschätzung und so weiter reagiere.

Aber obwohl dies alles durchaus irgendwie zutreffen mochte, war der Blickwinkel, unter dem die Psychiater, die Mike von Zeit zu Zeit aufsuchen mußte, ihn und seine Probleme betrachteten, gewöhnlich viel breiter. Ich vermute, weil es sich um Mediziner handelte und sie dazu tendierten, sich nicht auf einzelne Verhaltensweisen zu konzentrieren, sondern eher auf allgemeine Veränderungen. Nahm er an Gewicht zu? Wuchs er? War das Muster seiner Verhaltensweisen ganz generell besser oder schlechter geworden? Brachte er in der Schule bessere Leistungen, in seiner sozialen Umgebung, zu Hause? War er gefährlich? Und wenn die Antwort auf die meisten dieser Fragen positiv war, dann klappten sie meist ihr Notizbuch zu, klopften uns auf die Schulter und sagten: »Machen Sie sich keine Sorgen«, und damit war für sie der Fall erledigt. Ich beobachtete dieses Phänomen wieder, als Mike einen seiner regelmäßigen Termine bei einem dieser Ärzte hatte. Nachdem der Psychiater Mike untersucht hatte, rief er mich hinein und fragte mich, ob ich irgendwelche Fragen habe. Ich bejahte und sagte dann die jüngste Liste der Themen und Zwischenfälle auf und fragte ihn, ob er uns da irgendwie weiterhelfen könne.

Aber der Arzt lehnte sich nur zurück und grinste. »Was«, fragte er und gluckste dabei, »bringt Sie auf den Gedanken, daß Sie für jeden irrationalen Akt eine rationale Erklärung finden können?«

»Wie?«

»Mr. Miniter«, sagte der Arzt und beugte sich vor, »ist Mike gesünder, als er es vor einigen Monaten war? Sagen *Sie* es *mir.*«

Ich dachte darüber nach. »Ja, ich denke doch.«

Der Arzt nickte. »Ich denke es auch. Nein, eigentlich weiß ich, daß er viel gesünder ist, und ich weiß, daß er noch gesünder werden wird. Aber das bedeutet nicht, daß ich Ihnen sagen kann, wie Sie auf jede einzelne Dummheit, jeden Temperamentsausbruch oder jeden Wutanfall, den er von jetzt an zeigen wird, reagieren sollen.«

»Ich denke, ich verstehe, was Sie sagen«, sagte ich langsam, obwohl ich es in Wirklichkeit überhaupt nicht verstand.

»Sehen Sie«, sagte der Arzt und gluckste wieder, »Sie und ich, nehme ich an, sind gesunde, normale Menschen, aber wir beide tun gleichwohl von Zeit zu Zeit ziemlich dumme Dinge, lange nicht so wie Mike natürlich, aber dennoch tun wir manches, was wir nur unter Schwierigkeiten erklären könnten.«

»Sie meinen nicht, daß wir einfach die Therapie vergessen und Mikes Verhalten einfach hinnehmen sollten?«

»Nein«, sagte er betont. »Die Therapie konfrontiert Mike mit seinem Verhalten. Sie läßt ihn darüber nachdenken, was er tut und was er tun will. Aber verlieren Sie sich nicht in Kleinigkeiten. Machen Sie einfach weiter mit dem, was Sie bisher tun, und wenn Sie sich überhaupt um etwas Sorgen machen, dann machen Sie sich einfach Sorgen darüber, ob Sie nun ein Kind großziehen, das als Erwachsener innerhalb der Grenzen der ganz normalen menschlichen Schwierigkeiten funktioniert oder nicht.«

Ich erwiderte sein Grinsen. »So wie ich es jetzt tue?«

Der Arzt lachte. »So wie Sie es jetzt tun.«

Von Zeit zu Zeit streift ein einsamer Biber über die Landstraße und verbringt vielleicht etwa eine halbe Stunde damit, unseren Garten zu inspizieren und sich einen Weg durch ihn zu suchen.

Die Landstraße ist eigentlich ein alter Kutschenweg, der vom Berg herunterführt. Wie alt, kann ich nicht sagen. Er war überwachsen und durch querliegende Bäume unpassierbar, als wir hierherzogen, und als ich den Parkplatz anlegen ließ, habe ich den Bauunternehmer mit seiner schweren Maschine so etwa tausend Meter die Straße hochgeschickt, bis diese sich im Sumpf verlor.

Später haben wir das dort wachsende Gras gemäht, und Brendan und ich bauten eine kleine Brücke über ein winziges Rinnsal, das an einer Seite entlangläuft. So wurde diese Straße unser Fußweg zum Obstgarten und zum Berg.

Aber wir hatten uns über die Geschichte dieser alten Straße nicht viel Gedanken gemacht, bis ich in einem Frühjahr entdeckte, daß ein steinerner Kanal das Wasser von der Westseite der Straße nach Osten in einen Abwassergraben, der rund um die Heuwiese führte, leitete. Und dann fand ich heraus, daß der alte Weg jenseits des Sumpfes ebenfalls noch vorhanden ist, wo er den größeren Wasserlauf an der Nordflanke unseres kleinen Tales mit einer Felssteinbrücke überspannt – es handelt sich dabei um zwei gewaltige, rauhe, handgeschnittene Granitplatten.

Als ich mir eine topographische Karte vornahm, entdeckte ich noch mehr. Was von dieser alten Straße noch übrig ist, folgt den natürlichen Konturen des Berges, was bei den neueren, kürzeren Straßen, die sich durch die Hügel schneiden, nicht der Fall ist. Also muß in den Tagen, bevor es Erdbewegungen mit großen Maschinen gab, die alte Straße eine Route gewesen sein, vielleicht die erste über den Berg und vom Berg hinunter. Außerdem fiel mir ins Auge, daß dieser alte Weg immer wieder das Netzwerk von Rinnsalen, Bächen und Siepen kreuzt und wieder kreuzt, die schließlich zum Black Creek werden, der fünfzehn Meilen weiter in den Hudson River mündet. Es ist daher für die Biber ganz natürlich, daß sie versuchen, an unserem Haus vorbeizulaufen, denn es scheint, als ob sie diesem alten, aufgelassenen Weg von der Mündung des Creeks den ganzen Weg hinauf gefolgt sind. Nachdem ich mich mit den weiter talabwärts gelegenen Nachbarn unterhalten hatte, konnte ich den Weg der Biber ungefähr festmachen. In den sechziger Jahren gab es keine Biber an dem Wasserlauf. Dann, in den Siebzigern, erschienen einige zehn Meilen weiter unterhalb an der Staatsstraße. Ein paar Jahre später tauchten sie auch etwas höher auf, und dann in den späten Achtzigern fielen sie in den Obstgärten etwa auf zwei Dritteln der Strecke den Berg hinauf unangenehm auf. Und schließlich bemerkten wir, die wir ganz oben an der Straße und fast am Ende der Wasserläufe liegen, im Jahr 1990, von Bibern gefällte Bäume – einen weniger als vierhundert Meter von unserer kleinen, selbstgebauten Brücke entfernt.

Aber ich wußte nicht, wen sie sonst noch alles mit sich brachten, bis Mike mich einmal zu einer verrückten Show in der Abenddämmerung mitnahm.

Ich sah, daß Mike sich aufmachte, diesen alten Weg entlangzugehen, und rief ihn.

»Mike, wohin gehst du?«

Er wandte sich um, verzweifelt. »Nirgendwohin.«

»Gehst du in den Obstgarten?«

»Nein, ich will sehen, wie die Enten landen.«

»Was?«

»Ich gucke mir an, wie die Enten landen.« Dann wandte er sich wieder um und ging weiter.

»Mike.«

»Was denn?«

»Ich glaube, ich komme mit.«

Mike schien in sich zusammenzusinken, als verlangte ich etwas völlig Unmögliches von ihm, wartete aber auf mich und ging dann ungeduldig über den Weg voran, als ich ihn erreicht hatte, über die kleine Brücke in den Obstgarten, am Ostrand des Bestandes von Apfelbäumen entlang und dann bei der großen alten

Eiche, in deren ausgebreiteten Ästen sich ein alter Ansitz auf Hirsche verbarg, hinein ins Gebüsch.

Dies ist der hintere Weg zum Biberteich, dachte ich. *Du wirst hier keine Enten sehen, mein Junge. Es ist viel zu dicht bewachsen hier.*

Dann fragte ich: »Wo sind die Hunde?«

»Die Hunde mögen die Enten nicht«, sagte er gepreßt, um mich merken zu lassen, daß er keine weitere Unterhaltung wünsche.

Noch verwirrter folgte ich Mike Schritt für Schritt auf seinem Weg durch die Dornen, bis wir zu dem langen, sich dahinwindenden Deich und dem von ihm eingeschlossenen, von Riet überwachsenen Teich gelangten. Aus dem Wasser ragten die Reste von vielleicht einhundert, zweihundert Bäumen hervor. Bäumen, die durch das steigende Wasser abgestorben waren, ohne Blätter, nur das Gewirr ihrer toten Äste streckte sich noch himmelwärts wie flehende Arme verlorener Sünder.

Ein unheimlicher Ort, wenn die Nacht aus der Dunkelheit herankriecht.

Aber Mike kauerte sich nun geräuschlos hin, und ich tat es ihm nach.

Ein paar Minuten später schwamm stumm ein Biber ungefähr fünfzig Meter vor uns durch den Teich, man sah nur seinen schweren Kopf über dem schwarzen Wasserspiegel. Dann kam der nächste.

Gut, sagte ich mir, *wir beobachten Biber, aber was war das mit den Enten? Hier gibt es keine Enten.*

Dann fielen sie ein.

Ich fühlte sie, bevor ich irgend etwas sah. Ihr hohes Quakquak, jetzt noch entfernt, dann direkt über uns. Wie viele, weiß ich nicht – es war eine Menge. Ich konnte hören, wie sie über dem Wald kreisten, sich sammelten, einander riefen.

»Was werden sie tun?« fragte ich Mike. Aber er zischte, ich solle ruhig sein, und blickte mit einem Lächeln auf, während die ersten paar Enten sich hinunterfallen ließen.

Da die Enten mit ausgestreckten Schwingen durch das Gewirr toter Äste, das sich hoch in die Luft streckte, nicht hinabsegeln konnten, ohne sich die Knochen zu brechen, legten sie einfach die Flügel zusammen und ließen sich wie Steine fallen, krachten durchs tote Geäst, brachen tote Zweige ab, fielen kopfüber, kopfunter, rückwärts und seitwärts durch die Bäume ins Wasser, wo sie mit großem Geplatsche aufschlugen. Wenn dann die ersten unten waren, riefen sie in den Himmel hinauf, als ob sie den anderen dort oben ebenfalls zu diesem verrückten Sturzflug aus dem nächtlichen Himmel Mut machen wollten.

Es waren wilde, verrückte zwei Minuten. Enten überall, die durchs Geäst krachten, sich drehten, umhergewirbelt wurden, quakten, aufplatschten und dann indigniert versuchten, der nächsten Welle von Leibern und abgebrochenen Zweigen, die da vom Himmel fielen, auszuweichen.

Mike lachte.

Er stand da und lachte und lachte. Die Arme hoch erhoben, schritt er vorwärts und in das trübe Wasser hinein, immer noch lachend, wo die Zweige niederregneten, überall Enten herunterfielen, quakend, um dann wieder aus dem schwarzen Wasser aufzutauchen, ihre Köpfe zu schütteln und von dannen zu schwimmen.

Dann war es vorbei. Wieder Stille auf dem inzwischen dunklen Teich, nur das merkwürdig unterdrückte Quak einiger Enten in weiter Entfernung, die in der Dunkelheit durch das dicht bewachsene Wasser paddelten.

Mike lehnte sich gegen den Deich, hielt sich die Seiten, und Lachtränen strömten ihm übers Gesicht.

»Mike, ist das hier jeden Abend so?«

»Jeden Abend«, sagte er und schüttelte den Kopf. »Diese verrückten Enten machen das jeden Abend so.«

Ich nehme an, ich wirkte besorgt oder machte zumindest den Eindruck, nur widerwillig darauf zu sprechen zu kommen, als ich Mike an die Sache mit der Erholungszeit erinnern mußte, denn er sah mich mit einem tiefen, fragenden Blick an und sagte: »Es ist schon gut, es macht mir nichts aus zu gehen.«

Am Morgen war sein Bettzeug trocken, aber Sue wusch es aus Gewohnheit trotzdem, und er wurde echt böse, als er das herausfand. Später ließ Sue ihn sein Zimmer saubermachen und sein Bett neu beziehen. Ich kam gegen vier von der Arbeit nach Hause und legte mich auf sein Bett. Dann tat ich so, als wäre ich er. »Ich hasse diese Familie. Ich bin hier nur der Sklave. Ich tue all die Arbeit in diesem Haus. Ich stehe nicht auf. Ich bin müde. Ich will weg hier, ich habe nur zehn Stunden Schlaf gehabt.«

Mikes Gesicht überzog sich rot, er schien böse zu werden, aber dann lachte er, kam zu mir und boxte mir in den Bauch. Heftig!

Ein weiterer Punkt, den wir unbedingt mit Mike besprechen mußten, waren seine kleinen Diebstähle. Münzen, ein Werkzeug, ein Poster aus einem der Zimmer der anderen Jungen, Liams Armbanduhr – die Liste wurde immer länger. Eine merkwürdige Sammlung vermißter Habseligkeiten, die größtenteils in Mikes Zimmer oder Schultasche wieder auftauchten.

Wir hatten mit ihm schon oft darüber gesprochen, und er hatte sich immer entschuldigt, aber wir hatten es nie wirklich zum Punkt Nummer eins gemacht. Aber jetzt erzwangen die Ereignisse unser Handeln oder vielmehr seins. Denn diesmal hatte er genau dem Falschen ausgerechnet die falsche Sache geklaut.

Frank hatte Mike mit zum Fischen genommen, und Mike hatte Franks Messer bewundert – ein Angelmesser, das er schon seit seinem zehnten Lebensjahr besaß. Nachdem sie wieder zu Hause waren, war Mike in Franks Kammer geschlüpft und hatte sich das Messer genommen. Einige Stunden später bemerkte Frank den Verlust, wurde sehr wütend und nahm Mikes Zimmer auseinander.

Mike gab zu, es genommen zu haben, sagte, es tue ihm leid, aber er wollte Frank nicht verraten, wo es war. Ich glaube auch nicht, daß er es konnte – ich vermutete, daß er es im Brunnen versenkt oder irgendwie sonst außer Reichweite gebracht hatte.

Jetzt also hatte Mike ein gewaltiges Problem, weil er es nicht zurückgeben konnte, Frank ihn nicht damit davonkommen ließ und wir uns nicht in das einmischen würden, was zwischen den beiden geschah.

Wann immer Frank nach Hause kam, baute er sich als erstes vor Mike auf und verlangte sein Messer zurück.

»Dad, Frank ist sehr böse auf mich.«

»Nun, du hast sein Messer gestohlen und wolltest ihm nicht sagen, wo es ist.«

»Mach, daß er damit aufhört. Ich habe Angst. Er ist gemein.«

»So gemein, daß er dich mit zum Fischen nimmt und sich das Angelmesser stehlen läßt?«

Ich habe ihm gesagt, daß es mir leid tut, aber er hört nicht auf. Er ist gemein.«

Ich verstehe mich nicht besonders auf Bibelzitate, aber mir fiel eins ein, das unter gleichen Umständen für jemand anders benutzt wurde, und da ich diese Wendung des Gesprächs voraussah, machte ich mir die Mühe, es herauszusuchen. Ich war entschlossen, etwas sehr Hartes zu tun.

»Mike, hol mal die Bibel runter.«

Er ging zu meinem Bücherregal und nahm die alte *King-James-Bibel* herunter.

»Mike, da steht etwas bei Jeremia.«

». . . du bist mir abgefallen, / darum habe ich meine Hand ausgestreckt wider dich, / daß ich dich verderben will; / ich bin des Erbarmens müde.«

»Mike, weißt du, was das bedeutet?«

»Bedeutet es, daß Frank mich verderben will?«

»Es bedeutet, daß selbst Gott die Geduld mit Menschen verliert, die schlimme Dinge tun und glauben, sie können alles wieder zurechtbiegen, indem sie sich einfach entschuldigen.«

Mike machte wieder ins Bett, und wir stellten ihn deswegen zur Rede.

»Mike, das wird langsam langweilig. Dein Zimmer riecht wie das Elefantenhaus im Zoo. Ich glaube, wir werden dich von jetzt ab mitten in der Nacht wecken, damit du zur Toilette gehen kannst, und wir wollen, daß du aufhörst, Wasser zu trinken, bevor du schlafen gehst.«

Ein verschlagener Blick und ein verstocktes Gesicht. »Ich muß etwas trinken, bevor ich ins Bett gehe.«

»Nein, das mußt du nicht. Jetzt geh dich duschen.«

Aber während er in der Dusche war, steckte er eine Zahnbürste in den Abfluß, rollte dann Toilettenpapier ab und stopfte es ebenfalls hinein. Ich mußte den ganzen Abfluß auseinandernehmen und bis tief in die Wand hineingraben.

Als er aus dem Schulbus stieg, ließ ich ihn sich vor dem Abfluß verbeugen und entschuldigen.

»Dad, das ist echt blöd«, sagte er.

»Nicht so blöd«, sagte ich beißend, »wie den Abfluß zu verstopfen.«

Sue und ich machten Mike mit sehr gemischten Gefühlen reisefertig. Es fiel uns immer noch sehr schwer zu glauben, daß es das richtige sei, ein Kind fortzuschicken, damit die Eltern einmal von ihm freie Zeit hätten.

Wir waren sogar schon so weit, bei *Harbour* anzurufen und Krankheit oder einen Notfall oder irgend etwas anderes vorzutäuschen, als Mikes Verhalten uns davon abhielt. Er war gelassen und nahm das Wochenende als gegeben hin. Keine große Sache, schien er zu sagen.

Er sagte Sue nicht auf Wiedersehen und tätschelte auch keinen der Hunde auf dem Weg nach draußen. Das Haus des Paares, das ihn für diese Zeit aufnehmen würde, lag ungefähr fünf Meilen von unserem entfernt. Mike blickte sich kein einziges Mal um, als er mit dem kurzfristigen Pflegevater langsam davonging. Ich sah ihm nach, hoffte, er würde sich umdrehen und winken, aber er tat es nicht.

Als ich wieder zu Hause war, wartete Sue auf mich. »Wie hat er sich gegeben?«

Ich zuckte die Achseln. »Es könnte ihm kaum weniger ausgemacht haben.«

»Also«, sagte sie und schüttelte langsam den Kopf, »das verstehe ich einfach nicht.«

»Du kannst ja auch nicht immer das Ziel sein, Sue.«

»Was werden wir an diesem Wochenende unternehmen?«

»Ich weiß nicht.«

Sue stand auf, ging in ihr Büro und schlug die Tür zu.

Und plötzlich war es furchtbar still im Haus.

Dann, ungefähr um halb acht Uhr abends, läutete in Sues Büro das Telefon, und sie nahm den Hörer ab. Am anderen Ende erklang eine zitternde, stotternde Stimme, dann hörte man Weinen. »Hier spricht Mike. Macht ihr gerade etwas Besonderes? Kann ich nach Hause kommen?«

»Was stimmt denn nicht?«

»Ich will nach Hause kommen.« Noch mehr Tränen, noch mehr Weinen.

Sue stotterte jetzt selbst. »In zehn Minuten, Mike, wir werden kommen.«

Wir sprangen in den Wagen und brausten hinunter ins Dorf. Mike wartete in der Küche mit seiner Tasche zwischen den Beinen und beachtete niemanden sonst, während er auf uns wartete.

Als wir uns mit der Frau unterhielten, fanden wir heraus, daß es kein besonderes Problem gegeben hatte. Sie glaubte, er sei vielleicht gelangweilt. Sie hatte noch nicht einmal gewußt, daß er uns angerufen hatte, bis wir erschienen.

Auch Mike hatte nichts Besonderes zu sagen, außer: »Ich will einfach nach Hause.«

Also fuhren wir nach Hause.

Später sah Sue mich mit Tränen in den Augen an. »Er hat uns wieder rangekriegt, nicht wahr?«

Ich dachte laut: »Was wird *Harbour* dazu sagen?«

Sue zog eine Grimasse. »Worum es mir geht, ist, daß ihm nie mehr unter die Nase gerieben wird, daß er ein Pflegekind ist.«

Inzwischen war es Mitte Juni geworden, und Henry weckte Mike morgens früh mit den Hunden. Wir bekamen nach längerer Zeit den ersten schlechten Bericht von der Schule: Offensichtlich hatte Mike sich geweigert, etwas wegzuräumen, so wie es ihm gesagt worden war. Aber er machte seine Schularbeiten alleine. Wir aßen zu Abend, was gerade da war, und er ging ohne großes Murren zu Bett.

Dann weckte Henry ihn um elf Uhr noch einmal auf, um ihm einen enormen Ochsenfrosch zu zeigen, den er draußen vor der Gartentür gefunden hatte. Mike fing ihn und nahm ihn in einem Eimer mit etwas Wasser mit auf sein Zimmer; dann ging er wieder zu Bett.

Ich merkte es, als ich um zwei Uhr nachts die merkwürdigsten Töne aus Mikes Zimmer vernahm.

»Mike, mein Gott, das ist der größte Frosch, den ich jemals gesehen habe. Wo hast du den her?«

»Henry hat ihn gefunden und mir gegeben.«

»Ja«, sagte ich schläfrig und immer noch überrascht von dem Ausmaß dieses Tiers. »Wie schön, daß er einen gefunden hat, der so schön rufen kann.«

Mike und Sue hatten seit der fehlgeschlagenen Erholungszeit immer sehr viel zusammengegluckt – mit zusammengesteckten Köpfen geflüstert, leise geredet, gelacht –, aber an diesem Morgen lagen die Dinge anders. Als Sue Mike freundlich an die Zeit erinnerte, war wieder das ausdruckslose, dümmliche Gesicht da und gleichzeitig alle bösen Wörter.

Wir scheinen niemals unsere Verwundbarkeit zu verlieren. Ganz gleich, wie oft Mike seine Fähigkeit demonstriert, sich in einem Augenblick von Sonnenschein und Licht in eine üble böse Person zu verwandeln, sind wir immer und jedesmal überrascht.

Aber überrascht zu sein bedeutet nicht, daß wir immer auf die gleiche Weise reagieren, und an diesem Morgen reagierte Sue wie eine Kobra, die man mit einer brennenden Zigarette berührt. Sie war nicht geduldig, verletzt, schockiert oder kam gar mit Vernunftargumenten. Statt dessen ging sie los wie ein Geschoß, jagte ihn die Treppe hinunter und stellte ihn in seinem Zimmer, schüttelte ihn und schrie: »Du wirst mich nicht länger mit diesem unflätigen Namen beschimpfen, niemals. Wenn du es tust, werde ich dir dein widerwärtiges Maul mit Seife auswaschen.«

Mike schaltete sofort zurück, und sein Gesichtsausdruck verriet, daß er völlig überrascht war. (»Hey, seit wann wirst denn du so schnell so böse?«)

»Beruhig dich, bitte beruhig dich«, sagte er offensichtlich besorgt.

Ich sah mir die ganze Show an, und als sie aus seinem Zimmer herausstolzierte, fragte ich: »Was ist mit dir passiert?«

»Ich weiß nicht«, erwiderte sie kurz angebunden. »Er hat diesmal einen Nerv getroffen.«

»Aha«, sagte ich, und das war ein Kompliment, wenn auch ein ziemlich müdes, »endlich einmal hast du das Spiel nicht mitgespielt.«

»Wie?« sagte sie pikiert und strich sich den Rock glatt.

Obwohl diese Szenen mit Mike immer seltener wurden, folgten sie immer noch dem gleichen, strengen Ritual wie ein Tanz, den wir mit ihm machen mußten. Erst kam der Gesichtsausdruck, dann folgten Worte – viele Worte –, dann das Treten und Schlagen nach den merkwürdigsten Dingen, dann das Schreien. Es war ein Ritus, der eine Stunde oder länger dauern konnte, eine perfide Pirouette. Aber Sue hatte ihn diesmal kurzgeschlossen, und die Verwirrung stand ihm noch ins Gesicht geschrieben.

»Du hast nicht zugelassen, daß er auf dir herumtrampelt. Nachdem du explodiert bist, wirkte Mike wie ein Matador, der mit seinem Cape winkt, nur daß der Stier direkt auf seine Beine losgeht statt auf das rote Tuch.«

»Mom, es tut mir leid«, sagte Mike und stahl sich aus dem Zimmer.

Aber Sue kochte immer noch, sprach auch im Auto nicht mit ihm und ließ ihn in der Kirche drei oder vier Bänke vor sich sitzen. Aber sie beobachtete ihn und sah auch, daß er, als der Klingelbeutel kam, in seine Tasche griff, eine Dollarnote herausnahm und in das Körbchen legte.

»Verdammt«, entfuhr es ihr später, als sie nicht mehr wußte, ob sie ihre Wut nun verrauchen lassen sollte oder nicht.

Aber dann sagte sie etwas sehr Interessantes. »Er dreht jedesmal durch, wenn wir ihm irgendeine Vorwärtsbewegung aufzwingen wollen, ganz gleich, ob es ein Plan ist, den er einfach einhalten soll, oder ob es sich um die Organisation seiner eigenen Zeit handelt. Er haßt Pläne, an die er sich halten muß. Er setzt sich nicht gerne mit der Zukunft auseinander – es ist, als ob er Angst vor der Zukunft hätte, vor jeder Art von Zukunft.«

Am Nachmittag gingen wir alle zu Susanne hinüber zum Dinner. Susanne und David, Sue und ich, Mike, Liam, Frank und Brendan, ein wunderbares Essen, ein sehr schön gedeckter Tisch.

Während des Kaffees und danach war Mike draußen, um zu spielen. David lehnte sich zurück und blickte mich an. »Was für ein Unterschied«, sagte er und grinste. »Ich denke an letzten Herbst. Mit Mike zu essen, das war etwa so, als äße man im Käfig mit einem Affen, der zum ersten Mal Feuer sieht. Er war nie still und hörte nie auf, nach allem zu greifen, was auf dem Tisch stand.«

Ich lachte darüber, setzte mich dann aber aufrecht hin. David hatte recht. Das emotionale Hin und Her, die vielen Worte, die Kämpfe und Mikes unablässiges Fensterzerschlagen hatten sich für uns so in den Vordergrund geschoben, daß wir dahinter den substantiellen sozialen Fortschritt gar nicht mehr sahen. Heute saßen wir zum siebten Mal mit der ganzen Familie zusammen, und irgendwo im Laufe der Zeit, angefangen von Thanksgiving über Weihnachten, Ostern und hundert anderen Gelegenheiten, hatte er einiges an sozialer Anpassungsfähigkeit erworben. Heute abend war er ruhig, fast selbstbewußt und freundlich – »Bitte reich mir den Salat ... ja, nein ... danke schön« –, aß sehr gut, nahm sich bescheiden bemessene Portionen auf den Teller, nahm sich nach, wußte Messer und Gabel vernünftig zu gebrauchen, half nach dem Dessert abzuräumen, bedankte sich bei Susanne und hörte der Unterhaltung der Erwachsenen zu. Er beteiligte sich sogar an dem Gespräch. Ein gewaltiger Unterschied.

David stand auf. »Wollen wir den Kaffee draußen nehmen?«

Draußen auf der Veranda saßen wir in der orangefarbenen Dämmerung der dunstigen Hitze. Der Verkehr auf der Staatsstraße war im Augenblick erlahmt, und man hörte nichts als ein entferntes Zuschlagen einer Gartentür von irgendeinem anderen Haus an der Straße.

Dann kam Mike zu uns. »Was hört man da?«

Es war ein schwaches musikalisches Läuten zu hören, und David lauschte einen Augenblick und sagte dann verschmitzt: »Den Eiswagen!«

»Was ist ein Eiswagen?«

»Aha.«

Wir quetschten uns alle in meinen Pickup und versuchten, ihn im ausgedehnten Netzwerk der Straßen zu finden. Schließlich gelang uns das, und Mike kaufte Susanne ein Eis am Stiel mit Kaugummigeschmack.

Susanne sagte und versuchte, sich dabei ein Lächeln abzuringen – sie ißt kein Eis und haßt den Geschmack von Kaugummi –: »Oh, *vielen Dank*, Mike.«

Später schlief Mike auf Susannes Couch, Brendan und Frank hatten sich verabschiedet, Sue und Susanne schwatzten noch in der Küche, und David und ich gingen wieder auf die Terrasse hinaus.

»Mike paßt jetzt langsam wirklich ins Bild«, sagte David.

Ich blickte durch die Tür auf seine schlafende Gestalt, die im Lichtschein einer Lampe schlief, ein Comic-Heft lag geöffnet auf seiner Brust, und unter einem seiner Arme kuschelte sich Susannes Katze.

David lächelte wieder. »Oder kommst du zu einem anderen Ergebnis?«

»Doch«, sagte ich hilflos.

»Wie das?«

»Also«, erklärte ich, »wir haben unsere Meinung nicht geändert, natürlich nicht, aber wir fangen doch an, uns zu fragen, ob sich unser Leben mit ihm noch jemals beruhigen wird. Heute morgen gab es wieder eine Szene. Wir hatten jetzt wochenlang Ruhe, aber plötzlich war es wieder da in dem Augenblick, als wir ihn baten, voranzumachen. Sue hat ihn zerquetscht wie einen Käfer, und das ist etwas Neues, und Mike war augenblicklich zerknirscht und voller Reue. Aber es bleibt die Tatsache bestehen, daß das Zusammenleben mit Mike so ähnlich ist, als wäre man ständig an eine Black Box angeschlossen, die einem von Zeit zu Zeit einen Stromstoß von ein paar Trillionen Volt durch den Leib jagt.«

Als ich den verwirrten Gesichtsausdruck bei ihm sah, versuchte ich, mich etwas näher zu erklären. »Dave, diese Szenen waren Mikes einziges mögliches Mittel, wenn er etwas durchsetzen oder sich gegen irgend etwas wehren wollte, gegen irgend etwas, vor dem er Angst hatte. Es gab in seiner Welt keine Erwachsenen, auf deren Schutz er sich hätte verlassen können. Jetzt lebt er bei uns, und im großen und ganzen gibt es in seinem Leben nicht mehr so viel, wovor er Angst haben müßte wie früher, also gibt es weniger Szenen. Aber es gibt sie immer noch, es gibt also immer noch irgend etwas, das er loswerden möchte. Und, David, ich glaube nicht, daß es etwas ist, das wir jemals für ihn regeln können.«

»Und was ist es?«

»Etwas, was wir einfach nicht vermeiden konnten. Und *wir* bedeutet hier nicht einfach Mom und mich. Wir sind es auch, aber es sind ebenfalls die Jungen, es sind die Sozialarbeiter, die sich mit ihm beschäftigen, es ist das *Harbour*-Projekt, es ist Susanne, und vielleicht bist auf eine besondere Art und Weise auch du es.«

»Ich?«

»Schau mal, Dave, Mike ist durch das Fürsorgesystem praktisch sein ganzes Leben lang geformt worden. Er hat sich niemals Gedanken um die Zukunft zu machen brauchen. Sie wurde ihm einfach vorgesetzt, und entweder kämpfte er dagegen, oder er fand sich damit ab. Aber jetzt erwarten wir von ihm, daß er selbst über die wichtigsten Elemente einer jeden Aufgabe nachdenkt und sie dann selbst in eigener Verantwortung durchführt. Und es handelt sich dabei nicht nur um die großen Lebensentscheidungen. Es sind schon die einfachen kleinen Dinge, sich fertig zu machen für die Kirche am Morgen oder etwas Zeit zu reservieren, um sein Zimmer aufzuräumen und sauberzumachen.«

David zuckte die Achseln. »Er macht einen zufriedenen Eindruck.«

»David, die meiste Zeit *ist* Mike sehr zufrieden. Er hat seine Tiere, sein Fahrrad, seine Angel. Er hat uns, die wir ihn in Frieden lassen, er hat sein Zimmer, den Rest der Familie – vor allem dich –, und er hat es gelernt, all das zu lieben. Aber er ist darauf gedrillt, ein Zuschauer zu sein, und jedesmal, wenn wir darauf bestehen, daß er die Zuschauerbank verläßt und sich aufs Feld begibt, um selbst etwas zu tun, geht er hoch. Dann verpaßt er uns diesen Stromstoß von einer Trillion Volt.«

David zuckte leicht zusammen. »Das klingt ganz schön kindisch.«

Sue war auf die inzwischen dunkle Terrasse herausgetreten. »Dave, Mike mag zwar zwölf sein, aber glaub mir, in vieler Hinsicht ist er ein Zwölfjähriger, den man für einen Fünfjährigen halten könnte.«

David schüttelte den Kopf und sah zwischen uns beiden hin und her. »Aber viele Kinder können mit irgendwelchen Zielen nicht fertig werden.«

Ich brummelte, rieb mir meinen Rücken am Türpfosten. »Das ist dann die andere Seite der Medaille. Mike steht mit jedem Fuß in einem anderen Lager. Er ist hier bei uns, aber er wird ebenso vom Fürsorgesystem kontrolliert, und das weiß er. Er weiß, daß alles in einem Augenblick dahin sein kann, wenn er seine Angst überwindet und sich auf irgendwelche Pläne einläßt.«

David hob die Hände. »Und was werdet ihr tun?«

»Ich weiß nicht.«

David dachte ein Weilchen nach, lächelte dann wieder und sagte dann, ewiger Optimist, der er ist, was die Menschen anbelangt: »Na, seht es doch mal so herum: Ein so schwieriges Kind kann sich in seinem späteren Leben als etwas ganz, ganz Besonderes erweisen.«

Ich ließ mich wieder in meinen Sitz sinken und seufzte. »David, nachdem ich sechs Kinder großgezogen habe, kann ich dir eine bittere Lektion weitergeben, die wir gelernt haben. Wenn ein Kind eine Qual ist, solange es klein ist, dann ist es noch ein viel schwereres Kreuz, wenn es erst groß wird.«

David lachte und drohte mir mit dem Finger. »Jetzt untersteh dich und vergleich Mike mit Richard.«

Am nächsten Morgen beschloß Mike, bevor der Schulbus kam, den Ochsenfrosch im Sumpf freizulassen. Er stand lange Zeit da und erklärte ihm, warum er nicht in seinem Zimmer bleiben konnte.

Sue nahm Mike mit zum Zahnarzt, dessen Diagnose auf ein gewaltiges Programm hinauslief – es waren noch verwachsene Milchzähne im Kiefer, und es gab weitere Probleme. Es mußten ungefähr neun Zähne gezogen werden. Sue erklärte Mike das alles sehr vorsichtig. Aber er wollte, daß es getan wurde, und Sue sagte, sie würde das Ihre dazutun, wenn er das Seine dazutat – es bedeutete schließlich eine Menge Ungemach und Schmerzen. Wir glaubten, daß ihm der Zustand seiner Zähne in Wirklichkeit sehr wichtig war, obwohl er es nicht zugeben wollte. Er sah auch

Liam im letzten Stadium einer Zahnklammerbehandlung, fuhr mehrfach mit mir, um ihn vom Zahnarzt abzuholen, und betrachtete das alles in gewissem Maße als etwas, das dazugehörte. »Damit werde ich fertig.«

Mike war für ein Sommerschulprogramm eingeteilt worden – glücklicherweise bei seiner Lehrerin, Mrs. Vandenburg. Heute allerdings hatte er schulfrei, und wir gingen in verschiedene kleine Geschäfte einkaufen – Sue, Mike und ich. Es war ein sehr schöner, sonniger Tag mit leichtem Wind. Ich kaufte ein altes Messingbett (ungefähr von 1840), Lampen, Teppiche und so weiter. Dann fuhren wir alle nach Hause, aßen spät zu Mittag und machten ein Schläfchen, sogar Mike.

Am nächsten Tag fuhren Sue und ich zu einem Therapeuten. Wir wollten etwas über mögliche Strategien erfahren, mit möglicherweise gewalttätigen Situationen in der Zukunft fertig zu werden. Der Therapeut war direkt, redete nicht um die Sache herum, schien sich auf sein Handwerk zu verstehen und brachte auch herüber, was er dachte. Die erste Sitzung hatten wir dazu verwendet, das Grundlegende über unsere Beziehung zu Mike darzulegen und zu versuchen, herauszukristallisieren, was erforderlich war, um ihn auf lange Sicht bei uns zu Hause zu halten.

So wie wir es verstanden, glaubte der Therapeut zwar nicht, daß es irgendein Patentrezept gebe, aber er konnte uns doch eine breitere Betrachtungsweise ermöglichen. Er erzählte, ohne Namen zu nennen, von einer ganzen Anzahl ähnlicher Fälle, ähnlichen Verhaltens. Und von den auf verschiedene Art und Weise erzielten Ergebnissen, aus denen wir lernen konnten. Das klang für uns am Anfang etwas vage. Wußte er überhaupt, womit wir zu tun hatten? Aber dann hatte er unsere Meinung schnell geändert (und uns zum Lachen gebracht), indem er seine Erfahrungen nutzte, um uns einige erschreckend zutreffende Porträts von Mikes Verhalten vorzuspielen.

Das Konzept von Zielen und Richtung war jedenfalls auf Mike nicht anwendbar. »Immer wieder anspornen und sich selbst ab und zu eine Pause davon gönnen«, war der Grundtenor. Irgend etwas, irgend jemand mochte dann irgendwann einmal der Auslöser sein, daß sich diese Dinge änderten.

Seit wir in Kingston waren, wurde Mike von einer Freundin von der Schule abgeholt, deren Sohn im gleichen Schulgebäude unterrichtet wurde. Als wir zum Haus dieser Freundin kamen, war Mike gerade eine Stunde mit dem Jungen mit dem Rad unterwegs gewesen. Er war schmutzig, verschwitzt und glücklich, und er behielt seine gute Laune während des Abendessens bei.

Die Frau: »Was für ein wohlerzogener Junge. Ich wünschte, mein Junge wäre wie Ihrer.«

Sue erwiderte: »Hallo?«

Wie viele unheilschwangere Gespräche begannen damit, daß ich in Sues Büro kam – Hundert? Tausend?

»Sue, kann ich dich einen Moment sprechen?«

»Sicher. Was liegt denn an?«

»Ich habe gerade auf der anderen Leitung mit Richard gesprochen. Er kehrt der Westküste in ein paar Wochen den Rücken, fährt über Land zurück. Er will ein paar Monate hierbleiben, während er sich irgendwo in Washington etwas sucht.«

»O mein Gott!«

Ich ließ mich auf einen Stuhl plumpsen.

»Wieso?«

»Ich weiß nicht. Irgend etwas ist passiert, wenn er glaubt, daß er in Washington besser aufgehoben ist. Er hatte einen Streit mit irgend jemandem oder mit vielen Leuten. Er hat seine Ziele im großen geändert – ich weiß es eben nicht.«

So solide, gradlinig und erdverbunden unsere anderen Söhne sind, ebenso emotional, sensitiv, leidenschaftlich, arrogant und einnehmend ist Richard. Sie sind geizig mit ihren Worten, wie es ein Geizhals mit seinen Ausgaben ist, während er schwadroniert, in Worten schwelgt. Und auch ihre Lebensweise unterscheidet sich sehr. Die Jungen sind alle sportlich und trinken nichts oder wenig, während Richard jedes Jahr die nächste Anzuggröße erreicht, Zigarren raucht und viel teuren Whiskey trinkt. Sie – nun die Gegensätze sind kaum erschöpfend aufzuzählen. Es sind ganz verschiedene Menschen.

Ein begabter Autor, ist Richard vor allem bemüht, die verschiedenen Ideen und Vorschläge, die er fürs Fernsehen und Radio ausgearbeitet hat, an den Mann zu bringen, und verbraucht achtzig Prozent seiner Zeit und hundertzwanzig Prozent seines Geldes damit, jedes Jahr Tausende und Tausende von Kilometern zu reisen. Er ist extrem intelligent, man kann sogar sagen, brillant, und wir lieben ihn innig, aber sowohl aus meiner Sicht als auch aus der von Sue oder der seiner Brüder ist Richards Schwerpunkt alles andere als unser eigener.

Wenn er sich für eine längere Zeit zu uns hinabließ, dann bedeutete das größere Änderungen hier. Große Änderungen. Richard ist eine Naturgewalt.

Wir glaubten nicht, daß Mike diesem Mann bereits gewachsen sein könne. Er zahlte immer noch für den Messerdiebstahl. Frank war nicht oft zu Hause, aber an den wenigen Abenden, da er es war, war Mike immer tränenüberströmt, und wir ließen der Sache ihren Lauf.

Später am Abend kochten Sue und Mike in der Küche zusammen. Das sind die glücklichsten Augenblicke seines Lebens mit uns. Der Junge kocht gerne, probiert Rezepte aus und bringt dann schwungvoll zu Tisch, was er zubereitet hat. Sue, die in anderen Dingen oft zu kritisch ist, genießt es sehr, in der Küche mit jemandem zusammenzuarbeiten, ist entspannt, lacht und scherzt viel, so daß die Küche eine entmilitarisierte Zone darstellt. Ich habe dort nie ein hartes Wort gehört oder mitbekommen, daß eine Konfrontation dort ihren Ausgang genommen hätte.

Mike hat einige wirklich gute Seiten. Zwei unserer Jungen gaben uns immer wieder das Gefühl, die letzten sozioökonomischen Versager zu sein, weil wir manchmal kein Rostbeaf für Sandwiches und keine fertigen Snacks im Haus hatten, wenn sie ausgehungert von draußen zurückkamen. Mike dagegen ist mehr als glücklich mit fast allem, was wir in unserer Küche zubereiten, und er hilft dabei. Kleinliche Undankbarkeit und Gezeter über Details gehören nicht zu seinen Fehlern.

Es war Morgendämmerung, und ich war mit den Hunden oben auf dem Berg. Es war sehr neblig. Große Trupps von Kanadagänsen direkt über unseren Köpfen im Nebel erschreckten uns zu Tode. Die Hunde machten sich jaulend davon, und ich schloß mich ihnen an.

Den ganzen Morgen war Mike – von einem kurzen Gespräch abgesehen – ungewöhnlich ruhig und gedämpft, er dachte nach mit tiefen, abgerissenen Seufzern, denn Frank hatte angerufen, er kam heute abend wieder.

Angesichts der zerknirschten Miene, die er aufgesetzt hatte, erzwang Sue eine letzte Auseinandersetzung über das gestohlene Angelmesser.

»Erzähl mir, was passiert ist. Ich habe fünf Jungen gehabt. Ich will wissen, ob deine Geschichte nach Wahrheit klingt. Dann werde ich Frank zurückpfeifen.«

»Niemand kann Frank dazu bringen, mich in Frieden zu lassen. Er ist zu stark.«

»Ich kann das. Du mußt mir vertrauen.«

»Ich glaube, Franks Freund Eric könnte es genommen haben.«

»Auh, das klingt nicht nach Wahrheit.«

Dann sagte Mike mit einer Art Schluchzen: »Ich habe es zerbrochen, dann Angst bekommen und es hinter die Scheune geworfen.«

Sue lehnte sich weit zurück und sah ihn an: »Ah, das ist der Klang der Wahrheit.«

An einem Dienstagmorgen kam meine Schwester Patricia mit ihrer Freundin Karen von Florida herauf. Vor drei Jahren im späten Juli war Pats Tochter Laura, meine Nichte, an einem Wanderweg in Honesdale, Pennsylvania, ermordet worden. Der Täter ist niemals festgestellt worden. An jedem Jahrestag von Lauras Tod verbringt Pat ungefähr eine Woche in Honesdale, beklagt sich bei der Staatspolizei, sucht den Staatsanwalt auf, spricht mit Zeitungen, verteilt Flugblätter. Sie ist entschlossen, die Nachforschungen durch bloße Willenskraft in Gang zu halten.

Ich bin sehr, sehr stolz auf Patricia.

Laura hatte an der Florida State University studiert und war im Jahr ihrer Ermordung zum zweiten Mal im Sommer im Camp Cayuga in Honesdale gewesen. Im ersten Jahr hatten wir sie hingebracht und dann zu einem der gelegentlichen Besuche bei uns abgeholt. Aber vor drei Jahren hatte John, Patricias Mann, ihr ein zuverlässiges Auto besorgt, und sie war selbst gefahren. Und dann gegen Ende Juli, an ihrem freien Samstag, hatte Laura sich etwas zu essen und ein Buch eingepackt und hatte das Camp verlassen, um nach Tanner Falls zu wandern, das nur einige Meilen entfernt lag.

Wir erhielten am Sonntagvormittag einen Anruf meiner älteren Schwester Harriet. Laura werde in den Wäldern bei Camp Cayuga vermißt.

Ich rief im Camp an, und nachdem ich die Lage mit einem der Verantwortlichen dort besprochen hatte, kam schließlich der Besitzer des Camps an den Apparat. Seine ersten Worte an mich lauteten: »Können wir übereinkommen, Mr. Miniter, daß, was immer geschehen sein mag, alle Gespräche mit der Presse von mir abgewickelt werden?«

Ich hängte ein und sagte Sue: »Von denen ist keine Hilfe zu erwarten. Wir müssen uns in Bewegung setzen.«

»Die Jungen arbeiten«, sagte Sue. »Ich werde sie anrufen. Pack du schon mal die Sachen zusammen.«

Zehn Minuten später hatte ich einen Rucksack mit Ausrüstung vollgepackt und ging damit über die Veranda. »Glaubst du, daß einer von ihnen mit uns kommen wird?«

Genau in diesem Augenblick jagte das erste Fahrzeug unsere Auffahrt hoch.

»Hier«, sagte Brendan und kam auf mich zugerannt. »Hier sind topographische Karten, die Tony Tantillo mir nachgeworfen hat. Er sagte, wenn du noch etwas brauchtest, sollst du ihn anrufen – noch mehr Karten, Kompasse, was auch immer.«

Und dann drehte er sich um, weil Henrys Laster in die Auffahrt einbog. Nach einigen weiteren Minuten erschienen Susanne und David, Liam und Frank. In Windeseile wurde gepackt, nach noch mehr Campingausrüstung gefahndet, und dann brachen wir auf.

Ich war niemals stolzer auf die Burschen als an jenem schönen, sonnendurchfluteten, trostlosen Sonntagmorgen, als sie in einem Konvoi die Autobahn entlangfuhren, um Laura zu finden.

Aber natürlich konnten sie das nicht.

Als wir das Camp erreichten, hatten Suchmannschaften bereits ihre Leiche gefunden, und ich identifizierte sie. Ich weiß noch, daß ich in die provisorische Leichenhalle taumelte, hinschaute und rief: »Ach Kleines«, und dann ihr Haar berührte.

Dann rief ich Patricia an.

Ich hätte mir lieber die rechte Hand abbrennen lassen.

Jetzt war Pat wieder da, und ich mußte sie so fest an mich drücken, daß es zwölf lange Monate reichen würde.

Karen, die Freundin, die sie bei sich hatte, war viele Jahre lang Lauras Gruppenleiterin bei den Pfadfinderinnen gewesen. Sie litt unter Multipler Sklerose und war meistens auf den Rollstuhl angewiesen, begibt sich aber immer noch zusammen mit Pat auf Reisen, ist ihre Sekretärin und Vertraute, steht ihr aber vor allem mit viel warmherziger Unterstützung und Ermutigung bei. Sie ist eine großartige Frau, mit beiden Beinen fest auf der Erde, und hat selbst zwei Töchter.

Wir saßen zusammen und unterhielten uns lange.

Mike kam vom Schwimmen in einem Teich zurück und hatte, da er schon etwas gegessen hatte, keine Lust, sich zu einem Roastbeaf-Dinner zu den Erwachsenen zu setzen. Aber später zum Kuchen leistete er uns Gesellschaft. Er zeigte ausgezeichnete

Manieren, und die beiden Frauen versuchten, ihn immer wieder zu überreden, noch etwas zu nehmen.

»Was für ein wunderbarer Junge«, sagte Karen. »Noch ein paar Minuten hier, und ich nehme ihn mit.«

Als Mike zu Bett ging, roch er immer noch nach Teich, aber er war glücklich und entspannt. Wir nahmen uns noch einen Drink auf der Veranda, dann ging ich in sein Zimmer und sagte ihm gute Nacht; Patricia spähte hinter mir in sein Zimmer, während er betete.

»Gute Nacht, Mike.«

»Gute Nacht, Tante Pat«, sagte er schüchtern.

An diesem Morgen stand Mike von alleine auf und war froh, daß er das Bett nicht naß gemacht hatte. Er benahm sich in der Kirche gut, ging danach zu einem Basar mit Backwaren und kaufte sich vier Küchlein. Später, zu Hause, reparierte ich draußen in der Sonne sein Fahrrad, schmierte es dann, und er fuhr auf der alten Landstraße den Berg hinauf, mit dem Helm auf dem Kopf, seiner Katze auf dem Lenker und den Hunden bellend im Schlepptau. Die eiserne Hand, die seine Gedanken zerquetschen kann, war immer noch abwesend. Man konnte Mike sozusagen denken hören: *Es ist Sonntagnachmittag. Dad wird das Gras schneiden und ein Schläfchen machen, Liam arbeitet, Mom ist im Büro und sitzt über ihren Papieren. Und ich bin unterwegs.* Und dann rauschte in der dunstigen, ruhigen Sommerdämmerung später ein glänzend schwarzer Mazda 626 mit kalifornischem Kennzeichen und aufgeblendeten Scheinwerfern auf die Auffahrt und hielt dort.

Richard war da.

Am nächsten Morgen kämpfte ich mich um sechs Uhr aus dem Bett, um Kaffee zu kochen. Richard und ich waren lange aufgewesen, hatten geredet, getrunken und geredet. »Auh«, sagte ich und versuchte, mir gleichzeitig den Kopf und den Magen zu halten. »Dafür bin ich nicht mehr gut.«

Der Schankraum war mit Richards Zeug übersät – einer Kiste Zigarren, einem Notebook, einem Anzug, Zeitungen, Büchern, Aktenordnern. »Jesus«, sagte ich. »Dabei ist er erst zwölf Stunden hier.«

»Du hast versucht, mit ihm aufzubleiben, nicht wahr?« Sue kam in den Schankraum.

»Wir sind noch ein Weilchen aufgeblieben.«

»Ah, hier stinkt's von diesen Zigarren«, und mit diesen Worten begann sie alle Fenster aufzureißen. »Rich, das wird jetzt jeden Abend so gehen, wenn du es zuläßt.«

»Keine Sorge, ich bin kuriert.«

»Du hättest schon vor Jahren kuriert sein sollen.«

»Wo ist Richard?«

Wir fuhren beide herum. Mike stand unten an der Treppe.

»Warum bist du schon so früh auf?«

»Richard hat mich letzte Nacht aufgeweckt und mir gesagt, er würde mich mit zum Laufen nehmen heute morgen, noch bevor ich zur Schule gehe.«

Sue schüttelte traurig den Kopf. »Mike, du mußt wissen, daß Richard, wenn er so etwas sagt, es wirklich meint, aber es besteht kaum Aussicht, daß er vor Mittag aufsteht.«

»Vielleicht sollte ich ihn wecken?«

Richard stieg in sein Auto und fuhr irgendwohin, und nach der Schule nahm ich Mike mit, um ein Videoband zu kaufen. Um acht Uhr abends jäteten Sue und ich im Garten Unkraut, als Sues Katze Jerome ein paar Meter von ihr entfernt von einem Wagen, der auf der Straße vorbeiraste, überfahren wurde. Die Katze war seit Jahren Sues ständige Begleitung gewesen – sie war ihr den ganzen Tag lang gefolgt und hatte mit ihr Stunde um Stunde auf der Veranda gesessen. Zuerst konnte Sue es gar nicht glauben; es passierte so schnell. Dann brach sie weinend auf dem Gras zusammen, und ich brauchte zehn oder fünfzehn Minuten, um sie ins Haus zu bringen. Mike sah bei der ganzen Sache schweigend zu und blieb im Hintergrund. Aber im Dunkeln ging ich noch einmal hinaus, um nachzusehen, ob alles in Ordnung war, und fand, daß jemand eine Blume auf Jeromes Grab im Garten gepflanzt hatte. Der wahrscheinliche Täter war Mike.

Gegen zehn Uhr abends saßen Sue und ich bei einer Tasse Tee zusammen, Sue weinte immer noch wegen Jerome, und auch mich hatte diese Sache stärker mitgenommen, als ich für möglich gehalten hätte. Dann blickte Sue auf und schniefte. »Wo ist Mike? Ich habe ihn weder gesehen noch ins Bett gesteckt.«

»Keine Ahnung«, sagte ich und trottete die Treppe hinauf, war aber sogleich wieder unten. »In seinem Zimmer ist er nicht.«

»Was?«

Aber genau in diesem Augenblick wurde draußen die Sturmtür und danach die Innentür geöffnet. Mike kam im Hemd und schweißüberströmt in den Schankraum. Direkt hinter ihm wankte Richard hinein, der noch mitgenommener wirkte als Mike.

»Richard, was treibt ihr da?«

Er winkte seiner Mutter ab, bis er wieder Luft bekam, und keuchte dann: »Ich habe Mike doch versprochen, ich würde ihn mit zum Laufen nehmen.«

»Richard, das Kind hat eine bestimmte Schlafenszeit, und er sollte auch nicht im Dunkeln auf der Straße laufen.«

»Wieso denn, Richard«, fragte ich sehr erheitert, »diese plötzliche Sorge, in Form zu kommen?«

»Nun«, sagte er, »ich muß wieder etwas Ordnung in mein Leben bringen. Und um das zu tun, muß ich die Kontrolle über meinen Körper und meine Karriere wiedererlangen.«

»Hattest du denn jemals Kontrolle darüber?«

»Haha.« Er lächelte, aber seine Augen ließen andere Gefühle erahnen.

»Nicht bös gemeint, Richard, nur ein Witz.«

Sue brachte Mike schleunigst nach oben, und Richard fingerte an einigen seiner Akten herum. »Dad, ich werde mich jetzt duschen und dann meine Arbeit aufnehmen. Großartiges Gespräch mit dir gestern abend.«

»Mir hat es auch sehr gut gefallen.«

Und dann fügte Richard noch hinzu: »Es ist ein Vergnügen, mit Mike zu laufen. Er hört alles, was man sagt, aufmerksam an.«

In den nächsten Tagen bildete sich eine komplexe und kuriose Symbiose zwischen unserem studierten und eingebildeten ältesten Sohn und unserem entsetzlich ungebildeten, naiven und verletzlichen Pflegekind.

Sie mochten einander wirklich. Sie gewöhnten es sich an, jeden Abend nach Einbruch der Dunkelheit zusammen zu laufen, und bis es so weit war, saß Mike ruhig im Schankraum und sah zu, wie Richard auf seinem Computer schrieb. Sie aßen sogar zusammen, und zwischen den einzelnen Bissen dozierte Richard meist mit in Mikes Richtung ausgestrecktem Zeigefinger, und das Kind nickte dazu.

»Was soll das alles bedeuten?« fragte ich Sue.

»Ich weiß es nicht«, sagte Sue. »Die beiden scheinen ein Herz und eine Seele zu sein. Was denkst du, worüber sie sprechen?«

Ich zuckte die Achseln. Ich konnte mir gar nichts, aber auch gar nichts vorstellen, das sie gemeinsam hatten.

»Vielleicht ist es besser, du kümmerst dich darum.«

Aber ich verfolgte die Sache doch nicht weiter und hatte deswegen nicht die leiseste Vorstellung von dem, was da wirklich geschah, bis Richard eine Woche später in mein Zimmer kam.

»Dad.«

»Was denn?«

»Wußtest du, daß Mike inzwischen Ziele und Pläne für sich hat?«

»Richard, bitte zünde dir hier keine Zigarre an.«

»Ja, ja, natürlich«, sagte er und ignorierte mich, während er einen tiefen Zug nahm – das Streichholz hatte er schon angerissen – und dann eine Wolke von stechendem, blauem Rauch ausstieß. »Aber ich versuche gerade, dir seine Ziele klarzumachen.«

»Was? Welche Ziele?« Ich gab die Sache mit der Zigarre auf. *Ziele?* Mike? Worüber mochte Richard da sprechen?

»Nun, wir haben alles mal durchgekaut während unseres Laufs heute abend«, sagte Richard.

»Durchgekaut? Was habt ihr durchgekaut?«

»Sein Leben natürlich. Seine Ausbildung und die Schritte seiner Karriere.«

»Was!«

»Nun, seit einigen Abenden habe ich Mike detailliert über die neuen Karriereentscheidungen berichtet, die ich für mich entwickelt habe, und heute abend hat er tatsächlich einmal das Thema gewechselt. Er hat mir erzählt, was *er* vorhat und wie er es erreichen will.«

Ich war perplex. »Was will er denn machen?«

Richard setzte sich in meinen Ledersessel und fuhr mit der Hand durch eine Wolke unerwünschten Zigarrenrauchs. »Oh, er meinte, er wolle Koch werden, und daß er nach der High-School einen Job in einem Restaurant bekommen könne und, wie er es banal ausdrückte, trainieren.«

»Gedacht?« fragte ich, und in meinem Magen tat sich ein kleines Loch auf. »Gedacht? Was hast du dazu gesagt? Du *hast* ihn doch ermutigt, oder?«

Richard wedelte wieder mit der Hand und stieß dann mit dem glühenden Ende der Zigarre in meine Richtung, während er geduldig lächelte. »Ihn ermutigt? Natürlich nicht, Dad. Das ist absurd, lächerlich. ›Untersteh dich nicht, jemals in Erwägung zu ziehen, Koch zu werden‹, habe ich gesagt.«

»Was?«

»Ja, natürlich«, sagte Richard gedehnt. »Ich habe ihm erklärt, daß ein Koch bei McDonald's den Minimallohn plus fünfzehn pro Stunde bekommt. ›Du, Mike‹, habe ich ihm gesagt, ›du mußt ein Chefkoch werden.‹«

»Ein Chefkoch?« wiederholte ich schwach. »Ja«, sagte Richard und blies weiterhin mit seiner Zigarre Rauchfahnen in die Luft, »nicht nur ein Chefkoch, sondern auch ein anerkannter Küchenchef. Dann habe ich ihn darauf hingewiesen, daß er dazu zunächst jeden Gedanken an ein On-the-job-Training in einem Restaurant am Ort, das sich auf Fleischbällchen und Pizza und Hamburgers spezialisiert hat, aufgeben muß. Ich meine, Dad, alleine um Fischsaucen vernünftig zu meistern, braucht man schon Monate. Es wird ein außerordentliches Maß an Wissen vorausgesetzt. Und die staatlichen Schulen sind ebenfalls out, erklärte ich ihm – sie haben keinen Namen, und man sitzt dort mit Leuten zusammen, die weit geringere Ambitionen haben. Nein, nein. Ich habe ihm erklärt, daß, wenn es nicht das ›Cordon Bleu‹ in Paris sein soll, er ans CIA gehen müsse, das Kulinarische Institut von Amerika, oder vielleicht zum VCI, dem Vermont Culinary Institute, oder, als letzte Möglichkeit, zur Cornell Hotel Management School.«

Ich konnte es nicht fassen.

»Natürlich«, sagte Richard, stand auf und wandte mir den Rücken zu, »müssen wir sehen, daß wir ihn aus diesem zurückgebliebenen Sonderförderungsprogramm herausholen und ihn auf eine halbwegs vernünftige High-School bringen, und seine Lesefähigkeit muß sich dramatisch verbessern.«

»Ja, natürlich«, sagte ich und sah Richard an, als hätte er zwei Köpfe. »Natürlich.«

»Fein«, sagte Richard und reckte sich. »Ich besorge ihm ein Videoband über das CIA und sorge dafür, daß er bessere Lektüre bekommt.«

»Danke dir, Richard.«

Als Richard abgezogen war, gefolgt von einer Linie kleiner blauer Wölkchen, wirbelte ich in meinem Sessel herum und machte mir selbst laut Mut. »Nun, wenigstens hat Richard ihn dazu bekommen, über die Zukunft zu sprechen. Das ist schon mal ein Schritt in die richtige Richtung.« Aber dann dachte ich sorgenvoll, *ja, ein Schritt*. Das Kind kam mit seinem ersten einfachen, elementaren Lebensplan, und Richard stieg voll darauf ein, wischte ihn beiseite und erklärte ihm, daß das nicht gut genug sei.

Aber dann kam mir ein beruhigender Gedanke. *Mike kennt Richard erst seit einer Woche. Richard konnte nach dieser kurzen Zeit noch nicht viel Einfluß auf ihn ausgeübt haben. Mike schenkt dem, was Richard zu sagen hat, wahrscheinlich überhaupt keine Aufmerksamkeit.* Dann, bewegt von diesem Gedanken, stand ich auf und ging zu Mike hinüber.

»Mike, es ist elf Uhr. Warum hast du noch Licht an?«

»Ich lese.«

Ich starrte auf ihn herab. »Ist das die *New York Times,* in der du da blätterst?«

»Ja«, sagte er. »Alle anderen Zeitungen sind Mist, abgesehen natürlich vom *Wall Street Journal.*«

»Ich verstehe. Wer hat dir das erzählt?«

»Richard.«

»Ja«, antwortete ich leise. »Ja, natürlich«, und setzte mich dann zu ihm aufs Bett. »Und was bedeuten all diese kleinen Kreise, die du aufs Papier gemalt hast?«

»Das sind die Wörter, die ich nicht verstehe. Richard erklärt sie mir. Richard sagt, das ist eine Möglichkeit, um meinen Wortschatz zu erweitern.«

»Okay«, sagte ich widerwillig berührt. »Aber das kann er morgen machen. Es ist schon spät. Ich möchte, daß du in zehn Minuten das Licht ausmachst.«

»Aber ich habe den Metroteil noch nicht gelesen, und Richard sagt, der menschliche Körper benötige nur vier Stunden Schlaf.«

»In zehn Minuten, Mike.«

»Richard sagt, daß arbit. . .«

»Arbiträre«, half ich ihm.

»Ja, Richard sagt, arbiträre Zeitgrenzen sind ein Zeichen von Schwäche.«

»Ich weiß, Mike, das pflegte er schon zu mir zu sagen, als er selber noch zwölf Jahre alt war und ich *ihn* zu Bett brachte.«

»Richard sagt . . .«

»Mike, das Licht ist in zehn Minuten aus.«

»Aber Richard sagt . . .«

»Untersteh dich, mir noch einmal mit Richard zu kommen, Mike.«

Aber für Mike gab es weiterhin auch einige prosaische Dinge in seinem Leben. Am nächsten Nachmittag beschwerte er sich darüber, daß wir ihm Sprudelwasser in seine Thermoskanne, die er zum Mittagessen in der Schule mitnahm, gefüllt hatten. Offensichtlich wird der Sprudel während der Busfahrt durchgeschüttelt und bleibt dann nicht in der Flasche, sondern durchtränkt sein Mittagessen.

Ich sagte: »Seit wann ist das schon so?«

Er sagte: »Das ist jeden Tag so.«

Verwirrt fragte ich ihn: »Warum hast du uns das vorher nicht gesagt?«

Mike zuckte bloß die Achseln.

»Also, ich werde dafür sorgen, daß du von sofort an Fruchtsaft bekommst.«

»Mach dir keine Mühe.«

»Wieso?«

Mike zuckte noch einmal mit den Schultern. »Heute war mein letzter Tag. In zwei Wochen beginne ich in der Grundschule. Der Sommer ist beinahe vorüber.«

Am nächsten Tag trennte ich Mike von Richard und ließ ihn irgendeine körperliche Arbeit tun, und das führte zu einer weiteren Begegnung mit Tieren.

Wir haben einen Freund, Henry, der ungefähr fünf Meilen von uns entfernt wohnt. Wir halfen ihm, die Fenster und Wände seines Hauses einzubauen, das er gerade baute. Henry und seine Frau Pat haben einen kleinen Bauernhof, auf dem sie Pferde züchten. Es herrschte eine brutale Hitze, aber Mike arbeitete wie ein Wilder draußen in der Sonne mit Frank und Liam und lud ungefähr eineinhalb Tonnen stählernes Gerüstmaterial in Henrys

Pferdeanhänger und half dann wieder, es auf der Baustelle abzuladen.

Später nahm Henry Mike dann mit auf die Koppel, wo die Hengste liefen. Die Pferde schnauften, traten die Erde los und scheuten beim Anblick und der Witterung von Fremden innerhalb der Umzäunung. Mike war erschrocken und hielt sich zurück, aber Henry warf mir einen Blick zu. Ich nickte ihm zu, und dann brachte er Mike bei, wie man sich einem großen Hengst von vorne nähert, in seine Nasenlöcher pustet und seinen Kopf streichelt. Zentimeter für Zentimeter bewältigte Mike dann den Weg auf das gewaltige Tier zu.

Die Technik, die Henry ihm gezeigt hatte, war wie Zauberei, und Mike grinste und lachte, drückte sich an das Pferd und wandte sich dann zu uns um, um ein bißchen anzugeben. Henry und ich klatschten.

Am Abend aßen Richard, Mike und ich Wild (in der Pfanne gebraten mit Knoblauch und mit Sauce Béarnaise überzogen), nur wir drei ganz ruhig ganz allein im Schankraum. Richard und ich tranken eine Flasche Wein, Mike Kool-Aid – das blaue Kool-Aid, das er als angehender Feinschmecker zu Wildbret bevorzugt. Ich mag die Farbe nicht und glaube, daß es entfernt nach Swimmingpool riecht, aber er trinkt es kübelweise.

Am nächsten Abend kamen David und Susanne herüber, und es entspann sich eine lange Unterhaltung zwischen Richard, David, Susanne, Frank, Brendan und Henry. Ein paar Minuten vor Mitternacht kam David hoch zu mir; ich saß noch an meinem Schreibtisch und arbeitete.

»Du weißt doch noch, daß du dir Sorgen gemacht hast, daß Mike sich eines Tages selbst um seine Zukunft würde kümmern müssen?«

»Ja«, sagte ich. »Das tue ich. Was ist denn damit?«

»Nun«, David grinste, »es sieht ganz sicher so aus, als ob Richard da alles für ihn geregelt hätte. Bevor er zu Bett ging, redete Mike nur noch davon, daß er ein Küchenchef würde und gute Schulnoten mit nach Hause bringen müsse.«

Ich blickte auf meinen Schreibtisch. »Ich weiß. Ich war vor ein paar Tagen deswegen unzufrieden mit Richard, aber jetzt bin ich vorsichtig erfreut. Ich meine, Richard ist ein Verrückter, aber irgend etwas von dem, was er sagte, hat bei Mike verfangen. Das Kind denkt jetzt über seine Zukunft nach. Und was mehr ist als das, er hat etwas mehr Vertrauen, was seine Fähigkeiten anbetrifft, und wir haben keine Explosionen mehr mit ihm erlebt, seit Richard hier ist.«

»Und wenn Richard in ein paar Wochen wieder fort ist?« fragte er, auf meine Reaktion gespannt.

»Oh, ich nehme an, damit werden wir fertig. Etwas von Richards Vertrauen in ihn wird hängenbleiben. Wir werden versuchen, die Lücken auszufüllen, so gut wir können.«

»Also hast du jetzt ein besseres Gefühl?«

Ich lächelte. »Ja, ja, das habe ich.«

»Okay«, und dabei schlug David die Hände zusammen und rieb sie sich energisch. »Das mußte doch einmal gesagt werden. Aber es ist nicht der eigentliche Grund, warum ich heraufgekommen bin.«

»Nein?« fragte ich.

»Nein. Es ist genau Mitternacht. Weißt du, was heute ist?«

Ich versuchte, scharf nachzudenken. »Nein.«

»Dann komm mit.«

Neugierig folgte ich ihm in den dunklen Flur, wo Sue und die Jungen zusammen im Dunkeln standen und grinsten.

»Was geht hier vor?«

»Schschsch.«

David legte sich einen Finger auf die Lippen. Dann öffnete er die Tür zu Mikes Zimmer und ging auf Zehenspitzen hinein, und alle anderen folgten ihm. Dann erst schaltete er das Licht ein. Einer der Jungen packte Mikes Arme, ein anderer seine Beine.

Mike wachte schreiend auf: »Laßt los, laßt los.« Aber David kitzelte ihn und bespritzte ihn dann mit einer Flasche Bier oder Wein oder etwas anderem. »Herzliche Glückwünsche, Mike.«

Sie ließen seine Arme und Beine los. »Herzliche Glückwünsche!«

»Was ist denn?« sagte Mike, setzte sich hin, das Gesicht gerötet und wütend. »Was macht ihr alle hier?« Dann schrie er: »Laßt mich in Ruhe. Raus mit euch.«

»Herzliche Glückwünsche, Mike.« David grinste noch breiter.

»Was?«

David gluckste. »Wir haben den 28. August 1994«, und dann verstand ich, was das alles sollte.

»Na und?« sagte Mike noch wütender.

»Und du kleines Murmeltier«, sagte ich aus dem Hintergrund, »du hast jetzt ein ganzes Jahr bei uns durchgestanden.«

Epilog

Herbst 1997

»Mike« gehört immer noch zu unserer Familie, obwohl es ihn offiziell gar nicht mehr gibt. Sue und ich haben ihn am Tag vor Thanksgiving 1996 adoptiert. Mike packte die Gelegenheit beim Schopfe, mit seinem Familiennamen auch seinen Vornamen zu ändern, und eine große Anzahl von Menschen erschienen vor dem Familiengericht, um ihn »verschwinden« zu sehen. Kevin und Kathy vom Kinderheim waren da und viele andere Sozialarbeiter neben Joanne und Gerri, Pater Quinn von unserer Gemeinde, Susanne und David und noch jemand, der inzwischen ein wichtiger Faktor in unserem Leben geworden ist – Susannes acht Monate alte Tochter McKenzie Leola Warren.

Mike ist inzwischen größer als Sue und sogar ich. Nach dem dramatischen ersten Jahr bei uns wechselte er aus der Sonderförderungserziehung in eine kleine, von der Kirchengemeinde getragene Schule, wo er seither versuchte, mitunter sehr erfolgreich, den von ihm so gehaßten Stempel »Sonder« loszuwerden.

Wir haben nur noch einen Hund im Haus – Pupsy ist gestorben –, aber Mike hat immer noch sein Fahrrad und seine Angel. Er kocht immer noch und will immer noch Chefkoch werden, spielt Basketball und Fußball, geht zur Kirche. Und obwohl er während der Woche ganztags eine kleine High-School besucht, fahren er und ich an den meisten Wochenenden nach wie vor zusammen mit meinem zerbeulten alten Pickup über Land.

Und doch ist das Leben mit Mike immer noch in hohem Maße eine emotionale Achterbahn, denn ganz gleich, wie ereignisreich irgendein Jahr für ein kompliziertes und zurückhaltendes

»Sonder«-Kind auch sein mag, gibt es doch stets auch andere Dinge, andere Jahre; gute Jahre und nicht so gute Jahre. Aber im Rückblick ist es für Sue und mich eine gewaltige Ermutigung, daß dieses eine Jahr das gebracht hat, was es bringen konnte. Es hat Mike eine Mutter und einen Vater gebracht, Brüder und Schwestern, einen Schwager, Cousins, eine Nichte, eine Kirche, Hunde, Legenden und natürlich eine Angel. Alles, was notwendigerweise zum Leben gehört, könnte man sagen, und deswegen haben sich die Dinge für ihn seither gut entwickelt.

Joanne ist immer noch mit uns in Verbindung. Sue und ich und Mike und sie sind inzwischen alte Freunde, zwischen denen nur wenig unausgesprochen bleibt, und obwohl sie sich inzwischen mit neuen und anderen Kindern beschäftigt, fällt es ihr schwer, für immer Lebewohl zu sagen. Paula ist immer noch Leiterin des *Harbour*-Projekts, es sind immer noch hauptsächlich Frauen, die zu den monatlichen Treffen kommen, und wir wissen immer noch nicht, wer hinter den Kulissen an den Fäden gezogen hat und Mike überhaupt Zugang zum Projekt verschafft hat.

Sue betreibt immer noch ihr Geschäft, hat es sogar erweitert, ist in ein neues Büro gezogen und ist in hohem Maße immer noch die zentrale Gestalt dieser Geschichte. Richard ist wieder in Washington, schreibt immer noch, und eine Radioshow von ihm, »Unternehmerinnen«, ist im letzten Frühjahr über Satellit gesendet worden. Sue und Richard waren auch zusammen in einer nationalweit übertragenen Fernsehshow, in der es ebenfalls um Unternehmerinnen ging. Susanne betreibt ein eigenes Büro für technisches Schreiben und kümmert sich um McKenzie. David, der beste Schwiegersohn der Welt, legt Tausende von Meilen zurück, um ein neues Geschäft aufzubauen. Henry ist nach seinem Abschluß in Norwich zur Staatspolizei von Vermont gegangen, hat Peggy geheiratet, und dann sind beide nach Colorado gezogen. Frank hat ebenfalls seinen Abschluß in Norwich gemacht, studierte danach in Schottland Literatur, schreibt und macht wunderbare Naturfotos – er arbeitet nun in Wyoming als Redakteur einer Lokalzeitung. Brendan ist in seinem letzten Jahr an der George Mason University in Virginia, bringt »gefährdeten« Kindern das Lesen bei, beschäftigt sich immer noch mit dem Bürgerkrieg als Lieblingsthema, und ich vermisse ihn an stillen Abenden ganz entsetzlich. Liam hat die High-School abgeschlossen, läuft immer noch im Mondlicht umher und bleibt schließlich doch mein letztes Licht auf der Wiese. Matt und Kathryn sind noch vor Henry und Peggy nach Colorado gezogen, so daß jener Herbst vielleicht das letzte Mal war, daß wir alle zusammen auf dem Shawangunk zur Jagd gehen konnten. Aber meine andere Nichte Melissa hat einen Leutnant der Ranger der Armee geheiratet namens Steve, und als ich ihn mit unserem Jungen reden und überlegen und planen hörte, begriff ich, daß sie in keinem Jahr weniger sein würden, ganz gleich, auf welchem Berg sie sich treffen mögen.

Es sind auch einige von uns gegangen. Sues Mutter, Leola Tobin, die in ihrer Zeit bei uns, wie ich es beschrieben habe, eine der klügsten Vermutungen über Mike anstellte, ist ihrer Krankheit erlegen.

Meine Schwester kam wie gewöhnlich auch in den nächsten beiden Sommern und brachte wiederum den Fall ihrer Tochter Laura in dem Ort, wo diese ermordet worden war, aufs Tapet. Dieses Buch ist Laura gewidmet und indirekt ihrer Mutter. Als ich diese Geschichte niederschrieb, weinte ich wieder um sie, um Laura und wegen meiner Söhne, die sich so sehr bemüht haben, an diesem furchtbaren Sommernachmittag zu ihr zu gelangen.

Und ich? Ich mache Firmenberatung mit Schwerpunkt Produktionsplanung und Distributionssysteme, und wann immer ich kann, steige ich morgens den Berg hinauf, die alte Landstraße entlang, am Biberteich vorbei, durch unsere Apfelbäume, an den Seen vorbei und dann hinauf zum Gipfel, von wo ich herabsehen kann, daran zurückdenke, wie Sue und ich einmal beschlossen, aufzugeben und Mike nach all diesen entsetzlichen Kämpfen gehen zu lassen, und wie der Junge einen letzten Gang mit uns hier hinauf machte, ein Pflanzenbestimmungsbuch trug und versuchte, tapfer zu bleiben.

Dank

Dank für alles meinem verstorbenen Förderer und Freund, James J. McNamara, NYPD. Am Tag, als Jimmy unter Dudelsackklängen heimgebracht wurde in die Kirche St. Peter mit dem dazugehörenden Schulhof, dahin, wo er und sein Bruder, meine ersten fünf Söhne und dann schließlich Mike als Jungen zur Schule gegangen waren, verstand ich endlich, warum er wollte, daß ich diese Geschichte aufschrieb.

Dank auch Christine M. Benton aus Chicago, Illinois, die mir beigebracht hat, wie man eine Geschichte erzählt, für ihre endlose, herzliche Unterstützung.